沖喜 2

目次

壹之章 小姑出嫁種陰霾

等到趙成材回來之後，章清亭才知道事情原委。

原來趙王氏託媒婆幫趙玉蘭尋了幾戶人家，其中有兩戶比較中意。首選是隔壁村的吳家，家中小有資財，僅兄弟二人，品行都好。哥哥已經成親，現是說給那個弟弟。只是人家嫌棄趙家太窮，怕結了親後惹麻煩，又聽說趙家已經開了鋪子，很是賺錢的分上，才同意了親事。

不過，人家也提出要求，既然趙家有錢了，他們家送二十兩銀子的聘禮，但得要趙家也能還得起五十兩的嫁妝。人家說得很清楚，這嫁妝他們不會占一分一文，全讓添置新娘子的東西，就是為證明趙家的實力。

就算是把聘禮貼進去，這當中還差了整整三十兩，趙王氏哪裡置辦得起？所以才這麼著急想把章清亭的鋪子收歸己有。

而那個備選的孫家呢，條件也不錯，聘銀出到了三十兩。因是續弦，沒談嫁妝的事。只是離得遠，有些不知根底，聽說頭一個老婆是難產死的，也沒留下孩子。趙玉蘭嫁過去，雖然名聲上受些委屈，但日子肯定是很好過。

趙王氏故意把趙成材留下來，是因為還有一事要說給他聽，讓他揪心。

既然這鋪子沒了趙家的份，趙王氏還是得替趙成棟多考慮考慮。他沒幾年也要成親了，這娶親的花費肯定要比嫁女大，所以她選擇孫家，是要把趙玉蘭嫁出去的彩禮留給小兒子娶媳婦用的。

趙成材確實揪心了，連章清亭聽了都揪心，搖頭不大贊同，「依我說，這兩家都不可靠。一家只可共富貴，不可共貧賤，萬一日後遇上什麼事情，可真不好說。另一家就更不妥了，若是真的條件好，怎麼會無緣無故出這麼高的聘銀，跑這麼遠的地方來娶媳婦？明顯有問題。你還是勸勸你娘打聽清楚再下結論吧，別害了你妹子一生。」

趙成材滿面愁容，「我方才把這話都說遍了，一點都沒用，娘是鐵了心要在年前嫁掉玉蘭，要她早日死了跟福生的心。」

章清亭甚是不忍，「若是實在要選，就選吳家吧，我替她出那三十兩。」

趙成材很感激，卻又嘆息，「我方才已經問過玉蘭，她說實在要嫁，她寧願嫁得遠遠的。」她是想離開這個傷心地。

章清亭想想就覺得不忍心，「你去把玉蘭叫來，這終身大事可不能兒戲。不能因為你娘一個不同意，就葬送了自己一生。若是日後夫妻不和，受苦的還是她自己。」

趙成材聽得有理，卻也捨不得，「可那田家實在是太窮了，妹子若真嫁去，也太苦了。」

章清亭嗔道：「難道你沒聽說過，寧欺白頭翁，莫欺少年窮？田家現在是窮，可誰能擔保日後就窮一輩子？畢竟還有門手藝，飯是有得吃的。即使是他家窮一輩子，若是你妹子自己願意跟著人家過苦日子，這也是千金難買我樂意。」

趙成材想想也是，悄悄把妹子叫了過來，又跟她掏心挖肺地說了一遍。

見她膽怯猶豫，章清亭幫腔道：「玉蘭，妳別怕，有什麼心裡話直說就是。這成親可不比別的，關係著妳一輩子呢。妳今年才十六，往後還有五六十年的日子要過。若是不擇個自己中意的，往後這大半輩子妳怎麼過下去？」

趙玉蘭一聽，當即眼含熱淚就向兄嫂跪下了，「哥，我不怕苦！娘現在嫌田家窮，可咱家過去跟他家過得有什麼區別？只這一兩年才略強了些。若是你們能勸得娘回心轉意，就是吃糠嚥穀，我這輩子都感激你們！」

趙成材一拍大腿，「得！我拚著再被娘打一頓，去幫妳說說！」

章清亭卻攔著他道：「現在這什麼時候了？你娘早歇下了。等明兒我們都出門了，你尋個空，回來悄悄勸勸她。另外再去跟那田福生知會一聲，房子若是沒有現成的，租兩間也行。還有聘禮，若是你娘非要那八兩銀，我先給了就是。只別在她跟前透出一點痕跡，若知道是我的主意，她鐵定不樂意。」

兄妹倆點頭稱是，趙玉蘭把最後一線希望全寄託在兄嫂身上了。

當晚歇下，趙成材可遭罪了，身上被打的幾處火辣辣地疼，折騰得他翻來覆去一夜沒睡好。早上章清亭起來一瞧，他臉上泛著異樣的紅，明顯是發燒了。想起大夫昨兒的囑咐，就要趕緊找人去幫他抓藥，趙成材卻硬撐著起來，「不礙事，我也不是很難受，今兒還好多事呢！」

「不行就明兒再說吧。」

趙成材搖頭，執意不肯，「哪那麼嬌貴？實在不行，我早點回來也就是了。妳別管我，去忙妳的吧。」

章清亭只得走了，到了店裡一開門，塞給晏博文一個包袱，「去換上吧。」裡頭是一套深藍色的新襖新褲和一雙新棉鞋。

「天冷了，當心著涼。」早就見他身上單薄又破舊的衣裳了，昨日去買棉衣時，就想著也帶一套回來給他。

晏博文一愣，捧著衣裳在耳房裡思緒如潮。

有多久了，不曾再有人跟他說一句「當心著涼」？

他曾經是天之驕子，在錦衣玉食中長大，呼奴使婢，鮮衣怒馬。他以為人生便是這樣了，富貴榮華、功名利祿這些常人難以企及的東西，卻隨意就握在他的手心裡，根本不需要刻意爭取，可自從出事之後，他的天空就是一片灰霾，他的腳下就是一片泥濘。

從雲端跌落凡塵的感覺固然難受，但都不是那麼令人無法忍受。真正令人寒徹心扉的，是親人之間的決然相對，是被拋棄隔絕的冷漠與無視。

痛得狠了，心也就如手上磨出的老繭一般，麻木了。只剩下殘餘的一點理智和自尊支撐著他，如行屍走肉活在這世間。

錦上添花易，雪中送炭難。感知過世態炎涼的人，才格外懂得珍惜別人對他的每一分好。手上的衣鞋並不算什麼好東西，比起他以往小廝身上穿的都不如。若是從前，給他墊腳他都嫌棄，可此刻，這樣一套普通至極的衣鞋，卻在他的心裡點起了一盞暖暖的燈。

把臉捂在這散發著嶄新味道，卻略顯粗糙的布料上，用皮膚切切實實感受到了它們的存在，包裹在硬殼裡的心不覺裂開了一條縫，露出原本的柔軟。

章清亭不知道，自己不經意的一句話和一個善意的舉動，恰恰觸動了他人心靈深處最柔軟的那個角落，給了落魄的晏博文一次救贖。以致於在很多很多年之後，他都清楚地記得這套衣裳的紋路和這份妥貼的溫度。

換了新衣出來，他再看向章清亭的目光明顯就不一樣了，含了幾分的感激、幾分的溫情。

別人再看向他的眼光，也有變化了。連張張小蝶都說他看起來順眼了許多，真正有個夥計樣兒。拋棄了那一身陳舊而無用的華服，晏博文自己也覺輕鬆了一大截，好似甩掉了一個大包袱，真正的洗心革面，融入進了現在的生活。

店裡的生意是一如既往的紅火，連房東劉老闆也慕名前來，眼見章清亭幹得有聲有色，還把他之前滯銷多時的布匹都賣了出去，心中難免有些不是滋味，訕訕地在那兒說著恭維話，一雙眼睛卻盯著滷菜，明顯想白占些便宜。

章清亭怎麼會看不出，笑著問道：「劉老闆要點什麼？讓夥計切給你，包管價格公道，斤兩算足。」一想要不花錢，那是不可能的。

劉老闆抹不開面子，只好要了幾樣滷菜。

章清亭遞個眼色給方明珠，小丫頭立即上前，一手遞東西，一手就管他要錢，「謝謝您啦，一共四十五文。」

章清亭低著頭假意算帳，劉老闆自討沒趣，有些肉痛地付了錢，悻悻然離去，心中又恨又妒，一時後悔房租訂得便宜，一時又悔布匹賣得價低，最最後悔自己怎麼沒早發現方德海這個活寶，得到這條財路？現在乾望著自家的店紅紅火火，卻是把銀子讓給別人平白賺了去。

他越想越不服氣，回家就翻出當初訂立的契約，想找尋漏洞。

剛過晌午沒一會兒，章清亭見天涼了，正在那兒尋思著是不是該在前面店堂裡添個火盆，再換個厚門簾，免得客人夥計都待不住，張元寶慌慌張張跑了進來。

「大姊，大姊，妳快回去吧，姊夫要死了！」

章清亭聽得心裡咯噔一下，「把話說清楚！」

「姊夫……姊夫中午回來了，不知跟趙大嬸關在房裡說了些什麼，反正他就這樣……這樣死了！」張元寶也說不清楚，乾脆就兩眼一閉，直挺挺站著，裝出僵屍一般的模樣。

章清亭白他一眼，「是暈過去了吧？請大夫沒有？」

「暈不暈的我也不知道，反正姊夫就不動了，趙大嬸在那兒喊，說是妳害死她兒子，要妳去償命呢！」

「我問你請大夫了沒有？」章清亭把關鍵問題又重複了一遍。

張元寶撓頭，「那個……我也不知道，趙大嬸在那兒喊著要妳回去，我就來找妳了。」

看小弟糊塗，章清亭直搖頭，「行啦行啦，我這就走。」

把大錠銀子一收，帳本和散錢當著大家的面交給了方明珠和晏博文，並道：「小蝶，妳別不服氣，妳又不識字，我把帳本交給妳，妳也管不來。」

依章清亭原來脾氣，肯定不會交代最後這句，但通過張小蝶揭趙玉蘭短處一事，她也反思了一下。有些話還是當面說開的好，免得心存芥蒂，又生事端。

張小蝶本來還真有些不服氣，可這麼一聽立即洩氣了，誰叫自己不識字，便暗下決心，趕明兒她也要認字去。

請了大夫一起趕回了家，卻見趙成材已經被趙王氏掐人中掐醒了，只是人還昏昏沉沉的，難受得說不出話來。

大夫上前瞧過，主要還是受傷引起的發燒，再加上白天出去吹了涼風，回來之後又怒極攻心，才會一時暈了過去。

聽說沒什麼大事，大家的心都放了下來。

因有外人在，不好發作，趙王氏看都不看章清亭，直等她打發張銀寶、張元寶去跟著大夫抓藥了，這才忿忿地道：「我說媳婦，妳到底安的什麼心，就這麼一定要把妳小姑子往火坑裡推？」

章清亭還未答話，趙成材在那兒勉強出聲：「不關……她……」

「成材，你少費神，別在那兒幫她打馬虎眼了，娘心裡有數！」趙王氏惡狠狠地盯著章清亭，「我家孩子都老實得很，沒妳那麼多鬼心眼！表面上裝大方，做好人，還出銀子給玉蘭成親，可實質上呢，這才真是害了妳妹子一輩子。什麼有情人終成眷屬，那全是書上騙人的鬼話。等妳三餐揭不開鍋，吃了上頓愁下頓的時候，妳才知道厲害呢！」

趙王氏一激動，昨日磕傷的頭又有點犯暈，扶額指著章清亭，「我也不跟妳講什麼大道理了，妳給我出去，好好伺候妳相公，就算盡到妳的職責了！我閨女的婚事自有我來做主，輪不到妳操心！」

章清亭卻巍然不動，只等她說完了，這才緩緩地道：「妳說完了嗎？妳放心，我不會跟妳吵架，說完這幾句話就走。」

「相公今日跟妳說的這事確實有我的主意，可說我要害玉蘭，這就冤枉了。玉蘭又沒得罪過我，我害她又有什麼好處呢？」章清亭還想為趙玉蘭爭取一次，「婆婆，有句老話妳也該聽說過的，男怕入錯行，女怕嫁錯郎。妳捫心自問，為趙玉蘭找的兩樁婚事就真的這麼盡如人意嗎？若是玉蘭嫁了過去，並不幸福，那又有什麼意思？玉蘭她不怕田家窮，她是心甘情願嫁給田福生的，要不，今日我們怎麼會為了這事跟妳一再起衝突？」

「那是玉蘭不懂事，你們跟著瞎摻和什麼勁兒？」

「因為我們都盼著她好，希望她嫁了人，也能過得幸福美滿、安康和樂。田家是窮，可易求無價寶，難得有情郎。妳為什麼就不肯給他們一次機會呢？」

趙王氏怒不可遏，「我給她這個機會，才真是害她一生！玉蘭，妳上前來，聽娘跟妳說！」

趙玉蘭撲通跪下了，欲語淚先流，「娘，我……我真的……」

趙王氏的眼圈也紅了，「娘知道，妳跟田家大小子從小一起長大，感情確實比旁人深厚。福生那孩子本分憨厚、勤快，又會疼人，妳要是真嫁了他，就是家裡只剩一口粥，他肯定也會先讓給妳喝，他這個人確實沒話說。」

趙成材半天才積攢了點力氣，「那娘您怎麼……」

「怎麼就是不同意，對吧？」趙王氏抹一把眼淚，吸吸鼻子，「因為娘也是這麼過來的，知道這其中的苦處。像你們爹，算是個好人吧？這麼多年，處處讓著我，家裡大事小情全讓娘作主，沒讓我在家裡受過半分委屈，可是，這有什麼用？」

憶往昔，趙王氏是止不住地掉眼淚，「你們想想，家裡小時候過的都是什麼日子？成材，你該記事的，你爹分家時，咱們家就是一間泥坯房，說是草棚子也不為過。那時我懷著你，都七八個月了，還成天下地幹活，回了家，又得自己燒火做飯，一個伸手幫忙的人都沒有。」

「這麼些年，我和你爹累死累活地在地裡做。你們娘呢，也不嫌醜，還出去裝神弄鬼糊弄人，忍了多少白眼，受了多少閒氣，也只能糊個口，還時常有上頓沒下頓的，就這一兩年才漸漸好了起來。」

「成材，你還記得為什麼娘發狠讓你去讀書嗎？就是因為咱家窮啊，四處都受人欺負。有了你這個秀才，就是再窮，別人也能高看咱們家一眼。」

「可是玉蘭呀，妳要是嫁給田福生，就相當於再去走妳娘從前的老路，再去吃那麼多的苦。娘能捨得嗎？你們說福生也許不會窮一輩子，是，他是有可能慢慢把日子過好起來了，就像你爹娘似的，熬了大半輩子才能稍稍喘口氣，可到頭來，又能落下些什麼呢？」

「玉蘭，聽娘一句勸吧。田家不光是眼前這些負擔，等到你們真成了親，有了孩子，那負擔就更重了。他還是長子，玉蘭以後的日子有多苦，你們也要想一想，不能光憑著她說一句喜歡就讓她去嫁人，那才真是害了她。再說，你們憑什麼就知道她嫁給別人就會不幸福？說不定還好得很呢！」

她掀起衣角擦乾眼淚，瞟了兒子和兒媳一眼，「你們兩個以後要是再提這碴，我見一回就打一回！玉蘭的婚事，就這麼說定了！」

章清亭微微嘆了口氣，「婆婆，也許是我們考慮不周了，但是，我仍然要請求您，不要拿玉蘭的婚事用作賭氣的籌碼，是不是該打聽清楚……」

「妳給我出去，出去！都是妳，撩撥得玉蘭心思不定，妳是不是真的要我家法伺候？」

「大嫂，妳……妳別說了，我嫁了就是！」趙玉蘭已經哭倒在地了。

章清亭無話可說了，憐憫地瞧了她一眼，扶起趙成材回屋了。

趙成材這回當真病得不輕，倒頭就迷糊上了。不一會兒，張元寶他們拿了藥回來，章清亭自己在小茶爐上煎著，怔怔地發著呆。

趙王氏說的也有她的道理，也許那孫家人不錯呢？現在也只能希望如此了。

病來如山倒，病去如抽絲。

趙成材直躺了兩日才緩過勁來，等他醒來，妹子婚事大局已定，孫家聘銀已收，擇定了臘月初六完婚。

這個年，家裡註定要少一個人了。

趙成材嘆了口氣，只問妹子有什麼想要的，他盡力去置辦。

趙玉蘭搖了搖頭，越發沉默了。

事已至此，章清亭當然也不好說什麼。趙王氏倒是老實不客氣地到她這兒來挑了好些料子，有的做被裡，有的做被面，還為趙玉蘭裁了幾套新衣裳。

章清亭隨她挑揀，卻暗地裡搖頭。她這些料子，哪有真正好顏色？畢竟一生才成一次親，人家好歹還送了三十兩銀子，到時嫁出去像什麼樣子？

可還沒輪到她操心別人，自己的麻煩事又來了。

給章清亭找麻煩的正是那個劉老闆，見她生意好便犯了紅眼病。

回去翻了翻契約，絞盡腦汁想了幾日，終於給他找著了個藉口，忙不迭跑了來，硬說是章清亭既經營滷水又經營布匹，做了兩樣，他也要加租金，而且獅子大開口地將一年十兩改成一月十兩。

真是想錢想瘋了！章清亭極其不屑這種人，卻又不得不跟他打交道，不過她現在可不是初出道的菜鳥，由著人搓圓捏扁了，當下冷笑，「劉老闆，我這怎麼經營兩樣了？明明招牌上掛的就是絕味齋，滷水鋪子。這布匹不過是從你手上接下來的一點存貨，清空就沒有了的，你就是想讓我接著做，我也沒有了貨源啊！」

劉老闆蠻不講理，「那我把貨轉給妳時，可沒說許妳在這兒賣的。」

「那你也沒白紙黑字標明說不許我賣。」章清亭指著上頭的條文，「租金這裡可寫得明明白白，一年租金十兩紋銀，三年一共三十兩，一次付訖。如若違約，當雙倍罰之。這上頭可有你的親筆畫押，還蓋著官府大印。劉老闆，我們做點小本生意不容易，你錢都已經收到了，何苦又來為難我呢？」

「怎麼叫我來為難妳呢？明明就是妳賣的，跟事先說好的不一樣嘛！雖然沒有白紙黑字落到實處，但我們之間可也是有說法的不是？」

章清亭真是被他氣得無語了，這人怎麼能這麼胡攪蠻纏？

晏博文不慌不忙上前道：「劉老闆，請容小的冒昧說一句。您說我們老闆跟您租這鋪面時，只說做滷水生意，不包括布匹。可若是您當初不賣給她，她哪來的布匹？您要是實在看不過眼，要不，咱們按本錢賣回給您？」

那劉老闆是無理也要狡辯三分，見此路不通，又指著店裡的酒道：「你瞧這個，你既是滷水鋪子，幹麼還賣酒呢？」

晏博文微微一笑，「劉老闆，您既知道我們這兒是滷水鋪子，當然是有滷食，有水酒啊！」

方明珠和張小蝶忍俊不禁，捂著嘴噗哧笑了出來。

劉老闆說不過他，又被人嘲笑，氣鼓鼓地一甩袖子，「你這人怎麼這麼咬文嚼字的？反正我不管，今兒這租金我是漲定了，要不你們就別做了！」

晏博文故作驚訝，「劉老闆，莫非您是想打官司？」

「是啊！」劉老闆虛張聲勢。

「那可就麻煩了。」晏博文先愁眉苦臉地看了章清亭一眼，轉而才正色對劉老闆道：「咱們小店跟您的契約可是經由官府鑒定的，您若是真想反悔，按律須由上一級衙門來裁奪，那就得上郡裡去投狀子。府台大人可是日理萬機，等他有時間來審理此案了，恐怕也得排到一年半載之後了。」

聽到這兒，劉老闆面色變了幾變。章清亭本想乘勝追擊，痛打落水狗，但想起趙成材要她少得罪人的勸告，還是忍了，反而換了個笑臉上前道：「劉老闆，你瞧，咱們本來合作得挺愉快的，何必為了這麼點小事斤斤計較，傷了和氣？」

她示意張小蝶去拿了一塊最便宜的豬頭肉，「我這小店就算生意好一點，賺的也都是些蠅頭小利，能值幾何？不說別的，就光跟你之前的綢緞莊，都是沒辦法相提並論的。這些布匹你瞧我似乎賣得紅火，但我從你手上多少錢買來，現在多少錢賣出去，能賺多少，你心裡當然最是清楚。再說一句不怕你笑話的話，我們家上上下下十幾口人，連件過冬的衣裳都沒有，這剩下的布匹我真沒多少了，還得留著給自己做衣裳，所以這些布匹你是一點兒也不用擔心，過幾天準得收檔。」

此時張小蝶把切好包起的滷肉遞來，章清亭遞給他道：「你呢，給我行個方便，以後你來我這小店，沒得說，絕對是最低的折扣。你是有大胸襟的大老闆，我這麼個芝麻綠豆大的小店怎麼能入你的眼？咱們和和睦睦，豈不皆大歡喜？」

章清亭這一番連拍帶哄，讓劉老闆臉上漸漸和緩了過來，接了肉也就不再刁難了，給自己找了個臺階下，「既然妳都這麼說了，這就快過年了，我也不好再說什麼，那算我吃點虧，就先這樣吧。」他到底仍是有些訕訕地走了。

幾人相視而笑，方明珠帶頭讚道：「阿禮哥，你真厲害，你怎麼懂得這麼多？把那個劉老闆唬得一愣一愣的。」

「就是！沒瞧他那時那個表情，想起來就好笑！」張小蝶捧腹大樂。

晏博文微微一笑，「我不過是跟他說了最粗淺的道理，最後還是那塊豬頭肉的功勞最大。」

這下連章清亭都噗哧笑了，「你也打趣我呢！」

「我這是實話實說。」

趁著這會兒有空，章清亭就說要出去一趟，買個新門簾和火盆回來加上，不料眾人聽了都搖頭，連張小蝶都道：「大姊，妳花那個冤枉錢幹什麼？咱們不是買了新棉花嗎？到時把誰的舊棉衣拆下來，上下中間加根木條，縫縫就是個門簾了，何必還得花錢去買？」

「那火盆也沒必要。」方明珠往裡一指，「把裡頭的滷水爐子搬一個出來不就行了？妳新買個火盆還費炭。」

晏博文不贊成，「那爐子太大，這前面本就窄小，再放上那個，萬一燙著人就不好了。不如把後面燒水的小泥爐提來，就放在旁邊那角落裡，做個小木欄圍著就是。」

章清亭點頭稱是，做飲食沒法不油膩，到了冬天要洗要弄的，熱水需求量很大，專有一個爐子在燒水。可後頭廚房本就窄小，已經有兩個大爐子在做燒滷，溫度很高，把那小爐子提過來，倒是替後廚省事了。

晏博文說幹就幹，當即就把爐子搬了過來，又去院子裡找了幾根長點的木柴交叉著拿草繩一綁，就成了一個簡易的小柵欄，安上去剛剛好，一點也不礙事。

張小蝶看得大開眼界，「阿禮，你這一手跟誰學的？」

「這是以前在……有時要在外頭架爐子升火做飯，那些當兵的就是這麼幹的。」

張小蝶有口無心，「那你坐個牢，還學了挺多東西的嘛！」

章清亭暗地裡踢了她一腳，張小蝶這才會過意來，吐了吐舌頭。

晏博文臉上僵了一僵，卻也很快就笑了起來，「是學了不少東西，但那門簾我可不會做。」

張小蝶見他不介意，也就活泛起來，「那個最簡單，連我都會。」

「那就交給妳做吧。」章清亭倒是和晏博文有口同心。

張小蝶一不小心給自己攬了個活，正覺懊惱，晏博文又激她道：「妳得做多久？不會跟打官司似的，等一年半載吧？」

「當然不會！」張小蝶一梗脖子，「大姊，妳回去找衣裳給我，明兒就能好。」

「這可是妳自己說的。」章清亭忽然發現，對這個妹子用激將法比較有效果，索性再刺激她一下，「小蝶，妳不是說妳要學識字的嗎？認了幾個？」

「我……我認得一個，啊，不，是兩個了！」張小蝶有些心虛，卻仍是伸出手指頭在空中虛劃著，「這是一個天字，中間是個人字，對吧？」

方明珠來精神了，「天字中間是個大字，上面兩橫是個二字，這一個字裡頭有四個字呢！」

「啊，原來是這樣啊！」

見張小蝶有興趣學習，章清亭自然是樂見其成，又敲打了一句：「明珠，那妳以後就負責教小蝶吧。妳跟著我學，小蝶跟著妳學，要是小蝶哪天學得跟妳一樣多，妳教不了的，就改她跟我學，妳跟她學了。」

這一下，兩人都要努力了。

晏博文笑道：「老闆就是老闆，果然是一石二鳥的好計策。」

「一石二鳥又是什麼意思？」方明珠勤學好問。

章清亭也笑了，「妳們以後還可以跟阿禮多請教請教，他可是深藏不露。」

「慚愧慚愧，老闆才是運籌帷幄，決勝於千里之外。」

章清亭忍著笑，「阿諛奉承，阿禮果然是懂得虛與委蛇。」

方明珠叫了起來，「你們說話怎麼都是四個字四個字的？我們聽不懂，快講講！」

可這時候，沒空說了，生意上門了，還是一注大生意。

來人是福興樓的大掌櫃，很是精明幹練的中年人，一進門就自我介紹：「在下蔣正平，今日慕名前來想試試絕味齋的滷水。若是合適，趙夫人又有意合作，我們可以簽訂長期的供貨買賣。」

這真是喜從天降，章清亭不敢怠慢，趕緊命張小蝶奉上香茶伺候，那邊晏博文已經去挑了滷水最好的部位，切了一大盤出來。

蔣正平和隨行來的兩位廚師一嘗，都點了點頭，「聽說貴店的掌勺師傅是從前的御廚，可否請來相見？」

這個卻要問過方德海自己的意思，方明珠進去請人，不一時，一臉失望地出來，「爺爺說，客人覺得他做的東西好吃就行，見他就沒必要了。」

蔣正平也不勉強，指著店裡的東西道：「趙夫人，妳這做的東西雖然味道好，但用的肉材卻是普通，不上檔次。若是我們店裡要用，肯定是要最好的材料，是在妳這兒吃不到的東西。妳能提供嗎？」

章清亭一聽這個可有點犯愁，「實不相瞞，我們這兒本小利薄，只做得起這些，再好的東西，我也拿不起。」

「這個卻是無妨，妳只管報上價來，我可以先付訂金。」

章清亭一聽有門，忙讓方明珠再進去問問她爺爺，看有什麼東西能做的。

這回方德海才拄著拐杖出來了，「你們若是要做金貴的東西，我可以開個單子列給你們。只要你們備得出來，我就能做。」他望著章清亭解釋著：「那些食材市面上妳也買不著，須得他們自己去買了，送來給咱們料理就是。」

這個法子好，章清亭省了事，蔣正平也願意。食材採購仍在自己手裡，那費用又可以省下來一筆。於是方德海口述，章清亭親自執筆開單。

方德海要的東西很特別，全是像鴨舌、鵝肝、鹿筋之流，章清亭自然是知道好歹，那兩名廚子聽得也直點頭，而晏博文在一旁聽著，最後忽然加了一句：「為什麼不試試做滷香乾呢？烤豆腐也好吃的。」

豆腐乾隨處可見，能有什麼好吃的？方明珠她們聽得好奇，那兩名廚子卻是微微色變。

方德海抬頭瞟他一眼，不過也問了一句：「你們福興樓做得出來？」

蔣正平望著自家廚子，一人上前回話：「掌櫃的，方師傅要的那種豆腐乾可不是一般的東西，別說我們店了，就是整個北安國也只有京城的幾家大店才有。」

蔣正平當即發現了其中的商機，「那能不能去請個豆腐師傅回來？」

「這個……恐怕很難。」

蔣正平只得暫且作罷，章清亭卻暗暗留上了心。下回有機會，看自己能不能做做這個。

菜品定下，蔣正平和兩個廚子商量著定出分量，就開始商議價錢了。

蔣正平指著店裡的滷水道：「你們這兒最貴的東西才一錢一銀一斤，我們就按這個最高價，按斤算價吧。」

章清亭還有些拿不準主意，方德海卻是一口回絕：「你這些材料不好料理，不僅要做進味道去，到時拿出去還得講究一個賣相，可比這些隨便弄弄的東西費工夫多了。」他自作主張報了個價，「我每日最多能幫你們做五十斤，你賣多少是自家的事，我們卻要收一兩銀子一斤。」

章清亭嚇了一跳，這麼血盆大口的會不會把人嚇跑？偷偷向方德海投去探詢的一瞥，卻見他氣定神閒地道：「你們若是嫌貴，那我也就不做了。這一把年紀了，也懶得費那個精神。」

章清亭要是再不懂他的意思，那就是個傻子了，當即在一旁陪著笑臉做好人，「真是對不住，方師傅就是這個直來直去的脾氣。蔣大掌櫃，你們福興樓可是全堡首屈一指的大酒樓，這一兩銀子一斤對於別處來說可能是貴了點，但對於你們那兒來說，算什麼呀？」

見蔣正平有些猶豫，方德海又不失時機地補充道：「大掌櫃請放心，我既應承為你們做了，肯定味道調得比這兒還好。到時您要是賣不出去，儘管拿來退給我，以後再不做了就是。」

蔣正平同意了，「那好，趙夫人，咱們就簽個文書。一兩銀子一斤沒問題，不過你們這店既幫我做了，就再不許幫別家做這些。」

巨大的利益面前，章清亭沒有馬上應承，而是想了一想才道：「大掌櫃，您來關照我的小店我是該感激的，不過在商言商，都是為了賺錢，說句話你可別介意，今日我跟你家合作，若是明日有人出更高的價錢，我可不能擔保以後永遠就只賣你一家。」

蔣正平佯怒道：「那妳若是要坐地起價，我們就不要了。」

章清亭一笑，「大掌櫃別著急，先聽我把話說完。您看咱們能不能這樣，這些東西我們只幫你一家做沒問題，但日後若是有人也願意來做這塊，您也得給我們一個賺錢的機會。就每季一次，把願意競價的人都請來，由買主各自寫個價碼，再當眾拆開，價高者得。既避免了大夥兒你爭我奪傷和氣，也讓小店日後有個進益的餘地，如何？」

好主意，連方德海都微微頷首。

蔣正平暗自盤算了一會兒，雖然這樣的契約有一定的風險，卻也是最大限度考慮到了買主的利益，避免了無謂的哄抬價格。他自忖福興樓財大氣粗，在這一帶恐怕無人能出其右，就算是有人競爭，肯定也鬥不過他們。

退一步來說，若是他們做的東西真的賣得好，就算是不賺錢拿他們的貨又如何？總是能帶來一塊獨家經營的金字招牌，不怕在其他菜式上不足以彌補虧空了。

想通了此節，蔣正平主意已定，呵呵笑道：「怪不得賀老大極力讚賞趙夫人，讓我跟妳打交道時要小心點，果然是女中豪傑，心思靈巧！」

章清亭恍然大悟，難怪這人會說什麼慕名找上自己的小店，原來竟是賀玉堂為她暗中牽線。想來是在薛紹安之事上沒有幫到忙，他就在這裡用心了。章清亭坦然接受，不過也想著改日有機會去道個謝，走動走動。生意場上，多一個朋友總是好的。

當下契約寫定，有了劉老闆的教訓，章清亭特意讓張小蝶去衙門裡跑一趟，找趙成材蓋個官印，做個見證，免得日後又跟她扯皮拉筋。

趙成材告了兩日假，正在忙著，見小姨子送來契約，得知自家談成一樁大買賣，他也高興，首先就把這件事給辦了。

這衙門有人好辦事啊，張小蝶一路小跑地送了回來。

蔣正平與章清亭各執一份，當下約定兩日內就會送來要烹製的食材，便先行告辭。

送走他們，小店裡是歡呼一片。人人臉上喜氣洋洋，不就是費點工夫，費點炭火嗎？這可是一天至少十幾二十兩銀子的大生意啊，他們這下真的發達了。

張金寶他們也早跑到前頭來聽著，此時都不覺得幹活苦了，反而巴不得做越多越好。

「就是每天一百斤也行啊，咱們乾脆不做別的，就只做他一家店了。」趙成棟興致勃勃。

章清亭搖了搖頭，「剛有些老顧客，就這麼放棄怪可惜的。不要想一口吃成個胖子，他們做五十斤也是上限了，若是做得太多，也就顯不出特別和尊貴之處了。」

方德海雖也高興，卻沒被沖昏頭腦，對章清亭使個眼色，「丫頭，跟我過來一下。」

這是要談錢了吧？章清亭心裡有譜，到了後頭直接道：「老爺子，這筆帳咱們五五分吧。」

方德海嘿嘿一笑，「丫頭，做人要知足，我也不要多，三七就成。」

章清亭還沒自以為是到他是要給自己七成，當即大叫：「老爺子，你可不能這樣！怎麼說這生意也是衝我的面子才找上門來的，總得給我點甜頭吧？我這還出人幹活呢，就五五嘛！」最後一句明顯帶著點撒嬌的味道了。

方德海可不吃她這套，拍板定案，「就四六了。要不是看在妳平時對明珠還算關照的分上，我收妳二八都不為過。不過這快入冬了，我們祖孫倆也該添置些棉衣棉被，這個就算妳的了。再往我們家送兩車好炭去，我老人家年紀大了，可禁不起凍。」

財迷老頭！章清亭橫了他一眼，「行，不就是聽說我們家做棉衣了，你也眼饞嗎？放心，等收了錢，全給你們添置上。」

方德海得意洋洋瞟她一眼，「那可快著點啊，這天說冷就冷了。我倒不挑樣子，只要厚實就行，明珠給她做好看點。上回妳幫她做的那身衣裳就不錯，小丫頭挺喜歡的。」

「瞧瞧你的算盤打得騙我多少東西去，我都沒跟你計較過，你還老跟我算這麼清楚。」章清亭笑著抱怨幾句，自去張羅了。

想到還有張趙兩大家子，也算是為她這個店出了不少力了，若是全等著幾個家裡女的做，確實太累，還得幫每人彈床大棉被，不如把東西交出去做得了。

晚上回家跟趙成材一說，他也高興，「會不會讓妳太破費了？」

「沒事。」章清亭馬上有大財進來了，不在乎這點小錢，「你們家可也幫了我不少忙，特別是成棟，成天和金寶在裡頭幹活，確實也辛苦。我想等著年後，就開始發工錢給他們了，讓他們幹得也有個奔頭。」

趙成材似是有話要說，想想還是沒有吭聲，只忍著笑意，「那就多謝妳了。」

章清亭又好生算計了一番剩下的布匹，她賣出去的，本錢早已經回來了，剩下這些也不必費神去考慮下一輪的式樣，乾脆全留著自用吧。

聽說她拿了賣布的錢去幫全家訂了新棉被，趙王氏暗叫吃虧。她剛給玉蘭彈了兩床新被子，要是早知道章清亭要做，豈不是又省了一筆？

聽說章清亭還要出去找人做棉衣，她可心疼了。反正她現在受了傷，成天躺在家裡也做不了重活，就自告奮勇把這活計接了下來。還有趙玉蘭，說閒在家裡也幫不上什麼忙，可以幫著一起做。

這個章清亭卻是歡迎的，又多買了些棉花回來，把料子裁了交給她們，反正鄉下人也不用太講好看，只要暖和大方就行。只有自己和方明珠的，她才親自動手。

趙王氏卻道：「妳既有這手藝，怎麼不幫成材做一件？他現在成天在衙門裡走動，來往的都是有身分的人，可不能穿得太寒磣了。」

幫秀才做章清亭倒是沒二話，爽快接了活。

這個冬天，忙忙碌碌，卻又紅紅火火地開始了。

福興樓頭幾回先是謹慎地送了十幾斤要製作的高檔食材來，沒想到拿回去之後大受歡迎，客人嘗了紛紛表示非常滿意。蔣正平立即吹噓這可是從前的御廚做的，就是帝王級的享受。

那些客人一聽，就算是原來沒興趣的，都非要點上一盤來撐門面不可。

如此一來，方德海每天監製的五十斤燒滷根本就不夠賣，要吃還得提前預約。

這生意做得蔣正平笑得合不攏嘴，而章大小姐生平第一次體會到什麼叫數錢數到手抽筋。

真是太幸福的體驗了！

城中一些大酒樓見了，紛紛來絕味齋訂購，可人家已經說了是獨一份，要想爭取，得等到明年春天，重新競價。他們紛紛搖頭惋惜，雖然買不到那些貴重的食材，但這些老生意人也極是精明，不約而同選擇把她店裡滷水買絕一樣回去待客。

如此一來，你想要吃絕味齋的滷豬耳朵便得去城東，想吃她家的滷豬腳就得去城西，想吃烤雞就要去城南，想吃滷鴨就得去城北。

什麼東西都講個跟風效應，這越難買反而越讓人惦記著。章大小姐就這麼幸運地掌握住了這個商機，賺得盆滿缽滿。

她也跟著蔣掌櫃學精了，也不做太多，仍是那些貨，吊著人胃口。現在絕味齋每天門還沒開，就圍滿了城中各大小酒樓的夥計，坐等著他們做出東西來拿走。

普通的老顧客根本排不上隊，想要什麼只能提前跟夥計打個招呼，先付錢，第二天再來取。這現在對於章大小姐來說，完全是做個友情生意。雖然價錢低，卻能賺來極大的人氣。

形勢喜人啊，章清亭成天歡歡樂樂數著大把大把的銀錢感慨。

形勢卻也逼人啊，張小蝶成天笨拙地提著毛筆也很感慨。

沒法子，現在根本不用她們去切啊剁的，只需要拿著紙筆記清楚哪個夥計是哪家店的，他們要什麼東西，哪個顧客付了錢，要訂些什麼東西就好了。都不用章清亭說，她也知道不會寫字，那就只能回家待著。

章清亭也有意鍛鍊她們，不管寫得醜不醜，全讓她和方明珠二人記錄，只要她們倆自己認得就好，末了自己歸整時，再教她們寫字。

晏博文呢，根本就不用在前頭幫忙了，也到後頭廚房去幹活。他畢竟書讀得多，很會動腦子，做事可比張金寶和趙成棟機靈，一人能趕上他們倆，讓方德海很是滿意。

前頭就完全交給了三員女將，忙雖忙，但每個人的心裡都是無比充實和快樂。

張小蝶的進步可以說是突飛猛進，很快就學會了店裡所有要用的字，回家以後難免顯擺，今兒又學了幾個什麼字，還寫給眾人瞧，弄得張家三兄弟心裡都癢起來，也吵著要學認字。

不過章清亭她也考慮到一個問題，張金寶年紀大了不可能再進學堂，倒是張銀寶、張元寶年紀還小，成天這麼東遊西蕩也不是個事兒，不如開了春，送他倆去讀點書，好歹認得幾個字，將來無論做什麼，也好過做個睜眼瞎。

趙王氏看了張家兄妹的動靜嘴上沒說什麼，晚飯後卻把趙成棟趕到大哥屋裡去，讓他每天學幾個字再回來。

家裡學習蔚然成風，讓趙成材也很是高興。

有人攀比著，一群年輕人都唯恐落後被人笑話，相互之間學了新東西再一炫耀，相當於又把這些傳播給別人了，學習效果是出乎意料的好。後來乾脆每天晚飯後，由趙成材負責，就在堂屋裡掛一塊小木板，用燒黑的樹枝當筆，給幾個弟妹上一課，連幾個大人都跟在旁邊聽著湊趣，俱是面帶笑意。

章清亭自然不跟他們一處湊合，自己回房算帳，還要琢磨生意上的事情，但她仍是留意到，每每此時，廚房裡亮起的那一盞孤單燈火。有時明明碗筷都收拾完了，趙玉蘭仍是不肯進堂屋，就那麼呆呆地守在爐火旁沉默著，眼睛裡滿滿寫著失落。有時聽到堂屋裡傳來朗朗的讀書聲，她也會投去羨慕的一瞥，隨即卻是更加黯然。

明明是一家人，卻因為即將出嫁，變得好像和這個大家庭已經格格不入了，只能小心翼翼站在門外，看著門裡頭的熱鬧，獨自寂寞。

章清亭看得很心疼，卻又無話可說，這就是命嗎？

這個女孩跟自己同齡，卻過著完全不一樣的生活。章清亭也會想，若自己也是這樣一個普通的女子，是否此時也就這樣接受父母的安排，隨便嫁人去？
可章清亭不是趙玉蘭，她知道自己的答案是什麼，否則當初就不會在南康國上吊，也不會和秀才簽訂那個有些犯傻的千金之約。
趙成材已經說過，隨時都可以放她離開，現在章清亭已經有了一點小錢，還在以驚人的速度越滾越多，她為什麼還沒有離開這群讓她煩惱的人呢？
她自己也說不清楚，只是轉過頭，順著讀書聲，看著堂屋。
溫暖的燈光下，趙成材站在那兒抑揚頓挫地教著書，雖然有些呆氣，卻散發著異樣的光彩。那是相信自己的知識，並熱心把它們傳播出來的光彩。而下面小板凳上坐著幾個弟妹，雖然坐姿不雅，又沒有紙筆，但他們依然認真望著趙成材的方向。他們的眼睛裡，流動著一種叫做求知的欲望，是一種從渾沌不清到豁然開朗的驚喜。
即使是旁邊的兩對父母，也許他們聽不懂，但是此刻他們也同樣專注，臉上的笑容幸福而又滿足，就連最剽悍的趙王氏，此刻的眼神也是溫柔的。
章清亭忽然想，如果此時靜悄悄地走開，自己也許可以過得很好。沒有家人，也就少了許多煩惱，但是也就沒有人會在她無論多晚回到家時，幫她守著門留著飯；沒有人會在下雨時，想著送傘給她；更沒有人會在別人想要欺負她時，拿著刀衝到她前面……
張家人確實給她帶來過很多麻煩，但是也因為血緣，他們之間註定有了割不斷的聯繫。
如果說過去的他們是全然的包袱，讓章清亭避之唯恐不及，可現在的他們，卻在努力成為她的助力。
張金寶和張小蝶在店裡幫忙做事，張發財在地裡幹活，張羅氏在家裡燒飯，就連張銀寶和張元寶也劈柴挑水，看門守戶。自己每天自己吃的每一頓飯、喝的每一口水裡都有他們的影子，也許他們很笨拙，起到的效果很微弱，但是他們都有努力在做。

她的目光又移到趙成材臉上，他不算太英俊，才華也不算太出眾，卻是樸實、踏實而令人安心，也許日後就算分手了，還能做個朋友吧？

只是，他的臉為什麼越來越紅，難道他又發燒了？

趙成材終於忍不住向她飛快投來一瞥，意思是說，我知道妳在看我了，別看了！

章清亭不覺臉也紅了，迅速轉過身去，捂著發燒的臉暗罵，自己怎麼像個花癡似的看一個年輕男子？失禮，太失禮了！

時間的腳步，不會為任何人的喜怒哀樂所動搖。該來的，始終都是要來。

在一個大雪紛飛的日子裡，趙玉蘭終於要出嫁了。

天氣陰冷，張趙兩家人早就都換上了暖和的新裝。從前幾日開始就忙忙碌碌，將家裡家外收拾一新，貼上大紅喜字，在忐忑不安中翹首以待。

冬小麥早已種下，幾位父母正好閒在家裡做年輕人的後勤保障工作。

章清亭生意大好，花錢也爽快，家裡的日常開銷她負擔了大半，雖然趙王氏每天都要從章清亭給的生活費裡摳一點下來，但基本上辦事是認真負責的。

水至清則無魚，章大小姐當然懂這個道理，也不會為那點蠅頭小利斤斤計較。

越近年關，店裡的生意越好，根本沒辦法停下，可趙玉蘭的婚事也是不可能不參加的，只好在前一晚由全店人包括趙成材一起去幫忙，熬了個通宵把東西全做了出來，第二日一大早，天還沒亮，就約了客戶來分發完了貨物，就急急關了鋪子，回家辦喜事。

走在回家的路上，看著四下裡銀裝素裹的雪白大地，章清亭只覺一片茫然。

不是為自己，而是擔心趙玉蘭，她的前路到底在何方？

所有人都在責怪這場雪下得不及時，只有趙王氏非說是瑞雪兆豐年。那就是吧，這樣的日子，無論怎樣，都是應該祝福的。

章清亭一進門，來不及撣去身上的雪花，就先去見了新娘子。

趙玉蘭一身大紅新衣端坐屋中，雖不算華貴，但也豔麗喜慶，只是頭上一根細細的銀簪子，以及一對小小的銀耳環、一對薄薄的銀手鐲，未免顯得寒傖了些。趙家也沒請多少客人，房間裡就只有家中幾個女眷作陪。

見章清亭布滿紅血絲的眼睛，趙玉蘭忙體貼地道：「大嫂，妳累壞了吧，餓不餓？要不要先去弄點吃的？」

這丫頭，總是惦記著別人。

章清亭哽咽，努力微笑著從棉袍裡捧出一個首飾盒，「送妳的，快戴上試試。」

盒子裡是一套六件純金首飾，鳳釵一支、戒指兩枚、耳環一對、手鐲一副和項鍊一條。嶄新而又黃燦燦的色澤，即使在屋子裡，也亮得耀眼。

這一下，可把那三十兩銀子的聘禮給比下去了。三姑六婆們就是之前有想說嘴的，此刻也只剩下了讚嘆和羨慕。

趙王氏臉上也和緩了許多，之前見章清亭什麼表示也沒有，心裡未免不痛快，尤其趙成棟可回來說過，絕味齋現在簡直成了隻下金蛋的母雞，那些客戶是排著隊來送銀子的，具體賺多少他雖不清楚，但肯定少不了。

還以為章清亭會小氣到底，沒想到這麼大方。趙王氏臉上有光，心裡也有幾分感動，嘴皮子動了幾下，到底什麼也沒說。

趙玉蘭卻立即合上了蓋子，「大嫂，這太貴重了，我不能要，妳自己還什麼都沒有呢！」

章清亭卻拿著首飾開始幫她一樣樣的戴上，「妳先前幫我幹了不少活，就算是妳的工錢，我也該送妳的。這就要嫁人了，到別人家裡，總得體體面面的，才讓人瞧得起。」

趙王氏聽著心裡彆扭，卻也有些難過。她不是不想幫女兒置辦得像樣一點，實在苦於捉襟見肘，無法面面俱到。

章清亭本來對趙王氏剋扣趙玉蘭的聘禮有些意見，可此刻見自己說了這話，讓她眼圈都紅了，想她今日嫁女，畢竟不比尋常，又補了一句：「婆婆為妳置辦的也不錯，瞧這些銀子做工多好，妳放著平常在家戴吧。這一套，訪親會客時用得著。」

趙玉蘭還待推辭，趙王氏卻道：「玉蘭，謝謝妳大嫂，收下吧。」

趙玉蘭含著淚收下了，任章清亭幫她戴上。

可過了吉時，花轎仍是沒到，就算雪大，這也太不吉利了。

眾人臉上都有些陰沉，章清亭笑著打趣：「這是好事多磨呢！」

「對對對，就是好事多磨！」趙成材急忙又附和了幾句吉祥話，才算讓大家好過了些。

遲了快一個時辰，才遠遠的聽到了鑼鼓嗩吶的聲音。

終於來了，眾人的心都放了下來，放起了熱鬧的鞭炮，卻又開始泛起離別的酸楚。

迎親隊伍倒是挺像樣的，一共有二十多人，前呼後擁著新郎，騎一匹高頭大馬，披紅插花，衣裳靴子都很精緻，顯得家裡殷實。這人長得也不錯，白白淨淨，一看就沒幹過什麼粗活。只是有些油頭粉面，特別是一雙眼睛，一個勁兒地在女眷身上亂瞟，讓章清亭很不舒服。

待見了趙家二老，不過是禮貌地問候幾句，談不上什麼真心叩拜，讓趙王氏很是不悅，但想著是女兒的好日子，往後嫁過去還得看夫家的臉色，到底還是忍了。

送趙玉蘭上花轎時，趙家人全都哭了，連最要強的趙王氏也是泣不成聲。養了十六年的女兒就這麼嫁人了，到底還是捨不得。張家人也陪著落下淚來，相處了一場，還是有感情的。

見新郎面露不豫之色，趙成材強忍著心中的難過交代著：「玉蘭，去吧，以後好好過日子，孝敬公婆，相夫教子，知道嗎？」

趙玉蘭不住點頭，淚如斷了線的珠子般從大紅蓋頭下不住往下落。

驀地，天地間遠遠飄來蒼涼的歌聲：「雪花落得滿山坡喲滿山坡，我的妹妹要出閣。妹妹嫁到何處去喲何處去，雪花飄飄不答哥。只願你妹妹嫁得好喲嫁得好，哥哥苦死也快活……」如泣如訴，催人淚下。

趙玉蘭的身形頓時僵住了，被章清亭扶住的雙手不住哆嗦。

趙王氏抹去眼淚，上前推了女兒一把，「走吧，別耽誤了好時辰。」

趙玉蘭終於還是一頭鑽進了大紅花轎裡，只隱隱聽到從轎中傳來極力壓抑的抽泣聲，聞之心碎。以致於很晚了，似乎還是縈繞在耳邊，久久揮之不去。

驀地，前面的燈亮了。

「秀才？」

「啊，是我，吵到妳了嗎？」趙成材輕言細語。

「沒有。」反正睡不著，章清亭索性披衣坐了起來，抱著暖爐出來坐坐。

趙成材忙把火盆裡的灰撥了撥，又添了幾塊新炭進去，推到她的腳邊。

北方天冷，章清亭睡的炕是熱的，趙成材睡在外面的竹床卻是冷的。藉口晚上要讀書，又添了一個火盆，反正炭錢章清亭都出了，趙王氏也沒有意見。

「要喝茶嗎？」趙成材體貼地問。

「好。」北方天氣乾燥，冬天又早晚在火邊烤著，茶水是斷然少不了的。

趙成材幫她和自己各倒了一杯熱騰騰的茶水，兩人圍爐閒話。

「妳也睡不著啊？」

「是啊，也不知道玉蘭嫁過去怎麼樣了？」章清亭很是揪心。沒了外人，趙成材說話也沒了顧忌，嘆口氣，「我實話跟妳說，那個孫俊良，我覺得……」

「不怎麼樣。」章清亭替他說了說不出口的話。

趙成材詫異了，「妳也有這種感覺？」

章清亭鄙夷道：「你沒見他那個眼神，瞧著就不像個好人！」

「我也有這感覺來著。」趙成材緊皺著眉頭，半晌才低聲道：「當聽福生唱那歌時，我真想把趙玉蘭推出去。不知道這嫁過去，會不會害了她一輩子？」

「現在還說這些有什麼意義？當初就不該答應這婚事，這會兒只能指望是我們多心了。」

「可要是玉蘭……我這輩子都不會安心的。」

章清亭突然想起了前人的一首詩，幽幽念了起來：「太行之路能摧車，若比人心是坦途。巫峽之水能覆舟，若比人心是安流……」

趙成材當然知道這是《太行路》，也知道她想說的是後頭那兩句：「人生莫作婦人身，百年苦樂由他人。」

在自家裡，自己雖然談不上對章清亭有多好，起碼也在盡己所能地照顧她，幫助她，但是玉蘭呢？她的夫婿會不會疼惜她，照顧她？

章清亭輕輕柔柔念著，分明是年輕清甜的嗓音，卻透著說不出的滄桑與嘆息。字字句句敲打在趙成材的心上，直至終結，兩人才對視一眼，同時嘆了口氣。

相顧無言，都只盯著火盆裡紅得耀眼的炭火出神。

默默出了一會兒神，章清亭才勉強一笑，「睡吧，明兒都得早起幹活呢！」
「哦，對了。」趙成材忽然想起，「謝謝妳送玉蘭的首飾。」
「客氣什麼？就算是玉蘭的工錢，也該給她的。」
趙成材猶豫了一下，「妳別怪娘小氣，她也有她的苦衷。」
章清亭點了點頭，卻意味深長說了句：「你娘啊，這點倒是很符合古訓。」
見趙成材不解，章清亭略帶譏誚著補充：「乃生男子，載寢之床，載衣之裳，載弄之璋……乃生女子，載寢之地，載衣之裼，載弄之瓦。」
重男輕女。趙成材有些窘意，他娘怎麼對女兒，又是怎麼對兒子的，他做了趙王氏二十幾年的兒子，怎麼可能不知？可這能怪她嗎？古往今來，別說他一家，哪家不是這樣？
當然有不一樣的。像以前的章家還有許多深宅大院，不是以男女來定榮寵，而是以嫡庶或母親的受寵程度來定地位的。章大小姐在這樣的環境下長大，對於男女尊卑看得反而沒有民間這麼重。
對於趙王氏偏袒兩個兒子，尤其是拿著趙玉蘭的嫁妝卻又暗攢私房的行為，她可以理解，卻無法接受。
見趙成材好像有些不服，章清亭乾脆把話說透：「你想想，你妹子在家這麼多年，幹了多少活？臨到出嫁了，你們不說為她好好置辦嫁妝，就連人家送上門來的聘禮還要摳下來，這說得過去嗎？」
可閨女不養家啊？這話趙成材沒好意思說出口，章清亭卻自己翻出來反駁：「你肯定會說，玉蘭又不用養家，就當孝敬父母的養育之恩了。可你們怎麼不算算，玉蘭在家幹的這些活，若是請個丫頭回來得付多少錢？就算她什麼也沒做，你們也不能拿她的聘禮去花啊，這不是讓人挑玉蘭的不是嗎？」

趙成材本來還覺得理所當然，可被章清亭這麼一說，也猶豫起來，「別人家也是這樣……」

章清亭就接著給秀才擺事實講道理，「玉蘭要是嫁給田福生，不論嫁妝是否豐厚，他們家肯定不會有二話。因為兩家條件差不多，相互也能理解。況且她和福生有感情，更看中的是玉蘭這個人，但是現在呢？玉蘭本就嫁給比你們家富裕得多的人家，雖是續弦，可人家心裡肯定想著還是咱們高攀了。不說給玉蘭做個面子，起碼也別讓人覺得咱們想占他們家的便宜。要不，玉蘭到人家家裡，哪裡抬得起頭來？萬一有個什麼爭執，擱嘴邊現成的話就是，妳是我們家花三十兩銀子買來的！」

「有……有這麼嚴重？」趙成材還真不知道這其中的厲害，一時被驚著了。

章清亭冷哼一聲，「你瞧瞧我剛進門的時候，就為了我手上的那點銀子，你娘給我擺的是什麼嘴臉？那可是最疼你愛你的親娘，自己想想去吧。這男婚女嫁就講究個門當戶對，有什麼大家講開了，也說得過去。既然想要攀高枝，就得有個姿態，要讓人知道這是嫁女兒，不是賣女兒！」

趙成材聽到末尾三個字，臉色明顯變得難看了。

章清亭以為是自己的話說重了，有些後悔，「我若說重了，你別生氣。算了，不說了，只希望玉蘭過得好吧。」

她撒完一通氣，心裡感覺暢快了許多，回去就睡了。

趙成材卻被她的一番話說得睡不著了，既擔心玉蘭，又想起了往事。其實他們趙家，還有一個小女兒……

家裡突然少了一個人，氣氛陡然沉悶起來。好像原來好好的一個碗，突然被磕破了一個角，怎麼看怎麼彆扭。可生活還是要繼續，章清亭一早仍是帶著弟弟妹妹上鋪子裡忙活去了。昨兒歇了大半日，今日來的顧客更多了，忙得連頭都抬不起來，卻也把趙玉蘭婚事帶來的不快暫且擱置一旁。

正忙得不可開交，又有樁不大不小的麻煩事找上門來了。

來的是供應肉材的王屠戶老婆王江氏，他們家自從巴上了絕味齋這個大主顧，生意也好了許多。因章清亭時不時敲打敲打幾句，這對夫妻倒也乖覺，知道是從章清亭手裡接銀子，生怕得罪，回回都送最好的肉來讓章清亭先挑，剩下的才拿出去賣。

今兒王江氏特意挑了個不太忙的時間過來，當然是有事。寒喧兩句，她滿面堆笑地提出要求：「成材媳婦，這不明兒就是臘八節了嗎？照老規矩，進了臘八，可就算過年了，這些肉可不能還按從前的價，得漲這個數。」她伸出三根手指頭。

是哦，章清亭也猛然記起，越近年關，市面上各樣東西都會漲價，她這滷水是否也該漲一漲了呢？可王江氏這個三到底是漲多少？

章清亭直接問道：「王嫂子，妳這到底是要加多少？」

王江氏有些猶豫，想說又不想說的樣子。

章清亭忙得焦頭爛額，可沒空跟她磨嘰，「妳要多少趕緊報個價，我這兒還好多事呢！」

「成材媳婦，妳瞧妳這兒生意多紅火。咱們可是實打實的真親戚，是不是也該拉扯我們一把……」她還待囉嗦，卻見章清亭小臉一沉，面露不耐之色，王江氏終於鼓足勇氣壯著膽子道：「加三成吧。」自己都覺得太多，又有些心虛地問了一句：「行不行？」

當然不行！章清亭的店能賺錢是一回事，但可不是冤大頭，平白無故被人算計的。她當下冷笑，「那就請嫂子回去吧，以後也不用再來了。」

王江氏還想再努一把力，「成材媳婦，別這麼著呀！妳瞧妳這店裡的生意多好，我們每回可是挑最好的東西送過來的。這大過年的，妳總得讓我們也多賺一點吧？」

章清亭淡然一笑，「王嫂子，我有說不讓妳漲價嗎？只是妳這漲價也得有個漲價的譜，不能漫天要價是不是？你們家送來的東西是不錯，我也很滿意，但我有拖欠過你們一日貨款嗎？你們畢竟也是有錢賺的才願意做的不是？別說得好像我占了妳多大便宜似的。」

「可咱們……好歹也是親戚啊！」王江氏扯著最不中用的由頭。

章清亭嗤之以鼻，「若是我仗著親戚面上，要妳白送我，妳幹不幹？親戚歸親戚，生意歸生意。妳家的價錢要是高了，我自然要去別家，我這拿著銀子，還怕買不到東西？」

王江氏被駁得啞口無言，報了個實價：「這一成價是得漲的。」

這還差不多。章清亭卻也不立即應她了，「我打聽打聽，明兒再給妳回話。」

這倒弄得王江氏緊張起來，生怕章清亭一個不高興要撤下他們家的供應，急忙道：「這個價真不算高了，妳在市面上肯定買不到的！」

章清亭挑眉一笑，「買不買得到也得打聽了再說，妳說是不是？」

這上市面上一打聽，萬一別家也報這個低價呢？

王江氏狠下心，又自己壓了壓價，「那就加半成吧，這可實在不能再少了！」

章清亭心中暗笑，表面上勉為其難地點了點頭，「行吧行吧，都是親戚，妳都這麼說了，我也不好再說什麼了。不過，這價錢等過了年，妳可得給我調回來。」

「那是當然。」王江氏一顆心這才落了地，「但這價錢要等過完正月十五才能降。成材媳婦，妳這過年還開門嗎？妳要是還做東西，我們也好備著點貨，要不，到時可抓瞎了。」

「當然要開門。」章清亭點頭，指著帳本抱怨，「幾家酒樓的單子都排滿了，到時估計要的東西只有多的，不會有少的，你們多備著點，到時也能多賺點。」

王江氏歡天喜地應了，可等轉身出了門，卻偷偷呸了一口。

這死丫頭，太精了，錢都讓她一人賺去了。妳吃肉，連給咱們喝點湯都沒有，真是小氣！

方明珠幾人見章清亭三招兩式就擺平了王江氏，很是嘆服。店裡人多，沒工夫閒話，只能暗地伸個大拇指。章清亭也不客氣，欣然笑納。

不過王江氏的話也提醒了她，這馬上就要過年了，她店裡是否應該多做點滷貨，也提個價呢？剛進去和方德海商量著，卻有一個管家模樣的人找上門了。

「請問哪位是趙夫人？」

張小蝶忙進去叫人，章清亭把人迎了進來，「請問您是……」

那管家很是客氣，「我是陳大官人家的總管，我姓林。想問問貴店，能不能接我家過年的滷水生意？」

這又是一個找代工的。絕味齋的滷水做出了名，這些富戶在外頭嘗了覺得不錯。這要過年了，各家的需求量都特別大，就想著乾脆自己買了材料請方德海上門替他們製作，再付工錢。

「這個恐怕不行。」章清亭想著不妥，「想來貴府上肯定是也要做些好材料的，但我們這兒的滷水已經專供給福興樓了，而且有言在先只做給他們一家，若是你們的材料和他們家的有重複，卻是我們違約了。」

林管家想了想，提了個折衷的主意，「那貴店能不能把你們的滷水料賣給我們？我們自己回去滷也是就了。妳放心，我絕不查妳的配料，你們磨成渣送來都可以。」

章清亭一口回絕，「這配料可是我們吃飯的傢伙，若是賣了出去，我們自己吃什麼？實在是對不住了。」

林管家猶不死心，「我可以出十兩銀子一包。要不，妳說要多少？」

章清亭堅定拒絕，「這個不光是錢的問題，還有信譽問題，您就是出一百兩我也不能賣。不如您開個單子，看要些什麼，小店能做的，盡量做些就是了。」

林管家很是掃興，失望而去。

方德海在後頭聽著微微頷首，叫章清亭進去商議。他的意思是，這小店若是想要擴大經營，非得重新再弄個大鋪面不可，還得重新招些人手來進行培訓。

章清亭有些猶豫，「花錢我倒是不怕，只是若做大了，咱們還能有這麼好的生意嗎？您先前不是說物以稀為貴？」

方德海老謀深算地一笑，「傻了吧，妳沒瞧出來啊？現在這各家酒樓有自己做滷水的嗎？不全是在我們這兒買？既然做了這一行，就要有膽量把他做到最大最好。以後讓整個紮蘭堡的人，只要是想吃滷水了，就來咱們絕味齋。」

這老頭還當真有魄力啊！章清亭頓時也生出幾分豪氣來，「那咱們日後不光是紮蘭堡，像是周邊，也可以去開店。到時，把你家明珠派去做掌櫃。」

方德海滿意地點了點頭，「所以，這個年啊，先不要急著賺錢。妳倒是應該好好想想下一步到底該怎麼做。這開春妳不就是要弄那個什麼競價了嗎？最好把這些都想清楚，這才是有個賺大錢做大事的樣兒。」

章清亭聽得熱血沸騰，就現在這麼巴掌大的小店都能日賺近百的銀兩了。才幾個月，刨去成本，自己分到手上的都已經破千，若是再做大了……

我的天！章清亭覺得自己真的該好好合計合計了，她原本是打算趁著年前，把那一千兩銀子給了趙成材，把二人婚事了結，再另置一套房子，把張家人安置了，以後絕味齋的生意就全是自個兒的了。可現在看來，這筆錢還不能動，得留著重新購置商鋪，請人手置辦傢伙才是。

自從吃了那個劉老闆的虧，章清亭便下定了決心，要麼自己再建一間商鋪，要麼就購置一間商鋪，自己做得也放心，也不用受人轄制。

說幹就幹，當天晚上，章清亭理完了帳，就在燈下拿著紙筆進行籌畫。

買房子得要多少錢，重新裝修得要多少錢，還有添置傢伙、請多少人工、怎麼布置、怎麼安排，一項一項都是繁瑣而細緻的，要考慮周全。

驀地她又想起方家祖孫住得離市集可有點遠，一老一小成天風裡來雪裡去的實在不方便。方德海是自己雇了個小竹轎，但仍是時常抱怨路上冷得慌。到時若是弄了新鋪子，是不是也該為這祖孫倆弄個住處？

一時想得入神，趙成材回來在她門上敲了好幾下，都沒讓她回過神來，還聽她一個勁兒咕噥著「一間房兩間房」什麼的，只覺好笑，上前輕拍她一記，「妳幹什麼呢？這麼入神？」

章清亭被趙成材嚇了一大跳，聞他一身酒氣，白他一眼，「又去哪兒花天酒地了？」

年關將近，各家各戶請縣太爺吃飯的猶如過江之鯽，都想趁這個好時機巴結父母官。

婁大人是煩不勝煩，也實在分身乏術，只除了一些有頭有臉的大戶人家，其餘全派手下人做代表了。而趙成材雖然只是個臨時師爺，倒也弄得成天應酬起來，根本沒個正經在家裡待的時候，還不時帶了些旁人送的禮物，全是年下要用的臘魚臘肉、美酒糕點，或者是布匹衣料什麼的。趙王氏收得高興，現在可再不說這臨時師爺沒前途了，反而一個勁兒讓他想法子長久留下來。

趙成材心中卻有了自己的打算，既不應承，也不跟他娘爭辯。

今兒收了樣好東西，他也想給章清亭一個驚喜，「妳喜歡嗎？」

章清亭眼睛頓時亮了，「好俊的水仙！」

精緻的黑瓷淺盆裡養著一株亭亭玉立的水仙花，青莖黃花，香氣襲人，很是雅致。這東西在南康國不算什麼，家家戶戶過年都會擺上幾盆，但在這天寒地凍的北安國，卻著實是個稀罕物件了。

章清亭一見大喜，忙擱在案頭，還吩咐道：「你快站遠點，一身的酒氣，別熏著花兒了！」

趙成材含笑退了幾步，坐在桌旁，自倒了杯茶喝著，「今兒去李老爺家喝酒，他兒子不是在京裡讀書嗎？帶回來幾株，我見了好看，便讚了幾句。他倒大方，送了我一盆。」

章清亭想起來了，「那個李什麼的好像也是個秀才吧？跟你是同年的，對嗎？」

「李鴻文，難為妳還記得。他們家有錢，自從他中了秀才之後，就把他送上京城去讀書了。可依我看來，那小子別的沒學會，風花雪月倒是學了不少。」

章清亭頓時道：「那你以後跟他少來往，別學壞了。」

話一出口，她又有些後悔，自己是他什麼人？憑什麼這麼管著他？

「知道了。」趙成材渾然不覺，坦然交代，「我跟他不過是場面上的應酬，私下裡的交情不會多深。不過，他交際的人面廣，以後像拜會老師、結交同學什麼的，還是要跟他常來常往，但若是要去那種地方，我會找藉口脫身的。」

你跟我交代什麼？章清亭有些赧顏，低頭假裝看花，沒話找話：「就一盆花呀，放我這兒不好吧？你娘會不會有意見？」

趙成材噗哧笑了，「我剛回來娘就瞧見了，妳猜猜她說什麼了？」

章清亭想了一想，模仿著趙王氏的語氣：「又不能吃，又不能喝，要來幹麼？」

趙成材拍手大笑，「妳真是我娘肚子裡的蛔蟲，真的一模一樣！」

章清亭忍不住也笑了，忽又想到，「正好，明兒九朝，玉蘭說要回門的，把這花兒讓她帶回去吧。你看這花開並蒂，又體面，意頭又好。」

趙成材眼神中多了幾分感動，「妳還記得啊？」

章清亭斜他一眼，「我像是這麼沒良心的人嗎？」

趙成材急急辯解：「我不是這個意思……」

章清亭忽地嘆道：「我是真希望她過得好。」一時又自悔失言，「瞧我，胡思亂想什麼呢？玉蘭肯定過得挺好的。」

趙成材暖暖一笑，卻又問道：「妳方才在想什麼？那麼入神？」

「正想問你呢，知道這市集上有空的大宅子賣嗎？」

趙成材臉色一變，「妳……真要走了啊？」

章清亭一笑，「沒那麼快，我現在還要擴大店面呢，該你的那一千兩明年再還。」

趙成材心下先是一喜，隨即黯然，她終究還是要走的。

章清亭卻是興致勃勃將和方德海商議之事跟他提了一提，「……所以呀，我想乾脆要不就弄間大宅子得了。前頭做店，後頭住人。方家祖孫肯定是要個單獨的小院子，我還想買兩個丫頭伺候老爺子。他可是我們的財神爺，得好好供起來才是。然後我們這些人，包括日後請的那些夥計，也得安排住處，地方寧可大一點，可千萬別不夠。」

她越說越帶勁，趙成材卻是越聽越心涼，這裡頭可完全沒他們趙家什麼事了。不過想想也是，人家跟你又不是真夫妻，憑什麼打算跟你的將來？

但趙成材還是認真聽完了章清亭的想法，他首先意識到一點，「方師傅的意見是對的，只是，妳有沒有想過，等擴充了鋪面，你們之間的賓主關係是不是也該變一變呢？」

章清亭愣了一下，腦子裡忽地靈光一閃，「對哦，我就覺得有什麼地方不對勁，一直想不起來。鋪子能起來，全靠老爺子的祕方，若是他想單幹，可就沒我什麼事了。我得讓他們入股，明天就去！」

「這樣一來，妳也不必擔心方師傅會被人挖走了。再高的價，怎能好過為自己幹呢？」

「真得謝謝你提醒我這麼重要的一樁事，要不，人跑了，我才要哭呢！」

趙成材觸動心事，站起身來，「不用這麼謝來謝去，房子的事我會留心，有消息通知妳。」

章清亭要道謝，想著他的話，把謝字嚥下，一笑應下，仍在琢磨著生意之事。

趙成材回了前屋，眼神立即憂鬱了下來。

和章清亭相處得越久，趙成材就越是欣賞她，欣賞她的聰明能幹，欣賞她的敢作敢當，甚至連她的小心眼和鬼主意都顯得那麼可愛。

趙成材知道，自己是真的對她動心了。

這和從前與楊小桃之間那種霧裡看花、水中望月般懵懵懂懂的男女好感不同，這是在生活裡一點一滴建立起來的真感情。他形容不出，卻感覺得到。

有時想想，自己也覺得不可思議。這是怎麼從最初的針鋒相對、相看兩厭，慢慢培養出來的好感呢？

現在的他，看著章清亭就會微笑，若是跟她眼神對上了，還會臉紅，會心跳加速。空閒下來就會惦記著她在幹什麼，很想幫她做點什麼，也會因為她為自己或者是自己家人做的每一件小事而歡欣雀躍。

他也會想，若是和楊小桃真的成了親，他們倆會不會就過得很好？這個問題當然是無解。

因為現實的生活就擺在這兒，每天和他在一個屋簷下進進出出的是章清亭，為了家計四處奔波的是章清亭，幫他出主意、勸他上進的還是章清亭。

捫心自問，自己當初為什麼堅持要娶楊小桃？其實有一大半是出於對殺豬女這個名聲的恐懼和害怕。怕找到一個粗俗不堪、孔武有力的女子為妻，所以才那麼激烈反抗。

可若是早知道章清亭是這樣一個心思靈巧，甚至可以說是出口成章、才思敏捷的女子，他還會抗拒這樁婚姻嗎？

答案顯而易見。

趙成材忽地又想起一個重要的問題，章清亭是怎麼懂得這麼多東西的？

這完全不是一個鄉間女子該會的。還有她的字，娟秀有力，這肯定不是一朝一夕的功力，而是許多年累積下來的成果。她一個成天拿著殺豬刀的女子，怎麼會這些？

還有她的刺繡、她的著裝、她的舉止和她的氣質，怎麼看都不像是張家能夠養出來的女兒。遠的不說，就看張小蝶，就知道那樣才是這種家庭該有的女孩，可章清亭呢？

她簡直就像是鳳凰掉進了雞窩裡，可若說她不是張蜻蜓，她又是誰呢？不可能連她自己的父母弟妹都認不出來吧？

趙成材越想越糊塗，不過，有一點，他可以肯定。

他喜歡眼前的這個女子，而這個女子似乎不怎麼喜歡他，還想盡快離開他。

好難過……

❁ ❁ ❁

想著章清亭遲早要離開，趙成材今日在衙門裡辦事也有些心神不定。

婁知縣讓他拿份公文他也拿錯了，當即笑道：「成材，你今兒是怎麼了？是不是昨晚的酒還沒醒啊？」

趙成材反應過來，頓時面紅耳赤，「對不起，請大人恕罪，我這就去換過！」

「沒關係，慢慢來。」婁知縣很寬和，這年輕人本分老實又勤快，他使著很是順手。早上和夫人盤算這一年的進項，是芝麻開花節節高，心情頗佳。正好還有一樁辦年之事要交代給趙成材，便扯了句閒話：「成材，你們家鋪子挺忙的吧？」

「是。這一年忙到頭，全指著這會兒賺點小錢呢！」趙成材暗忖，婁大人不會無緣無故說這個話，是不是暗示他要送禮？

這個其實他是早有準備的，也跟章清亭商量過，旁人可以不送，這婁知縣是一定要送的，而且一定要送些好滷菜。就是那些酒樓知道了，也不敢有意見。

他雖有這個心，只是還未找到合適的時機開口，既然婁大人都主動提了，瞧瞧左右只有近身伺候的小廝，他就陪笑著說了：「其實我家娘子早想著送份薄禮來給大人，只都是些吃食，怕大人看不上眼，一直不敢拿出來獻醜，若是大人不嫌棄……」

「你們這話就太客氣了。」婁知縣心下很是滿意。

當下屬的就是要有這個本事，讓上峰不用主動說出不好說出口的話。

「我家夫人身子不大爽利，這年下事多，我也不得閒在家裡招呼，可總得準備些東西，應付人來人往的。你家鋪子裡的滷水現在可是大大的有名，只是太難訂了，能不能給我們行個方便啊？」

「大人說的哪裡話？儘管開個單子來，要哪些東西，我讓娘子趕緊準備去。」趙成材也得適時拍幾句馬屁，「大人公務纏身，哪裡有空為了這些小事煩心？既然夫人身子不爽利，更要好生保重。若還有什麼用得著的，也請大人一併吩咐，我們家都是些實心眼的粗人，精細活計做不來，但出出力氣還是行的。」

婁知縣聽得心下舒坦，裝模作樣地喚小廝進內宅去找夫人，取來早已擬好的單子，「要多少錢，你們如數報來就是。」

趙成材掃了一眼，婁知縣要的東西並不算太多，只是都比較精緻，所費成本估計也就三五十兩銀子的樣子，便笑道：「這點薄禮咱們還備得起，只望大人和夫人笑納，就是我們的榮幸了。」

「那怎麼行？你們這店小利薄的，能賺多少？況且這大過年的，可不能讓你們白做。」這點小便宜，婁知縣還不放在眼裡，主要是要絕味齋的東西來撐個門面。

說起這個，趙成材正好有話要說了。若是章清亭要買房子，為什麼不先跟本地知縣打招呼？能得多少便利啊！

「大人真是體恤下屬，不過說起來，我家娘子那店確實小了些，這大年下的，許多客戶上門來訂滷水，就是做不出來，白放跑了許多生意。」

「那你們怎麼不弄個大點的鋪面？」

「正是為了這個犯愁呢！」趙成材娓娓道來：「不瞞大人，我家人多，房舍也甚窄小，十幾口人擠在幾間小房裡，極是不便。若是要弄鋪面，就想著索性弄大一點，再請幾個小夥計，照管起來也方便。可瞧這市集之上，哪有這麼大的宅院？縱有也是些大戶人家，斷不肯相讓的。」

婁大人聽了點頭，「你們說的也是，只不過……」

他捋鬚沉吟，似是想起什麼，又住了口，這是等著人問呢。

趙成材當然會意，「大人可是另有良策？」

婁大人道：「你去把城區的地圖取來。」

趙成材趕緊抽出卷軸，在案上鋪開，婁大人指著市集後頭的一條胡同道：「這一塊兒的地勢偏低，排水不暢，房子年久失修，已然壞了不少。今年連著幾場大雪降下之後，又壓垮了幾間民房，現正報了災情，求官府救助。」

這個趙成材自然知道，卻不太明白婁大人是什麼意思。

婁大人微微一笑，「你們若是有這個財力，不如把這一塊的房屋全都收了，重新再做溝渠，建起新舍，這地方可就又大又好了。且離著集市又近，你們只要把這前門換後門，掉個朝向，不就成了市集裡的鋪子嗎？」

趙成材明白了，婁大人打得好算盤。

這一塊地方若是要修繕，官府難辭其責，修繕的開銷自然得動用從上頭劃下來的官銀。而上頭撥下來的款子每年有個定數，若是任期內用不完，最大的受益者當然就是知縣了。況且要是有人收了這些危房，官府省了一筆救濟銀兩，還可作為勸善有方的政績向上彙報，在自己的為官履歷中添上光輝的一筆。

這樣對上可在官場中揚名，對下又在百姓中立德，自己腰包裡又落得實惠，如此一舉三得的好事，何樂而不為呢？

見趙成材遲疑不定，婁知縣一笑，「你們若是真的想要，我倒可以先留著給你們。這塊地方現在看起來不怎麼樣，可一旦發展起來就了不得。再說，你們若是真的拿了，也算是為當地百姓做了一件好事。」

趙成材可不敢貿然應下，「多謝大人指點，這麼大的事情，在下還得回去跟娘子商議商議，這地價多少也得去打聽打聽，才敢來回大人的話。」

婁知縣頷首，「這個地價倒是不必打聽了，因是災民，須由官府出面定價，到時會安排人估個公價給你們。」

趙成材聽他這話，似乎早就籌謀，乾脆直接問道：「那依大人所見，這塊地大概得要多少銀兩？讓我們心裡也有個數，若是置辦不起，也就死了這條心了。」

婁知縣讓他又把那報災的公文取了來，掐指算了算，「這兒一共是十四套宅子，大概得一千四百兩，再加上修渠的費用，總數約在二千上下。」

總價雖高，但確實是實價。章清亭手上有多少錢他不知道，但聽她那口氣，上千還是有的，弄這麼大塊地可能有些吃力，於是問道：「這麼多房子，我們可能用不了，能不能只買一半？」

婁知縣搖了搖頭，「你們既然要買，就得一次買走，免得剩個一戶兩戶，官府也不好處置。這樣吧，你們若是定下來真要買了，到時在稅賦方面，倒是可以給你們幾年的減免。就算是你們暫時吃點虧，日後也就回來了。」

趙成材點頭，「多謝大人恩典。」

婁知縣最後又交代了一句：「你們若是要，就在年前把事情辦了，讓各家各戶收了銀子也好過年。若是等到年後開春官府修了渠，可就不止這個價了，且若是有人肯出更高，本官可不能徇私。」

趙成材知道他是想在年前把事情盡快了結，省些麻煩事，便應下會在這幾天就答覆。

這年底的公務甚少，半日也就忙完了。趙成材便告了半日假，說是妹子回門，先行離開。

他沒往家裡去，倒是先去絕味齋找章清亭。把事情跟她一說，章清亭心裡也直打鼓。一千兩銀子她就不考慮了，兩千她可沒有，非得找方德海不可。再說方德海早已經同意入股，這麼大的事情不能不告訴人家。

方德海也頗躊躇，「銀子我這兒有多少，丫頭妳是最清楚不過的，咱倆湊個兩千不成問題。等房子弄下地，咱們可都是一窮二白了，到時要是生意跟不上，咱們可就都沒得做了。這樣吧，咱們先去看看再說。」

章清亭也是雷厲風行，和趙成材一左一右扶著方德海就出門了。交代了其餘幾人看著店，眼見日近晌午，並特別囑咐，要是有趙玉蘭回門的消息，就立刻去找他們。

轉過這條繁華乾淨的商業街，後頭就是婁知縣所說的那條胡同了。就這一牆之隔，卻像是完全換了個天地。

骯髒、破爛，像是老鼠生活的地方。這還是冬天，要是夏天，指不定得瀰漫著腐臭的味道。好幾間的屋頂都露出被雪壓塌的大洞，巷子中間漫著踩得黑爛的雪泥。若不是有住家在小巷子裡鋪了些大小石頭墊腳，根本進都進不去。

這一條巷子走下來，幾人還是弄得一鞋子泥。除了三四戶的房子能夠勉強住人外，其餘都已搖搖欲墜。若是買了下來，也只能全部推倒重建。

地方倒是夠大，東頭有三戶的後院圍牆恰好對著集市，若是把這裡改作店鋪大門，又寬敞又氣派。章清亭和方德海的意思都是想只買這邊幾戶，但趙成材搖頭，婁知縣肯定不會願意單賣，他更多的還是要為了政績考慮。

方德海想了半天，拿拐杖指著旁邊幾戶道：「其實這些地方買下來也不錯，這個價錢確實不算貴了，只是這些房子重建的費用著實不小。就是建完了，咱們也住不了。又不真是什麼大財主，難道還建幾個後花園？可也太浪費了。」

章清亭細細思忖後道：「錢若是不夠，只好先把這頭的商鋪先建進來，等把生意做起來了，再慢慢建後頭的房子。這房子用不了的倒不必著急，咱們做成商鋪，對外招租，也是筆收入。」

兩人對望一眼，都有了七八分允意。

方德海拐杖重重點地，拍板道：「買就買吧！大不了我這把老骨頭再拚上幾年，等把這地價賺回來了，就交給妳和明珠折騰去。實在不濟，妳們倆一人一半，都有份租金收著，這一世也算是餓不著了。」

豁出去了！章清亭也下定決心，富貴險中求，搏就搏把大的吧！

幾人連飯都沒心思吃，就在對面尋了個茶館的二樓坐下，借了紙筆，居高臨下，一邊畫著圖紙，一面籌算著手上一共有多少銀子。該交給官府多少，這邊房子又有多少暫時能用的，得怎麼安置，還有亟待新建的商鋪，該怎麼個建法，日後還得考慮到住家的需求，都要統一規劃出來。

最後，章清亭又借來算盤一扒拉，「勉勉強強，咱們手上的銀子剛剛夠用。這邊鋪子雖小，但還有兩年多的租期，可以繼續經營。可以先把地買了，等開春通好溝渠，照目前這個進帳，估計那時又能攢下點銀子了，付個首期先把商鋪給建起來。」

方德海考慮得比較長遠，「既然要建房，索性就建好一點，這塊地本來地勢就低，重建了溝渠也不過是解決了下水的問題，但是咱們這房子的地基卻不能不打牢一點，再撥高幾尺，用青石板做成臺階。要不，擱雨雪裡泡不上幾年，又成軟腳蟹了……」

「大姊、姊夫！」下面忽見張銀寶跑了過來，在那兒大呼小叫著找他們。

該是趙玉蘭回來了。趙成材忙應了，把方德海送回店裡，二人又匆匆趕回家去。

回家路上，張銀寶抱怨著：「肚子都快餓死了，他們才回，早說我們就先吃飯了。」

章清亭當即訓斥：「他們離得遠，這麼冷的天，當然走得慢，催什麼催！」

張銀寶一吐舌頭，卻又委屈地辯解：「可他們是吃過才來的。那個玉蘭姊夫根本就不吃咱家的東西，只說要見你們。」

趙成材聽得當即心裡一沉，和章清亭對視一眼，都不覺加快了腳步。

貳之章　秀才愁苦嘆無奈

堂屋裡，趙家二老和趙成棟都正陪著新姑爺和新嫁娘坐著，氣氛沉悶。

滿屋子一打眼，就見孫俊良一人四仰八叉晃蕩著二郎腿，亮著乾乾淨淨的厚底大皮靴坐在趙王氏旁邊的主位上，傲慢得像是一家之主。

趙玉蘭真像個小媳婦，穿的是陪嫁的一身新衣，頭上釵飾全無，低眉斂目地坐在一旁的小凳上，連頭都不敢抬。

趙成材瞧得心裡發涼，勉強上前寒喧：「妹夫來了。」

孫俊良見了他倆進來，這才放下了二郎腿，有了三分作偽的笑意，「大哥、大嫂回來了啊，快坐，聽說你們家店的生意可好得不得了呢！」

章清亭懶得答話，趙成材應付了一句：「馬馬虎虎。」

「別謙虛嘛！」孫俊良嘻皮笑臉地套近乎，「這快過年了，我們家的滷水可還沒置辦呢。我說讓玉蘭做吧，爹娘說怕她太辛苦了些，既然娘家有現成的，咱們隨便拿一點也就是了。」

這什麼人啊？章清亭當即火了，三句話不到，就想來拿東西了，當她的店是自家菜園子，想進就進？

趙家一屋子人全望著章清亭，目光裡多少都帶了些祈求之意，趙玉蘭頭埋得更低了。

瞧她這楚楚可憐的樣兒，章清亭強忍著心裡的火，微微一笑，「妹夫，實在是對不住，我們店裡的東西都是提前預訂的，今兒已經全賣完了。你若是想要，咱們約個日子，你過幾日再來可好？」

孫俊良有些不高興了，「這一來一往的可累得慌。要不，妳做好了，送我家裡去得了。」

這也太過分了！章清亭不肯答應，趙王氏開口了：「媳婦，那就辛苦妳了。到時做了，讓成棟走一趟吧。這快過年了，咱們也該送點東西給親家的。」

章清亭暗自翻了個白眼，對趙玉蘭伸出了手，溫言道：「玉蘭，嫂子那兒還留了樣好東西給妳，過來瞧瞧。」她想把趙玉蘭拉到屋裡說幾句體己話。

趙王氏自閨女進門也沒機會跟她交談，當下自然是同意，「那妳們姑嫂過去坐坐吧。」

趙玉蘭卻不敢起身，怯怯地抬眼看著相公。

孫俊良直接腆著臉問：「大嫂，妳有什麼好東西要給我們？玉蘭笨手笨腳的，我去拿吧。」

不要臉！哪有公然進嫂子房間的？章清亭忍氣回他，「不過是盆水仙，就是個好意頭。」

孫俊良大失所望，「花兒有什麼好看的？又不是真金白銀。算了算了，既然沒什麼，那我們就回去了。」說完起身就要走。

趙成材攔著道：「這話怎麼說的？哪有連飯都不吃就走的道理？用過晚飯再回去吧。」

孫俊良鄙夷地看了桌上放涼的魚肉一眼，「不用客氣了。這回家還挺遠的，就不麻煩了。」他抬腿就往外走，趙玉蘭快速看了全家人一眼，想說什麼又不敢說，低下頭去。

趙王氏剛要出聲，就聽孫俊良轉過頭來，一臉不耐煩地道：「妳磨蹭什麼？爹娘還等著妳做晚飯呢，難道要他們二老餓肚子啊？」

難道我女兒不做飯，你們全家就都餓死了嗎？趙王氏真是打落了牙齒和血吞，上前拉過趙玉蘭一直緊握的兩手，那裡一片冰涼，還分明留有幹活時留下的傷痕。

她把女兒的手包在手心裡暖著，心像針扎似的疼，面上卻笑著，「玉蘭啊，快隨妳女婿回去吧。回去了好好孝敬公婆，伺候相公，過一年給妳婆家添個大胖小子，日子會越來越好的。走吧，免得天黑了，路上不好走。」

趙玉蘭低著頭，卻有一滴清亮的眼淚落到娘的手上，趙王氏只作不見，送女兒女婿出了門。院子裡拴了一匹小毛驢，孫俊良自己牽了出來，也沒說給誰騎。

章清亭推了趙成材一把，趙成材忙上前道：「玉蘭，哥拿凳子給妳。」

孫俊良斜睨了一眼，沒有吭聲。趙玉蘭猶猶豫豫地踩著板凳坐了上去，裙子下的棉鞋就露了出來，全是濕透了的泥汙。再看孫俊良腳下的皮靴，趙成材的拳頭都握緊了。

送他們出了門，趙玉蘭坐在毛驢上，終於抬起雙眸，回望了自家一眼。

那眼神是如此哀戚，如此不捨，如此淒清，又如此絕望，彷彿決別般，令人心疼。

還有什麼好問，還有什麼好說的？

趙王氏一把關上了門，不許人看，捂著嘴就衝回了房裡，泣不成聲。

章清亭火氣騰騰地往上竄，「難道就這麼算了？眼看著玉蘭受人欺負也就由她去了？你們一家人平時不是都很能幹嗎？」她望著正屋怒斥：「婆婆，妳對付我時不是挺厲害的嗎？自己的親生女兒被人糟蹋，妳怎麼反而沒話了？」

趙老實和趙成棟都難堪地低下了頭。

趙成材把章清亭往屋裡推，「娘已經夠難受的了，妳就別再給她添堵了。」

「我怎麼給她添堵了？真正給她添堵的是我嗎？」章清亭義憤填膺，「難道我有說錯嗎？你們瞧瞧，玉蘭過的是什麼日子？這才幾天啊，就被人嚇得像隻小老鼠似的，行動要看人臉色。從進門到出門，一聲大氣也不敢吭，這還是在咱們家裡，要是在他們家裡，想想她過的是什麼日子？」

「那又能怎麼樣？」趙成材也是心痛又無力，心裡憋著氣，一樣大吼起來：「玉蘭已經嫁給他了，就是人家的媳婦了。除了逆來順受，還能怎麼辦？咱們衝上前去，就算把孫俊良揍一頓又能如何？玉蘭還是得回去，只會讓公婆相公對她更不好！」

「對她不好幹麼還要過下去？」章清亭真是火大，「早就說這門親事不能著急，讓你們打聽清楚再行事，就這麼火燒眉毛地非要把她推出去！這下可好，弄成這樣，你們都安樂了？如今說一句是人家家裡的人了，就都撒手不管了！」

趙王氏在屋裡聽得是追悔莫及，再也抑制不住地放聲大哭起來。

趙成材難過得快要落下淚來，既心疼妹子，又心疼娘親，拚命找著藉口：「也許、也許人家只是想先給她一個下馬威，等到日子長了，相互摸清楚脾性，生兒育女了，一切都會好起來的。」

「你們就自欺欺人吧！」章清亭怒氣沖天地回了房，不知幹什麼好，索性又去了鋪子。

趙家父子進去勸慰趙王氏，可章清亭的字字句句就如刀子剜在眾人心上，不禁都在暗自懷疑，真的會好起來嗎？

章清亭滿面怒容地進了店，把眾人嚇了一跳，問她什麼事，章清亭不想說，「不關你們的事，讓我獨自待一會兒吧。」

等鋪子關了門，章清亭也不想回家。張小蝶和張金寶說留下來陪她，章清亭也不要，讓他們都趕緊回去歇著。這店裡一下變得冷冷清清，晏博文也不多問，照常熬了一鍋小米粥，又烤了饅頭片。食物的香氣終於喚回了章清亭的一點理智，這才想起，自己從中午起就沒吃過東西了。

晏博文打了一盆熱水過來，讓她淨手，自去端飯。盤子裡擺著烤得外焦裡嫩的饅頭片，還別出心裁地切成各種花形，擱一小碟醬菜在中間，他又去盛了一碗粥給她，「小心燙。」

章清亭有些赧顏地接了過來，卻又有幾分好奇地拈起一塊蝴蝶形饅頭，「你平時吃的也這麼講究嗎？」

晏博文淡然一笑，「反正一個人也沒事，就切著玩兒，當練刀工了。」

章清亭也笑了，「可惜在我們這小店裡，你是埋沒了。等我這店做大了，你來當個管事吧。對了，還有你的工錢，過幾天我先開一筆給你，年後的等事情定了再說。你放心，不會虧待你的。」

「老闆娘客氣了，您肯收留我，已經很好了，至於其他，我不敢再有非分之想。」

章清亭也不跟他談傷心往事，吃過東西，她忽然來了興致，「店裡還有下酒的菜嗎？」

既然此情無計可消除，便換了美酒，與爾同銷萬古愁吧。

酒燙得是恰到好處的溫熱，下酒菜雖然只是些鍋裡剩下的零散材料拼湊而成，但切得精緻，擺得漂亮，便顯得雅致。

章清亭喜歡這種考究的生活方式，也是真正懂得享受這種生活方式的人。

晏博文當然看得出來，其實他一直都覺得這個老闆娘的身上有某種跟他類似的味道。只是有些好奇，這樣的她，怎麼會有如此平凡的出身？

不過，他不想問，也不會問。每個人都有自己的過去和不想提及的往事，章清亭尊重他的隱私，他也不會去試圖破解章清亭的祕密。

「你不喝一點嗎？」章清亭見他只拿了一個酒杯過來，問了一句。

晏博文搖頭，「我當年就是因為酒後亂性才會鑄成大錯，所以曾立下重誓，此生不再沾酒。此刻只好以茶代酒，陪您小酌了。」

章清亭也不相勸，凌空虛敬，自斟自飲。淺淺地抿了一口，酒是烈酒，而且辛辣，甫入口便嗆得連眼睛都微微濕潤了。胃裡更是火燒火燎起來，像在全身點了一把火，不消片刻便有醺意了。

但這種感覺正好是章清亭現在所需要的，三杯兩盞下肚，腦子裡便有些犯暈起來，迷迷糊糊的，像是泡在溫泉裡，極是愜意。

章清亭軟軟地靠在椅子上，充分放鬆了身體，藉著三分酒勁，隨意地與晏博文攀談起來：「你說酒這東西，最早到底那人是怎麼造出來的？」

晏博文皺眉認真想了想，「想是閒得慌吧。」

章清亭噗哧笑了，「說得有理。噯，我跟你說，以前我曾在書上看過，深山猿猴善採百果釀酒，樵子入山，得其巢穴者，其酒多至數石，飲之香美異常，名曰猿酒。搞不好，人還是跟猴兒學來的呢！」

晏博文一本正經地道：「大有可能。」

兩人一時都哈哈大笑起來，氣氛活躍了許多。

「南方最好的酒是花雕，用糯米釀成，甘醇香柔，橙黃清亮。品時須用青白瓷杯，方顯出秀美。若是桂花樹下埋了十八年的女兒紅或是狀元紅，更是此中珍品。」

「北方最好的酒卻是高粱。透明無色，濃烈勁道。飲時要用銅爵，才顯出豪邁不羈。」

「有一種西域的葡萄酒，色澤猩紅，甜酸適口。初飲不覺，過量必醉。」

「葡萄美酒夜光杯，欲飲琵琶馬上催。」

「何以解憂，唯有杜康。」

「勸君更盡一杯酒。」

「會須一飲三百杯。」

「綠蟻新醅酒。」

「舉杯邀明月。」

「今朝有酒今朝醉。」

「酒入愁腸愁更愁。」章清亭終於嘆息起來，「酒若真能解憂，世上也沒這許多煩惱了。」

晏博文從容一笑，「人生愁恨何能免？隨他載沉與載浮。」

章清亭不大贊同，「你倒真是想得開。」

「想不開又能如何？事已至此，與其終日怨天尤人，不如隨遇而安，得過且過。」

「你說得也對。」章清亭點頭，「不平又如何？不甘心又如何？各人有各人的緣法，也不是強求得來的。算了，她自己家的人都不管，我也不管了。」最後一句明顯有些賭氣的味道了。

晏博文呵呵一笑，「老闆娘終究還是放不下。」

章清亭此時酒勁有些上頭了，忍不住抱怨：「難道我有說錯嗎？憑什麼一失足就要成千古恨？嫁的不對就不可以改嗎？明知是個火坑，還要人在裡面過一輩子，值得嗎？」

晏博文聽得觸動了心事，微微動容。

章清亭眼圈微紅，「你沒瞧見玉蘭回來的那個樣兒，真是可憐極了！眼巴巴地看著我們，就連我這不是她真嫂子的人看得都不忍，你說她們家人怎麼能看得下去？」

不是她真嫂子？難道這還有假的？晏博文有些詫異地看了章清亭一眼，她卻渾然不覺，依舊滔滔不絕道：「你不知道，平時成材他娘有多厲害，對付起我來是一套一套的，可是自己親閨女受欺負了，她卻一聲不吭。你說，天底下有這麼當娘的嗎？」

這些家務事，晏博文覺得自己不該再聽下去，「老闆娘，我送您回去吧。」

「我不回去！」章清亭嘟著嘴猶自生氣，「看著他們我就生氣！」

「還是回去吧，再不回去，趙大哥也該著急了。」晏博文溫言勸解。

章清亭說話越發沒了顧忌，「他才不會著急呢，我又不是他什麼人！他要來，早該來了！」

話音才落，就聽門口有敲門聲。

晏博文心中雖然疑惑，卻仍是一笑帶過，「這不就來了嗎？」

起身開門，趙成材拿起傘提著燈籠站在外面。

不知何時，天空中又如扯絮般下起了鵝毛大雪，寒氣逼人。

「趙大哥，快進來吧。」

趙成材的神色有些僵硬，看著他的神色也頗為怪異，勉強應了一聲，收傘進來。

「娘子，回去吧。」

晏博文留意到，趙成材的氣息均勻，不似剛剛走來的樣子。再抬眼往他來處一望，雪地上兩行淺淺的足跡早已被雪覆蓋了。

他該是，早就來了。

章清亭瞟了趙成材一眼，就是不肯起身。

趙成材也不敢上前相攙，只是局促地站在一旁，「都這麼晚了，先回去吧。」

這分明不像是夫妻相處之道。晏博文心中暗自稱奇，卻也上前笑著勸解：「老闆娘，您再不回去，我都沒法子休息了，明兒難道您要放我的假嗎？」

章清亭想想留下來確實有諸多不便，連住的地方都沒有，便搖搖晃晃地起身了。

趙成材見她有些醉意，遠遠地伸出一隻胳膊。

章清亭只扯住了他的衣袖一角，轉頭對晏博文道：「那你早點休息吧。」便回家去了。

晏博文在後面瞧著這兩人，出了門仍是這麼的相敬如賓，甚是不解，心下納悶，老闆娘那話，到底是什麼意思？不是夫妻，那他們是什麼關係？

雪仍在下，走了一段，章清亭才真正覺得頭重腳輕起來，腳下不住打滑，不由得挽住了趙成材的胳膊，半靠在他身上。

趙成材一言不發，將大半傘都遮她身上，放慢了腳步，扶著她徐徐前進。

章清亭覷著他的臉色，橫了他一眼，「你幹麼生氣？」

趙成材不吭聲。

章清亭提高了音量：「我問你話呢，你幹麼生氣？」

「我沒生氣。」

「你明明就有生氣。」

「我說我沒生氣就是沒生氣！」

「還說不生氣？你聽聽你這是什麼口氣？」

「我哪有氣好生的？我是什麼人啊？我又憑什麼生氣？」

趙成材也不知道自己為什麼這麼火大，憤怒得直想大吼大叫。他見張小蝶和張金寶回家了，章清亭卻沒跟著回來，當時就急了，連飯也不吃，打著傘就出來接她，可沒想到，卻聽到章清亭和晏博文的談話了。

從他們談酒開始，直到章清亭抱怨家長裡短的事情，全部落入耳中，無一遺漏。

站在門外的冰天雪地裡，趙成材也不知道自己是個什麼心情。

什麼是女兒紅，什麼是葡萄酒，那些東西他倆怎麼談得這麼津津有味？還左一句詩，右一句詩的，又不是讓你們考酒博士，是賣弄墨水嗎？誰不會啊！

趙成材不肯承認，可他真的是妒忌了，而且還十分、非常、特別妒忌，他甚至開始後悔當初為什麼要把晏博文留下來。他不想承認，卻不得不承認，晏博文和章清亭之間，確實有著某種共通之處。那種東西，卻是自己完全不具備的。

等到章清亭說出不是他什麼人時，趙成材猶如一盆雪水從頭潑到腳，徹底涼透了。

知道自己剃頭擔子一頭熱是一回事，可明明白白被人說出來又是另一回事。他內心深處不由自問，我真有這麼差勁嗎？

章清亭可不知他那小心眼裡到底在想什麼，她還記掛著趙玉蘭之事，頭腦一熱，便道：「我有說錯嗎？你娘本來就把玉蘭嫁錯了！你們一個兩個全跟縮頭烏龜似的，生死由她去了！」

只要是個男人，就沒有比被人罵作烏龜更加羞辱的，趙成材也火了，反正路上無人，跟她吵了起來，「那妳說怎麼辦？讓她回來嗎？」
「回來就回來，有什麼了不起？難道你們家還養活不了她？你們養活不了，我養！」
「是啊，妳多有本事，妳多會賺錢啊！妳什麼都無所謂，想嫁人就嫁人，想不嫁就不嫁，可玉蘭不是妳，她只是個普普通通的農家女子，既不會讀書識字，更不會談詩論詞，更別提經商賺錢了，妳讓她回來了怎麼辦？被休棄的女子名聲好聽嗎？這輩子還有誰會要她？」趙成材把自己心裡壓著的火也發了出來。
「你吼我做什麼？欺負她的又不是我！你這麼有能耐，怎麼不去跟那個姓孫的吵？」
「妳以為我不想啊？我還想揍他呢，可揍他有用嗎？揍他能改變事實嗎？」
「反正是你不好。」章清亭發小姐脾氣了，藉著酒勁兒把他一推，「你當初就不該同意！」
趙成材被她推得退了一步，「那是我決定的嗎？是我娘決定的好不好？」
「最壞的就是你娘！就因為你不好，你娘才不好！」
這什麼邏輯？趙成材又被她推得退了一步，「她是我娘，難道讓我去管她？」
「你管不了她，也該替玉蘭爭取一下！你不是說玉蘭上轎那天，你想推她走的嗎？你當時為什麼不動手？」
「要是能推回去，我就是拚著被娘打斷手腳，也把玉蘭推開了，可我能知道嗎？我那天跟娘談了一半就暈過去了，等病好了，親事都訂下來了！妳當時還清醒著，妳怎麼不幫著去打聽打聽？」
「好啊，你還賴上我了？」章清亭怒不可遏，雙手一使勁，把趙成材推得連連倒退，雪地路滑，一下子沒站穩，撲通摔了個四腳朝天。
章清亭用力太猛，加上自身本來就有幾分醉態，步履不穩，一下子沒收住力，跟著一起摔在了他的身上。

「哎喲！」兩個人同時痛呼出聲，章清亭的額頭正好撞在趙成材的下巴上，痛得兩人頓時都掉下淚來了，這個軟玉溫香抱滿懷的滋味可不大好受。

章清亭像小孩似的嗚嗚大哭，「你欺負我……」

這誰欺負誰啊？趙成材疼得齜牙咧嘴，好半天才緩過勁來，感覺嘴裡微鹹，伸手一摸，嘴唇見血了。可誰要他是男人呢？此刻還得哄章清亭：「妳哪兒傷著了？」

「頭……」

「讓我瞧瞧。」燈籠在他倆摔倒時也滅了，藉著雪地的微光一瞧，章清亭的額頭倒沒出血，也看不清有什麼傷。

趙成材像哄小孩似的幫她揉揉，「吹吹哦，不痛不痛！」

「明明還是痛！」

「好了好了，過一會兒就不痛了！」

等章清亭頭上疼痛稍解，哭聲漸小，趙成材才道：「妳先起來好不好？」

章清亭這才發現自己整個人還趴在趙成材身上，實在不雅，臉頓時紅了，幸好深夜看不出來，趕緊一骨碌想爬起來，卻腳下一滑，便翻身坐在了一旁。

趙成材這也才能坐了起來，他方才墊在底下，摔得更重，整個後背都疼麻了。

章清亭歇了口氣，扶了地慢慢站了起來，催促著他：「你快起來呀！」

「我這也要起得來呀！」趙成材沒好氣地對她伸出了手，「拉我一把。」

「真是沒用！」章清亭不情不願地伸出手去。

「我沒用？妳墊在下面試試？真是飽漢不知餓漢飢！」趙成材拉著她的手站了起來，沒空感覺那纖纖素手的滋味，就被人一把甩開。

「你沒事吧？還能不能走？」
趙成材活動活動胳膊和腿，又扭了扭腰，「還好，沒傷到筋骨，應該能走。」
章清亭瞧他扭來扭去的樣兒，忍俊不禁，噗哧笑了起來。
趙成材嗔她一眼，「有什麼好笑的？」
他越這麼說，章清亭越發覺得好笑，索性哈哈大笑起來。
趙成材臉上繃了半天到底沒繃住，也跟著笑了起來，又嘟囔著：「又哭又笑，小貓上吊。」
「你說什麼？」章清亭耳朵可尖了，卻不大懂這句話的意思。
「沒什麼。」
「明明就有說什麼了。」
「我不告訴妳。」
「我聽見了。」
「那就聽見了唄。」趙成材撿起傘和燈籠，伸出一隻胳膊，「走吧。」
章清亭微噘著小嘴，到底還是拉扯著他的衣袖一同回家去了。
氣撒完了，兩個人都能心平氣和說話了。
「玉蘭的事真不管了？」章清亭還是很關心的。
「怎麼可能？那姓孫的不是要滷水嗎？明兒妳店裡多做一點，我和成棟後日一塊兒送去，順便打聽打聽那孫家到底是怎麼回事。若是真的不好，我們家也不是好欺負的，到時非上門去評評理不可。」
「這還像句話，那你方才怎麼不早說？」
「那妳剛才也沒這麼問啊！」

……

雪花依舊在空中旋舞，似是頑皮的孩子，跟隨著他們的腳步，不時吹進他們的傘下，偷聽著兩人的悄悄話，很快又被趕了出來，卻又不死心追了過去，直至伴隨著兩人到家，方隨著風兒，在天地間輕笑。

翌日一早，趙成材到了衙門，就向婁知縣回稟了願意購買那條胡同之事，並請詳細估個價出來，他們好去籌備。

婁知縣當然高興，立即安排人去辦理，還特別交代盡量給他優惠一點。

下頭辦事的自然知道好歹，都是同一個衙門裡的人，抬頭不見低頭見的，這份謝禮肯定是少不了的，也知道該怎麼辦事。

快到日中，忽然聽聞外頭有人找，趙成材還以為是章清亭來打聽房子的事，忙忙地迎了出來。見到來人，一下子愣了。

大雪地裡，站著一個女子。本來這天地間就是白茫茫的一片，她還非弄件素淨至極的青衣，越發顯得單薄和蒼白。

「小桃，妳……妳怎麼來了？這是生病了？」

見趙成材仍是關心自己，楊小桃心中有幾分得色，面上卻甚是赧然，拿出一個大紙包，「這不是快過年了嗎？我剪了些窗花給你家，咳咳。」她拿手絹捂著嘴乾咳了兩聲。

「妳都病了還忙這些幹什麼？快回去吧。」趙成材覺得不大妥當，沒接她手裡的東西，卻也是真的關心她，不過現在的感覺就更像是一個普通的鄰居小妹。

「我沒事，不過就是染了些風寒，咳咳，你們家以前的窗花可都是我剪的。」楊小桃故意舊事重提，又補了一句：「我怕嫂子忙生意，沒空弄，就做了來，你們可別嫌棄。」

見她仍伸著手站著，趙成材只好接了快點打發她走人，「謝謝妳想著。」

楊小桃溫婉一笑，「你跟我還客氣什麼？」

趙成材臉色一僵，這話可太親暱了，搪塞了一句：「我還有事，先忙去了。」

楊小桃也不惱，柔柔地道：「你忙你的吧，過年記得來我家玩，我爹等著你陪他下棋呢！」

「那是一定。」這個趙成材卻沒有推辭。於情於理，楊秀才都是自己的授業恩師，一定要去拜年的。

楊小桃嫣然一笑，「我還做了你最喜歡的核桃酥，一定要來喔！」也不等他答覆，自己轉身先自行離去了。走不上兩步，又乾咳兩聲。

趙成材再不解風情也覺出不對勁了。

小桃這是怎麼了？不是說好的，過去的都過去了嗎？怎麼還這個樣子？

正在那兒胡思亂想，忽地肩上被人拍了一記，「成材兄，你好豔福啊！」

趙成材嚇了一大跳，回過頭來，原來正是那位李鴻文。

這大冬天的，他手上還拿著一把檀香摺扇附庸風雅。他人生得很高大，五官也很俊朗，偏偏作風流才子狀，有些不倫不類。

李鴻文湊在他耳邊故作神祕地問：「那姑娘是誰？長得挺標致的嘛！」

趙成材橫他一眼，「別瞎說，那是我啟蒙恩師的女兒。」

「那便是青梅竹馬，兩小無猜？」

趙成材被人說中往事，頓時大窘，「我都成親了，可不能亂說。」

「那就是曾經有點什麼了。」李鴻文笑得賊眉鼠眼，忽地將趙成材手中紙包搶去打開。裡頭除了用彩紙剪的各色窗花，還放著一塊手帕，展開一瞧，角上繡著一枝桃花。

「你瞧瞧，瞧瞧，還不承認！」李鴻文在風月場上混慣了，當即猜出：「那姑娘名字裡肯定有個桃字，對吧？」

「你快還我！」趙成材臉紅脖子粗地跟他爭搶著。

「那你先告訴我她的芳名，我才還你，要不，我就拿著見嫂夫人去。」

趙成材畢竟老實，很快就被李鴻文唬住了，急得直跺腳，「行了行了，她叫楊小桃，這總該可以了吧？」

李鴻文這才將手帕還他，調笑道：「看不出來，成材兄也是吃著碗裡的，看著鍋裡的。怎麼樣，得手沒有？」

趙成材趕緊把東西藏袖子裡，「我跟她可是清清白白的，你別說得這麼粗俗好不好？」

「這怎麼叫粗俗？」李鴻文把玩著扇子，不以為然地道：「這男歡女愛本就是天經地義，就算是成了親，尋上一二紅粉知己又算得了什麼？」

趙成材知道他這德性，只胡亂應付著：「我家境貧寒，就是有那心思，也沒這餘力，倒不如不想，彼此清靜。」

「沒錢怎麼了？沒錢也一樣可以尋求志同道合的解語知己嘛！多少英雄才子於困頓潦倒之際，遇到過紅顏知己，趙兄，你可不能妄自菲薄。」

趙成材被逗樂了，「只可惜我不是才子，更做不了英雄。」

「英雄才子發跡之前，誰知道他是哪根蔥哪根蒜？追女人可不是看你有沒有錢，有沒有本事，最關鍵是看你有沒有手段。」

趙成材忽地被觸動心事，不由問道：「那你說說看，都有些什麼手段？」

李鴻文一說這個可來勁了，「這個簡單，就算沒錢，伏低做小你會吧？噓寒問暖你會吧？我告訴你，凡是女人就沒有不吃這一套的。你哄得她開心了，覺得你時時刻刻在關心她了，絕對會對你另眼相看。」

似乎有點道理，趙成材問：「還有呢？」

李鴻文挑眉邪笑，「還不承認你有這心思？是不是對你那師妹……」

「說了跟她沒什麼，怎麼淨扯她？不說拉倒！」趙成材心說我這是要追媳婦，與旁人無關。

「好了好了，告訴你吧，誰叫我愛誨人不倦呢？最後一招就是要死纏爛打。」

趙成材眉頭一皺，「這算什麼招？沒得討人嫌。」

「這話你可大錯特錯了，我跟你說，這最後一招才是最最關鍵的必殺之技。任她是貞節烈女，還是貴婦千金，只要你捨得下這張臉，死纏爛打，就沒有不成的。」

「會嗎？」趙成材怔了一下。

「你信我，甭管什麼女人，絕對沒錯。是男人，就要勇於去捅破那層窗戶紙。就算不成，你也努力過了，心中也不遺憾了。」

也對。趙成材暗自思忖，是不是該找個合適的機會跟章清亭表白一下？

李鴻文又勾著他的肩膀，低低笑道：「今天牽個小手，明天親個小嘴，後天往床上一撲。嘖嘖，這些女人大半面皮薄，嘴上說不要不要，等真正春宵一度了，她就再也離不開你了。我那兒還有京城帶來的祕戲圖……」

趙成材聽得面紅耳赤，小心肝撲通撲通亂跳，趕緊打住，「鴻文兄，你今兒來所為何事？」

李鴻文終於想起正事來了，「差點忘了，我是特意來找你的。中午那馮秀才設宴款待幾位老師，邀我去作陪。你上回不是說想打聽鄉試之事嗎？他們幾人可都是經歷過的。你衙門裡的事忙完了沒？忙完了就一起去吧。」

這個趙成材還真想去，「可他又沒請我，我跟他不熟，就這麼貿貿然跑去不大好吧？」

李鴻文滿不在乎道：「咱們可都是有身分的秀才，肯去就是給人捧場了，有什麼不好意思的？不熟多見幾次不就熟了？再說，你現在可是縣太爺手下的紅人，走出去誰不賣三分面子？你呀，就是太老實了。快別推辭了，走吧。」

聽他這麼一說，趙成材覺得似乎也有三分道理。要是不進這官場，他這輩子也想像不出當官的好處，可現在他進來了，看到了，就下定決心要在科舉之路走下去。

為了功名前程，該去的應酬一定要去，要練厚臉皮就從這一回開始吧。

趙成材壯了壯膽氣，「那行，我就厚著臉皮跟你走一遭了。」

「這說的什麼話？」李鴻文又開始駁斥，「你應該覺得自己紆尊降貴，勉為其難的去才對。我告訴你，這讀書人啊，你越傲慢，人家越把你當一回事，就是只有三分本事人家也當你有七分了。你越是謙虛，他們反而越是踩你，就是有七分本事也只當你三分了。所以說，讀書人的傲骨不能丟，道理全在這兒了。」

這公子哥兒別的不行，送往迎來的場面工夫倒是很值得學習，可趙成材也知道，不能全學，遇到真材實料，是草包就總歸得露餡兒。

只到底是謝過人家的好意，趙成材回衙門告了個假，跟李鴻文應酬去了。一聽他在衙門當差，果然人人高看一眼，秀才越發膽氣壯了，應對也越發從容起來。

幾日後，衙門裡對那條破胡同的估價就出來了。七七八八打個折扣之後，一共是一千八百四十七兩。婁知縣又爽快地抹了零頭，「就給個整數，一千八。三日之內繳上銀兩，這胡同就是你們的，再給你們免三年的稅賦，也不算虧了。」

趙成材自然是感激不盡，回頭趕緊跟章清亭說了。一方面要她籌銀，另一方面也要拿錢酬謝辦事之人。

婁知縣自不用說，他們家要的吃食，章清亭早就挑選了最好的材料，方德海親自監督著給滷上了。那些幫腔做事之人，也封了十兩八兩不等的紅包，讓趙成材拿去塞給人家。

一千八百兩，她和方德海各出九百兩，準備好了銀錢，就帶上方明珠，跟著趙成材一起到了衙門。婁知縣見他們來得這麼快，也很高興，親自主持著把事情辦了。

等章清亭和方明珠各執一份白紙黑字，蓋著官府大印的地契，都是又高興又忐忑。高興著有了腳踏實地的實業，忐忑著不知未來如何。可不管怎麼說，這麼大手筆，這日後兩人的命運恐怕真得綁在一起了。

婁知縣答應她們，等過完正月十六就交房並開挖新渠，最遲在二月底交付使用。章清亭也要準備請工匠、畫圖紙，到時差不多也就能接上了。

正事辦完，章清亭讓趙成材去福興樓訂了兩桌上等席面，一桌悄悄送去婁知縣府衙後院，一桌宴請幾位幫忙辦事的人。

席面上，章清亭和方德海都是見過世面的，應對得體，殷勤禮讓，賓主盡歡。

而府衙後宅，婁夫人也在誇章清亭會辦事。她送去的不是真的酒席，而是福興樓收過錢的一張票據。只要拿著這個，他們家什麼時候想點，要吃些什麼都行。

婁知縣心情大好，乾脆把給章家建房修渠之事算成半件公務，交給衙門裡掌管土木工程之人負責。這又替章清亭省下一筆銀子，而且這位衙管事經驗老道，有他出馬，可是出了不少好意見。

當家裡知道章清亭買了一整條胡同時，可把全家人嚇了一跳。

張發財眼珠子都快瞪出來了，而趙王氏堅決不信，「是一間房子吧？那麼條破胡同，有什麼買頭？」她還以為是給張家買的，想想也對，這麼多人成天擠一塊，太憋屈了。

可趙成棟告訴她：「真是一整條胡同，大嫂打算買了全部推倒重建。這一條街買下來，可花了將近兩千兩銀子。」

「你說多少？」趙王氏被震住了。

趙成棟伸出兩根手指頭比劃著，「我聽見哥說來著，兩千只差一點。」

「她哪來那麼多銀子？」趙王氏不敢相信，「就那一個小小的滷水鋪子，賺了兩千兩？」

趙成棟點頭，「不過不是大嫂一人買的，方家也出了一半。」

趙王氏倒吸了一口涼氣。

天！那死丫頭，她……她真的發達了！趙王氏不敢再想下去了，章清亭到底賺了多少錢？

而張發財則是一拍大腿，無比驕傲，「看看，都看看，我們老張家這閨女怎麼樣？這可不是吹，就我這閨女，搞不好是天上財神奶奶托的胎呢！」

「什麼搞不好？我說大姊就是財神奶奶托的胎，將來咱們家可真是要做大財主了！」張小蝶也是與有榮焉。

張金寶兩眼放光地做著美夢，「到時候啊，我們也弄一間大宅子。像那少爺小姐似的，一人配倆丫頭伺候著，那日子可就美嘍！」

「你少做夢！」張小蝶毫不客氣地出言訓斥：「這話要是大姊聽見，頭一個上來抽你！你沒聽前兒姊夫上課時說，不往前划船，就會往後退，這人就得一直往前划著船，才能過好日子！」

「嘖！不過是比我多學幾句話，多寫幾個字，有什麼了不起？」張金寶心情愉悅地跟妹子鬥嘴，「妳學的再多，過不了兩年也得嫁出去，那時可就不再是我們老張家的人了，到時我們的船划到哪兒，也不關妳的事！」

這話戳中張小蝶的心病了，她本就因為瞧見趙玉蘭的前車之鑒而心有戚戚，再加上這段時日以來，跟著大夥兒讀了點書，漸漸明白了些事理，可不是原先那個啥都不想的鄉下丫頭了。雖然還是不明白自己的前路到底在何方，但她是下定了決心，一定不能走趙玉蘭的老路。大姊雖凶，但心地好，腦子也清楚，只要好好跟著大姊，聽她的話，大姊肯定不會害自己。

此時被哥哥這麼一激，張小蝶不由得氣紅了臉，脫口而出：「嫁人怎麼啦？說我嫁了人就不是張家的人了，那大姊呢？她現在算是哪家人？你幹麼又巴著她？哼，就算是我將來要嫁人，也是大姊作主！只要大姊不叫我離了鋪子，你們誰說都是個屁！」

這話雖有幾分無禮，卻是實情，可趙王氏心裡怎麼都不是個滋味。

雖然現在表面上還是她在當家，可除了安排一些家務瑣事，在大事上，她基本沒了發言權。甚至連買地這麼大的事情，她都是到了最後才知道。再看看張小蝶這個潑辣樣，儼然又是一個小殺豬女，趙王氏不能不想到自己苦命的女兒。

玉蘭那麼溫厚賢慧的好閨女，怎麼就遇到那樣一個不著調的夫婿？而張小蝶這野蠻樣兒，又憑什麼跟著她大姊過好日子？還有張金寶，這麼一個臭小子，難道將來要等他做了少爺，再嘲笑自己兒子過著苦哈哈的窮日子？

聽張家弟妹把話題歪到將來會把他們的親事交給大姊作主，趙成棟有些納悶。

老娘怎麼一聲不吭？聽張家人這口氣，好像那店就是大嫂一人的，說好給他的一半呢？

按捺不住，趙成棟主動找趙王氏私聊了：「娘，這買房可是件大事。您去跟哥說一聲，咱家也要立個契約。以前就一個小店無所謂，現在可是整條胡同，咱家就是一半，怎麼著也該落兩套房子在我名下吧？」

這房子哪有你的份？誰知道那丫頭的小屁店居然做得這麼風生水起？要是早知道，趙王氏無論如何也不會放手，可現在再說這些還有什麼用？

她嘆了口氣，決定告訴兒子真相了。拉他坐在床邊，趙王氏眼圈都紅了，「是娘沒用，爭不來那間店，委屈你了。」

趙成棟一聽就懵了，「娘，您這話什麼意思？」

趙王氏感覺就像是自己騙了小兒子，很是心虛，「你哥說，那間店……算你嫂子的陪嫁。」

「這話什麼意思？」

「意思就是說，那間店，包括你嫂子賺的這些家當，全都沒咱們老趙家的份！」

趙成棟一聽就炸了鍋，「這麼多東西全都沒我的份？」

「別說你了，就連你哥，也是沒有的。」趙王氏真是覺得不公平，憑什麼眼巴巴看著媳婦的東西，就不能算是自家的？

「你哥書念多了，念出一身的呆氣，非要講什麼讀書人的骨氣。說開店的錢是你嫂子帶來的，這店就算是你嫂子的陪嫁。我若是要，那他就跪在我面前不起來，你說，我有什麼辦法？」

趙成棟氣急敗壞地道：「娘，妳被他們騙了！」

說好的店鋪全沒了，趙成棟急紅了眼，只憑一己私心，歪曲事實：「哥說那店是嫂子的，可她的不就是哥的嗎？這分明就是他倆有了私心，串通了演戲！」

這話有些過了，趙王氏還是相信大兒子的，「你哥不是這種人，他很厚道，以前……」

「以前是以前！」趙成棟不耐煩地打斷了娘的話，「以前他是單身，咱們是一家子，他肯定會顧著咱們，可是現在他有自己的小家了，能不偏向自己嗎？就算他沒這個意思，可嫂子天天在那兒枕頭風一吹，他能不聽嫂子的？」

趙成棟越說越火大，覺得自己被利用了，「還騙我去苦工，一文錢都不給，媽的，簡直太欺負人了！」

趙王氏眉頭一皺，「你瞎嚷嚷什麼？小心讓人聽見。」

「聽見怕什麼？我還要去找他們呢，沒有這麼欺負人的！」

趙王氏一把將他攔住，「你先別急，讓娘幫你想想。」

「還想什麼？再想下去可就真的什麼也沒有了！到時候，連張金寶那蠢豬都有丫頭伺候，我呢，連片遮頭的瓦片都沒有！」

趙成棟完全被妒忌燒昏了頭腦，滿心以為歸自己的巨額財富頃刻之間化為烏有，這巨大的落差著實讓他接受不了。

燒起這把火的趙王氏見小兒子如此憤怒，心下也有些慌了。

她才剛剛為趙玉蘭結了一門不像樣的親事，雖然沒有明言，但趙王氏知道，這已經極大的破壞了她在全家人心中的威信。現在對小兒子的承諾也成了一紙空文，真要鬧起來，又得給自己臉上抹黑。

趙王氏做人硬氣了一輩子，已經答應了大兒子不再去討要媳婦的嫁妝，無論如何也拉不下這個老臉，回頭去找章清亭死乞白賴地討東西，可現在，她要怎麼為成棟爭取利益？

要她說，最錯的就是那個小氣的媳婦章清亭。成材就這麼一個兄弟，當哥嫂的為什麼不拉扯弟弟？有什麼好東西分他一半，這不才是兄弟和睦的相處之道嗎？

趙王氏想到了個好主意，「成棟，別著急，娘有個主意，能讓你和你大嫂一樣賺大錢！」

隨著她嘀嘀咕咕說了一串，趙成棟臉上的怒氣漸漸消退，末了竟然笑道：「娘，您放心，我知道該怎麼做了。」

他若無其事地出去了，可趙王氏午夜夢迴，卻著實覺得有些無法安心。自己這麼做，到底是對還是錯呢？可一想起章清亭那麼賺錢她又不平衡了，誰讓妳賺這麼多錢還這麼小氣？就當是讓妳受點教訓了。總歸是一家子，又沒便宜外人去。

❁ ❁ ❁

地已買定，章清亭和方德海現在是背水一戰，只能成功，不能失敗。他們再不想別的，全心全意撲在新店籌建上頭。店裡前頭的事情基本上全交給了方明珠和張小蝶，後頭就是那三個年輕人。沒了兩個「鎮山太歲」，千頭萬緒之中未免有些疏漏，若是有心人，便有機可乘了。

晏博文感覺到趙成棟有些明顯的不對勁，不是不好，而是變得太勤快了，簡直恨不得一人把廚房裡的活全包了。張金寶自是樂得偷懶，可晏博文卻覺得事情不會這麼簡單。

他假裝無意，在章清亭面前略提了一句：「成棟最近很勤快啊！」

章清亭從一大堆圖紙裡抬起疲倦的雙眼，卻錯誤地會意到另一件事上去了，「那還不好？你幫我盯著點，別讓金寶太偷懶了。對了，我上回要你做的那份滷水做出來沒？」她指的是要送到孫俊良家去的東西。

「好了，還想問您什麼時候送呢？」晏博文見她似乎胸有成竹，便也不好多說。

「去叫成棟過來吧。」

趙成棟兩手油膩地過來，面上很是親熱，「嫂子，什麼事？」

「你把手洗洗，把這些滷水拿了，找你哥回家換件做客的衣裳，送去給玉蘭。」

趙成棟遲疑了一下，「我那兒……還幹著活。」

「讓金寶幹不就得了？還有阿禮在呢！」

趙成棟眼珠子一轉，滿面陪笑地道：「金寶也忙著呢，那羊腿我烤了一半，再交給他們，他們也不清楚火候，不如讓阿禮跟哥跑一趟吧。這年下生意好，趕緊做完了，客人還等著要的。」

章清亭有些躊躇，她倒不怕別的，就怕趙王氏囉嗦。

趙成棟覷著她的神色，趕緊又道：「阿禮自來了可從沒出過門，連路都不太認得，往後萬一有什麼事要他出門也不方便，不如讓他去認認路。再說不是有哥嗎？少我一個沒事的，娘要問起來，我自會去說。」

章清亭抬頭看了晏博文一眼，「你走得開嗎？」

晏博文微一沉吟，「一兩個時辰是無妨的。」

「那你就跟著去走一趟吧。」章清亭拿了點錢給他，雇了車送他出門，然後自去和方德海商議新鋪之事，也沒有多心。

一個多時辰後，晏博文回來了，說東西已經送到，趙成材已經回家去了。

也沒給大舅子留個飯？店裡人多，章清亭也不好多問什麼，等晚上回了家，卻見趙成材呆呆坐著，臉色著實不好。

「怎麼？玉蘭在那兒過得不好？孫家底細到底如何？」

半晌，趙成材面上終於難掩悲色，「娘這回……真是坑死妹子了！」

原來這孫俊良家中確有錢財，但也是臭名昭著的浪蕩子，吃喝嫖賭樣樣來，更兼一家三口刻薄成性，和鄉鄰關係甚是不睦。他們送禮過去，竟然連大門都沒讓進，只一個老奴出來接了東西，藉口主人不在，不肯放人進去。

趙成材分明聽見裡面有人唱戲說笑的聲音，奈何他們家高牆深院的，愣是瞧不見裡頭一點情形。他說要見見妹子，那老奴是搖頭堅決不許，說是嫁了人的女兒就是孫家的媳婦，沒有老爺和少爺的吩咐，任誰也不許見。

趙成材氣得無法，可再講道理，那老刁奴也是裝聾作啞，置之不理。後來他上附近一打聽，整顆心都涼透了。因孫家惡名在外，不管他家出再高的聘禮，本地也根本無人願把女兒嫁進去。

孫俊良的元配也是三十里外一戶好人家的女兒，原本如花似玉的一個大姑娘，進門不到一年就病死了。入殮的時候人瘦得只剩皮包骨，孫家根本不許娘家人看就釘了棺。

為了尊重死者，死者父母再不甘心也只好自認倒楣了，可據以前在孫家外宅幫忙的小丫頭說，少奶奶是被活活給累死的。他們那麼大的家業，竟然不肯多請幾個僕役，所有打掃做飯洗衣伺候的活，內宅裡全由媳婦一人包辦。可以想見，玉蘭在孫家到底過著怎樣的日子。

章清亭聽了簡直怒不可遏，「你們……你們就這麼坐著？還不快去把玉蘭給接回來！」

其實趙成材也贊同章清亭的意見，就那樣的家庭，怎麼能讓玉蘭繼續留下來活受罪？但是他作不了主啊！

「娘不許，說等過年妹子回來時，再和孫俊良好生談談。」

這還有什麼好談的？其實還有更過分的話，趙成材都不敢跟章清亭說。

孫家除了看門那個老頭幹了有些年頭，其餘伺候的全是短工，晚上堅決不留任何人過夜，家裡發生了什麼事，根本沒外人知曉。而這孫家雖富，對待旁人卻很苛刻。短工起早貪黑地幹一天，也只管一頓中飯，虧他們家還好意思說頓頓有魚有肉有菜有湯，其實全是他們吃剩下的。不是實在沒法子，根本沒人願意去他家幹活。

那小丫頭後來還忿忿地說，少奶奶死的時候，肚子裡還有三個月的身孕呢，他家都不肯請個人回來幫忙。也不知是哪家沒長眼的父母，居然敢把女兒往這火坑裡推。

聽說那新娘子嫁來時，頭上的金首飾就不止聘銀了，真想不通這樣的人家怎麼也不打聽打聽就把女兒隨便嫁了來，簡直就是送羊入虎口。

這些話，趙成材一回來就如實跟趙王氏說了，可趙王氏聽了雖然也心疼落淚，卻怎麼也不肯聽兒子說的過去接人。她怕這要鬧起來，一個沒法過年，二個也怕人家笑話老趙家嫁錯了女兒。這讓她以後，尤其是在章清亭面前，要怎麼抬得起頭來做人？

再有，趙王氏很是固執地認為嫁出去的女兒就是潑出去的水，女兒已經是別人家的人了，丈夫對她不好，那也是她的命，這是沒有辦法的。而且既然孫家真的那麼有錢，怎麼可能把人累死？就算是家務多點，能比下地幹活還累？

趙王氏這樣一個窮家小戶出家的人，卻是不信的，所以她只一心想著，玉蘭能快些懷孕，到時孫家看在孫子的面上，必會好好待她。等到玉蘭熬出頭了，自然會感謝她的。

畢竟孫俊良是獨子，他的東西，日後不全是自己閨女的？況且自家閨女那麼好，只要是個有眼睛的人，怎麼可能看不到？

於是，趙王氏反過來怪兒子不懂事，還一心期盼著女兒有朝一日拖兒帶女、穿金戴銀的風光回門。到那時，她可得狠狠地打一回章清亭的臉。說什麼門當戶對、亂七八糟的大道理，她趙王氏就是不聽，也一樣把女兒嫁得好好的。

有她攔著不許出頭，章清亭再氣憤，也不能去把玉蘭搶回來吧？趙王氏的心思便是不說，她也猜個八九不離十，只對趙成材撂下一句：「你娘是不見棺材不掉淚！我把話放這兒擱著，早晚有她哭的時候！」

年關步步逼近，家裡各色年貨備得齊全，雖不是大富之家，也算得上是魚肉滿筐，可因為趙玉蘭之事，到底在全家人心上都蒙上了一層陰影，把原本應當歡樂的氣氛沖淡了許多。

章清亭這些天對趙成材總沒個好臉色，見了面也就淡淡地應一聲，說不上三句話。趙成材當然知道是為什麼，只能越發謹慎小心，任她怎麼擺臉色，也按李鴻文教的那樣噓寒問暖，伏低做小。

這兩日聽見章清亭有些咳嗽，想來是時氣所感，勸她去看大夫，又被她搶白了幾句。

章清亭覺得不是個大症狀，而且成天忙得不可開交，哪裡有空去尋醫問藥？她自恃身體強壯，也沒放在心上。

趙成材只好自己留心，抽了空上了趟藥鋪，跟大夫細細說了症狀。那大夫沒見著人，也不敢胡亂開藥，只建議他買些蜜餞橘皮、豬油蜜膏這些滋潤的點心回去，要是正經吃藥，還是得帶人來的。

趙成材依言買了東西回家去，章清亭已經回來了，正端了杯茶，穿著家常小襖，盤在炕上謄抄帳目。這些天帳目都是張小蝶和方明珠經手，晚上她才能得出空來理理。

見她臉色不錯，趙成材提了東西上前。

章清亭一看，自然就明白了。見趙成材買的全是精緻好貨，心中有三分歡喜，臉色也好了幾分，拈起一塊橘皮含在嘴裡，酸酸甜甜，令人心情也跟著開朗起來，「謝啦，你哪來的錢買這些東西？身上的錢夠不夠用？」

為了兌現自己之前的承諾，趙成材每月的縣學補助和工錢可是分文不少交給趙王氏的。說起這個，趙成材卻轉身先把門掩上了，才從懷裡掏出一個被體溫捂熱的小包袱放到她面前，「這裡頭一共是三十兩銀子，算是我還妳的舊帳。」

章清亭大吃一驚，「你哪來這麼多錢？」

趙成材笑著打開，章清亭一瞧就明白了。這些全是一兩二兩的小銀錁子，鑄成海棠、梅花等等的圖案，定是去那些大戶人家走動時收的禮金。

「你這個年過得不錯嘛，收這麼多好東西。正好我過年要發紅包，用這個最合適不過了。」

趙成材見她高興，心中自也歡喜，「實話告訴妳，我可不止收這些，還有十幾兩我放衙門裡了，連娘都不知道。那個是準備買書，還有鄉試的費用，就不給妳了。」

「那是當然，不過你若真要應試，這兼差還是辭了吧。過了年，可就只有一年半的工夫了。好好溫溫書，爭取一次考中。要不，又是三年，這浪費的工夫，可不是那點工錢能賺回來的。」

「我也是這麼想的，等年後陳師爺回來了，我就打算專心在家溫書了。前幾回跟人一聊，才知道我還是井底之蛙，讀的書實在太少了。鴻文那兒有些多的舊書說可以送我，有些新書就只好買了。我開了單子給他，等他上京時，在郡上買了，就託人捎來給我。」

章清亭開箱取了借據還他，「你把這個燒了吧。」

趙成材正待放上燈燭，想想，卻又收了起來，「怪有意思的，留著作個紀念吧。」

兩人相視一笑，趙成材誠懇地道：「我這還真得好生謝妳，若不是妳指點明路，我真不知道當官有這麼多好處。妳瞧我不過是個小師爺，這過個年就收了這麼多禮金。想想縣太爺，就更了不得。」

「那是當然。」

兩人氣氛正好地說著閒話，忽地聽見晏博文在敲門，「趙大哥、老闆娘，有急事！」

兩人皆是嚇了一跳，趙成材趕緊開了門，晏博文氣還沒喘平，想是一路跑來的。見了他們，只有一句：「店裡的祕方外洩了！」

恰如一個晴天霹靂打在章清亭頭上，震得她半天回不過神來。腦子裡嗡嗡作響，眼前一切都顯得不那麼真實，飄渺虛浮起來。

「你說什麼？再說一遍！」

晏博文雖然也是萬分焦急，卻保持著冷靜說：「有人在外頭公然出售絕味齋的配料，十兩銀子一包。許多人都在排隊搶購，相信不出幾日，咱們這配方就將是紮蘭堡公開的祕密了！」

「不可能！」章清亭失聲尖叫，「方老爺子不可能自斷財路，那肯定是假的！」

「不，是真的！」晏博文雖然不忍，卻不能不告訴她這個殘酷的事實，「我去現場看過了，他們擺著滷罐，做的滷水，確實和我們絕味齋的一模一樣。」

章清亭猛地從炕上跳了下來，穿上鞋子就往外跑，「你快帶我去瞧瞧！」

趙成材拿起她的大棉衣，「妳先把衣裳穿上！」

章清亭此刻哪裡聽得進去？趙成材無法，只得捧了衣裳也往外跑。

張趙兩家人已經被驚動了，「出什麼事了？」

「聽說是店裡的配方外洩了。」只來得及交代這麼一句，趙成材就追了出去。

兩家人都嚇傻了，那個店可是兩家人豐衣足食的來源，店倒了，往後的生活該怎麼辦？

沒人注意到趙成棟臉也白了，悄沒聲息地從後門溜了出去。

章清亭萬萬沒有想到，晏博文帶她來的地方居然會是這裡，一個她立誓一輩子再也不進去的地方——銀鉤賭坊。

此刻的賭坊門口，排隊買滷料的人排成了長龍。雖然十兩一包是不便宜，但比起這背後所含的巨大價值，就不值一提了。

根本就不用嘗，只聞著那熟悉的香味，章清亭就無比肯定而且絕對確定，這就是自家的配方。

問題是，它到底是怎麼流出來的？又怎麼會到了薛紹安的手裡？

章清亭簡直怒髮衝冠，大力地撥開人群，衝了上去，「你們憑什麼偷我家的配方？薛紹安，你們叫他出來見我！」

「原來是趙夫人大駕光臨啊！怎麼，妳也想來買一包滷料？」

迎出來的是于掌櫃，身邊有一個中年男人，章清亭瞬間認出來了，他就是那回假託要買滷料，卻被回絕的林管家，此時在那兒一唱一合。

「于掌櫃，你這就錯了，趙夫人送這麼大的禮給咱們，便是送她一包又如何？」

「說得也對啊，趙夫人，拿吧。」

章清亭氣得快發瘋了，「你們……你們不要欺人太甚！」

「欺人太甚又怎麼了？我呀，就喜歡欺人太甚，尤其是……妳。」薛紹安身裹狐裘，溫文爾雅地走了出來，若是不知此人的險惡，十有八九會被他的長相蒙蔽。

他望著章清亭惡毒一笑，「聽說趙夫人剛剛買了塊地是吧？真是好大的手筆啊！誰能想得到一個不久前還窮得只有幾文錢，在我這賭坊打馬吊的女孩子，居然搖身一變，要做大財主了。妳幹這麼大的事情，我這老朋友怎麼能不送上份賀禮呢？」

望著他得意的笑容，章清亭氣得快吐血了，腦子一熱就道：「你夫人答應過，不許你再來找我生事的！」

她提起這碴，薛紹安眼中的怨毒更深，「說起這事，趙夫人，我該讚妳膽大？還是誇妳聰明？拜妳所賜，我在家中足足躺了一個月，還連累了好幾個紅顏知己，所以，如今，妳不知道我有多怕妳，怕到連妳的門都不敢上了，只能在這裡替妳分擔辛苦，讓各位街坊鄰居買回家自己做，妳也不必成天煙熏火燎的那麼累了。這女人啊，可最不經老，有空多保養一下自己吧。」

章清亭想撕了他的臉，強忍著怒氣，只問一句：「說，是誰？」

絕味齋，絕對有內鬼！

薛紹安挑眉一笑，「回去問妳的好弟弟吧。」

猶如一盆雪水從頭潑到腳，章清亭裡外全涼透了。

她轉頭就往外衝，眼裡燃燒著憤怒的火焰，幾乎要把這冰天雪地都給融化了。

一口氣衝到了家，章清亭抽起門閂，一腳踹開了西廂房的門。

張家六口正愁眉不展地聚攏在炕上議論著這事，猛地見她進來，都嚇了一跳。

章清亭拿門閂指著張金寶，臉色雪白，「你給我出來！」

趙成材忙上前勸解：「娘子，有什麼話問清楚再說！」

「有什麼好問的？這個傻子，人家幾句好話、幾兩銀子就能騙得走，不是他，還會有誰？」

張金寶膽戰心驚地問：「大姊……這、這是怎麼了？」

「你還有臉問我怎麼了？我辛辛苦苦供你吃、供你穿，可你倒好，居然勾結了外人，來偷自家的東西！」

這話大家聽了都嚇著了，張發財當即就問：「金寶，你偷你大姊什麼了？快還給她！」

「我……我沒有啊！」

「你還不承認？」章清亭揮舞著門閂就打過去，「人家都說了是你偷了配方！」

「我真的沒有！」張金寶一連被打了兩下子，身上吃痛，委屈得眼淚都下來了。

他越不承認章清亭越是火大，「你有膽子做，怎麼沒膽子認？」

「娘子，有話好好說！」趙成材上前想把她拉開。章清亭回手一門閂就敲他手上，疼得趙成材也是齜牙咧嘴。

她轉身又追打張金寶，「你這個傻子，你知不知道配方賣了，咱們家就什麼都沒了！沒了錢，我買的那條胡同該怎麼辦？那麼大塊地就全沒用了！」

章清亭一面罵一面哭了起來，「這配方可不是我的，是人家方老爺子的！人家信我，跟我合作，現又把錢全給了我去買地，人家祖孫倆就指著這門手藝過活，這下全被你給毀了！你坑死我一人也就算了，你怎麼能這麼坑別人？你叫我怎麼跟人家交代？」

「真不是我……大姊……妳別打了！」張金寶被章清亭劈頭蓋臉一頓好打，連連求饒。

張發財聽了，也是怒不可遏，隨手抽起一根棍子也衝了上來，「你這個渾小子，你怎麼就這麼渾？那吃飯的東西能賣嗎？讓你幹活你不好好幹，倒會幹這吃裡爬外的事情，我打死你！」

連張小蝶也衝上來揍他哥，「你是不是那天跟我吵架就懷恨在心，想報復大姊？」她見章清亭都哭了，知道事態嚴重，也急得直哭，「就算我將來還在店裡，也沒礙著你什麼事啊？你幹麼這麼壞，非偷咱家的配方賣？」

張金寶真是百口莫辯，被一家子打得痛哭流涕，「不是我，真的不是我！」

這麼大的動靜，趙王氏自然也瞧見了。看著章清亭那麼粗重的門閂一下一下毫不留情地打在張金寶身上，她的臉色甚是難看，卻死死抿著唇，一聲不吭。

章清亭指著張金寶，哭著叫罵：「你滾，你給我滾！我這輩子再也不要見到你！」

雖有趙成材護著，張金寶還是被打得鼻青臉腫，頭破血流，哭著討饒：「大姊……妳別趕我走，真不是我……」

章清亭不信，對著他的腿又是狠狠幾下，把他往門外攆去。

張金寶無法，只得一瘸一拐地哭著跑了。

章清亭趕走了他，扔下門閂，也哭著往外走去。

趙成材拉著她，「妳這又是要去哪裡？」

「我去向人磕頭認錯去！就是方老爺子要打死我，我也只好認了！」

趙成材又跟著她，一路到了方家，卻見晏博文比他們更早到了。自賭場分開後，他就先來了這裡，想把事情告訴方德海，替章清亭先求個情，此刻見了他們卻苦笑道：「還有人比咱們更早。」

先他們一步的是福興樓的大掌櫃蔣正平，得知絕味齋配方外洩後，他就立即來找方德海。雖然沒了配方，但這老頭子可一肚子的烹飪學問，有這個活寶，就算是沒了滷味，相信他還有別的絕活。現在是他的危難之際，自己出手相助，就算他不答應，但這份人情卻是賣到了。

章清亭當然知道蔣正平打的是什麼主意，可她現在還能說什麼？絕味齋是鐵定要關門的了，未來的出路在哪裡，她真的不知道。

等蔣正平從屋裡出來，她直愣愣地走進去，撲通一下就跪到方德海面前，伏在地上失聲痛哭，「老爺子，是我的錯，全是我那個不爭氣的弟弟偷了配方！您怪我吧，打我吧！」

晏博文聽了她的話，卻有些詫異，皺了皺眉，暫時沒有吭聲。

方明珠眼睛都哭腫了，也在爺爺面前下跪求情，「爺爺，您別怪張姊姊，她也不想的！」

方德海端坐椅上，兩手壓著拐杖，重重嘆了口氣，「論理，我真該好好打妳一頓。妳說，妳家怎麼就出了這種人？」

章清亭哭得更加傷心，簡直是泣不成聲。

苦心經營的心血就這麼付諸東流，不僅自己賠了個精光，還害了這爺倆。把人家辛苦一輩子琢磨出來的配方就這麼大白於天下，章清亭真覺得被人砍上一千刀都是活該。她怎麼就攤上那麼個不爭氣的弟弟？

趙成材也上前跪下了，「方師傅，真是對不起，娘子她怎麼也想不到會出這種事情。那騙去配方的是銀鉤賭坊的薛紹安，本就與我們有私怨。金寶年幼無知，不懂人心險惡，才上當受騙，若說他是有心為之，那也絕無可能，但現在錯已鑄成，您若是要打要罰，我都替娘子受了，只請您能原諒她，她真不是有心的。」
方德海無力搖頭，「都起來吧，我現在再打你們罰你們又有何用？能追回配方嗎？」
「是我……我對不住您……」章清亭哭得嗓子都沙啞了。
方德海伸手拉她，卻拉不動，旁邊方明珠和趙成材扶著她起來，才讓她坐下了。
「現在事已至此，只好想想以後該怎麼辦了。」方德海犯愁，「那條胡同可如何是好啊？」
這是壓在兩人心頭最大的石頭。
「方師傅、老闆娘，我倒覺得事情還沒到山窮水盡之地。」晏博文冷眼旁觀了半天，一直在苦苦思索著該如何解決這棘手的問題。
這一句話，把所有人的眼睛都點亮了，「你有什麼好主意？」
晏博文微微一笑，「鋪子雖然沒了，但我們手上還有地。」
方德海道：「咱們沒了鋪子就沒了進項，拿什麼蓋房子？就那塊破地，能做什麼？」
「不！」趙成材會意，激動得大叫起來，「婁大人說過，這塊地他是急著出手才賣得便宜，要是等通了溝渠，開春之後，地價是會漲的！這兩千兩銀子沒白花，本錢還保得住！」
晏博文點頭，「咱們有了這塊錢，難道還愁沒機會東山再起？老闆娘，您別光想著自己沒錢就蓋不成房子。您可以再想想旁的，比如以這塊地作抵押，借錢來蓋房子，等房子蓋好了賣出去，這錢不就回來了？」
趙成材還想起一事，「這條胡同可批了免三年的賦稅呢，若是蓋起來了，想要租售了來做買賣，可是極大的優惠，不愁賣不出個好價錢。」
方德海也想到一事，「上回那個介紹福興樓給咱們的什麼大爺，不是挺有錢的嗎？成材媳婦，妳去跟人說說，先借咱們點錢，把房子蓋起來，這個不為難吧？」

這事確實可以去賀玉堂幫忙，可章清亭忽又犯起愁來，「就算是房子蓋起來了，也賣出去了，咱們這賺的也就是一錘子買賣，日後怎麼辦？」

方德海橫她一眼，「這蓋房子總得一年半載的吧？等房子蓋好了，難道咱們這麼多大活人，還想不出來該做點什麼？那真該集體拿繩子上吊去了！丫頭，妳平時挺能折騰的，不過是遇到點小小挫折，怎麼就這麼灰心喪氣？想當初那麼困難咱們都挺過來了，何況現在還有二千兩銀子保本？真是沒出息！快把眼淚擦了，做正經事去！」

章清亭心裡大是感激，忽地又意識到一個重要的問題，「老爺子……您、您還願意跟我一塊兒幹嗎？」

方德海斜睨著她，「本來呢，我剛聽到祕方外洩時，是挺生氣的，差點就答應蔣掌櫃，去人家那兒做軍師了。可一回頭，就瞧見明珠身上的棉衣了。我要是走了，下回明珠想要做衣裳，該去找誰呢？哎呀，剛才也忘了問蔣大掌櫃會不會針線了！」

章清亭破涕為笑，卻又落下淚來，「老爺子……謝謝您，這回……要不，我把那地的股份再過一半給明珠吧，算是我賠您的。」

方德海嗤之以鼻，「我可不稀罕那個，咱們那滷水店之前一個月能賺多少妳心裡有數。回頭趕緊再去弄個那樣的店，賠我一半股份才行。」

章清亭不服輸的勁頭也被激起來了，擦去眼淚，就一個字：「好！」

方德海斜睨著她，咕噥了一句：「又哭又笑，小貓上吊。」

這話到底什麼意思？章清亭走的時候偷偷問方明珠。

小丫頭一笑，「這就是說一個人又哭又笑的，亂發脾氣，連小貓也會被氣得上吊。大姊，妳怎麼連這也不知？」

章清亭忿忿地橫了趙成材一眼，心中卻是痛快了許多，誠心去向晏博文道謝：「阿禮，真的謝謝你，要不是你提醒，我還真不知道該怎麼辦。」

晏博文淡然一笑，「別忘了，您可是我的老闆娘。只有你們賺錢了，我這夥計才能幹下去，我這也算是為自己的前程操心呢。」

章清亭被逗樂了，「還是要多謝你的。」

「不用這麼客氣。」晏博文忽地想起一事，躊躇了一下，還是說了：「老闆娘，妳是不是弄錯了？那個洩漏祕方的，不該是金寶吧？」

「不是他，那會有誰？人家明明說是我弟弟的。」

可妳還有一個弟弟呢。晏博文瞧了趙成材一眼，斟酌著字句：「金寶雖然是懶了點，可不像是個有心眼的人。」

趙成材臉色大變，「你這話是什麼意思？」

晏博文坦然說出一件事實：「趙大哥，上回我跟你去送東西給孫家回來時，廚房裡少了一瓶配料，我問是怎麼回事，成棟說是他不小心灑了。」

這一下，連章清亭的臉色都變了，「這事你怎麼不早說？」

晏博文一臉苦笑，這讓他怎麼說？

之前該提醒的已提醒過了，難道非追著人說，妳弟弟可能是個家賊，你們得小心提防著嗎？

章清亭驚恐地捂住了嘴，要是她冤枉了金寶，還把他暴打一頓趕出家門，這罪過可就大了。

趙成材心裡也在打鼓，會是成棟嗎？那他們方才回家教訓金寶，成棟明明是看見的，為什麼不出來說？

他腦子忽然嗡地一聲，想起來了。當時家裡鬧出這麼大的動靜時，娘在哪裡？

要是平常，娘早該衝上來跟著教訓金寶了，為什麼一點表示也沒有？

他和章清亭面面相覷，兩人不由得再一次加快了步伐，可章清亭經過這連番奔波，又大哭一場，體力消耗極大，根本走不快，偏偏又心急如焚，要早點回家去問清真相。

不用多說，趙成材已經一把牽著她往家裡趕去。

夜色裡，晏博文瞧著兩人攜手遠去的身影，眼神中才流露出一點寂寞和黯然。

這樣的幸福，是他再也不配擁有的吧？

這一夜，張趙二家都註定無法成眠，所以當趙成材和章清亭又回來時，家裡還是燈明燭亮。

趙成材喉嚨很乾，卻來不及喝口水，逕直拍打著堂屋的門，「成棟，開門，快開門！」

「三更半夜的，這是要幹什麼？」應話的是趙王氏，她的語氣凌厲，卻透著一份心虛。

娘的態度太反常了，趙成材的心往無底的黑洞跌去，「娘，您讓成棟出來，我有話問他。」

「有什麼話等到明天再說。」

「不行，今天晚上必須給我說清楚。成棟，成棟，你出來！」

「這麼晚了，都睡覺去，鬧騰什麼？」

章清亭一見這架勢，心裡明白了七八分，不過她可沒秀才有耐性，厲聲道：「婆婆，妳讓成棟出來。妳要是不開門，我就砸了。」

「妳敢？」

事到如今，章清亭還有什麼不敢的？逕直衝進廚房，拎起劈柴的斧頭，回來照著門就砍。

趙成材不僅不攔，還幫忙踹著，「娘，您讓成棟出來，要不，今兒我就拆了這道門！」

張家人也聽出這話不對勁了，到底是出了什麼事？

門終於開了，趙王氏臉色鐵青地站在門口，攔著不讓人進來，「你們這是反了天了？要幹什麼，這到底是要幹什麼？」

趙成材衝到前面，「娘，您讓成棟出來，我就問他一句話，娘子店裡的祕方是不是他洩漏出去的？」

趙王氏嘴皮子動了幾下，眼神閃爍，卻仍是梗著脖子道：「不知道！店裡那麼多人，誰知道是誰的手腳不乾淨？幹麼像審賊似的審你弟弟？」

趙成材努力壓仰著胸中翻騰的怒火，「那娘您讓成棟出來，當著我們的面對質！」

「對質什麼？成材，你可要弄清楚，成棟可是你的親弟弟。」

「親弟弟又如何？」趙成材一聽這話，心下更涼，「親弟弟也要講一個理字。是他做的就是他做的，不是他做的就不是他做的。出來說個清楚便是，他怕什麼？您又是怕什麼？」

「誰說我怕了？」趙王氏嘴上強硬，可手都有些抖了。她從來沒見過大兒子發這麼大的脾氣，瞧那眼神，簡直就像兩把明晃晃的刀似的，看得人心驚肉跳。

趙成棟在晏博文來通報事發時，就跟著章清亭他們一起到了賭坊，不過他躲在後頭，沒人留意。等見到那林管家，聽到他們的談話，可把趙成棟可嚇傻了。當即沒命地逃回了家，跟趙王氏一五一十把事情交代了。

早先趙王氏是教他偷盜方德海的祕方，然後弄點錢，自己也開家滷水鋪子。而那個薛紹安派出的林管家，騙不了章清亭，卻把主意打到兩個夥計身上，分別找人跟趙成棟和張金寶私下接觸過，讓他們偷瓶配料出來，說是自家要做滷水，許諾給他十兩銀子。

張金寶膽小，一聽就回絕了，根本就沒了下文，可趙成棟卻留了心，他以為給人家一瓶配料根本不算什麼，反正都研細了，也看不出究竟，這十兩銀子太好賺了。便在那日，故意支開晏博文，偷到滷水配料，自己私藏了一半準備細細研究，另一半就以十兩銀子賣了出去。

他還以為占了個大便宜，誰料想薛紹安拿了配料立即找了幾位大廚回來，只琢磨了兩日，就把這配方給破解了。

趙成棟自知闖下大禍，也不知該如何是好，只得回來乞求娘親的庇護。

趙王氏起初也被氣壞了，狠罵了兒子幾句，怎麼就這麼蠢，上了人家的當，可到底是自己的親生兒子，罵過之後只想著如何把這件事情遮掩過去。

等章清亭跑回來毒打張金寶時，趙王氏就知道他們誤會了。本來是有幾分想說的，可看章清亭和張家人打人時的那個狠勁，她就退縮了。

她原以為，打完了這事也就算了，回頭幫張金寶請個好大夫，做點好吃的也就算彌補了，可沒想到章清亭居然把張金寶趕出了家門，這下，她可真嚇著了。這還是親弟弟她都這麼不依不饒的，萬一讓那丫頭知道其實是成棟洩漏配方的，豈不是要打死他？

這可是趙王氏無論如何也不肯答應的，所以更希望事情不要東窗事發，沒想到等章清亭去方家轉一圈回來，居然就鬧著要對質。趙王氏護犢心切，也沒多想，讓趙老實帶著兒子躲在裡頭，想把這件事給糊弄過去。

趙成材看著自己的母親，從牙縫裡一字一句地擠出話來：「娘，您若是不怕，您若是沒有一點心虛，怎麼連讓成棟出來見我一面都不敢？」

趙王氏眼睛不敢看他，倔強地找著藉口：「成材，你看看你現在是什麼樣子？像發了瘋似的。哪有一點讀書人的體面和尊重？就你這樣子，我不能讓成棟來見你。」

章清亭冷笑，「是嗎？那我可沒讀過書，我也不知道什麼叫做體面和尊重！趙成棟，你給我滾出來！」她拎起斧頭就往裡衝，「誰敢擋著，我就砍誰！」

張發財也衝了上來，「閨女，妳說這話是什麼意思？那個偷了祕方的不是妳弟弟，是他家的弟弟？」

章清亭眼中含著淚，「他把我們全給騙了，還害得我冤枉了金寶！」

「畜生！」張發財從章清亭手上搶過斧頭，「小雜種，你給我滾出來，咱們把話說清楚！要是你幹的，打死了你，我給你償命去！」

「你們……你們這是幹什麼？」趙王氏想攔都攔不住，張家人一窩蜂全衝了上來。

張發財兩腳就把裡頭的門給踹開了，趙成棟再想躲也來不及了，嚇得一下鑽到趙王氏的身後，哭喪著臉，推卸責任，「娘，是娘讓我去偷的！」

這一句話，就相當於承認了。

要是上當受騙還情有可原，可這一句話，分明就是有預謀有計劃地要拆章清亭的台啊！

趙成材簡直是難以置信，「成棟，你胡說什麼？娘怎麼會讓你去幹這種事？」

「沒錯，是我讓他幹的！」趙王氏自恃著老臉，護著趙成棟，還振振有詞：「這全怪她！」

她一指章清亭，怨毒地指責著：「要不是她那麼尖酸刻薄，什麼東西都不肯分給你弟弟，我至於讓趙成棟這麼做嗎？你也不想想，你弟弟起早貪黑辛辛苦苦給她當長工，她有給過一文錢沒有？給方家那些個外人都分那麼多錢，憑什麼不分給你弟弟？那方家收咱們這麼多錢，我拿他一瓶配料，又有什麼了不起的？」

這簡直是強盜邏輯！

趙成材被徹底激怒了，「娘，妳講不講道理？方老爺子拿的錢是他該得的。要不是人家出的祕方，咱家拿什麼做生意？再說這個店，說好了是娘子的陪嫁，憑什麼分給成棟？妳說成棟在店裡幹活，娘子沒給錢，那他身上的衣裳哪來的，每天吃的喝的哪來的？

再說了，妳怎麼知道娘子沒給成棟準備工錢？我實話告訴妳，年底娘子早就給成棟和金寶一人準備了二十兩，算是謝謝他們開業這段時間的辛苦，還說等開了春，只要他們想幹下去，以後每月工錢就是二兩銀子。若是生意做大了，再提拔他當個管事，日後還有得漲。」

他指著躲在趙王氏身後的弟弟，「成棟，你自己說，你大嫂有哪一點虧待了你？她對你和金寶不是一樣的嗎？你憑什麼要分她的東西？她欠你了嗎？你這是跟誰學的這麼的恬不知恥！」再望著從前最尊敬的母親，「還有娘，妳怎麼能教弟弟作賊呢？」

「夠了！」趙王氏一抬手，乾乾脆脆，響響亮亮打了趙成材一個耳光。

這一巴掌下去，手上火辣辣的疼痛讓她頓生悔意，嘴上卻仍硬著：「什麼賊？你弟弟就是拿自家點東西，能叫賊嗎？」

趙成材既是痛心，又是傷心，「娘，妳就是再打我，可這話我還是要說！成棟沒有問過娘子，就偷偷拿了店裡的東西，這就是作賊了！而娘妳呢？還教唆他作賊，明明知道犯了錯，還拒不悔改，這比作賊更加可惡！」

趙王氏無言以對，只能擺家長的譜，「你……虧你還是讀過書的，有這麼跟你娘說話的嗎？你懂不懂得孝字怎麼寫？」

趙成材滿面悲愴，「我就是懂才心痛！孝順不是說幾句好聽，凡事都順著妳才叫孝順！難道妳讓我去殺人放火、偷盜搶劫才叫孝順？」

「你給我滾！」趙王氏實在無法反駁，只好色厲內荏地發起脾氣。

趙成材點頭，無限酸楚，無限失望，「我是該滾了，我早想滾了！這樣的家，這樣的娘，還有這樣的弟弟，我是再也不想看到了！」

章清亭轉身吩咐張家眾人：「小蝶，你們留下來收拾東西，我和爹出去找金寶，咱們天一亮，馬上就走。」

這是她第一次真心開口管張發財叫爹，這一家人，雖然懶了點，但真心都在改過，是真心把她當親人的，所以，就算他們再不好，她也決定帶上他們了。

趙成材又內疚又難過地望著章清亭，「娘子，妳要是不嫌棄，我也想幫著去找金寶。」

「走吧。」章清亭知道不關他的事，和張發財三人打著燈籠出去了。

張小蝶走到趙王氏面前狠狠呸了一聲，罵了句「不要臉」，和張羅氏他們回屋收拾東西了。

趙王氏就這麼站著，看著黑夜慢慢過去，天空慢慢露出魚肚白。看著趙成材他們帶著輛馬車回來，把不多的行李全都拖上了車。

趙老實幾次欲言又止，實在憋不住了，「孩子他娘，真讓他們走啊？」

趙成棟也畏畏縮縮地上前，「娘，呃……要不，我去向哥嫂認個錯，求他們留下吧？」

趙王氏就這麼直挺挺地站著，兩手絞得死緊，卻什麼話也不肯說。

上車的時候，章清亭突然一個趔趄摔了下來，把眾人都嚇壞了。

趙成材上前摸她的額頭，一片滾燙，「這是病了！快，先去藥鋪！」

「咱們……咱們去看看吧。」趙老實想出去又不敢出去，只好眼睜睜地看著馬車快速消失在眼前。再一轉頭，卻見趙王氏也站立不穩，晃啊晃的。

「孩子他娘！」

趙王氏終於也軟軟地倒下了。

參之章 姨媽突訪尋商機

從家裡出來，趙成材趕緊先送暈倒的章清亭去了藥鋪，大夫一瞧，是之前就有風寒，可一直沒在意，又在冰天雪地裡折騰了一夜，人實在扛不住，便病倒了。

這個病來勢洶洶，可大意不得，要是發不出汗，那人可就沒救了。大夫開了藥，囑咐他們帶人回去好生調養。

快過年了，客棧都是要關門的，趙成材想著反正絕味齋的生意也沒得做了，那兒還付了三年的租金，便帶著全家去那裡安頓了下來。

張家幾人也全都同意，張小蝶現在也會精打細算了。說那兒的爐火都是現成的，他們鋪蓋都拿了，只要再添幾張鋪板就能住人。自己買菜做飯，也能比住客棧省錢。

一行人過來，晏博文見此情形，也不多問，立即把裡頭那個小單間騰出來給章清亭小夫婦。把外頭東西一挪，分成男女兩間，先湊合著住下，然後分頭行動。

雖然遭逢大變，但張家人可不像從前似的，什麼都指望章清亭，尤其有趙成材在此，商量著把事情一辦，料理得秩序井然，絲毫不見慌亂。

章清亭醒了一會兒，只惦記著一件事，「金寶……」

「妳放心，我這就去找他，一定把他平安帶回來。」

趙成材安撫了她，囑咐張小蝶細心照料，又和張發財、晏博文一起上了衙門，請求差役們協助尋找張金寶。他們昨晚在趙家附近找了一夜也沒找到，想著張金寶又受了傷，很是擔心。

程捕快是辦慣案子的，略一思忖便問他們：「會不會是去親戚家了？或是你們以前的家裡？這天寒地凍的，不可能在外頭遊蕩。這樣吧，你們自回去找找，我帶幾個兄弟在附近破房子橋洞那些地方也去巡查一番。有消息了，都回衙門裡來通個氣。」

張發財還有些猶豫，「親戚是不大可能，家裡那破房子都快倒了，能回去嗎？」

晏博文卻覺得很有可能，「他身上又沒錢，除了那兒，還能去哪裡？」

結果還真讓他給說對了，張金寶大半夜的無處可去，只好一瘸一拐地回了張家老屋，縮在那個破坑上，捲著爛草蓆，燒得昏迷不醒。眾人趕緊拆了塊門板把他抬回去，又請了大夫來延醫調治。他身上遍體鱗傷，又挨了一夜的凍，比章清亭傷得重多了。

趙成材打了熱水，幫小舅子一邊擦身子一邊黯然神傷。這些傷原本都該是落在趙成棟身上，卻讓張金寶無辜領受了。而自家那個娘呢，還拚命護短，硬是不肯認個錯，實在是讓人心寒至極。

方德海本還說過來商議蓋房子之事，結果沒想到瞧見這情形，聽張小蝶講完經過，老頭子氣得臉黑如鍋底。

「趙成棟那小崽子我就瞧著他心眼多，沒想到居然這麼壞，這是怎麼教出來的？」

趙成材被罵得顏面無光，卻無言以對，這事確實是自家的娘和弟弟大錯特錯，怨不得人罵。

見這兒房舍甚小，方德海便說讓他們乾脆搬到他家去得了，可趙成材想著還有兩個病人，無法移動。店裡雖然小了一點，但什麼東西都是現成的，想在外頭買個菜請個大夫什麼的也便利，便婉拒了他的好意。

倒是晏博文，見他們一家人擠在一處無所謂，可自己再加進來就顯得有些不便，主動提出能不能讓他跟著方德海回家去，順便還可以幫他們祖孫劈柴挑水，幹些粗活。要是有什麼事情要聯繫，他還可以幫著傳遞消息，就不用方德海和方明珠一老一小跑來跑去。

這個方德海非常歡迎，當即就領著他準備採買些過年的東西回家去。

趙成材把自己私藏的那十幾兩銀子全拿了出來，「這大過年的，還害得您老生意也沒得做，這錢您先拿著回去過年吧。」

方德海堅決不要，「你們這一大家子跑出來，什麼都沒置辦，還跟我客氣什麼？我那兒還有些銀子，過日子是不愁的。你只管把你媳婦和金寶照看好了，等過了年，咱們再商量著該怎麼幹。」

趙成材謝過通情達理的老爺子，把人給送走了。

算算日子，今兒就是年二十八了，他們這一家子還什麼都沒有，確實也要出去準備準備，有個過年的樣子。越是士氣低落時，越要弄得花團錦簇的像個樣子。

趙成材提起精神，迅速行動起來，也要熱熱鬧鬧過好這個年。

讓新的一年，有個新的開始。

等章清亭清醒過來時，愣了一下。眼前不是自己住慣的房間，身下也不是睡慣的火炕。

「娘子，妳醒了？」

一直和衣而睡的趙成材立即從對面的小床上躍起，多虧了這屋裡擺了兩張單人床，他和章清亭才能住下。他伸手探她額頭，見溫度正常，微有汗意，很是高興，「這下是真的好了，燒全退了。要喝點米湯嗎？專門留著給妳的。」

見她想起身，趙成材忙拿了自己的被子墊她身後，扶著她坐了起來，又去添米湯給她。

章清亭瞧見自己身上蓋的仍是她的鋪蓋，可是這間小房卻是煥然一新。

牆上貼了年畫，一對招財童子抱著大鯉魚喜氣洋洋地笑看眾生。窗戶也換了銀紅色的新紗，在燭火的映襯下，透著暖暖的光。雖然沒有熱炕，但屋子裡火盆燒得暖暖的，四下收拾得乾乾淨淨，桌上還擺著她的水仙。

章清亭半天才確認這是店鋪裡的那間房，「這……怎麼收拾得這麼好？」

「要過年了，當然要收拾好啊！」趙成材把熱米湯端來，見她想伸手接，忙道：「妳別動，才發了點汗，小心又著了涼！」然後坐她床頭，放唇邊試了，才一勺一勺地慢慢餵她。

章清亭本來有些不好意思，可米湯熬得黏稠而微有甜意，暖暖的很對胃口，她直把這一碗全喝了還意猶未盡，「還有嗎？」

「多著呢！」趙成材笑著又添來給她，「這是特意為你們買的上等粳米熬的，元寶看了半天的火呢！大夫說你們病著，現也吃不了別的，等病根去了，再慢慢進補調養！」

章清亭聽他說一句「你們」，當即就想到一個人，「金寶，他怎麼樣了？」

「他的燒也退了，比妳醒得還早，也喝了米湯，現在又睡了。大夫說他身體壯實，平素又是個使力不使心的，養養沒就事了。倒是妳，大夫可交代了，用心太過，又不注意保養。像前幾日妳老咳嗽，我讓妳去看大夫妳還嫌我多事，其實那時就病了，這回可著實有幾分凶險，以後可得注意了。」

聽說張金寶沒事，章清亭便放下心來，聽他絮絮嘮叨著，心中也溫暖，只見四下仍是黑的，不覺問道：「我躺了幾天？現在什麼時辰了？」

趙成材一笑，「妳可躺了好幾天，這會兒該是大年三十了。剛聽打了五更的梆子，再歇一回，天就該亮了，要過大年了。」

章清亭瞧他似乎興致頗高，不覺莞爾，「就這個糟心的年，你還樂得出來？」

「有什麼樂不起來的？」趙成材放下空碗，為她打氣，「妳細想想，去年今日，妳在幹什麼？就算現在鋪子沒了，可咱們不是還有地嗎？還有這一年經歷的事情，學到的東西，不值得驕傲嗎？」

章清亭被他這麼一說，也笑了。去年今日，自己還是南康國章府裡傷春悲秋、看人眼色的大小姐，今日卻在北安國擁有了自己的一片小小基業。雖然屢遭挫折，但畢竟是站住了腳跟。有點小錢，有塊地，還有一大家子奉她若神明的老小，算算還是賺到了。

章清亭放鬆地躺下，「想我一年賺一千兩，那十年不就成了一萬兩？到時也是大財主了。」

「豈止？」趙成材一本正經地扳著指頭算，「這第一年賺一千，第二年該是兩千，第三年是四千……」

章清亭被逗樂了，「照你這麼算，我得去搶錢才行。要不，你知道哪兒有金山銀山，指給我去挖吧？」

「我要是知道哪兒有金山銀山，肯定得第一個告訴妳，誰叫妳是我……」後頭兩個字，趙成材嚥了回去，多少有些赧顏。

章清亭也覺尷尬，把話題岔了過去，「明兒就要過年了，咱們可還什麼都沒準備呢！」

「放心吧，我們都準備齊了。雞鴨魚肉、糖果點心全都有。妳不是喜歡花兒嗎？我昨兒還買了個梅花盆景擱廳裡，小蝶剪了幾隻喜鵲掛上，說這是喜上眉梢，結果妳今兒就醒了，還真是託她吉言了。」

章清亭倒是詫異，「那丫頭還有這份心思？」

「這妳就小瞧人了吧？咱們過來這些天，先是找金寶，後又要辦年，家裡全靠她了。領著銀寶和元寶，照顧妳和金寶兩個，可是出了好大的力，人都累瘦了。」

章清亭再看看他清減的面龐，發自內心地說：「也辛苦你了。」

「跟我客氣什麼？」趙成材微紅著臉，終於鼓起勇氣說了一句：「總是一家人……」

章清亭垂了眼，默然不語，耳根有些泛紅。

趙成材忙道：「妳再歇歇，養養精神，過會兒咱們一起吃團圓飯！」

章清亭低著頭說：「那你也早點歇著。」

趙成材扶著她躺下，幫她掖好了被角，這才吹熄了燈火，在對面的小床上躺下，一時心裡七上八下的，也不知章清亭什麼意思。是默認，還是婉拒？

不過趙成材打定主意，管她同意還是不同意，自己還是要一如既往的對她好，相信精誠所至，金石為開。天長日久，總會被感動的吧？可一時想起娘跟弟弟，未免心下又有些黯然。

就衝這樣的娘和弟弟，章清亭也是不肯的吧？可這麼好的姑娘，讓他放手又實在不甘心。算了，自己盡力就好，要是人家實在不願意，那只能說他沒這個福分。

趙成材心中糾結，章清亭也不好過，他方才話裡頭的深意，聰明如章大小姐，當然明白。瞧他眼窩深陷，面容憔悴，這幾日定是辛苦極了。再回想這些時日以來，趙成材對她的點點滴滴，她又不是木頭，怎麼不知？可究竟該不該答應？

單從趙成材個人來說，章清亭還是中意的。踏實本分，淳厚質樸，既明是非，又懂道理，更關鍵的是，這個人聽得進勸諫，也勇於改變。像之前她跟他剖析了一頓科舉上進的利害，他聽進去了就開始行動，不管多忙，都抽空認真讀書。

而不管她有錢沒錢，他都能以一顆平常心待之。懂得感恩，心地溫良，這樣的夫婿若是找著，也算是終生有託了，但他身後為什麼偏偏站著趙王氏和趙成棟？

章清亭想起來就是一肚子火。

真若嫁給他，就得一輩子面對那樣一個強橫偏心的婆婆，和自私自利的小叔子。

算了吧，找個機會跟秀才說清楚，有他們，沒我！

章清亭拿定了主意，自又睡去，可心裡多少有些捨不得。糾結多時，還是很快睡過去了，再醒來時，天光大亮。

趙成材不知去了哪裡，倒是張小蝶守在床邊，見她醒了，興奮得叫道：「大姊，妳醒啦？姊夫在外面張羅著包餃子呢，讓我過來照顧妳！」

幾天不見，張小蝶是真的瘦了一圈，小臉都尖了下去，看來趙成材所言非虛，章清亭心中感動，微微一笑，「這幾日，可辛苦妳了。」

張小蝶被大姊教訓慣了，這一稱讚，倒是很不適應，臉都紅了，忸怩著道：「這也是我應該做的，一家人，說什麼辛苦不辛苦？」她扶著章清亭坐了起來，「要不要小解，還是先漱口洗臉？一會兒吃點清粥小菜，然後我幫妳擦洗擦洗。按理說，今兒該洗澡的，可妳現在病著，姊夫說洗澡太傷元氣，那就只好擦擦，換身新衣裳了。」

章清亭一時明白過來，原來趙成材把妹子打發過來還有這樣一層深意。難為他一個大男人，居然想得這樣細緻，章清亭心中很是感激。

「現在什麼時辰了？你們都洗過沒有？」

「快午時了，我還沒洗，娘在裡屋打發銀寶、元寶正洗著。等他們弄完了，我再去洗。」

「這麼冷的天，有放火盆嗎？可別弄得跟咱們一樣染風寒了。」

「知道，姊夫也是這麼說。我們拿布簾隔了出來，裡頭放了三個大火盆，銀寶他們一個勁兒地在裡頭叫熱呢！」

章清亭慢慢坐了起來，吃了東西，又讓張小蝶幫著，把自己裡裡外外收拾了乾淨。

當初店裡的料子賣剩下沒得挑，給眾人，包括自己做的新衣都是些不大好看的顏色。

換上之後，章清亭有些抱歉，「應該再幫大夥兒都做身好料子的。」

「這就很好了，從前哪有這樣厚實暖和的大棉衣？等以後咱們生意做大了，自然有好的。」

「妳就這麼有信心？」

「當然！大姊妳這麼有本事，肯定行的。姊夫都說了，我們這是那個山水之後遇著花，又遇到什麼村子來著？」

章清亭嗔道：「是山窮水盡疑無路，柳暗花明又一村！別淨學個半吊子，沒得讓人笑話！」

張小蝶吐舌，默念了好幾遍，「這回記著了，下回妳再考我吧。」

「那我可記下了。」章清亭穿戴整齊，「扶我到前頭瞧瞧大夥兒。」

「妳等等，我得問問姊夫。」張小蝶把門開了少許，扒著門檻嚷嚷：「姊夫，大姊要到前頭來，可不可以呀？」

「我來瞧瞧。」趙成材拍拍手上的麵粉，過來了。

章清亭趁沒人小聲訓斥張小蝶：「這麼大的姑娘，扒著門檻嚷嚷，多沒禮貌？要是有什麼話，過去說了再回來，以後可得注意，知道嗎？」

張小蝶又吐了吐舌頭，不過大姊這樣私下說她，給她留著面子，讓人好接受了許多。

「還有這吐舌頭，快一併改了。沒幾年就及笄了，也該學得穩重點。」

章清亭既然決定真心接納這一家人，就要開始為他們打算了。

趙成材過來剛好聽到最後一句，笑道：「這大過年的，娘子就不要再教訓人了吧？要不，可真是從年尾訓到年頭了。」

章清亭一想也是，自悔有些失言。

趙成材笑道：「妳放心，這些天我都會跟著妳，只要妳訓人，我就提醒妳。」

張小蝶不在意，「反正從小到大都被大姊訓慣了，她要是三天不訓人，我們還彆扭了。」

這不是討罵嗎？章清亭噗哧笑了。算了，大過年的不宜罵人，趕緊換話題：「我想到前頭瞧瞧金寶，請問趙大人，可以嗎？」

趙成材瞧她穿得很厚實，臉色雖然還有些白，但精神不錯，就拿了條大圍巾把她的頭臉也護住，「出來吧，正好金寶也醒了。」

其實從耳房到前屋不過十來步路，可趙成材和張小蝶仍是一左一右護衛著章清亭，像扶個易碎的瓷娃娃似的，把她扶了進來。

到了前面，章清亭才瞧見，原來他們不光布置了那間耳房，連前面也煥然一新。窗花對聯全都貼上了，還掛了不少大紅燈，很是喜慶。

張銀寶和張元寶剛洗完澡，熱氣騰騰地出來，瞧大姊起來了，急忙追上獻寶，「姊夫還買了許多煙花爆竹，大姊，咱們晚上一起放吧！」

「好。」章清亭含笑應了，過來瞧見張金寶臉上仍是青腫未消，頭上還裹著傷布，包得像粽子似的，她眼淚頓時滾滾落下，上前握著弟弟的手，愧疚地道：「金寶，對不起，是大姊錯怪了你，錯打了你，全是大姊的錯！」

最剛強的大姊居然為自己哭了，還向自己道歉，這樣的全新體驗，讓張金寶天大的委屈也散了，還跟著掉起淚來，「大姊，這事兒不怪妳。姊夫說了，全怪那壞人沒說清楚。妳是我姊，就打我兩下也沒關係的，反正我也常常偷懶，惹妳生氣……只是下回，妳再生氣，也別把我趕出去了。那個……大半夜的，我又沒地方去……」

這話說得章清亭心裡更加內疚，「不趕了，大姊再也不趕你走了！」

趙成材聽得也難受，明明就是自己的弟弟犯了錯，卻讓張金寶無辜受罰，他也深施一禮，「金寶，我也要向你賠個不是，是成棟害你受委屈了。」

張金寶嗚嗚咽咽道：「姊夫，我知道你是好人，就你一人當時還護著我來著！」

張發財吸吸鼻子，也抹著眼淚道：「金寶啊，爹也對不起你，我也打了你！」

張小蝶也哭了起來，「哥，我當時也不對……」

張金寶沉冤昭雪，一家子全向他賠不是，倒弄得他心裡又是溫暖又是酸楚，突然之間，嚎啕大哭起來，「你們……你們快別說了，再說……我就哭得停不住了！」這話反而又把大夥兒給逗樂了。

張發財舉袖子擦擦眼角，「瞧這大過年的，咱們一家子應該高高興興才是，都別哭了！大閨女，妳身子不好，成材快勸勸你媳婦！」

趙成材幫章清亭擦了眼淚，又拍哄了半天，終於把她哄過來了，眾人也漸漸止住淚。

趙成材吸口氣，笑了起來，「咱們接著包餃子吧。」

「對對對，包餃子！」張小蝶擦了眼淚過來幫忙，「咱們還要做幾個甜芝麻餡的，看到時誰吃到了，肯定新年會交好運。」

這麼一說，大家又都來勁了，甭管餃子捏得好不好看，都是熱鬧的心意。

章清亭坐在張金寶的床頭，細細問他的傷勢。張金寶從來不知道大姊竟然也這麼關心自己，雖然冤枉挨了頓揍，他也覺得值了。

一家子忙忙碌碌包了餃子，熱熱鬧鬧吃了團圓飯。

到了天黑，兩個病號不讓他們出來，坐在窗前，他們在自家的小院子裡放煙花爆竹。

張金寶也是好玩鬧的，看得心裡直癢。章清亭笑著答應他，只要他十五能下地，就去買一堆煙花爆竹回來，讓他放個過癮。

看著一朵朵煙花在夜空中綻放，映紅了這一家子的笑臉，章清亭恍惚覺得，自己好像真的就是張蜻蜓了。也許章大小姐還不能完全融入這種生活之中，但她從內心裡卻感受到了一種久違的安詳與溫馨。

放了煙花，天色也晚了，兩個病人熬不得，趙成材把他倆都趕回去休息，自和張發財一家守歲。其實他的心中多少也有些惦念，長這麼大，這還是第一次孤身在外過年，也不知家裡情形如何了。

趙家這個年過得不好，或者應該說是糟透了。自從那日張家走後，趙王氏也病倒了。請大夫來瞧，說是年紀大了，總會有各種各樣的毛病。方子開了，藥也吃了，卻收效甚慢。不是因為病勢沉重，而是她，得了心病。

趙王氏要強了一輩子，也剛直了一輩子，雖然家裡窮，可這風風雨雨大半輩子，人還是行得正坐得端的。雖然也會裝神弄鬼，驅邪降妖，但那也是憑勞力混飯，從來沒做過一件丟臉之事。她是這麼要求自己的，也是這麼要求幾個子女的，可怎麼忽然之間，就成了大兒子嘴裡比賊還要可惡的人？

趙王氏想不通，若說她有錯，那章清亭就沒錯嗎？如果她能大度一點，溫柔一點，賢慧一點，事情怎麼會弄成這樣？

不說別人，就拿自己來說吧，自從嫁給趙老實，那是一門心思撲在這個家身上，永遠是吃苦在前，享受在後。既然她這個趙家媳婦可以做到為了這個家，不計得失地付出一切，為什麼就不能這麼來要求同是趙家媳婦的章清亭呢？

再說，成棟可是成材的親弟弟，唯一的親兄弟，如果章清亭能早點對這個弟弟大方一些，趙王氏覺得自己也不會被逼得鋌而走險，讓成棟去偷那祕方，以致於弄出這麼大的風波來。

現在成棟是闖下大禍，但那也是值得被原諒的不是？他還這麼年輕，哪裡知道人心險惡？身為兄嫂，為什麼要發這麼大的脾氣，甚至大過年的還離家出走呢？

趙王氏很不能理解。

是，她也承認自己當時的脾氣確實是急了一點，可如果不是他們，尤其章清亭的臉色太難看，她至於連實話也不敢說嗎？

光說她脾氣不好，那章清亭的脾氣又好得到哪裡去？想到這一點，趙王氏就很不服氣。

但是，她確實也有錯的地方。

趙王氏唯一承認自己錯了的，就是不該打成材那一巴掌，又叫他滾。

那麼大的兒子了，都娶了媳婦又有功名在身，這麼被她當著眾人教訓，實在是下不了台，所以趙成材一氣之下要離開，也是情有可原。可作為兒媳，妳怎麼不勸勸呢？還跟著一塊兒鬧。你們家人要走就走吧，怎麼能把我兒子一塊兒拐走呢？那我兒子不成你們家上門女婿了？

趙王氏很不高興，可更讓她頭痛的是，接下來該怎麼辦？

讓她去向兒子道歉？趙王氏拉不下這個臉，可要是就任由兒子跑到外頭，母子倆僵在那裡，老死不相往來，最後便宜了章清亭，她又不願吃這個虧。

活了大半輩子，趙王氏從來沒這麼為難過。

思來想去，自家人沒有不是，全怨章清亭不好，自從娶了這個媳婦，家裡就沒有消停過。

她甚至隱隱開始後悔，當初還不如娶楊小桃，沒用就沒用，起碼省心。現在娶了個太能幹的，自己降又降不住，實在鬧心。可更鬧心的是，她這樣病著，還得為一日三餐著急。

因為她起不了身，趙家父子別說餃子，連飯都吃得勉強。因家裡從前有趙玉蘭，不行還有趙王氏，這爺倆田裡的活會幹，可不太會做飯。

趙王氏生著病，本就胃口不好，每天就讓他們熬點清粥鹹菜，混混也就完了，可兩個青壯年男子天天這麼吃，怎麼受得了？尤其前些時都被章清亭的大魚大肉養刁了胃口，不上三頓，趙老實還好，趙成棟著實愁眉不展。

張家人也壞，走時把章清亭出錢做的臘魚臘肉全拿光，除了雞蛋，他都幾天不見葷腥了。每日還得伺候著趙王氏的湯藥，升火燒爐子洗碗挑水劈柴什麼的，說起來都是些小事，可真幹起來著實討厭。

他愁得不行，就開始找趙王氏磨唧，要下館子買些好菜回來吃。趙王氏一次不同意，兩次不同意，可禁不起他成天在耳邊咕噥，只好應允。可應允了一次，就有第二次，趙王氏病得沒心思計較，但錢花了多少還是知道的。眼見著又沒個進項，卻每日花錢如流水，心疼不已，卻也毫無辦法。

這人怎麼變化都這麼快呢？難道都忘了以前那些苦日子是怎麼過來的？趙王氏又多添了一樣煩心事，病得更難好了。

❁　❁　❁

大年初一，一大早章清亭就起來，準備分發紅包給眾人，可她自己卻先收到「大紅包」。

張小蝶喜氣洋洋地將包袱捧到她面前，裡頭是一套嶄新的大紅棉衣，「大姊，這是姊夫特意買給妳的，一直不讓我們說。他說過年要穿得喜慶，妳又做生意，咱們家誰不穿大紅的都可以，就妳不能不穿。」又故作神祕地道：「知道昨兒為啥是妳第一個吃到糖餃子嗎？那也是姊夫做了記號，偷偷撈給妳的。」

撫著這柔軟光鮮的大紅棉衣，章清亭又羞又惱，這個秀才，如今這麼多花花心思？

不過，她喜歡。

帶著三分嬌羞、三分掩不住的喜氣，章清亭梳洗打扮了，紅彤彤的出來發開年禮給家人。

趙成材帶著張銀寶和張元寶放了開門的爆竹，熱熱鬧鬧地迎接新年的到來。頭一個來拜年的是方德海，見她已能下地，還一身大紅新裝，老頭子打趣著道：「這可真是開門紅了，今年咱們的生意一定會更好。」

眾人俱是附和著，滿懷憧憬，但章清亭卻多保持了一分清醒和理智，吉祥話說完，就該商議正事了。有薛家狼在她身旁虎視眈眈，如若不把這個問題解決，恐怕就是借來了錢，她也沒法蓋新房。

趙成材卻不能奉陪，他還要上婁知縣那兒拜年去。

本來只準備了點尋常節禮，章清亭卻叫住了他，特意封了二百兩紋銀。

別說在他們現在這麼捉襟見肘的時候，就是平常，也不可謂不重了。趙成材有些詫異，章清亭卻是一笑，取了一個糕點盒子，把銀子放下，上面再鋪張油紙，擱上糕點，「拿去。」

趙成材道：「若是婁大人問起，我該怎麼說？」

章清亭笑道：「他今兒應該沒空問你，要問也是等年後去了。到時你就求他說，要將咱們這條胡同的重建交由官府，徵集民伕來做。」

這個理由倒是好扯，趙成材很快想到，就說是市集裡的房子，怕普通百姓建得不合規範，想請官府來蓋，可他琢磨一下，「那我別這麼早去，等天快黑了，晚飯那會兒我再送去，估計沒什麼人，他也容易注意到咱們的東西。」

方德海有些不解，「請官府的人來做，他們那工錢可不便宜。咱們本來就沒錢，為什麼非要請他們呢？」

晏博文卻是明白了，「若是如此，老闆娘，您送的這份禮，恐怕有些輕了。」

眾人更糊塗了，只聽章清亭道：「我也知道輕了，可是沒法子，我手上一共就這麼些錢了，還得應付一家子的開銷。再多，我也支不出來了。」

方德海還沒明白，趙成材見他二人心有靈犀的樣子，有些不服氣，用心一琢磨，他也想到了，「妳是怕薛紹安再來搗亂，索性把這工程一併交給官府去做，所以寧可稍貴一點，求個穩妥是不是？給婁大人送這麼重的禮，也是想請他多多維護吧？」

趙成材才得意一下，晏博文忽然又問道：「那婁大人多大年紀？在這兒為官有多久了？可有家眷在此？」

趙成材不知何意，一一答道：「婁大人今年四十有三，在這兒為官有六七年了，除了夫人和一位小姐在此，聽說兩個兒子前兩年都陸續送到京師親戚家求學去了。」

晏博文沉吟一會兒，「老闆娘，那您若想辦成此事，恐怕真得送份厚禮給婁大人。朝廷官員每三年一個任期，最多連任三次。要是他在這兒這麼久了，估計這一兩年，甚至開春之後，隨時有可能會被調任離開。」

趙成材恍然，「怪不得他那麼著急想處理掉這條胡同，恐怕果真如你所言，他是要走了。」

晏博文輕輕一笑，「所以，在他走之前，更要送厚禮，才能打動他為我們辦些不太好辦的事情。最好能想個法子，把官府和咱們綁在一起。扯上千絲萬縷的聯繫，才能保證日後太平。」

眾人點頭，這個有理，可章清亭道：「其實我倒想過要白送他一套院子，可婁大人既是要走了，留下院子又有什麼用？就算白送，這鋪子價值也不大，他為什麼要替咱們冒這個風險？」

趙成材也覺得這想法不現實，「就算他願意關照，可人都不在這兒當官兒了，誰賣他面子？他把鋪子拿去轉賣，又有誰來管咱們？難道來一任縣官就一套？」

晏博文搖了搖頭，「你們誤會了，我不是要送給他個人。你們難道忘了，官府還有在當地開辦縣學善堂這些公共機構的職責？這些產業卻不在衙門裡，是要到外面來置辦的。」

趙成材一聽更是搖頭，「縣學善堂本地早有設立，怎麼可能又再新設？而且那個又得破費官庫銀兩，婁大人肯定不會願意。」要有多的錢，他自己帶走多好，幹麼傻乎乎地充公？

晏博文卻是明白其中深意，「就算縣學善堂都有開設，可沒規定一個地方只許開一個縣學或是善堂的。只要有心，想做這種善事總能找到藉口。趙大哥，你更清楚本地情況，只要能想到好點子，未必打動不了婁大人。畢竟，他這越是要走的時候，也越是要錦上添花的時候。」

趙成材聽得啞口無言，這人還當真熟知官場內幕，他的家世，絕對不凡。

章清亭也覺在理，「若是婁知縣願意幫這個忙，便是把原來的撤掉，重新再設又有何妨？反正不花他的錢，還能為他增光。」

晏博文點頭，「所以咱們這禮一定得重到讓他心動。」

見兩人一唱一合，趙成材難免有些不愉，可誰叫自己涉世未深，不懂這些官場上的門道呢？看來以後要學的還真不止一點東西。

方德海聽明白了，忙道：「我手上還有二百多兩，現在就回去取了，咱們湊一湊，送個整五百給他吧。這治重病得下猛料，免得一回不成，又鬧一回，反倒顯得我們小家子氣。」

章清亭一咬牙，「阿禮，你覺得夠嗎？不夠我再去借！」

晏博文點頭，「五百兩已是我們的極限了，讓他知道我們的誠意就好。」

方德海回家取銀子，章清亭數著剩下的銀錢嘆氣，「往後這日子恐怕真得省儉著過了。」

趙成材道：「這卻無妨，我每月還有一兩銀子工錢，好歹一家子的嚼用是夠了的。」

張小蝶聽了這話，忙把早上收的紅包拿出來，「大姊，這還有銀子，妳先拿去用吧。」

「這怎麼行？這是給你們的新年禮，哪有送出去還收回來的理兒？」

「妳給我們，我們收過就是意思到了。那個詞兒我會說，叫同舟共濟。妳賺的錢也是給我們大夥兒一起用的，那我們的也該是妳的。要是不夠，我這兒還有妳給我的銀項鍊呢。」

章清亭心裡舒坦，這妹妹當真懂事了。

趙成材也道：「現在娘子妳有急用，當然就先用了，以後有了，再分給大夥兒就是。」

張小蝶出去收羅了一圈，把爹娘兄弟手上的銀子全拿了回來，這零零碎碎就快二十兩了。

趙成材笑道：「省著點，半年的花銷也是夠的。」

張發財他們原本都在外頭，沒進來打擾他們談正經事，此刻聽說要錢急用，還扯著嗓子問夠不夠，要是不夠，就把棉衣棉被當幾套出去。

那倒不用，可章清亭聽得心裡很溫暖。這一家子總算知道齊心協力了，將來會越來越好的。

時間不長，晏博文也送了銀子過來，可除了幾個大錠，其餘一大堆零零碎碎的散銀子可沒法送禮，須得鑄成幾個大錠才是。可這大過年的，上哪兒找人幹活呢？

趙成材沉默了一會兒，「我去找福生幫幫忙吧。」

時間不長，人回來了，交出五大錠銀子。每個銀子並不是打成平常的元寶造型，而是按著那些花式小銀錁子打成了梅花、海棠、牡丹等各色花錠。銀光放亮，手工細緻，就算不用，擺在桌上，也極是漂亮。

章清亭看得讚嘆不已，「這田福生當真好手藝！」

和趙成材對望一眼，兩人眼中俱感可惜。

趙成材嘆了一聲，「福生還問我玉蘭過得好不好？我真是不敢答他。」

「初二不是媳婦要回門嗎？明兒你還是回去吧，要能把玉蘭請到這兒來坐坐就最好了。」

趙成材心中還有怨氣，「明兒我是不會回去的，讓銀寶替我跑一趟，要是他們回來了，就請上咱們這裡來坐坐。我想孫俊良那種人，應該會肯的。」

想著婁大人可能要離任，章清亭還特意將糕點換成了年糕，取其步步高升之意。眼見天近黃昏，拜年的客人應該都回去了，趙成材才送了過去。

婁知縣大名叫做婁瑞明，他送往迎來的累了一天，好不容易回了內宅，才想歇歇，夫人特意捧了份禮物上來，「老爺，你看看這個。」

婁瑞明先見上面的年糕，暗合了心意，再看見底下的銀子，著實嚇了一跳。

婁夫人道：「我剛秤了，足有五百兩呢，是那個小師爺趙成材送來的，他這樣出手，怕是有事相求吧？」

婁瑞明稍加琢磨，心下便是雪亮。絕味齋祕方洩漏，一夜倒閉之事，在紮蘭堡已是街知巷聞。雖說洩露祕方的是自家兄弟，卻也是薛紹安哄騙在先。那趙成材此時送這麼重的禮，是求他去主持公道，還是另有所圖？

若是讓他去跟薛紹安對著幹，那婁知縣可恕不奉陪。

強龍不壓地頭蛇，薛家在此經營多年，盤根錯節，可不是他一個小小的縣令有法子收拾的。再說他都快離任了，這最後關頭，只想平平順順地交接出去，不想也更不會冒這個險。

命人把這份禮原樣收好，過幾天問問再說。

大年初二。

別說章清亭還惦記著趙玉蘭今兒要回門，就連趙王氏這麼病病歪歪的也記掛著此事。

怕孫俊良像上回一樣嫌棄自家飯菜，還特意讓趙成棟去外頭買一桌酒席回來款待嬌客。

這樣花錢的事，趙成棟挺願意幹。去了一家相熟的小飯館，挺熱情地跟人家問了新年好，可人家的態度卻有些不冷不熱。他納悶地點了自己喜歡的菜離開，忽地忘了一道趙王氏說的丸子，又折返回來，卻聽店裡的夥計正說到他。

「……還有臉出來走動，連自家鋪子都敢偷，這還是人嗎？」

「自家嫂子一個婦道人家，辛辛苦苦弄個店出來，才幾個月啊，就被這小叔子徹底敗了。要是我有個這樣的弟弟，早分家了。」

「分家還是好的，要是我，非上官府告他不可！這兔子還不吃窩邊草呢，也不想想，毀了嫂子的生意，他又能有什麼好日子過？真是蠢得比豬還不如！」

「我可悄悄告訴你們，聽趙家隔壁老齊家的小子說，那小子可真不是個男人。明明是他偷的，還不承認，硬是害得他嫂子家的弟弟頂了缸，後來知道弄錯了，兩家才徹底吵翻，如今他哥嫂連家都沒回，住鋪子裡去了。大過年的天天抓藥，可憐喔！」

「對了，快點點東西，別讓那賊偷慣了手，把我們這東西也順走了。」

……

趙成棟只覺腦子裡嗡嗡作響，渾身哆嗦，明明穿著大棉襖卻敵不過這刻骨的寒意，一顆心在巨大的恥辱裡煎熬著，臉白得像張紙一樣。

忽地夥計瞧見外面人影，「誰？」

趙成棟嚇了一跳，心虛地匆匆離去，可已經被人瞧見背影。

那夥計故意提高了嗓門：「哪家的畜生沒看好？跑出來亂晃，真是討厭！」

趙成棟捂著耳朵，落荒而逃，走到哪兒都覺得別人在戳他的脊樑骨，心裡又羞又惱。

好不容易忍到家，他衝到趙王氏面前就吼：「都怪妳！要不是妳給我出的餿主意，現在大夥兒會這麼罵我嗎？」

趙王氏一碗藥才嚥下去，被兒子這一驚，頓時胃裡翻湧起來，「成棟，你這是什麼話？」

「難道我說錯了嗎？」趙成棟越想越委屈，「當初就算拚著吵一架，可我也是明明白白跟哥嫂把話說清楚，就是不分我，也沒什麼好丟人的，哪像現在，走到哪兒都被人當成賊一樣防著，裡子面子全丟光了！」說完，轉頭氣跑了。

趙王氏張著嘴，半天說不出話來，只是胃裡翻湧得厲害，忽地一張口，哇的全吐了出來。

就連一心維護的小兒子，如今也反過頭來怪她，她這辛辛苦苦，到底是為了什麼？

張銀寶奉命要到趙家去請趙玉蘭夫婦過來相見，張元寶無聊，追著哥哥，打打鬧鬧的一塊兒走了。章清亭瞧著這對成天滿院子撒歡的小弟弟，問趙成材：「這兒附近哪有學堂？我想開了年，送他倆去上學。」

聽了這話，連張發財都愣了，「啥？讓他倆去念書？」這也太奢侈了吧？

張小蝶正好端了藥來，「咱們現在正沒錢呢，讓姊夫教教不就得了？」

章清亭接了湯藥，「相公也有自己的事要忙，簡單教你們一會兒沒關係，可白天那麼長的時間，讓他們兩個小的往哪裡去？」

張羅氏插言：「他們兩個現在也會劈柴挑水幹家務了，也不全是在玩。」

章清亭道：「光會這些有什麼用？這些小事是該學著幫家裡做，卻不是安身立命之技。」說完這話，她把藥喝了，趙成材過來一手熱水，一手蜜餞伺候著。

章清亭接過熱水漱了口，再拈了顆蜜餞含在嘴裡，等那苦味壓下去了，才開口道：「不管他們將來怎樣，先讀幾年書總是好的。若是有本事上進自然最好，就是不能，會讀書識字，總比旁人占便宜些。」

張小蝶拿了空碗準備去洗，想想，回頭道：「這話倒也有理，我現在識了字，這附近的招牌全認得了。認路也方便，去藥鋪抓藥也省事了。」

張金寶靠在床上也道：「我識了字後，也有那種……眼前一亮的感覺。」

章清亭輕笑，「這個用豁然開朗比較合適。」

「可他們哪是那塊料啊？」張發財有點不信，「瞧他們皮得屁股上像長了釘子似的，怎麼可能坐得住？咱老張家可八輩子都沒出過讀書人。」

「岳父大人此言差矣。」趙成材故意拽了一句文，逗得大夥兒又都笑了，他極是贊同章清亭的意見，「又沒試過，怎麼知道他倆不行？橫豎開蒙一年也費不了幾個錢，讓他們去吧。萬一考個功名，豈不是賺了？」

張發財老大不信，「他倆要是能考中功名，不說多，就像你似的中個秀才回來，那我從此就戒了肉！」

張金寶頓時笑鬧起來，「大姊，這話咱們可得記下，要是那倆小子真有了出息，爹這後半輩子就等著做和尚吧！姊夫，要不，你寫下來吧。這就叫那個空口無憑，立字為據！」

趙成材一笑，「要寫你自己寫去，你這腿是傷著，手好像沒什麼事了吧？」

張金寶訕笑著把手縮到了被子裡，「我那幾個字能見人嗎？」

章清亭橫他一眼，「見不了人才要多寫，否則沒幾天就全忘光了。」

張金寶嘟囔著：「那等我好了再寫就是。」

此時，張小蝶收拾了碗過來，揚了揚自己的作業簿，「哥，你可真得努力了，你瞧瞧我這一本都快寫完了。」

「有什麼了不起？」張金寶撇撇嘴，「等我好了，很快就追上來了。」

這兄妹倆拌嘴，章清亭問趙成材：「說真的，這集市上有什麼近一點的私塾或者學堂嗎？看什麼時候就把他倆送去吧。」

「有倒是有。」趙成材正想說給她聽，忽地想到什麼，皺眉沉吟半晌，「這事兒儘管包在我身上，我一定幫妳辦好。」

章清亭覷著他那神色，「你又打什麼鬼主意呢？瞧這得意樣兒，快說來聽聽。」

趙成材卻一定要賣這個關子。

時候不長，張銀寶、張元寶慌慌張張跑了進來，「大姊、大姊夫，來客人了！」

「沒規矩，來客人有什麼好慌的？」張小蝶插腰瞪了他倆一眼，「什麼客人？若是要滷菜，可沒有了！」

張銀寶瞧著趙成材，想說又不敢說，「是……說是大姊夫的妹子。」

「是玉蘭？」章清亭驚喜連連，「快讓人進來坐呀！」

張銀寶撓頭，「那個不是玉蘭姊姊。」

不是玉蘭？那會是誰？

張家人不明白，趙成材卻聽得心裡咯噔一下，臉變了顏色。

章清亭斜睨著弟弟，「你有話不能一次說清楚嗎？來的到底是誰？」

不用回答，來人已經進門了。

「成材，成材，你是住這兒嗎？」一個婦人中氣十足地在外頭喊。

趙成材慌忙迎了出去。

這聲音很陌生啊，章清亭也好奇跟出來。

門口停著一輛馬車，從窗戶裡就只能看見一張女人的臉。沒法子，她臉生得太大，完全把那張小窗子堵了個嚴嚴實實。又因為胖，五官全擠在了一起，一張臉上勉強看得見鼻子眼睛，只那張嘴又肥又厚，抹著鮮紅的胭脂，格外引人注目。

趙成材已經上前幫著打起車簾，放下小凳，「姨媽今兒怎麼有空來了？快進屋裡坐。」

那婦人從車上下來，「這不是聽說你成親了嗎？這大過年的又有空，便特意帶你弟弟妹妹來逛逛。不過，你們這兒可比我們那兒差得遠了，這街上一共也沒幾間鋪子。」

「咱們這小地方和姨媽那兒當然沒得比。」趙成材吃力地扶著她下來。

等她下來站定，章清亭乍見之下，差點沒樂出聲來。

這婦人臉大，身材也很高大，又養得白白胖胖。要說和趙王氏是姊妹，當真讓人難以置信。

就見她插著滿頭珠翠，肥肥短短的手指頭上戴了七八個紅紅綠綠的大金戒指，陽光下晃得人直眼暈。且她身上穿著一件大紅底繡牡丹的鮮豔棉襖，領子袖子處還鑲著毛邊，顯得貴氣十足。下面卻配一條草綠色的裙子，裙子繡著大朵金菊。這已經夠花哨的了，偏偏又罩一件特別雅致的石青色鶴紋大氅。

這一身衣物，要是分開來看，都很漂亮，但這麼搭配著穿在身上，就像開了染料鋪子似的，亂七八糟，俗不可耐。

這婦人卻是渾然不覺，下了車首先挑剔起絕味齋，「巴掌大個小鋪面，有什麼做頭？比我們家一半還不到。」

「我們小本經營，肯定是比不上姨媽家大業大。」趙成材一面陪笑著奉承，一面對車裡露出真心笑容，「玉蓮，快下來見見妳嫂子。」

這秀才還有一個妹子？章清亭好奇了，卻發現出來的一個小姑娘，讓所有人眼前一亮。

她僅十三四歲，和張小蝶身量差不多，卻生得眉目如畫，五官中雖留著趙家人的痕跡，但合在一處，卻是巧奪天工的精妙。她穿了一身淡紅色的新裝，如早春杏花般嬌美動人，惹人憐愛，甚至讓章大小姐不得不承認，就算是跟南康國的那個自己比起來，人家在相貌上還要勝出一籌。只是為何這姑娘眉梢眼角之間，都凝著一份早熟的輕愁？

趙玉蓮瞧見章清亭，先朝著她的方向含羞帶怯地盈盈一拜，「玉蓮見過大嫂。」

章清亭正待還禮，卻聽車裡還有一人嚷嚷：「你們都走了，都不管我了！姊姊，姊姊！」

這聲音聽起來並不算太小，怎麼說起話來如此不知分寸？

趙玉蓮回身柔聲細語：「我們哪有不管你？不都在這兒嗎？你也快下來吧。」

一個十歲上下，綠衣紅褲的小胖子鑽了出來，朝她一伸手，「姊姊抱抱！」

章清亭聽著嚇一跳，這孩子怎麼這麼大了還撒嬌？再看他的眉眼，帶著一份奇怪的稚氣，心下頓時明白了。只是奇怪，趙家的小女兒怎麼送到姨媽家去了？

趙玉蓮搖頭，「旺兒長大了，姊姊抱不動了，自己下來好嗎？」

小胖子嘴巴噘得可以掛油瓶了，趙成材上前哄道：「旺兒乖，大表哥牽你下來。」

「我不要！」小胖子站在車轅上扭來扭去的鬧起彆扭，「我要抱，要抱！」

章清亭突然提高嗓門說了一句：「銀寶、元寶，你們那爆竹還有嗎？」

「有啊！」

見那小胖子被她的話吸引，章清亭故意對弟弟說：「有貴客上門，你們快拿了爆竹來放。」

小胖子立刻從車上跳了下來，自發白動追過來，「我也要放爆竹！帶我，帶我一起！」

章清亭讓張銀寶和張元寶帶著小胖子去玩了，這才對著姨媽一笑，「請。」

趙成材暗地對她豎了個大拇指，開始介紹，「娘子，這位是牛姨媽。」

又高又壯，可不像頭大母牛嗎？

章清亭心中忍笑，把人請到屋裡坐了。至於那個小胖子，是牛姨媽的獨生愛子牛得旺。

喝過幾口熱茶，大概認識了下，趙玉蓮就到院子裡去陪牛得旺了。看她這半僕半姊的行徑，章清亭更覺奇怪了。而那邊牛姨媽客套完了，就開始埋怨趙成材：「你這成親，還有玉蘭出嫁都不跟我說一聲，是瞧不起我這個姨媽嗎？要不是王江氏回去拜年時說起，我還蒙在鼓裡呢！」

章清亭也奇怪，不過更奇怪那王屠戶的老婆為何會多這個嘴？

趙成材陪笑解釋：「實在是路途太遠，一則找不著帶話的人，二則怕姨媽辛苦，三來也怕耽誤你們家的生意，故此就不敢驚擾了。」

牛姨媽冷哼，「肯定是你娘故意的吧？」

敢情這姊妹兩個不對盤？章清亭就見牛姨媽滔滔不絕，唾沫橫飛地嘮叨著：「就她那臭脾氣，要不是看在你們兄妹的分上，我才懶得跟她來往。我剛去你們家，那個冷清喲，還不如你們這兒。我問你們上哪兒去了，她也不肯說，只管躺在床上裝病。你爹那人你曉得，十錐子也扎不出一聲來，你弟也悶在屋裡不出聲，全跟我在那兒打啞謎呢。要不是見到你家派出這兩個小子，我還真不知上哪兒找你們去。」

「娘病了？」趙成材終於找個空檔，關切地問了一句。

「病什麼呀？她那就是裝的。要是哪兒有個金元寶等著她去撿，她立刻能蹦起三尺高！」

章清亭掩著嘴，拚命忍笑。

牛姨媽又望著她道：「我說你們啊，出來是對的，幹麼跟那老太婆一起住？我說，成材媳婦，妳沒少受她的窩囊氣吧？」

章清亭淡然一笑，不置可否。

家醜不可外揚，這人能在他們面前這麼損自己的親姊姊，若是真說了什麼，保不定她又會到外頭去說什麼。

趙成材笑得有些勉強，「我們也不是跟娘置氣才搬出來的，主要是家裡人多，住不下了。」

牛姨媽翻個白眼，「成材，你就別裝啦，王江氏都說了，你們家鋪子開了沒幾個月，就讓趙成棟那吃裡爬外的臭小子給賣了，如今是被你娘趕出來的吧？」

趙成材一臉尷尬，低頭不語。

牛姨媽道：「說實話，你們家我就喜歡你和玉蘭。踏實本分，沒那麼多曲裡拐彎的小心思。不過，成材媳婦，妳也不錯呀，年紀輕輕就弄了這麼間鋪子。雖然小是小了點，如今又關了門，但之前生意倒是做得紅紅火火。人都說妳嘴皮子厲害，又陰險奸詐，是塊做生意的好料子。」

這是誇我，還是損我呢？章清亭聽著又好氣又好笑，老著臉應了句：「謝姨媽誇獎。」

牛姨媽微怔，忽地笑道：「我就知道妳這丫頭對我的脾氣，果然不錯。咱們出來做生意，難免有些磕磕碰碰，被人說三道四也屬常事。要是什麼都放在心上，那也不用出來拋頭露面了。」

章清亭點頭，「姨媽說得很是。」

她存心不接話，讓牛姨媽自揭底牌，幸好這也是個聰明人，很快導上正題：「成材知道，我們家是做糧食生意的，雖有些家業，可著實累得慌。你姨父頭些年一病就沒了，留下那麼個小弟弟，裡裡外外全是我一個人張羅，那辛苦真不能跟人提，故此存心要尋個可靠的人回來搭把手，可總也沒有合適的。」

章清亭明白了，這是想請她去幫忙，怪不得一來就旗幟鮮明地表明她跟趙王氏不和，又告訴她王江氏說的那些閒話。不愧是趙王氏的親妹子，表面雖是牛高馬大，也藏著一顆工於算計的心。

不過，人家也算是一番好意，所以章清亭回絕得很是委婉：「想找個合適的人不容易，想認真做點事也一樣不容易。就算我如今鋪子關了門，可手上偏還買了條破胡同，得想法子籌錢蓋起來才有進益，這還不知怎麼辦呢？」

她這話裡也存了三分試探之意，若這姨媽果然是個大財主，會不會有興趣投資她的地？

牛姨媽應了一聲，皺眉沉思。

她今日來，確有看看章清亭為人，請回去當掌櫃的意思。及至見了人，很是滿意。加上趙成材又識文斷字，兩人應該都是好幫手，可聽章清亭這意思，還是更願意自己幹的多。

畢竟不太了解，她也不能妄下結論，便一笑帶過，「這大過年的，瞧我們都聊些什麼呀？這些愁人的事情都留到節後再說。」

章清亭當即也住了口，改話家常。及至晌午，自然要留人吃飯。

雖就是一些餃子，再配鹹魚臘肉那些家常小菜，但牛姨媽並不嫌棄。只是，吃飯時，趙玉蓮卻只能一口一口先餵飽了牛得旺，等大家都吃過，菜都涼了，才能匆匆忙忙往自己嘴裡扒。

章清亭有注意到，趙成材眼圈都紅了，幾乎不忍直視。

她忙攔著小姑子，讓張小蝶又去廚房，重給趙玉蓮下了一碗熱騰騰的餃子，帶她去另吃。

等大夥兒都吃了飯，又小坐片刻，牛姨媽便起身告辭了。她家住得遠，也不虛留，走前倒是特意讓趙成材帶著她，去把章清亭買的那條胡同瞧了一回，聽了聽她的初步構想。

等把人送走了，張金寶才讚道：「姊夫，你這小妹真是標致。」

張小蝶又指著頭問：「那旺兒這裡有問題吧？」

趙成材黯然道：「旺兒小時候也是好孩子，只是生了一場大病，才變成這樣。」

張發財半天沒吭聲，突然問了一句：「那你家妹子是不是送給他家當待年媳了？」

趙成材的臉色頓時變得非常難看。

章清亭愣了一下，「是童養媳？」

張金寶驚呼起來，「這也太……」

章清亭瞪了弟弟一眼，張金寶把話嚥了回去，才想勸勸趙成材，他卻擠出句話：「岳父，你們還記得八年前的那次天災嗎？」

「怎麼不記得？」張發財印象很深，「那一年，從三月直到七月，竟是整整沒下過一滴雨，地都乾死了，不知餓死多少人哩！」

「就是那一年，小妹被帶走的……」趙成材艱澀地說起一段辛酸往事。

牛姨媽和趙王氏確實是一母同胞，出身於王家集的一戶普通人家，兩個姊妹正好排行一頭一尾，從小就有些別苗頭。可趙王氏時運不濟，嫁給趙老實，窮苦了一輩子。牛姨媽卻走了狗屎運，嫁給了同在王家集的牛姨父。

這牛家原本也只是小本經營著糧食生意，日子很是一般，只比趙家稍強。他們夫妻倆只有牛得旺這個獨子，愛若掌上方明珠，偏偏一歲多的時候得了一次傷寒，發了幾天高燒，等燒終於退了，人也傻掉了。

從此這個癡癡呆呆的傻兒子就成了夫妻倆的心病，一直想要接個小媳婦回來養著，可太差的看不上眼，好的誰又願意？

那時牛姨媽就看上漂亮懂事的趙玉蓮了，想著親戚情分求上門來，可趙王氏哪裡捨得？一口回絕不說，還把她臭罵了一頓。可隨後紮蘭堡遭逢百年不遇的大旱，餓殍遍地。趙家生活本就難以為繼，偏偏趙成材又染上時疫，臥床不起。

眼看著一家人快活不下去了，趙王氏才不得不忍痛割愛，低聲下氣地把小女兒半賣半送到了牛家去，這才換得一家活命。而也就在那一年，牛家卻因手中有糧，驟然大富，一躍成了小財主。然後生意越做越大，趙王氏越發羞於上門了。

這個小妹子，更成了趙家人人心口上的疤，根本就無人願意提及。

章清亭聽完唏噓不已，可正如張發財所說，在那樣災年，能活下來就算不易，又是給那麼有錢的親姨媽家做童養媳，也真不能怪趙王氏。

只是章清亭有點好奇，「那咱們一家子是怎麼活下來的？」

張發財疑惑地看她一眼，「妳忘了？咱家是吃老鼠過來的呀！妳那時成天跟著我去抓，比我還厲害，蛇都不怕，妳那殺豬的膽兒，就從那時起練的！」

章清亭聽得都快吐了，偏張發財還沉浸在往事裡，津津樂道：「其實老鼠肉味道不錯，只是吃那個太容易得病了，好多人家就是這麼吃死的。幸好咱們家窮，連閻王爺都不收。嘿嘿，這就挺過來了。」

章清亭趕緊打斷話題，卻見趙成材勾起傷心事，獨自回了房間。

她本不欲過問，還是有些不忍心地跟了回去，「那是天災，不能怪誰。」

趙成材卻很難過，「妳瞧我兩個妹子，玉蓮這樣，玉蘭又那樣，想起來就讓人揪心。」

「玉蓮我瞧你姨媽待她還算不錯，這旺兒又小，三五年內都不會成親，你還可以慢慢想法子。倒是玉蘭，我著實有些擔心，今兒不是說該她回門嗎？怎麼到現在這個時辰還不見人影？」

這話可問到趙成材心裡去了，「他們要是今兒不回來，我就後日過去走一趟。」

「明兒不行嗎？哦，明兒初三，不宜出門，要不，後日我和你一起去瞧瞧吧。」

「可妳還病著。」

「沒事，明兒就是最後一副藥了。到時雇輛車，我也想去瞧瞧那孫家到底是個什麼情形。要是有什麼事，你這做哥哥的不方便，有我這做嫂子的在，看那孫家還有什麼話說。」

趙成材很是感激，他想了想，決定趁這機會把話挑明：「妳……能聽我說幾句話嗎？」

他這麼一開口，章清亭耳根微紅，已經知道他想說什麼了，正好，她也想把話早點說清楚，「我……我知道你想說什麼，可我覺得我們之間……真的不合適。我不是說你家不好，我也有不好，可我這脾氣也是改不了的……」

這樣的回答並不算意外，所以趙成材繼續鼓足勇氣，「若是，我能把娘和成棟的事情解決好，妳會……願意嗎？妳就不能……妳願不願意給我一個機會呢？」

章清亭臉頰發燒，這樣的問題要她怎麼答？

趙成材自發自動說了下去：「其實娘和成棟都不是壞人，只是見妳有錢了，得了一種病，紅眼病。」

章清亭想笑，偏偏臉頰滾燙得抬不起頭。

趙成材極為誠懇地接著說了下去：「妳很聰明，也會做生意，把妳放在家裡，那是埋沒人才，妳也不會願意。若是妳肯跟我在一起，我願意一直幫妳。」

「至於我和成棟，遲早是要分家的，不過起碼得等到他成親之後。其實成棟就是愛耍些小聰明，弄得心思雜了，可他畢竟年輕，還是我的親弟弟，讓我什麼不管他，那是不可能的。我想將來幫他置上幾畝田地，讓他生活有個保障，再要幹什麼，就由著他自個兒去吧。」

「這一部分費用，妳不用操心，我自己會想辦法。我現在每年交給娘的錢，一年下來也有十幾兩了，存上幾年，就夠了。大不了，我不要家裡的兩畝地，全讓給成棟，也算是對得起他了。」

「至於爹娘，將來肯定是得跟著我的。我是長子，又是家裡唯一念過書的，若是非要跟成棟去爭什麼供養之事，我也覺得說不過去。爹是沒話說，就是娘有些囉嗦，但她也沒壞心，只是一時不太能接受妳，又總怕我過好了，不拉扯成棟，所以才處處想跟妳爭利。若是能把成棟的事情處理好了，娘的心就能放下一大半，跟妳也沒那麼多矛盾了。」

「還有我自己，這兩年肯定是要進學的。若能考中當然好，若是考不中，我也會找些事做，起碼能補貼家裡，不用妳再為他們費精神。所以，妳能不能給我一個機會？若是妳覺得我還可以，我們就做……真的夫妻。若妳實在不願，那我也沒什麼好說的。」

這些話不敷衍不虛偽，全是趙成材發自肺腑，章清亭聽得也很感動，那……要不，就試試？

章清亭想了半天，才拈著衣帶微噘著小嘴道：「可我不想再回你家去住了。」

她可是趙王氏叫滾出來的，若再回去，那也太沒面子了。

趙成材一笑，知她已答應，忙道：「我本就沒打算再回去。家裡房子本來就小，也住不下。我原就想說，等妳這條胡同建起來了，也給自家留套院子。娘是個太愛操心的人了，她和爹眼下身子骨都好，咱們只要按時給了家用，縱是不住一起也沒關係。反正離得也近，不怕沒照應。等日後成棟分出去了，咱們那時再回去，也好商量了。」

這話聽得章清亭真有些心動了，趙成材是認真替她打算過，才做出如此安排。她不管嫁到誰家，都得面臨婆媳矛盾，如果趙成材真能做到這樣，那她寧願多出些錢奉養公婆。

見她還有些猶豫，趙成材道：「妳不用急著做決定，先看看好嗎？就算最後妳不願意也沒什麼，說清楚就行。」

這話說得讓章清亭很舒服，所以小下巴輕輕點了點，算是答應了。

趙成材看她在燈下略帶嬌羞的容顏，心中也暗暗為自己打氣，這一年就爭取把媳婦拿下吧。

❀　❀　❀

出嫁後的第一個大年初二，趙玉蘭沒有回來。

初三無事，張銀寶和張元寶聽說要送他們上學，很是新鮮，嘰嘰喳喳圍著趙成材問長問短。

張小蝶左右閒著無事，勤快地揀了兩塊做衣裳剩下的料子，幫兩人縫了個書包。

章清亭也甚是無聊，在上頭各繡隻鳴蟬，取其一鳴驚人之意。

張小蝶終於想起來問了：「大姊，妳這些手藝是什麼時候學的？以前可從來沒見過。」

章清亭知這一家人好哄，淡定地刺了一句：「妳沒見過的還多著呢！」

一句話，噎得張小蝶沒了半分脾氣。

張發財瞧了大女兒半天，忽地悄聲去問趙成材：「女婿，我閨女胸口上那顆黑痣還在嗎？」

趙成材頓時臉漲得通紅，張口結舌說不出話來。

張羅氏嗑著瓜子聽到了，打了張發財一巴掌，「老不正經！你問這個幹什麼？她那痣是胎裡帶來的，怎麼可能沒了？」

章清亭聽見這邊唧唧咕咕，斜眼望了過來，「說什麼呢？」

「沒事沒事！」張發財連連擺手，再不敢問。

倒是趙成材想著那顆痣，未免瞟了幾眼那個胸。那樣的飽滿豐盈，就是在厚重的冬裝下也是掩不住的，若是哪天有幸看到……當晚他沒睡好，起了三次夜，喝了五次水，最後還是偷偷換了回褲子，又偷偷地洗了，消滅證據。

次日一大早，章清亭就催著趙成材起來。苦命的秀才頂著兩個黑眼圈，強打精神去雇車。

張小蝶在家悶得慌，也想跟去走走，「要是吵起架來，多一個人總是好的。」

章清亭噗哧笑了，隨和地把她帶上，三人一同前去，倒省了掛名小倆口單獨相處的尷尬。

這一路上積雪仍在，但出門拜年的人絡繹不絕，沿途一點也不寂寞。今兒天暖，出了太陽，照見二道溝上浮冰閃閃，水流滾滾，閃著七彩的光，極是耀眼好看。

因冰雪路滑，又是大過年，車把式力求要走得穩當，速度就慢了一些，快一個時辰才到。

這孫家倒真是好氣派的宅院，足有十來個趙家大小，只是院牆極高，把裡頭遮得嚴嚴實實。

章清亭一見就覺得很不舒服，「這是要躲在裡頭做虧心事還是怎地，弄這麼高的院牆？小蝶，上去叫門。」

張小蝶上前拍響了門環，「請問有人嗎？有人在嗎？」

「誰啊？」還是那個老蒼頭出來開門，見是一個年輕姑娘，愣了一下，「妳這是找誰？」

趙成材上前施了一禮，「老叔，我是趙家大哥，特意來看……」

「不在，不在！」老蒼頭不耐煩地連連擺手，「誰都不在家，你們快走吧！」

趙成材急了，這怎麼回回都說不在家？眼見這老蒼頭又要關門，他正要上前阻攔，章清亭卻把他拉住，「相公，既然妹妹和妹夫不在，咱們就把禮物送給我娘家兄弟算了。」

呃？趙成材愣了一下，隨即反應過來，佯裝怒色，「那怎麼行？這全是娘特意挑給妹子和妹夫的，妳倒好，想撿個現成的便宜，絕對不行！老叔，我們不進去，你來把這禮物收進去吧？」

老蒼頭一聽這話，又拉開了門，客氣了些，「那就勞煩相公給我吧。」

章清亭道：「相公，婆婆給的禮物可貴重得很，給個下人能放心嗎？」

張小蝶也明白意思了，道：「姊夫，給咱們好歹也沒給外人，交給這個老頭，萬一他私自昧下怎麼辦？倒不如送我們家得了。」

聰明！章清亭忙忙地補了一句：「就是。」

趙成材面作難色，「這是娘交代叫送來給妹夫的，要是回頭沒有，不是叫妹子難做人嗎？」

「那也沒法子啊，誰叫他們不在家？又不是我們沒送來。就是妹夫知道，也無話可說。」

眼看趙成材要被這姊妹二人拖走，那老蒼頭忍不住喊了一嗓子：「趙家相公，我們少爺和少奶奶確實不在，出去拜年了，不過老爺夫人倒是在的。」

趙成材立即道：「既有長輩在家，咱們做晚輩的很該進去拜會一番。」

那老蒼頭又閂了門，方才進去傳話了。

章清亭搖了搖頭，「門戶如此之緊，若非主人生性孤僻，便是家中藏了見不得人的事情。」

很快那老蒼頭又回來了，指著趙成材，「老爺和夫人喜好清靜，請相公進去說說話就行。」

來了三個人，只請一人進去相見，有這待客的禮數嗎？

章清亭卻是會意，肯定是時辰到了，孫家二老不願留客吃飯，只想收了禮物便打發人出門。她微微一笑，把趙成材往前一推，「那你就進去吧。」

趙成材知她素有計謀，也不多問就往裡走。

章清亭跟張小蝶使個眼色，各捧禮物，眼見不錯就跟著趙成材硬闖進來。這男女有別，老蒼頭又不好出手阻攔，只得趕緊跑進去報信。

正好章清亭一行好好看了看這孫家房舍。

他家前院甚是寬敞，乾淨整潔，一旁走廊上還整整齊齊放著些農具，應是佃家幹活之用，可過了前院，冷不丁就傳來犬吠之聲，著實把人嚇了一大跳。那不是一兩條，而是十幾條惡犬，一隻隻面目猙獰，伸長了火紅的舌頭咆哮著。

章清亭也有些害怕，緊跟在趙成材身後，幸好那些狗全用拇指粗的鐵鍊鎖住，只那狗眼中的凌厲之色，讓人心驚肉跳。什麼人養什麼狗，這狗都如此凶猛，主人必定不善。

趙成材小心翼翼地把她姊妹護在身後，一起進了大廳。

廳中已經有個老土財坐著等候了，面目與孫俊良有五六分相似，想來就是他爹。一樣喜歡蹺著二郎腿，穿一身棗紅團花捧壽的新衣，手裡轉著兩個鐵膽，鼻孔朝天，態度極是傲慢。見進來這麼多人，他很是不悅地瞪了那老蒼頭一眼，「我看你真是不中用了，連個門也看不住。」

老蒼頭萬般委屈，「是他們非要闖進來的。」

瞧這意思，根本沒把他們放在眼裡。

趙成材忍氣吞聲上前施禮，「孫老伯，在下趙成材，是玉蘭的大哥，特攜內子及姨妹來向貴府拜年問好。」

孫老爺斜睨了他一眼，連腿都沒放下來，「哦，我知道了。把東西放下，早些回去吧。」

章清亭冷笑著自己上前坐下了，「相公、小妹，你們快坐啊，客氣什麼？親家老爺又不是外人，就當自個兒家一樣。嗳，那老叔，你快去上些熱茶果子點心來。」

趙成材見她如此放肆，吃了一驚。張小蝶卻不管三七二十一，也一屁股坐下了。

孫老爺氣得不輕，這哪家養出來的閨女，如此不講規矩？

正待發怒，章清亭又催促起那老蒼頭了，「你還傻站著幹什麼，沒見你家老爺都生氣了？快把你家最好的茶葉泡了奉上，這大過年的，難道非要討罵不成？」

孫老爺多少還要三分面子，不好發火，只勉強一抬手，「泡三杯茶來。」

老蒼頭趕緊跑了，章清亭裝作鄉下人進城的模樣，上下左右打量著這間客廳，「哎呀，親家老爺，你們家可真闊氣呀！瞧這桌子椅子，怎麼能雕出這麼好看的花兒？還有這屏風，怎麼野雞飛到你家都變漂亮了，可是鳳凰嗎？它蹲這石頭上是幹麼？」

孫老爺沒好氣地直撇嘴，「那是孔雀！妳到那兒去幹什麼？別瞎摸，快放手！」

他是真心疼，趕緊身到博古架前，從章清亭手上把那只玉如意搶了下來，可章清亭又抓起一隻麒麟，「相公、妹子，你們也快來瞧啊，這獅子也長得跟外頭不一樣。」

「妳就別動了，妳家沒教過妳規矩嗎？小心磕掉點皮，把妳賣了都賠不起！」

「原來這麼貴啊？那我就不看了。」她放下麒麟又轉到屏風後頭，「那是什麼？這花瓶可比咱家的水缸都高。」

屏風後頭還有道門，通往內宅。這才是她千方百計混進來的目的，要看看玉蘭到底在不在家，又生活在什麼樣的環境裡。她把妹子往前一推，張小蝶會意地衝到前頭，「這後面還有好大的院子呢，大姊、姊夫快來瞧瞧！」

「妳們別亂跑！」趙成材假裝拉扯這兩姊妹，跟著她們一起進了後院。

果真好大一個庭院，修著亭臺樓閣，頗為雅致。

只是趙成材乍見之下，卻是倒吸一口冷氣。如此大的院落若是全靠玉蘭一人收拾，那不是會把人累死？

「你們快出來！」孫老爺可真急了，想把他們往外趕。

可章清亭和張小蝶前後追逐著，徑直就到了後院屋前，還問：「哪一間是玉蘭住的？咱們進去瞧瞧吧。」

忽然，正屋的門悄無聲息地開了。

一個薄唇吊眼，眼神凌厲的中年婦人身著醬紫華服，胸前掛一串碩大的翡翠佛珠，滿臉慍色地站了出來，「這是哪家沒規矩的野丫頭，這麼亂闖亂撞的？」

章清亭一直以為趙王氏的生相就夠凶的，沒想到強中還有強中手。

趙王氏的凶，只是一種被生活逼出來的潑辣，而她的凶，卻透著一股陰森森的味道，活像鬼怪故事裡的老妖婆，帶著滲人心脾的寒意。張小蝶瞧了有幾分害怕，躲到章清亭身後。

章清亭陪著笑臉，「喲，這是親家太太吧。我是玉蘭她大嫂，在這兒給您拜年了。」

「行了，年拜完了，你們可以滾了！一群窮光蛋，開個鋪子沒三天就關了門，可見是守不住財的！快走，沒得敗壞了我家風水！」

孫夫人可比孫老爺更加乖戾，完全不顧顏面，直接沉下臉來開趕。

章清亭怒火中燒，心想怪不得初二玉蘭沒回門，只怕是聽說絕味齋關了門，立時翻了臉。

「親家太太，妳好大的威風啊，上門拜年的親戚妳都讓人滾，難不成只歡迎來弔喪的？」

「妳胡謅些什麼？」孫夫人大怒，當即就想扇章清亭耳光。

她一抬胳膊卻被章清亭抓住，臉上還陪著冷笑，「我說親家太太，妳知道我窮，要給我們這些小輩打賞也不是這麼大方呀！一出手就是這麼多的戒指鐲子還有珊瑚手釧，讓我怎麼好意思收？」

「妳做夢吧！快放開我，放開！」孫夫人掙脫不得，大喊大叫，「死老頭子，快來幫忙！」

章清亭更加不肯放手，「親家太太，妳要送禮那我就笑納了，何必還勞煩親家老爺？相公，你快勸勸親家老爺！小蝶，過來收禮！」

趙成材早已火冒三丈，對上門的親戚都這樣，可想而知，玉蘭在家過著什麼樣的日子。他一把攔住孫老爺，話裡也夾槍帶棒的：「親家太太妳可千萬別客氣，隨便打賞打賞我家娘子就得了。」

孫老爺見自家老婆子被纏著不得開脫，自己又過不去，高聲喊道：「老李，放狗，快！」

章清亭忙道：「相公，這親家老爺要給咱們看狗打架的戲呢，你快扶好他！小蝶，咱們也扶好親家太太！」

那老蒼頭上茶不快，放狗倒快，很快就牽了三四條大狼狗放過來。

孫夫人很火大，「咬他們，快咬死他們！」

章清亭的狠勁兒也被激上來了，扭著孫夫人就往狗跟前湊，「咬啊！你們快咬啊！這狗咬人不會，狗咬狗總該會的吧？」

那邊趙成材也攔腰抱著孫老爺，整個人就掛在他身後，任那狗怎麼轉，他就是不鬆手。

孫夫人一個不防，被自家狗咬了一口在腿肚子上，疼得她怪叫連連：「死畜生，眼瞎了嗎？快收了！」

見老蒼頭又收了狗，章清亭才略放開孫夫人些，「我說，親家太太，這齣戲還真有意思，謝謝您了，勞煩您二老送我們出門吧。」她不得不小心，這宅院可大得很，萬一走不上兩步，他們又放狗，那可就得不償失了。

孫夫人一臉怨毒地望著她，「死丫頭，妳給我記好了！」

章清亭冷哼，「難道妳還要送禮給我？那不如現在就送來吧，本姑娘還沒有不敢收的！」

孫夫人氣得跳腳，卻又拿章清亭一點辦法也無。

等他們出了門，孫夫人才陰鷙地道：「妳可別忘了，妳家妹子還在我這兒！」

趙成材打了個冷顫，章清亭卻目光一凜，「她可是你們家的人，想打想殺，悉聽尊便。」

「有妳這話，那就好！」

黑漆大門迅速在他們眼前關上了。

上了車，趙成材急問，「娘子，這可怎麼辦？他們一定不會放過玉蘭的！」

章清亭道：「那就看你敢不敢幹了。」

趙成材怔了怔，隨即會意，「妳的意思是？」

章清亭點了點頭，「事已至此，孫家是什麼情形你我都已經瞧見了，難道你忍心讓玉蘭還在這兒受苦嗎？咱們不過是做客，孫家都能這麼待咱們，要是平日，那孫家老小指不定怎麼欺負她呢！」

趙成材握拳下定決心，「妳說，該怎麼辦？」

章清亭道：「咱們就在這兒等著玉蘭，一會兒你瞧我的眼色行事，先把她帶回家再說。」

趙成材點頭，「那我先去旁邊買點吃的，咱們就在這兒等。」尋到離孫家不遠一個隱蔽角落藏著，趙成材剛買了幾個肉夾饃回來，忽聽那邊有人大叫：「有人落水啦！快來救人，救命啊！」

趙成材聽這聲音有些耳熟，連章清亭也掀開了車簾，「我怎麼聽著像那個孫俊良？」

仔細一瞧，可不是孫俊良嗎？牽著一匹小毛驢，穿得像個花花公子似的，站在二道溝邊大喊大叫。天啊！那落水的豈不是玉蘭？

趙成材把手裡的肉夾饃一扔，往那不要命地跑去。

有一個人比他跑得更快，已經跳進冰冷刺骨的河水裡去救人了。趙成材飛速脫了棉衣和鞋子，也撲通一下扎進水去。

章清亭跟在後面趕到，隱約可辨有個女子在河中載浮載沉，幸好有冰塊擋著，沒被沖走。孫俊良乍見了他們，嚇得面如土色，語無倫次道：「那個……真的是她自己掉下去的！」

章清亭沒空跟他囉嗦，只問後頭跟來的車把式：「師傅，您那兒有繩索嗎？」

離得這麼遠，天又那麼冷，河中冰塊密布，極難前行，沒有繩索，三個人可能都上不來了。

那車夫忙道：「有的有的，捆貨時要用，我找給你們！」

他很快尋來長繩，打一個繩套，扔給了離得最近的趙成材，「快接住！」

幸好這車夫手上頗有準頭，趙成材一下抓住繩索，套在自己腰上，才游向妹子。那邊先下去的施救者已經抓住趙玉蘭了，只是凍得直哆嗦，扒著個冰塊，動彈不得。

趙成材游近了一瞧，才知竟是田福生，也來不及細問，拚命向他二人游去。卻見趙玉蘭已經面唇青紫的暈了過去，也不知是死是活。哆嗦著把二人都捆到繩子上，章清亭、張小蝶和車夫一起，三人同心協力，又費了半天的勁，把他三人全給拉上來了。

眼看他們爬不上岸，章清亭衝孫俊良吼道：「你快下去拉人呀？」

孫俊良看一眼冰水，畏縮地退了兩步，「那個……太冷了！」

章清亭氣得想殺人了，那車夫倒是個熱心腸，「那你過來拉繩子。」他跑到河邊，把三人拉了起來，先摸摸趙玉蘭的鼻息，似還有一口氣，忙回頭大叫：「還活著，有救！」

而趙成材和田福生都已經凍得面無血色，牙齒打顫，僵在那裡動彈不得。

章清亭跑去撿了棉衣給趙成材披上，孫俊良聽說人沒事，這會兒倒來神了，頤指氣使，「你們快把她抱到車上，送回我家去！」

去死吧你！章清亭讓張小蝶和車把式趕緊抬人上車，轉身撿起根枯木就對著孫俊良揮舞起來，「你這個喪盡天良的混帳東西，居然連你媳婦都要謀害！說，你為什麼要推她下河？」

「我沒有啊！」孫俊良被弄懵了。

「還說沒有？我小姑現在人都死了，你還不承認，你也給我下去吧！」章清亭一邊罵，一邊就把孫俊良打落河中。

那兒水不深，才到腰間，卻也把孫俊良弄得渾身透濕，凍得不輕，顫抖著聲音在那兒殺雞似的叫：「救命啊，快救命啊！」

章清亭又狠狠地揍了他幾下，這才扔下樹枝指著他罵：「要是我家小姑有個三長兩短，我一定要你償命！」然後也不理他，自上了車，趕緊就往家跑。

這孫俊良平時在當地臭名昭著，瞧他掉下河，又在岸邊無性命之憂，看熱鬧的人多，竟是無一人出手相助。他費了九牛二虎之力，才慢慢爬了岸來。雖是恨透了章清亭，卻實在凍得不輕，只得趕緊回家去。

孫家父母見兒子也吃這麼大虧，更加憤恨，在家商議要如何出這一口惡氣。

等章清亭趕回這邊的家，一進門就吩咐人把他們都送到火盆邊烤著，又讓人燒熱水煮薑湯給他們驅寒，再著人去請大夫。

那車夫是第一個恢復的，他只打濕了腳，並無大礙。喝碗薑湯，在火邊把衣裳烤乾，又吃了碗餃子就告辭了。

章清亭千恩萬謝，給了他雙倍的工錢，又拿了好些臘肉點心，讓張發財把人送走了。

而趙成材和田福生只等泡了熱水澡，換了乾淨的大襖，才漸漸緩過勁來，出來瞧大夫。

「玉蘭怎麼樣了？」

章清亭神色自如，「沒事，就是凍著了，得調養幾日。」

等大夫給他倆都瞧過了，也分別開了方子，帶人回去抓藥，趙成材才問：「福生，你今天怎麼也會在那兒？」

田福生像做錯事般低下了頭，「我……我沒有旁的意思，就是想看她一眼，看她過得好不好，一眼就行……前兒在你家門口等了一日也沒見，我就有點著急了。今兒一早看見你們坐車來了，我就跟著了。」

「你就一直在後頭跟著？」

田福生老老實實道：「幸好你們的車走得不快，不過，還是慢了點。我到的時候，就見玉蘭已經掉進河裡了。」

趙成材不知該說什麼好，這麼遠的路，這麼冷的天，不顧性命跳下河，比那孫俊良，簡直是天差地別。

很快的，張銀寶拿了藥回來，章清亭把田福生的藥取了給他，又拿了一大包年貨給他，「福生，天不早了，你快回家吧。這藥早晚各服一劑，連吃三天，可別忘了。這些東西不是謝你，是給你家的，你要是不拿，我只當是你嫌棄了。」

田福生接了東西，很是懇切地抬起眼，黑黑的眼睛裡一片質樸，「我能留下等玉蘭醒嗎？我就想看她一眼。看她一眼，知道她沒事就好。」

章清亭微微一笑，「大夫說玉蘭一時醒不了的，你難道還能等一夜？趕緊回家吧，過兩天再來瞧她，又跑不了的。」

田福生聽她這麼說才不吭聲了，默默出了門，轉頭又交代一句：「那辛苦你們了。」

章清亭失笑，「說什麼呢？她是我小姑子，自該我們照顧。」

田福生不好意思地走了，可轉過臉來，章清亭卻是瞬間就淚流滿面。

「娘子，妳這是怎麼了？」趙成材有個不好的預感，「是不是玉蘭有事？」

章清亭語帶悲憤，「你知不知道，玉蘭她不是失足落水，她……她是自己尋死！」

趙成材臉都白了。

「那孫家簡直不是人，方才我們給她擦洗，她身上瘦得跟皮包骨頭似的，大傷小傷，或青或紫，竟無一處完好。還有……」還有一些私密處的傷，章清亭根本說不出口，「我仔細看了，玉蘭落水的地方是個斜坡，我把那孫俊良推下河時，他是可以站得住的。除非是玉蘭自己不想活了，所以才故意往河中間走。」

趙成材重重一拳砸在桌上，指節都磕出了血也渾然不覺，「孫家……孫家竟把她逼成這樣？這日子真是沒法過下去了！」

章清亭垂淚道：「咱們眼下是把玉蘭帶了回來，可要是孫家來要人，怎麼辦？」

這一回，趙成材的眼神是前所未有的堅定，「我絕不會讓玉蘭回那個狼窩裡去了！後兒初六，衙門開始辦公，我就去請教婁大人，一定要讓玉蘭跟那畜生斷絕關係！」

章清亭道：「你若真的下定這個決心，你家那兒，最好先別給你娘透風。」

趙成材詫異，「玉蘭都這樣了，難道娘還能把她送回去？」

章清亭道：「老人家大多守舊，要是你娘硬說什麼寧拆十座廟，不毀一門親，要勸和不勸離，你站哪一邊？」

趙成材稍稍冷靜了一些，「那姓孫的品性惡劣，家中公婆凶殘，要玉蘭嫁給他，本就錯了，若是再讓玉蘭回去，那就是錯上加錯，錯得離譜了！若是玉蘭被休，哪怕日後再不嫁人，我來養活她一輩子，怎麼也不能再眼睜睜看著她往火坑裡跳！」

章清亭這才點頭，「你要有這樣決心，我就來幫你。姓孫的若是敢上門搗亂，我來應付，但你娘那裡若有什麼，得讓你去。別弄得咱們辛辛苦苦，她倒在後頭自挖牆腳，那可不僅是我們白費苦工，更是害了玉蘭一輩子。」

趙成材同意。

到了次日下午，趙玉蘭才悠悠醒轉，一見著大哥和大嫂，恍若隔世，淚如雨下，半天也說不出一個字來。

趙成材瞧妹子這樣，也不知受了多少委屈，心裡難受至極，「好玉蘭，沒事了。放心，哥再不讓妳回孫家去了。」

趙玉蘭等痛痛快快哭過一場，才道：「姓孫的一家都不是人，若是還得讓我回去，我真寧可一頭撞死算了！」

她自成親當日，就開始伺候孫家三人，稍有不順，動輒打罵，整天不給飯，還時常放惡狗來嚇唬她。趙玉蘭在他家那是噤若寒蟬，一步也不敢行差踏錯，那一家三口還不滿意，尤其是孫夫人，格外的挑剔，根本是以折磨人為樂趣。

趙玉蘭哭訴：「一進門，他娘就查嫁妝有多少，全虧嫂子送了套金首飾，他娘才不言語。又聽說嫂子生意紅火，上回還送那麼些滷水來，本來還略強一點，可誰料店裡又出了事，他娘當即就把我趕到柴房裡去住，非說我們家人身上有窮氣，會敗家的。初二我想回家拜年，誰料他們家死活不許，反倒又把我打了一頓，在外頭關了一夜。我當時就不想活了，又怕連累家裡人，一直不敢。到了初四，他娘說我是新媳婦，打發我和姓孫的上親戚家收紅包，才出了趟門。回來的路上，我就跳了河……」

她伸出滿是凍瘡的紅腫雙手，「你們瞧，我手都爛成這樣了，他娘還非說我吃得多了，連手都長肉。你們聽聽，這還是人說的話嗎？」

趙成材氣得牙根生生咬出血來，如此虐待妻子，簡直令人髮指！

趙玉蘭又問了一個最關心的問題：「哥，孫家人可說了，要是他們家不同意，我是絕無可能離開他們家的，真是這樣嗎？」

這話趙成材還真有些不敢答，古有律法，從來只有男子休妻，甚少有妻子可以主動離開丈夫的，只得先溫言哄著：「玉蘭，妳別擔心，哥一定幫妳想辦法。」

趙玉蘭略略放下些心，卻瞧著周遭有些不對勁，「嫂子，你們怎麼搬到店裡來住了？」

章清亭拍拍她的手，「妳呀，就安心養病吧，別操這麼多心。」

趙玉蘭也不是什麼都不知道的，怯怯地問：「真是成棟偷了店裡的祕方？」

章清亭不答，趙成材垂下眼，算是默認。

趙玉蘭的眼淚又落下來了，「那嫂子……妳可怎麼辦？這麼好的店，怎麼能說沒就沒了？你們、你們還是別管我了，沒得又給你們添麻煩了！」

章清亭輕按著她的肩，「傻丫頭，妳放心，嫂子會有辦法解決的。倒是妳，快點把身體養好了，到時嫂子還指著妳幹活呢！」

趙玉蘭哭了，「嫂子，我在孫家常常做夢，老是夢到又回來了，還跟妳一起在店裡幹活，那些日子是我這輩子最開心的時候……」

章清亭忍了半天的眼淚也掉下來，「妳才多大？說什麼這輩子，妳這輩子還長著呢！」

趙玉蘭拚命搖頭，眼淚落得更凶了，「嫂子，我知道妳心裡難受。這個店是妳……妳那麼艱難才弄起來的，成天忙成那樣，都沒叫一句苦……一句累！妳……妳那麼個講究人，成天就像我們似的，弄得灰頭土臉……吃也吃得不好，喝也就是杯白水，連口茶……都沒工夫泡！不論來了什麼客人，好的不好的，全都得妳……笑臉相迎，人家來砸場子，妳又得……衝到前頭……居然被成棟……他實在太不像話了！」

章清亭被趙玉蘭觸動心事，哽咽難言。

這個店，她付出了多少心血，捱了多少辛苦和委屈只有她自己心裡最明白。

想她當年，那樣嬌生慣養的章大小姐，居然這麼低三下四對一些販夫走卒陪著笑臉，一文錢一文錢地做著生意，這其中的艱辛有誰能知？

這些天，章清亭不住跟自己說，絕味齋關門了也沒關係，她還有胡同，還可以從頭來過。可是曾經付出的這些心血呢？真的可以忽視嗎？

章清亭自己不敢去想，她怕一想起來，就會怨天尤人，氣憤難平，卻不料竟是趙玉蘭真正看到了她的付出，懂她心裡的苦。

看著姑嫂二人抱頭痛哭，趙成材才驚覺，自己還是對她們了解得太少了。他自認自己是在為章清亭做著一切力所能及之事，但他卻沒能像妹子這樣細膩的體貼入微，走進章清亭的心。

直到此時，他才發現，娘和成棟這麼一弄，讓章清亭究竟失去了什麼。

絕味齋並不僅是一個會賺錢的鋪子，它就像是章清亭煞費苦心栽下的一株幼苗。從選種到下地，她扶著它一點一點地長大，展露枝葉，初具雛形。可就這麼一下，被娘和成棟連根拔起，毀了個乾乾淨淨。

看章清亭哭得如此傷心欲絕，趙成材才明白，娘和弟弟到底傷她有多深。

夜深了，趙成材還是睡不著，一個人站在院子裡想心事。

章清亭催道：「快進屋睡吧，明兒就要上衙門，再病一個，家裡的藥罐子都不夠用了。」

趙成材轉過頭，像是第一次見到章清亭般，用一種奇異的眼光看著她。有欣賞，又隱含著令人扼腕的嘆惜，暖暖的，卻又含著淡淡的憂傷。

章清亭被看得不好意思了，「你怎麼這麼看我？我臉上有東西嗎？」

趙成材搖頭輕笑，「妳很好，真的很好。」

「怎麼忽然誇起我來？」章清亭有些赧顏，岔開話題，「要說好，我倒覺得玉蘭是真好。自己都這樣了，還總惦記著別人的委屈。」

「玉蘭是很好，但妳也好。」趙成材說出沉思良久的話，「娘子，我們和離吧，我明兒就去衙門裡問問，看要怎麼辦。」

章清亭意外了，「你怎麼……」

趙成材真誠地看著她，不帶一絲虛偽，「我也是剛剛才知，娘和成棟實在錯得太狠，傷妳太深了，而我呢，居然還想讓妳再給我個機會，實在是太厚顏無恥了。」他自嘲地一笑，「妳若是覺得如此，就跟我實話實說好了，免得我癡心妄想。」

我……我沒那意思。章清亭說不出話來，怔怔地望著他。

「妳是不是怕太傷人，所以不肯說？妳這人，外表似乎挺厲害，其實心地最軟了。」趙成材努力笑了笑，看著她的眼睛，「我是真的喜歡妳，也真的想和妳在一起，但是娘和成棟傷害了妳那麼多，我之前還想自欺欺人地說，妳還有地，還是有東山再起的機會。」

「可是，傷害就是傷害，一旦造成了，就不可能把它完全抹去。即使傷口長好了，還會留下疤痕。妳要是和我在一起，就得不斷去面對這個疤痕，我要是這麼對妳，會不會太殘忍了？」趙成材搖了搖頭，「人不能為了一己私欲就這麼自私，所以，娘子，我要跟妳和離。不是休棄，是和離。這是妳應得的，也是我早該給妳的。」

「當然，就算是和離了，要是妳有什麼事，我能幫得上忙的，我也會為妳盡力去做的。我不知道我做不做得到，但是我真的會盡力。這回找官府建新胡同的事情我一定幫妳辦好，再不讓薛紹安有機會來破壞。明兒就要去衙門了，我還得好好想想到時怎麼跟婁大人說，妳先回去休息吧。」

章清亭默然無語，進房了。在窗前，卻又忍不住悄悄回望。

淡淡的月光灑在趙成材的臉上，是那樣的堅毅和執著。他冥思苦想著，眼睛裡不時閃過智慧的火花，仍舊是那個平凡的秀才，卻似乎有些什麼地方不一樣了。

章清亭也像是初次認得他一般，費神思量，到底是哪裡不同了？

以前的趙成材跟她就像是同一個屋簷下住著的兩個陌生人，然後慢慢彼此靠近。想起自己開店時，遇到麻煩時，大雪天裡發脾氣時，趙成材一路扶攜著她走過，心裡不是不念著他的好，可還是只把他當作了朋友相待。哪怕在知道趙成材對她有了別樣心思，章清亭也沒過多的往心裡去。可是，今天章清亭覺得自己的心情不一樣了。

趙成材方才的通達讓人覺得眼前一亮，幾乎要為之刮目相看了。

他真的開始變得成熟了，像個可靠的男人了。

章清亭不想承認，可她心裡清楚，在趙成材對她說出那番話時，她的心……真的動了。

肆之章 封建女兒多悲哀

新年第一日開工，趙成材特意起了個大早。

婁知縣就住在縣衙後頭，準點進來見屋子裡已經是濟濟一堂，人人精神抖擻，喜氣洋洋，很是高興。他命隨從將開門紅包一封封發了下去，人人有份。有錢收，眾人當然也是喜笑顏開。開門第一天的上午，就在相互拜年中消磨了大半功夫。

婁知縣正要帶領手下到福興樓去喝開工酒，卻見衙門外頭「咚咚咚」，有人敲響了鳴冤鼓。

這是誰家這麼不識趣，非挑這時候來告狀？

眾人皆是面露不愉之色，可既然有告狀的，衙門就必須受理。

婁知縣臉色一沉，「升堂。」

他走上大堂正中，趙成材伺候一旁，衙役分列兩班，各歸其位，告狀的苦主進來了。

趙成材抬眼一瞧，心頭頓時火起。來的不是旁人，正是孫俊良。頭上怪模怪樣地紮了一根布條裝病，還帶了一個狀師同行。

他也看到趙成材了，冷哼一聲，跪下行禮。

婁知縣開始問話：「下跪何人？所為何事？」

孫俊良示意旁邊的狀師應答。

「回稟大老爺，草民鄭明理，乃是名狀師。現有鄉民孫俊良，狀告大舅子趙成材之妻趙張氏，於正月初四無故將其毆打落河，致使身染風寒，又私帶其妻孫趙氏逃離。請大老爺作主，發還其妻，並對趙張氏的惡行予以嚴懲，並賠償孫俊良診治花銷共計紋銀一百兩。」

嘩！衙役都驚了，什麼風寒能用得到一百兩？

趙成材氣得面如紅棗，他們不去找這小子麻煩，他還先來倒打一耙，真是惡人先告狀。

見婁知縣皺眉瞧向自己，他才出來回話：「回稟大人，因妹子初二並未回門，家中擔憂，便於初四與娘子一起前去探望。在回家途中，卻見妹子落河，而孫俊良只是大呼小叫，並未施救。在下與人將妹子救了上來，見妹子昏迷不醒，幾乎喪命，娘子心疼，便責問孫俊良，他卻語焉不詳，解釋不清。我家娘子心中氣憤，確實打了他兩下，可他卻是自己失足滾落河中……」

孫俊良出言駁斥，「明明是你老婆把我推下河的！」

婁知縣一拍驚堂木，「大膽！本官未詢問卻隨意咆哮公堂！來人，掌嘴兩下，小懲大戒！」

這公堂上打嘴巴可不是用手，而是有專用的牛皮板子，長約一尺，寬約二寸，那抽下去，可是一下便能叫臉上開花，孫俊良嚇白了臉，「大人冤枉啊，明明就是他老婆推我下河的！」

鄭狀師急得頭上都冒汗了，攔下他道：「我的孫少爺，之前不跟你說過了嗎？大老爺沒問話，這公堂之上是不能隨便出聲的，你再叫，打的更多！」

孫俊良不敢吭聲了，一個衙役上前，拿殺威棒把他下巴架了起來，旁邊一人毫不客氣，啪啪就是兩下。孫俊良兩邊臉頰頓時腫得老高，像含了兩口大包子似的，趙成材看得真是解氣。

笑話！上他們衙門來告他們的師爺娘子，還選在新年開門的第一天，這不是吃飽了沒事撐得慌嗎？沒先打他二十殺威棒已經算是客氣的了。

婁知縣這才道：「趙師爺，你接著說。」

「是。」趙成材又行了禮，方才又道：「這孫俊良滾落河邊，只打濕了腳，並未沒頂。況且距他家不過數步之遙，我家娘子因著急送我們回來診治，故此沒有施救。及至妹子昨日醒來，哭訴這孫俊良與翁姑對她多有虐待，打得遍體鱗傷，根本不敢回家。娘子不忍心送妹子回去，便將妹子留在家中調養。還請大人做主，讓妹子與孫俊良斷絕此樁婚事。」

「這……」婁知縣捋鬚皺眉，「孫俊良，你可願與你妻子和離？或是寫下休書？」

孫俊良連連搖頭，「小人不願！」

鄭狀師陪笑道：「回稟大老爺，孫俊良和妻子成親不過一月，感情甚好，雖然偶有爭執，但絕不像這位趙師爺所說，對妻子有虐待之事。至於她身上有些傷痕，那都是因為在家中和翁姑爭執，所受的小小訓誡，根本算不得什麼大事。」

都打成那樣了，怎麼可能還是小小訓誡？趙成材氣得臉色發青，緊握了雙拳，可婁知縣沒有發話，他也不好吭聲。

婁知縣想了一想，改問道：「孫俊良，你要趙張氏賠你一百兩銀子又有何依據？」

「小人有。」孫俊良答得很快。

鄭狀師卻微露尷尬，取出藥方，沒好意思念，「這是孫俊良所開的藥方，請大人明查。」

這個活計該是趙成材幹的，他取了藥方，送到婁知縣面前，婁知縣稍加翻看，頓時臉又陰了，「胡鬧！你這不過是個風寒，憑什麼吃這些人參燕窩鹿茸蟲草也要人家付帳？」

鄭狀師百般無奈地道：「回稟大人，孫俊良說他體質孱弱，一病之後必須大補一年，故此才開了這些。」他自己都心虛得說不下去了。

婁知縣不怒反笑，「依他這麼說，那若是他這一年當中又得了什麼病，是不是得全算到趙張氏頭上？」

他問的分明是個反話，偏偏孫俊良還如小雞啄米般不住點頭。

鄭狀師一聲也不敢吭，這孫家父子請了他來，一說這情形，他就當即搖頭，說要追回妻子倒是正當合理，可這獅子大開口的漫天要價，不分明訛人嗎？再糊塗的官也不可能支持。

不過，這孫家父子著實難纏得緊，為了訟銀，他也只得厚著臉皮打這場官司，反正話他說到了，縣太爺允不允，就不關他的事了。

婁知縣臉一沉，把那疊帳單往孫俊良面前擲去，「無恥刁民，竟然企圖愚弄本官嗎？你堂堂七尺男兒，怎會隨隨便便被一個婦人就推下河去？定是你自己不小心失足落河，卻誣賴他人！這些藥材，多與風寒無關，即便有關，也是你咎由自取！若是再提，本官定然重責不饒！」

孫俊良嘟著嘴不敢吭氣了。

婁知縣又道：「趙師爺，你妹子醒來後，可有說是自己失足落水，還是被孫俊良推下去？」

趙成材猶豫了一下，還是道：「妹子是自己失足落水的。」

不是他不想說謊，而是當時的情形是孫俊良騎驢在前，趙玉蘭步行在後，若說是他推的，一來不符合實際，二來若是有旁人看到，被尋出作證，那倒對妹子更加不利。

婁知縣一臉惋惜，「既然如此，那本官現就判定，你妹子仍歸孫氏。趙張氏只是好心接小姑回去休養，算不得誘拐。只是孫趙氏現在既然臥病在床，不宜搬動，便在她兄嫂處休養幾日也是一樣。至於孫俊良，你先回去，待你妻子身體復原，自會回家。你以後也須善待妻子，縱有小錯，訓斥幾句也就罷了，再不可動手毆打，知道嗎？」

孫俊良本想再追問他什麼時候能接趙玉蘭回家，卻又想著趙玉蘭還病著，若是回了家，還得花錢吃藥，不如就放在趙成材家養好了，再帶回家幹活去。

審判既定，孫俊良腫著個包子臉，得意洋洋地走了。

退堂之後，趙成材急進內室懇求：「大人，我妹子真的不能再回去了。那趙家父子三人極是凶殘，大人若不信，可差人去給我家妹子驗傷，真真是觸目驚心。若是讓她回去，會出人命的。」

婁知縣微微嘆息，「本官如何不知？成材，你是個實誠人，本官信你斷不會說假話，可這律法之中，並沒有說公婆教訓媳婦，便可以判他們的婚事了斷。這種事，唉，也只能說你妹子時運不濟，遇人不淑了。」

「真的一點法子都沒有了嗎？」

婁知縣耐心道：「夫妻分離，一是妻犯七出之條，夫家可以休之。二是夫家犯義絕五條，妻可來自請休棄。三是夫妻雙方自願和離。不過那個更麻煩，要雙方父母長輩見證，立下字據才行。如今孫家就算對你妹子動了手，卻沒犯義絕五條，這要怎麼辦？」

趙成材聽得心中又添一樁心事，那他和章清亭想要和離，還得娘同意？那怎麼可能嘛。算了，還是先說妹子之事。

「那就只能眼睜睜看著她再往火炕裡跳？不瞞大人，我家妹子已存死志，再讓她回去，只怕立時就要殞命了。」

婁知縣高深莫測地一笑，「也不盡然。」

趙成材深施一禮，「請大人指教。」

婁知縣傳授真經：「一個字，拖。」

趙成材想了想，「您是說，就讓我妹子藉著養傷，把她留在家裡，不放回去？」

婁知縣點頭，「若是你妹子真的下定決心再不回去，就留在娘家裝病，老死都不回去，那婆家也沒法子了。」

趙成材心疼了，「那豈不耽誤了妹子一生？將來也無法再嫁？」

婁知縣嘆息，「這個卻沒有兩全其美之法。除非這夫家等不及，要另娶新媳傳承香火以正名分，拖不起就會寫休書放人離去。不過，萬一他們家卯著勁兒跟你們死磕，那就難辦。這世間男人三妻四妾都是常事，至於你妹子，只好在家空守了。」

趙成材這下可真為難了，養活玉蘭一輩子他是沒意見，可若是不許再嫁，那可就太過分了。妹子畢竟才十六啊。成親至今，才剛剛一月，一輩子難道就這樣白白葬送了？

婁知縣又提點了一句：「你們先這麼拖著，日後再慢慢想法子。這婆家不管他們現在願不願意，說不定日後也有為難之時，你們只要能抓著一個機會，就有法子了。」

趙成材點頭致謝，這場突如其來的官司就耽誤了不少時辰，不好多聊，便一同出去用飯。婁知縣倒是有些詫異他如此沉得住氣，絕口不提那五百兩銀子之事，心中暗自點頭，對他更添一份好感。

新年開工飯，大夥兒都高興，未免多貪了幾杯，下午到衙門不過是應個卯兒。連婁知縣也是昏昏欲睡，趙成材自告奮勇地留下來看著，眾人便各自散去。他留在這裡可沒閒著，把厚厚的北安國律法翻出來逐條查閱。果真如婁知縣所言，若是夫家不同意，妻子是斷難離去。

他一時也開始感慨這世間的不公平，憑什麼男人想休妻納妾都這麼容易，而女人就算嫁了個虎狼之輩也只得認命？

「小虎哥？」一個稚嫩聲音響起，打斷了趙成材的思緒，是楊秀才的小兒子楊玉成。

「你怎麼來了？」

楊玉成笑道：「小虎哥新年好，我是來請你到我們做客的。」

這連日忙碌，趙成材哪有空去楊秀才家拜年？此時見他家主動來邀，甚覺慚愧，「真是不好意思，家裡一直走不開，也沒去向你爹拜年。玉成，你先回家，我明日必來。」

楊玉成卻一把拉住他的手，「現在去嘛，我家裡都準備好了，爹擺好棋局，等你去下呢！」

他這麼一說，趙成材倒真不好推辭了，「那行，你等我交代幾句就來。」

他轉身進去收拾東西，上回楊小桃剪的窗花都貼在衙門裡了，可那塊手絹他想帶去還給她。

跟看門人打過招呼，趙成材隨楊玉成出來，卻道：「我還得先回家一趟。」

楊玉成一皺眉，「怎麼這麼麻煩？趙大嬸知道你要去我們家，不會說什麼的。」

趙成材微微一愣，「你們上我家去了？」

楊玉成快人快語：「我和姊姊先上你們家拜年來著，聽說你們搬出來了，為什麼要搬出來呢？是你媳婦和趙大嬸吵架了嗎？」

趙成材臉一沉，「小孩子不懂事別亂說話，我得回去跟我娘子說一聲。」

楊玉成嘻嘻笑著，扮了個鬼臉，「小虎哥，你怕老婆。」

趙成材聽得不爽，又不好跟個小孩子計較，白他一眼，徑直往絕味齋而去。

今日趙玉蘭好了許多，章清亭正陪著她在火邊閒聊，忽見趙成材回來，「你今兒回來得倒早，衙門裡沒什麼事吧？」

趙成材也不隱瞞，「恩師請我到他家做客，玉成現在外頭等著，今晚恐怕要在他家用飯了，我是特意回來說一聲的。娘子，妳要跟我一起去嗎？」

那個楊小桃家？我要是去了，恐怕她就吃不下了吧？章清亭微微一笑，「你自己去吧。小蝶，把咱們剩的那小罈好酒拿兩罈，再把點心年糕包上，尋個籃子裝給妳姊夫。」

張小蝶在店裡幹慣了，弄得又快又好，還打了朵花。

趙成材欣然接過，「小蝶可是練出來了，跟妳姊姊一樣心靈手巧。」

張小蝶笑回：「還是姊夫念過書的人會說話，這明著誇我，其實是誇我姊呢！」

張金寶問：「那這個能用四個字來說嗎？」

張小蝶不加思索地問章清亭：「姊，這叫什麼？」

愛屋及烏！可是，這話，章清亭和趙成材都說不出口。

趙成材想著孫俊良之事，想跟章清亭交代幾句：「娘子，妳出來，我有幾句話跟妳說。」

張金寶厚著臉皮打趣：「姊夫，什麼話不能當著我們面說，非要跟我姊說？」

這下可把章清亭的臉都說紅了，嗔了趙成材一眼，「你有什麼話就在這兒說，搞得神神祕祕的幹什麼？」
趙成材只得搪塞了一句：「那我晚上回來再跟妳說。」
此言一出，更是滿堂哄笑，連最老實的趙玉蘭都忍不住捂著嘴笑了。
張金寶更是無所忌憚，「看來真是悄悄話啊，都不能說給我們聽的。」
章清亭臉飛紅霞，急得汗都快出來了，「金寶，你胡說什麼？」又衝著趙成材使性子，「你怎麼還不快走？」
在紅紅爐火的映襯下，越發顯得章清亭嬌羞薄怒的模樣俏麗可人。
趙成材瞧得心中一蕩，站在那兒竟是挪不開步子。
見他傻看著自己，章清亭羞得都跺上腳了，「你這人是傻了，還是怎麼回事？」
張小蝶悶笑連連，上前推了一把，「姊夫，你快走吧，再不走，大姊真生氣了！」
趙成材這才臉上一紅，低頭走了。
楊玉成見趙成材出來帶笑，心情甚好，很是好奇，「小虎哥，你笑什麼？」
趙成材好不容易收斂了臉上的笑意，「說了你們小孩子也不懂。」
快到楊家門口時，楊玉成忽然跑到前頭喊了一嗓子：「爹，小虎哥來拜年了！」轉而又對趙成材擠了擠眼，小聲道：「我爹沒給你擺棋局，我是騙你來的。」他得意笑著，衝進屋裡去了。
玉成為什麼要騙自己來？他一個小孩子能有多少心眼？趙成材臉上微微色變，可既然已經到了恩師家門口，他還是按捺下心中不快，進來笑道：「老師、師母，學生來給你們拜年了。」
楊秀才和楊妻也很熱情，「成材呀，快到屋裡坐。」
這倒有些出乎趙成材的意料，上回沒娶成楊小桃，他以為楊家二老多少對他會有些意見，沒想到今日看來卻並無芥蒂，可老楊秀才不是這麼心胸寬廣的人啊？

趙成材心中疑惑，放下禮品，又慎重其事地拜了年，這才被扯上熱炕攀談。聊了幾句，趙成材明白了為何楊秀才對他這麼客氣。還是章清亭說的，一入官門，身價上漲了。

楊秀才略帶羨慕道：「聽說你現在跟縣上不少達官貴人都走得很近，這就對了。這人往高處走，水往低處流，只有多跟他們在一處，日後才會有出息。」

趙成材唯唯諾諾，卻聽楊秀才忽地話鋒一轉：「但是，你們家那生意就別再做了。你堂堂一個秀才，娘子居然出去拋頭露面，實在是太不像話了。果然是沒讀過書的人，一點規矩都不懂。我說你娘讓你們關了鋪子那是對的，聽說你為了這個還跟你娘鬧彆扭？這可千萬使不得。百善孝為先，那不敬父母之人，就是再有權有勢也是會被天下人所恥笑的。」

趙成材聽得刺耳，正待解釋，忽見門簾一掀，楊小桃精心打扮，端著熱茶糕點進來了。她嬌滴滴地跟老楊秀才抱怨：「爹，您看您，這小虎哥剛來，您又訓人了。小虎哥是那不懂詩書、不明理義的人嗎？他肯定是一時被人蒙蔽，可不能不分青紅皂白，就把錯全推到他一人頭上。」

趙成材更不舒服了，那你們要把錯推到誰頭上？

楊秀才一拍炕沿，很是不滿地道：「我說最壞的，就是你媳婦。這萬般皆下品，唯有讀書高。這行商從賈，乃是下九流的勾當，莫說你我讀書人不應自貶身分，操此賤業。就是一般百姓，寧可種田放牧，也好過在市井之中拋頭露面。鎮日為蠅頭小利斤斤計較，染得一身銅臭，像什麼樣子？」

趙成材真生氣了，聽老楊秀才評說家中是非，他就很不高興了，只是礙於師生情面，不好反駁，眼下居然還將矛頭直指自己妻子，他實在聽不下去了。

「恩師，您可能不太了解，但我娘子實在是個通情達理又能幹之人，她行商賺錢也是正經生意，為讓家裡過得更好，連我都時常自愧不如。」

楊秀才詫異地看著他，「成材，你怎麼能說出這等有辱斯文的話？果然是你娘說的，自從娶了那個媳婦，你都被她教壞了。成材，你可不能為了區區五斗米而折腰，失了讀書人的氣節啊！」

趙成材心中一百個不服氣。氣節？氣節能當飯吃，能當衣穿嗎？你有祖產，日子好過，當然站著說話不腰疼，可我們家那麼多人，連溫飽尚且勉強，還談什麼上流下流？再說，不過是憑本事做些小買賣，又不偷又不搶的，跟氣節有什麼關係？

可楊秀才再怎麼也是自己的啟蒙恩師，要留著三分面子，所以他只陪笑道：「聖人有云，倉稟實而知禮節，衣食足而知榮辱。我們這些個寒門小戶，能求得三餐溫飽便大是不易，實在不能如老師這般高風亮節。慚愧，見笑。」

楊秀才卻還要和他較真，「此言謬矣。成材，你這是曲解了聖人之意，豈不聞簞食瓢飲，亦不改其樂乎？」

哼，讓你天天吃糠嚥穀你受得了嗎？我們難道想過點好日子也不成？

趙成材真是待不下去了，「老師自有顏回之志，學生自慚形穢。現在天色不早，學生就先……」他想告辭了，懶得聽這腐儒掉書袋。

楊小桃覷著他那神色，搶先把話接了過去：「先到書房，瞧瞧我新畫的蘭草圖，再幫我提副字如何？」還不等趙成材拒絕，楊小桃已經如從前一般，上前拉著他的衣袖往外頭拖，「爹，借你學生用一下。」

楊秀才生平最寵溺的就是這一雙兒女，見女兒一撒嬌，他當即就沒了脾氣，「去吧，這才是讀書人該行的風雅之事，成材一會兒提了字拿來我瞧瞧你進益了沒。」

一個未婚女子和已婚的男子這麼拉拉扯扯實在不成體統，即使是在楊家，趙成材也甚覺不妥，只得收了衣袖，放隨和些，隨楊小桃進了書屋。

楊小桃倒是乖覺，道：「小虎哥，我爹方才有些話說得不中聽，你可別往心裡去。他也沒壞心，只是想勸你上進，怕你誤入歧途。」

我能入什麼歧途？趙成材心裡老大不高興，面上卻不得不虛與委蛇，應了一聲。

楊小桃自以為自己說話得體，開始導上正題：「我今兒上你家拜年去了。」

趙成材微微頷首，「多謝惦念。」

「我們之間……還用得著這麼客氣嗎？」楊小桃故作忸怩，水汪汪的桃花眼卻斜看著他。

趙成材裝作看不懂，楊小桃也不好做得太明顯，把話題引開，「伯母病得真是好可憐。」

「是嗎？」有了牛姨媽之前的心理建設，趙成材不大相信。娘一直身子康泰，恐怕是羞於見人，在家裝病。

楊小桃嘆了口氣，取出手絹假意拭了拭眼角，「偌大個年紀躺在床上，也無人伺候。大過年的，家中也是冷冷清清。」

那都是她自找的。趙成材心裡有數，自己走前交了多少錢，娘又從章清亭給的生活費裡摳了不少，日子不會差到哪兒去。

「小虎哥，我有幾句話想說給你聽，你可不要嫌我多事。」

嫌多事就不要多說。

可楊小桃已經開口了：「這天下只有不是的兒女，卻從來都沒有不是的父母。趙大嬸為了你們，可是操碎了心。若是做媳婦的還跟她置氣，那日子可就沒法過了。」她擺出一副深明大義的模樣，也教訓起來，「嫂子也太不懂事了。這為人媳婦，當以和順第一，對上孝敬公婆，對下愛護姑叔，兼之體恤丈夫，做好女紅針線，打理家務方是本分。若說要貼補家計，弄些小本買賣也可，但也當交由婆婆料理，為何偏偏要爭強好勝，出來拋頭露面？實在不是為人妻子、為人媳婦的本分。」

她重重嘆了口氣，「怪不得趙大嬸都後悔為你娶了這門媳婦。」

見趙成材不吭聲，她以為他聽進去了，越發義正辭嚴，「爹方才的話雖重了些，卻是正理。你家那店關了也好，小虎哥，你現在衙門裡幹得挺好的，也能養活一家子了。依我說，你趕緊家去，向趙大嬸賠個不是。以後可要認清是非，切莫再被人牽著鼻子走了。」

楊小桃說完了，停了一晌，趙成材才問：「妳說完了？」

見他語氣有些異樣，楊小桃微怔，「我可是全為了你好。」

趙成材冷笑，「多謝楊姑娘好意，不過，這些都是在下的家務事，不勞姑娘費心。」

他轉身就往外走，到門檻處卻又想了起來，從袖中取出絲帕，「這是姑娘前次遺失在我那兒的，現在完璧歸趙。姑娘以後可切莫再如此大意，若是落入有心人之手，豈不毀了姑娘清譽和在下的名聲？」

說完也不待楊小桃來接，便把帕子往旁邊桌上一擱，自轉身出了門。

楊小桃氣得不輕，敢情自己說了半天，他一句沒聽進去？

趙成材到楊秀才門前深施一禮，「恩師容稟，學生突然想起家中還有要事，就此告辭了。」

「成材，你不吃了飯再走嗎？」

「多謝師母盛情，改日再登門造訪。」

趙成材急匆匆出了楊家，這才面露憤慨。

太過分，太過分了！娘怎麼能如此跟人說起家中事情？家不和，外人欺，這個道理還是她小時候教給趙成材的，可她現在都在幹些什麼呀？跟人說三道四，搬弄是非，這不是讓外人首先就瞧不起自家嗎？

趙成材雖然憤怒，卻未失理智，在急行回家的路上，在仍舊凜冽的寒風裡，他倒是讓頭腦冷靜了下來。把自從章清亭進門以來一樁樁一件件的大事小情想了個清清楚楚、明明白白。

等到他來到自家門前的時候，已經可以很從容地輕叩了兩下門，可那隱忍的不平，卻如火山底下熾熱的岩漿般濃烈與純粹。

當趙老實來開門，瞧見這樣的兒子，著實吃了一驚。趙成材的臉色平靜，但眼神卻是極其凝重的。讓他竟覺得趙成材無形之中高大了不少，隱隱帶著一股威嚴的氣勢，讓人不敢逼視。

「成材，你……你怎麼回來了？」

「娘在屋裡吧？」

「在，在的。」

趙成棟聽到動靜也出來了，「哥？你回來了？」

他還想著是不是趙成材原諒他們了，還沒等迎上去說幾句軟話，趙成材就一臉嚴肅地道：「既然都在，那就一起進去吧。」

這是何意？趙老實和趙成棟不解，他們猶疑著一起跟進了裡屋。

趙王氏見大兒子回來，眼睛一亮，還在暗喜楊小桃那丫頭果然有本事，竟真的把他給勸回來了，可驚喜過後，卻隨即拉長著臉，別過臉去，意思就是等著趙成材上前道歉。

趙成材見娘這模樣，索性連她的病也懶得問候了。等爹和弟弟都進來了，他才慎重其事地開了口：「大家既都到齊了，今兒有幾句話，我是非說不可了。」

聽他語氣，趙王氏心裡一緊，大兒子這是要幹什麼？

趙成材直截了當地道：「現在爹娘年事已高，日後家中大事自當由我來掌管。娘，您就管些家務，少操些心吧。」

這是幹麼？這是要搶班奪權？趙王氏當即眼睛瞪了起來，「成材，你究竟在說什麼呢？」

「娘，您沒聽清楚嗎？」趙成材一字一句地道：「我說，以後這個家就我來當，家裡的大事全由我來決定！」

趙王氏剛想說，你反了嗎？卻被趙成材高聲打斷：「娘，您若是還想日後有我這個兒子，就聽我把話說完。」

這話說得擲地有聲，把全家人都給震住了。這樣的趙成材，可是他們從來沒見過的。

趙成材掃了一眼父母兄弟，眼神是前所未有的嚴峻，「我，是趙家的長子，日後這個家，肯定是我說了算。遲早總有這麼一天，娘，您就不必再跟我爭了。除非，您不認我這個兒子，不要我的贍養，那兒子也就無話可說了。」

趙成材拿這個威脅趙王氏，證明他確實是下了狠心了。

趙王氏嘴皮子動了一下，到底沒敢吱聲。

趙成材盯著弟弟，「成棟，你有意見嗎？你若是說，爹娘以後都歸你贍養，那這個家我就不當了，每月還會交你一定錢財以作贍養父母之資，家裡的兩畝田地盡數交付與你，你可願意？」

趙成棟哪裡敢應？他連自己都管不好，哪有本事管得了爹娘？

再說，他私心裡也知道，就娘這火爆脾氣，跟什麼媳婦都搞不好關係，他才不願意拖著二老日後跟他去過日子，所以那個頭搖得像波浪鼓似的，無一絲猶豫。

趙成材點了點頭，斬釘截鐵地道：「既然成棟已作決定，那麼娘，這件事就這麼定了。」

「可是……」趙王氏心中不服，憑什麼不許她管事了？她自恃著母親身分，出言教訓：「我說成材，你這又是在哪中了邪火回來？怎麼無緣無故說起這事？這個家將來肯定是你的，可你娘現在還不老哩。」

趙成材本來還想給她留幾分面子，可趙王氏如此冥頑不靈，他只得把臉撕破了，「您是不老，卻淨幹些糊塗事！」

「我幹什麼糊塗事了？」趙王氏生平最恨人家揭她的短，當即高聲叫嚷起來。

趙成材一字一句道：「您若不糊塗，能把玉蘭嫁到那個火坑一樣的孫家，逼得妹子投河自盡？要不是我和娘子想著過去瞧瞧，眼下，怕是咱們家都在辦喪事了！」

「你說什麼？」趙成材這話可把全家人嚇了一跳，「玉蘭出了什麼事？」

趙成材心中酸楚，緊緊盯著母親眼睛，「娘，您知道嗎？玉蘭自嫁了姓孫的，沒一日不捱餓受凍，挨打受罵的。全身上下遍體鱗傷，體無完膚，過得比個下人還不如。」

「您沒進過孫家大門吧？我進去了。那內宅裡頭一座花園子比咱家十個地還大，這麼大的地方全要玉蘭一個人打掃。您還說什麼多幹點活累不死人，您怎麼能不看看就下這樣的結論？如今玉蘭那十個手指生的全是凍瘡。在家這麼多年，咱們日子再苦再難，也從來沒讓她遭過這份委屈，可那孫家呢？簡直就不把她當人看！」

「我和娘子好心上門拜年，可他們家呢？連門都不想讓我們進！若不是娘子使計，硬闖進去，我們至今都想像不出玉蘭到底過的是什麼日子。還有她那公婆，一言不和就放狗咬人，完全不顧人的生死！」

「虧您還妄想著趙玉蘭嫁個有錢人，過好日子，人家一進門就查玉蘭的嫁妝，要不是娘子給了那套金首飾，恐怕人家當時就能翻臉。您想讓玉蘭過得好我理解，可您怎麼就也不去查清楚，咱家一沒錢，二沒勢，人家那麼好的條件，憑什麼讓您去攀這根高枝？她九朝回門時，明知她過得不好了，您為什麼就不能拿出整治娘子的魄力去整治那個好女婿？」

趙王氏羞憤難當，號啕起來，「我的玉蘭呀！」

趙成材打斷了娘的哭泣，「我現就告訴您，玉蘭在我那兒，她這親事我會想法給她了斷。娘，您不要再干涉了，否則，妳就是逼著妹子再去尋死！」

趙王氏嚇得連哭都忘記了，「成材，你……你要斷你妹子親事？」

「是！」趙成材宣布自己當家後的第一個重大決定，「您就別想著什麼面子，什麼怕人笑話了。玉蘭那日子真沒法過了，我寧可一輩子養著她，也絕不讓她去受人欺負。娘，您同意也罷，您要不同意，這事我也幹了！」

「可、可是……」趙王氏還真不能接受。雖然聽說女兒受屈，她的心在滴血，可讓她回家，豈不徹底宣告她當初的草率決定是個天大的錯誤？而且，女兒才嫁人一月就成了棄婦，這不是毀了女兒一輩子？

趙成材語氣堅決，「娘，您別想可是了，這事是您對不起玉蘭。我也有錯，當初我就不該聽您的，或者應該早些去打聽清楚，可現在說這些還有什麼用？妹子的將來就交由我負責。咱們毀了她的幸福，將來必須還給她，否則這一輩子，我瞧娘您也未必能睡個安穩覺了。」

「第二樁事……」趙成材望著臉色慘敗的趙王氏，沒有停頓地繼續道：「您指使成棟偷了人家方老爺子的配方，害得娘子的店關了門。您是長輩，我們是小輩，不能說讓您去給娘子賠禮，但是成棟必須去！」

趙成棟一聽都快哭了，「哥……娘！」

「你別叫我們！」趙成材厲聲低喝：「做錯了就是做錯了，你要是還想認我這個哥，明兒一早，自己拿根棍子到店門前來跪著，先向你大嫂還有金寶認錯，我再帶你去方家，就是給人打死打殘，也是你活該！」

趙成棟真哭了，撲通在他面前跪了下來，「哥……你打我吧，別把我交出去！」

趙成材搖了搖頭，「我不打你，因為你沒對不起我，你對不起的是方老爺子，是你大嫂。你大嫂這店開得有多不容易，難道你就不知道嗎？你怎麼能做出這樣吃裡爬外的事情？你要不是我親弟弟，我一定慫恿著他們去告你，把你關進大牢，發配充軍都不過分！」

趙王氏被嚇哭了，「成材……成材，你不能這這麼對你弟弟……」

趙成材臉色鐵青，「就因為我把他當弟弟，我才這麼對他。做錯了事，必須受到教訓。娘，您心疼孩子可以，但不能這麼護短。您若是一定要護著他，那就讓他走吧。天涯海角的任他去哪裡，我就只當沒這個弟弟！」

趙老實平時不吭聲，畢竟是個男人，還是有些擔當的，「孩子他娘，成材說的對，確實是成棟錯了，該他去受罰的。成材既能讓趙成棟過去，就不會真的看他被打死。成棟，你明兒一早就按你哥說的，帶家裡那個棗木棒到店裡去。」

這事，就算決定了。

趙成材接著道：「娘，有一個以前您教我的道理，我現在原封不動還給您。家不和，外人欺。明明是您和成棟做錯了事，為什麼還在要楊小桃面前說娘子的不是？別人在您面前說您的好，那是真心認為您好？還是有別的目的？讓外人知道咱們家中不和，這丟的是誰的臉？」

他努力吸了口氣，平復心中的怒火，「娘子有什麼地方對不起您？您瞧瞧自己身上穿的，床上蓋的，全是娘子給您置辦的。您這算盤打得最精，請好好算算，自娘子進門之後，在咱家花用了多少銀子？您可別說這全是娘子該做的，您放眼各家瞧瞧，有哪家媳婦能做到這樣，我現就給您跪下磕頭謝罪！」

趙成材最後道：「娘子只要一日是我趙成材的妻子，我就絕不容許任何人在外頭說她半句不是。夫妻本是一體，誰要是再敢往她臉上抹黑，別怪我翻臉無情！」

「我和娘子暫時不會搬回來住了，以後每月我的縣學補助會交回來給娘貼補家計，這足夠你們三人花銷了。至於家中小事，還是由娘您自己決定，但要有什麼大事，一定得先知會我。我同意了，才能辦。」

趙成材甩下這堆話，走了。

趙王氏直直地哭了一夜，心像海水打穿的礁石，千瘡百孔，漏洞百出。

一夕之間，她毀了大女兒的幸福，又被大兒子掀翻落馬，可這能怪誰呢？只能怪她自己。

就連趙成棟等大哥走了，也哭著怨她。全是她調唆，才闖下這麼大禍，弄得讓外人瞧不起，自家還要打他，全是她的錯。

趙成材說錯了嗎？一點都沒錯，確實連趙王氏自己都看不起自己，怎麼會犯下這麼多錯？

等趙成材料理完家中這一切，回到絕味齋時，天都已經全黑了。

眾人剛吃完晚飯，正圍坐火爐嗑著瓜子議論著年後蓋了房子，還可以做點什麼別的生意，猛然見他臉色不善地跑回來，章清亭心知蹊蹺，來不及說旁的，先是問他：「吃飯了沒？」

趙成材鼻頭一酸，心想娘和成棟如此待章清亭，她卻還能如此關心自己，實屬難得，不覺喉頭有幾分哽咽，「吃……吃過了。」

章清亭覷著他青白的臉色了然一笑，「吃過了也能再吃點，小蝶，去給你姊夫下碗餛飩來，今天才包的。」

不一會兒，張小蝶端了熱騰騰的餛飩湯出來，「這個做法還是大姊教的，姊夫嘗嘗，味道很不錯呢！」

趙成材早舀了一個到嘴裡，「這裡頭放了什麼，這麼鮮香？」

「是乾蝦仁。」答話的是趙玉蘭，知道脫離孫家有望，她的氣色也好多了，「等到開了春，有鮮蝦了，就更美味了。」

「這兒也有鮮蝦？」章清亭倒詫異了。

張發財皺眉道：「閨女，妳怎麼又不記得了？咱們這兒可有二道溝呢。外頭就是荷花江，每年上春三四月間，就有鮮魚鮮蝦的。只不過著實貴了些，咱們尋常人家吃不起。」

張金寶沒心沒肺地為章清亭解了圍，「既都吃不起，哪裡知道？我也以為咱們這兒就有這乾蝦仁呢！」

章清亭笑了，「那等到開春就去買一些來嘗嘗，那新鮮蝦仁用春韭一炒，也是極鮮甜的。」

張金寶誇張地吞吞口水，「那我可等著了。」

眾人都笑了，張小蝶捶她哥一下，「成天淨想著吃，你倒是想想養好了傷，年後該幹點什麼才是正經！」

張金寶笑著避讓，「我好不容易長回二兩肉來，妳可別又給我捶沒了，君子動口不動手。」

「你還君子，小子還差不多。」

「管他君子小子，總之大姊叫我做什麼，我就做什麼。」

章清亭接著這個話頭，開始循循善誘：「你們也別老想著聽我指揮，各人也該學著自己拿點主意。譬如自己喜歡什麼、想做什麼，只要是正經事情，都可以去嘗試。以後就算是跟著我做事，遇到問題了，也該動動腦筋，先自個兒想一想，才有進益。」

趙成材抬頭，插了一句：「這才是真正的學以致用，你們那書也就沒白念。要不，全是紙上談兵，光學幾個字、幾個成語，可沒多大意思。」

張金寶問：「那我要是想不出怎麼辦？」

章清亭道：「想不出可以來問我，但是自己一定要試著去想。其實這生活之中處處皆學問，哪裡都可以用心。像下午議論吃什麼，我說嘴裡有些膩味，玉蘭就想到包餛飩，這就是動了腦筋。既能用到家裡的材料，又便利易得。要是跟著人云亦云，這輩子也是個扶不起的阿斗，別想自己站起來。尤其金寶，你是男孩子，又這麼大了，一定要學會用自己的腦子去想事情。」

趙成材觸及心事，忍不住道：「家裡要是兄弟撐不起門面，姊妹日後出閣也受人欺負。」

章清亭看他一眼，這秀才又是在哪兒受了刺激？

張金寶雖然一時還不大能領會其中深意，卻點頭表示記下。

趙成材欲收拾碗筷，張小蝶過來幫忙，趙成材卻笑，「妳坐著吧。方才麻煩妳給我下餛飩就謝謝了，以後家裡的活計不分男女，只分誰騰出手來，就該誰做，沒個總辛苦妳們的道理。」

章清亭不由打趣，「你不是說君子遠庖廚嗎？」

趙成材嗤笑，「那君子能不吃飯嗎？雖說男主外女主內，但也得因時而異。像妳們姊妹幾個還都能主外呢，那我們男的怎麼就不能幫著幹點家務？總是一家人，何必分得這麼清楚？」

張小蝶當即擊掌笑道：「姊夫這話我愛聽。」一把將趙成材的筷子碗搶去，「有你這話，就天天給你洗碗我都願意。」

趙成材對章清亭遞個眼色，知他有事要談，章清亭起身回屋，張金寶在後頭擠眉弄眼，「姊夫，你又拉大姊去說悄悄話啊？」

趙成材老著臉道：「是啊，你要不要過來聽聽？」

張金寶也學著文縐縐地來了一句：「豈敢，豈敢！」逗得人哄堂大笑。

掩了門，趙成材先把孫俊良來告狀之事說了，章清亭氣得一拍桌子，「這種無恥鼠輩，居然還敢跳出來惡人先告狀，簡直是無法無天！他不是要告我嗎？你幹麼不讓人來喚我上堂，看我大耳光抽他！」

「消消氣，消消氣。為了那種人動手，至於嗎？沒得還髒了自己的手。」趙成材端了杯茶給她，「再說，妳一個婦道人家，上公堂去拋頭露面總是不雅。實話跟妳說，今日在公堂之上，婁大人問我是不是孫俊良推玉蘭下河，我真想說謊來著。」

「這可萬萬使不得！」章清亭正色道：「你是讀書人，別說是在公堂之上說謊，便是平時一個細節不防，在人跟前失了信譽，可就把一生的名節全毀了，連家族都跟著蒙羞。」

「我不也是想到了這一層，便忍住了嗎？況且若說玉蘭被孫俊良推下河，定是要傳她上堂作證，妹子那麼老實，斷不可能撒謊，所以，此事咱們還得另想辦法。」

「你有什麼主意？」章清亭瞧他不緊不慢，似乎已經胸有成竹。

趙成材一笑，「拖著唄。婁知縣說的對，先把人留在家裡再慢慢想法子。」他說著眼神一凜，透出幾分狠勁兒，「就是要那姓孫的寫休書，我也要幫玉蘭好好出一口這惡氣，不能白讓他們家打罵這麼長時間，還真欺負我們家沒人嗎？」

章清亭聽這話裡有異，倒是笑了，「我怎麼覺得你今天回來和平常不大一樣了？」

趙成材苦笑，「能不變嗎？我剛回了趟趙家。」

他把去楊家，及回家之事簡要說了一遍，「說來真是慚愧，我早該這麼幹了。明兒成棟來了，隨妳處置，我絕無二話。」

趙成材雖然說得輕描淡寫，但章清亭從字裡行間還是能感受到趙成材心態上的巨大變化，他不再僅僅是趙王氏的兒子，而是趙家的長子，真的開始像一個男人般考慮問題，處理事情。

「說起來，成棟也受到教訓了，過年這些天，他也被街坊鄰居們議論得夠嗆，連門都不敢出，躲在家裡不敢見人，真是活該。」

趙成材想了想，還是坦然道：「我不打算寫休書給妳，咱們若是和離，還是等到過了正月再辦吧，這大節下，總不太好看。」

章清亭臉上微微一紅，「不急！」

趙成材聽這話裡有異，卻又不敢追問，忐忑不安地壓下心頭小小的竊喜，能長長久久地拖下去，他才歡喜。

次日一早，果見趙成棟老老實實帶了棗木根，跪在了絕味齋門口。張金寶一瞧見他，眼就紅了，提起拳頭就想撲上前揍人。

章清亭把弟弟攔住，淡淡說了二字：「不急。」

趙成材瞧見弟弟來了，怒火稍平，也不理他，自和章清亭交代：「那我先上衙門去了，晚上等我回來，再一起去方老爺子家磕頭認錯。」

章清亭點頭，趙成材走了，趙成棟就在絕味齋門口跪著。章清亭就當沒這個人似的，讓全家各幹各事。趙玉蘭雖瞧著心疼，可她也知道弟弟這回禍闖大了，金寶都養了這麼多天的傷，可見當時挨打的慘烈。這個弟弟受點教訓也屬應當，便只拿了個草蒲團給他墊著冰雪，也不求情。

這天色一明，家家戶戶的人都出來了，人來人往，瞧見這一幕，難免議論紛紛。

趙成棟跪在這兒，聽著周遭的蜚短流長，臉都沒處兒擱，恨不得挖個地洞鑽下去。可章清亭不叫他起來，他也不敢動，這份恥辱真是讓他這輩子都刻骨銘心。

且不提趙成棟在這兒度日如年，追悔莫及，再說趙成材今兒上了衙門，開始陸續收到一些公文，處理完之後，婁知縣才抽了空，屏退閒人，找他談起了那五百兩銀子之事。

婁知縣用一個含蓄的方式婉拒：「你們的好意我心領了，只是這年糕雖好，卻易傷脾胃，我到底上了幾歲年紀，可不像你們年輕人禁得住折騰。」意思就是，你們想讓我對付薛紹安，那可沒門兒。

趙成材會意，「大人放心，這東西不過圖它個好意頭，吃不吃倒沒什麼。」

婁知縣微微頷首，探到了他的底，便也不打啞謎，等著趙成材自己張口。

趙成材深施一禮才上前道：「大人，我家確實有樁事相求於您。這胡同雖歸我們家所有，但到底是當地的一處門臉，我和娘子年輕，怕做不好惹鄉親埋怨，故此想將此差使仍交由衛大人掌營造，看所需費用多少，我家娘子願如數支付。」

這是讓官府插手，想那薛紹安便會有幾分顧忌，可若只為了此事，他們何必大費周張送這樣重禮？一定還有所求。

婁知縣一時有些猜不透，只捋鬚點頭，「此事倒是可行。像你所說，這也是咱們市集的一處門面，要建就建好它，那工錢我會關照下去，給你們個最低價。」

「多謝大人成全。」趙成材又施一禮，方才說到重點：「我家娘子還有個小小的想法，不知可不可行，想請大人示下。」

正題來了，婁知縣暗自打起了幾分精神，「你說。」

趙成材從容一笑，直接點題：「大人，此處胡同本是以低價買來，娘子心中常覺不安。等建成之後，娘子願意以本金捐助一處院落以作官學之所。」

婁知縣微微皺眉，縣學就在衙門後頭，地方雖然不大，但很是清幽，也不破落，趙成材不可能不知道，那他提這要求又是何意？

不待他盤問，趙成材自己解釋：「想來大人也是清楚，咱們紮蘭堡歷年春秋大比在國中多是榜上無名，就連縣學之中，現有生員也不過三五七人，實在是人丁單薄。走在街上，十九白丁，斗大的招牌也沒幾個認識。」

「然則是我們紮蘭堡水土不好，沒有聰明才俊之士嗎？當然不是。咱們這兒農耕放牧手藝工匠大有人在，其中出類拔萃之人更是不在少數，可為何各家父母都把孩子送去學門手藝而不送來求學呢？」

趙成材繼續：「因為實在是找不到方便的入學之所。我曾查閱簿籍，光我們這一處管轄的五個村子，人口就有近兩千之數了，六歲以上，十二歲以下的適齡孩童少說也有二三百人，現我家就有兩個妻弟便是如此。這麼多的孩子不是在街頭遊蕩，就是在家中幹活，就是想念書，可咱們這兒卻連一個官辦的正經學堂也找不到。」

「就拿學生來說，還記得幼時為了啟蒙，父母四處奔走，才在鄰村找到一家私塾。地方既遠，所授不過三五孩童。及至稍長，過了童試，入了縣學，同學又無幾人，雖有老師教授，但因年齡差距較大，程度不一，著實是教也教得費勁，學得學得吃力。能僥倖考個秀才，實在是運氣使然。」

「因為學生自己經歷過，故此想斗膽懇請大人新設一處官學，專司啟蒙幼童。讓廣大只要有心向學的平民子女，都可以來此修習一段時日，以啟民智，開民心。如此數年之後，想必整個紮蘭堡面目將為之煥然一新，而大人英名也必將在此地流芳百世，永志銘於民心之中。」

趙成材出的這個主意很好啊！

婁知縣頗為心動，不僅與民有利，與己有利，而且關鍵的是，並不難辦，花銷也不多。

他當然也能想得到，趙成材提這樣的要求，還是有他的目的所在。簡單來說，若是官學設在那條胡同裡了，薛紹安再膽大妄為，也不敢輕舉妄動了。一個孩子身後就是一大家子，甚至幾大家子，薛紹安只要是還想在本地混下去，總不能把一地的百姓全都得罪乾淨。

若是早前，也許婁知縣還會考慮，畢竟要平添一份花銷，可是今天他當即就欣然允諾了。

「成材，你這想法很好。此事若是辦成，造福子孫後代，可是份不小的功業。那具體的，你可有更細些的想法？」

趙成材知道事成，從袖中取出一份摺子，「有些不大成熟的想法，還請大人指教。」

這事他琢磨了好幾天，才細細擬出的規程，雖有些不完善，但大體是可行的。

婁知縣瞧過之後頗為滿意，見他頗為讚許，趙成材還特別提到：「到時還請大人賜名，手書匾額懸於學堂之上，也讓後人記得大人的功業。」

這也是給他一個青史留名的機會了，卻不料婁知縣微笑著搖了搖頭，「我最多留副對子，這個名字留給下一任縣官來提吧。」

趙成材心說這還真被晏博文說對了！見他面帶三分得意之色，想來定是升遷，連忙恭賀：「那該向大人道喜了吧？」

婁知縣不置可否，可臉上的笑意卻更深了幾分，「你還是第一個知道的，切莫張揚。剛剛收到郡裡的任命，等天再些暖，我就要回京述職了。這個書堂，就算是我為紮蘭堡的父老鄉親辦的最後一件事吧。」

趙成材慎重其事地行一大禮，「學生不才，願代紮蘭堡的父老鄉親，永世感謝您的恩德。」

婁知縣見他如此，心裡舒坦，便又提到了一件事情：「成材啊，你這人不錯，年輕穩重，又本分可靠。若是你沒有家累，我都想帶你去京城。不過，現在我有意將你推舉給下一任長官，繼續在這衙門裡任職，你可願意？」

婁知縣雖然現在給了趙成材一個絕好的機會，但要不要抓住它呢？趙成材猶豫了一下。

他要是留下來了，陳師爺不就沒事幹了？像他們當官的自有長隨親信，陳師爺可是本地人，由上一任縣官留給婁知縣的，婁知縣斷無可能帶他回京。況且陳師爺年紀大了，腿腳多有不便，遭人嫌棄也是常理。

若是自己留下，拿的可不止一兩紋銀，還有正式師爺的其他待遇，又有外水，不僅能貼補家計，出去也受人尊重。這要是放棄了，未免可惜。

趙成材想了想，還是婉言謝絕了：「多謝大人抬愛。只是學生初來乍到，實在是經驗尚淺，全仗大人提點和眾位同僚扶持才能勉強勝任。若是新來了大人，對本地情況本就生疏，再加上我這個半瓶子醋，難免誤事。不如陳師爺經驗老到，更能勝任。」

這既是他自謙，也是做人的厚道之處。

陳師爺一家子可全仗著他賺錢養活呢，況且他年紀已大，做不了幾年，當然是想要多賺些錢，以備養老之需。而自己現還年輕，何必跟個老人家去爭飯碗？

婁知縣聽他這麼一說，倒很是感慨，越發覺得趙成材品性淳良，值得提攜，「你這後生當真不錯，有情有義。這樣吧，我再給你一封舉薦信，看新來的大人可有空缺，再安排與你。」

「多謝大人。」趙成材雖然知希望渺茫，但也真是感激。

「聽說你還想著參加鄉試？」婁知縣當真動了幾分愛才之意，有意拉他一把。

趙成材當然聽得明白，心中一喜，「是，想趁著年輕去試試。」

婁知縣點頭，「年輕人該當上進，你若果有此意，我寫份名帖，你拿著到郡上梧桐書院方大儒處，他的學問可是極好。之前我那兩個兒子均是在他那兒念書，我請他好好地給你梳理一番，可比你自個兒在家裡埋頭苦讀要強得多。」

趙成材喜不自勝，「多謝大人！」

那位方大儒在當地極有名氣，但像這樣的博學大儒，一貫眼高於頂，極難請得動他們費神教導。光憑趙成材自己，恐怕八輩子也摸不著人家的邊，可是婁知縣一封信就能幫他搞定，若是用一個師爺的職位換這樣一個舉薦，那也真是划算太多。

料理完衙門裡的瑣事，趙成材匆匆雇了輛小車回家，他還要陪章清亭帶弟弟去方家認錯。

到了家門口，卻見趙成棟還在那兒直挺挺跪著，凍得嘴唇都青紫了，過往行人無不側目。他略加思忖，便明白了章清亭的良苦用心，想讓弟弟用這種方式挽回名聲，心中感動。

章清亭見趙成材回來，這才對張金寶笑著低語：「你可以去打回來了。記得幫我也打兩下，出出氣。」

張金寶小聲問：「那我能用棍子嗎？」

章清亭搖了搖頭，「用手吧。最好打得他鼻青臉腫、流點鼻血什麼的，但不要真把人打壞了，知道嗎？」

「知道。就看在姊夫面上，我也不會太過分的。」張金寶應了，氣勢洶洶地衝到門口，「趙成棟，你這小子既然敢來，還算是個帶種的，但今兒若不揍你一頓，我實在出不了這口氣！你自己幹的齷齪事，卻讓我替你背了黑鍋，你瞧我這身上，至今還全是傷！你自己說，我該不該打你一頓？」

趙成棟既羞且愧，低頭無語。

「你要是不吭聲，那我可就不客氣了。」張金寶一把揪著他的衣領將他提了起來，毫不客氣地舉起右拳，對著他的下頷就是狠狠一下，「這一拳，是替我大姊打你的！」

一拳下去，嘴角頓時淌出了鮮血，殷紅的顏色在凍得發白的臉上顯得分外清晰。張金寶瞧著他這可憐樣兒，倒有幾分心軟了，收了三分力道，對著他的鼻側又是一拳。

趙成棟本能地躲了一下，但被凍得僵硬的身體反應還是慢了一拍，仍是被結結實實打了個正著，冬天血管本就脆弱，鼻血頓時噴湧而出。

「這一下，算是替我自己打的！」張金寶出了氣，鬆開手，很是大度地拍拍他肩，「好了，我打完了，咱們以後還是親戚，希望你以後知錯能改……」善莫大焉他想不起來了，只道：「還能做回好人。」

他放過了趙成棟，冷不丁張發財衝了出來，也給了趙成棟一下子。這一拳打在了他眼眶上，又青紫了一塊。再一拳，把那邊臉頰又打青一塊。

「這兩下，是替我兒子和閨女教訓你這臭小子的！你害我閨女鋪子沒了，害我兒子大病一場，老子怎麼說也是你的長輩，打你你可別不服氣，下回你再敢這麼禍害我兒子和閨女，老子跟你白刀子進，紅刀子出！」

他得意洋洋回到章清亭身邊，「怎麼樣？閨女，瞧妳老子兄弟多帶種！以後妳婆家人再敢欺負妳，咱們一定幫著妳教訓他們！」

章清亭望著趙成材，哭笑不得。這還真是把他昨兒那番話記到心裡去了，不過有人這麼維護自己，她心裡頭確實也有幾分溫暖和小小得意。

趙成材卻是尷尬至極，這是作繭自縛嗎？不過確也是自家兄弟不對，挨打也是活該。

「行了，打也打完了，去向方老爺子認錯吧。」

趙成材昨晚跟她說要去方家，章清亭一早又讓家裡做了許多餛飩，放在外頭一個個凍得硬邦邦的，拿盒子一裝，正好提去送禮。

禮雖輕，情義重，再說大夥兒都讚好吃，章清亭也忍不住小小賣弄一下。

好些天沒來，這方家可是大變樣了。門口屋頂那些雜草全被拔得乾乾淨淨，裡裡外外打掃得煥然一新，再無從前那種頹敗之氣，想來都是晏博文的功勞。

門口貼著大紅福字，還有一副對聯，內容平淡無奇，只是那字遒勁古樸，很是不凡。

趙成材不覺讚道：「阿禮倒還寫得一手好字。」

章清亭卻搖了搖頭，他字雖好，卻透著點蕭索之意，似是意興闌珊，看破紅塵，反倒不如趙成材給自家寫的對聯。雖然單從字而論比不上他，卻帶著份歡天喜地的積極，更符合過年的氣氛。

方明珠小跑著迎了出來，「張姊，妳身子大好啦？快進屋坐。」

章清亭把一籃子餛飩給她，又往後一指，方明珠這才瞧見趙成棟。見他臉上可真像開了染料鋪子似的，赤青黑紫，慘不忍睹。再看他背著根棍子，顯是來認錯的。

趙成材回頭囑咐：「成棟，你就在門口跪著，我沒出來叫你，不許起來。」

讓趙成棟在門前跪下，趙成材和章清亭先進去了。

連集市都跪了大半日，也不在乎在這裡多跪一會兒了。其實說起來，趙成棟也知道張家父子手下留情了，可捱他們幾拳也就算了，為什麼偏打臉呢？他還暈乎乎的想不明白。

暖和的屋子裡，方德海正跟晏博文在炕上下棋，見他們來了，很是高興，「丫頭，快上來坐著。妳這才好，怎麼就想著過來了？」

章清亭笑道：「我就是才好，才來尋您。年也快完了，您老可得打起精神，跟我幹活去。」

方德海哈哈大笑，「妳這丫頭，每回找我就沒好事。說吧，又要我上哪兒赴湯蹈火去？」

「開玩笑呢！」章清亭把食盒捧上，「這兒是我家做的餛飩，跟外頭弄的不大一樣。知道您是吃慣好東西的看不上眼，不過嘗個心意罷了。」

一見到吃食，方德海拈起一粒端詳著，「妳這做法不是本地的，倒像是南康國的手法，這餡裡是不是還加蝦仁了？」

章清亭聽得心虛，趙成材卻很佩服，「您老怎麼知道？你們一會兒嘗嘗，味道鮮著呢！」

方德海似笑非笑地瞧了章清亭一眼，把那粒餛飩扔了回去，「明珠擱外頭凍著去，晚上咱們就嘗嘗妳張姊姊的手藝，也把咱們做的幾道小菜拿出來亮亮。」

章清亭忙拍馬屁：「我那點小伎倆怎麼能跟您老比？那不是沙石與日月爭輝嗎？」

「少油嘴滑舌的！」方德海白她一眼，「說正經的，那地的事情辦得怎麼樣了？」

章清亭瞧著趙成材，「你來說吧。」

趙成材把和婁知縣談定之事說了一遍，方德海也很高興，「這是善舉，又能得官府庇護，成材，你這個主意想得極好！」

正好晏博文泡了兩盞香茗送來給他們，趙成材大方地讚道：「阿禮，這回可真要謝謝你了。果然讓你說中了，婁大人不日就將上京述職，所以才這麼痛快應承了下來。」

聽到上京，晏博文的眼神微動，隨即又掩飾過去，「那咱們抓緊時間把契約訂了，日後就算是換了官員，也不怕人反悔。」

趙成材點頭，「你這個提醒很對，我回頭就去辦。娘子，妳也得趕緊籌銀，準備開工了。」

章清亭應下，方德海卻又笑道：「這些天，我也在家裡琢磨了個心思，說給你們聽聽。」

瞧他笑得像老狐狸似的，定是又想到什麼對自家有利之事，章清亭很願意聽。

方德海老謀深算地一笑，「咱們這胡同為什麼只做一層呢？既然幹都幹了，何不乾脆把外頭全做成兩層小樓？上頭居家，下頭開鋪，這面積可一下子就翻了一倍，咱們這價錢不也能水漲船高？」

這老頭還真有一套！章清亭大喜，只問一事：「咱們這兒，有樓層限高嗎？」

趙成材忙道：「這個我回去查查。要是可以，就重新再設計畫圖，包括那學堂，還有咱們的住家一併畫上。」

章清亭笑道：「若是能賣高價，誰還捨得住那條街上？咱們隨便尋個住處就是。」

方德海很是鄙夷，「妳這丫頭真是掉錢眼裡去了，賺錢也得學著享受！妳不住，我住！」

晏博文也想到一事，「若是老爺子說的可行，那麼每套院子的面積都可以適當減少，做得小巧精緻些，套數還能增加。老闆娘，其實就算是自己去住了也不怕，每家下面都有鋪面，一樣可以做生意。」

章清亭道：「秀才可讓咱們去住學堂旁邊，本來就是不想吵到學堂，若是咱們也經營起來，那可不像樣子。」

趙成材忽地一拍腦袋，「阿禮這個主意妙啊！娘子，咱們要是住在學堂旁邊了，不如乾脆就開家書店，賣些筆墨紙硯，清靜又便利！」

章清亭當即想到，那張發財兩口子守在家裡也能有些進益了。

方明珠也想了想，「爺爺，那咱們就住張姊家隔壁。他們開書店，咱們就做些點心來賣。小孩子多半是饞嘴的，上下學都從咱們門前過，可也得花不少錢了。」

方德海樂了，「咱家的小明珠可真長本事了，這主意好啊。日後妳跟著妳張姊姊出去做事，爺爺在家也不愁沒事做了。」

眾人說得興奮起來，越想越多好主意，可章清亭卻意識到一個關鍵問題：「那咱們這本金可就要得更多了。」

晏博文道：「這個錢必須花，做得好才能賣得起價。」

趙成材只擔心一樣，「要是建得太好，大家嫌貴怎麼辦？咱們這面積又不大，縱然精緻，畢竟也太小巧些。」

晏博文搖頭，「趙大哥大可不必擔心，咱們這胡同可免三年的稅賦呢。若是生意真的做起來了，他賺的絕不止這麼一點房錢。他若是嫌小不願住，可以把整個院子都用來做經營。咱們這個地方好，不愁沒人要。」

此事商議已定，趙成材下炕，對著方德海正式行了大禮，「老爺子，今兒還有一事相求。」

方德海斜睨著他，心中多少猜到了幾分。

趙成材面有愧色，「家門不幸，出了成棟那個畜生，毀了您一生的心血。是我教弟無方，不敢說求您原諒，只請求您重重責罰，給他一個重新做人的機會。」

方明珠附在爺爺耳邊道：「他也來了，就在門外跪著呢。」

方德海冷哼一聲，不置可否。章清亭瞧這意思，沒有立即翻臉，就是有門兒了，立即推了趙成材一把，「你快去把他帶進來，不許用走的，讓他膝行進來。」

趙成材趕緊出去領人，章清亭陪著笑臉道：「老爺子，那小子今兒一早也上我那兒賠罪了。其實要依我這脾氣，就是打死他也不解氣，可他足足在我那兒跪了一整天，水米未進，受盡人家的白眼唾罵也沒離開，我想這小子是誠心悔過了。人非聖賢，孰能無過？畢竟年輕，您看能不能給他一次機會？」

方德海瞟了她一眼，仍舊不吭聲。

很快趙成材領著趙成棟進來，果然是一路膝行，腿上早被冰雪沁得透濕，臉上青紫交錯，還凝著半乾的暗紅血跡，看著確實可憐。

趙成材踢弟弟一腳，「還不快上前去向方師傅磕頭認錯？」

趙成棟趕緊爬到炕前，頭磕得砰砰作響，說著趙成材剛教的話：「方師傅，是我錯了！我不該偷您的祕方，我對不起您，也對不起大嫂，請您責罰！」

方德海臉色陰沉地盯著他，半晌沒有吭聲。

章清亭陪笑，「老爺了，您好歹給句話呀！」

方德海哼了一聲，「他臉上的傷是妳打的？」

章清亭一笑，「我讓金寶打的，那小子心裡也憋著氣呢，著實把他狠揍了一頓。」

方德海嗤笑，「淨做些表面功夫！」

章清亭暗自咋舌，被這老狐狸看穿了。

趙成材被說得慚愧，上前表態，「老爺子，今兒我把他帶來，就是任您處置的。您要是嫌累，我幫您打，打到您滿意為止。」

方德海抬眼瞧他，「成材，你真把你弟弟交給我處置？」

趙成材聽這語氣不善，可確實是對不住人家，他把心一橫，「任您發落。」

方德海冷冷道：「好，那就按祖師爺定下的規矩來。不敬師長，私盜技藝者，挑去手筋廢了雙手。可這大過年的，我也不忍心見到太重的血腥，就剁他兩隻拇指算了。」

趙成棟嚇得整個人都癱坐在了地上。

這還真狠！可章清亭並不以為方德海真有這麼絕情，是以一聲不吭。

趙成材臉色變了幾變，終於下定決心，「成棟，這是你咎由自取，怨不得別人。明珠妹子，麻煩妳去取把菜刀來。」

「哥……」趙成棟真被嚇哭了，又不敢討饒，只拚命叫哥。

趙成材雖是不忍，卻道：「你的拇指沒了，以後哥哥照顧你一輩子。可你今日要是不肯，就再不是我趙成材的弟弟。」

趙成棟自知無望，號啕大哭，頭磕得都快見血了，「我錯了，我真的知錯了！方師傅，您饒過我吧！」

很快方明珠拿了明晃晃的菜刀過來，趙成材拉著弟弟的手擱在板凳上，作勢欲砍。

方德海見趙成棟嚇得心膽俱裂，幾要昏死過去，這才發話：「住手！」

方德海望著趙成棟道：「我若是剁了你的手指，那便承認你是我的弟子，可你雖然叫我一聲方師傅，卻不算入門，這個刑罰你還不配領。不過，你偷了我的東西是事實，但你哥嫂卻與我交好，真要是廢了你，難免傷了我們之間的和氣。但要是輕易放過你，我怕你這小子不知好歹，將來還會胡作非為。」

趙成棟涕淚滂沱，「不敢了……真不敢了！」

方德海對冷眼旁觀的晏博文道：「阿禮，你去，把他兩條胳膊給我打折了，但不許打廢。」

這個……晏博文很是為難。他曾立志不再傷人，可為什麼方德海偏要逼他動手呢？

方德海道：「趙成棟，你記著，今兒是我要打斷你雙手，可不是阿禮。你要怨就怨我，可不許記恨他。阿禮，我知你習過武，下手知道分寸。你若不去，那我就親自拿棒子砸了，那趙成棟要是真殘廢了，可就是你做的孽了。」

有這麼逼人當劊子手的嗎？晏博文很無語。

倒是趙成材聽方德海這麼一說，放下心來。鄉下人時常有跌斷手腳的，只要接得好，絕不至於落下殘疾。只是那個痛，很讓人難受，但若能求得方德海的諒解，給弟弟一個刻骨銘心的教訓，也是值得的。

他上前懇求：「阿禮，那就請你動手吧。你放心，我們趙家絕不會有半句怨言。」

晏博文一雙拳頭緊了又鬆，鬆了又緊，到底還是嘆了口氣：「趙成棟，那你可忍著點。」

他抓住他的雙手往前平伸，運掌如刀，快速「啪啪」兩下，敲在趙成棟的前臂上。

趙成棟只聽得極輕微的「咯咯」之聲，應是骨頭被打裂了，隨即劇痛洶湧襲來，疼得他眼前一黑，連慘叫都來不及發出，便暈死過去。

晏博文穩穩地托著他平躺下來，再將那兒臂粗的棗木棍輕輕一折，頓時成了兩半。一邊一個，幫他把胳膊又綁紮牢固，「你們放心，他這手絕不會廢，只是要痛上一段時日，好好將養兩三個月也就是了。」

趙成材看得瞠目結舌，那麼粗的木棍一下就折成兩半？那要是打到人身上還了得？

章清亭也吃了一驚，難不成這就是傳說中的武林高手？

方明珠則是一臉崇拜，阿禮哥果然厲害！

只有方德海無動於衷，「行了，這事就這麼了了，你們快帶他走吧。」

等他們走了，方德海才對晏博文道：「以武犯禁固然不對，但若是伸張正義卻是沒什麼好藏著掖著的。人啊，不要總陷在往事裡出不來。你空學這一身本事，難道真的就放著荒廢？這耽誤的可是你自己的人生。」

我還能有自己的人生？晏博文滿心苦澀，卻無法言說。

趙成材先把弟弟帶到藥鋪，敷上傷藥才送回家。趙王氏一見之下，連病都嚇得好了大半，一骨碌從床上爬下來，心疼得直掉眼淚。

趙成材指著昏迷中還痛苦皺著眉，冷汗直冒的弟弟，「娘，您瞧瞧，這就是您指使他去偷人東西的下場。人家這還是給了咱們情面，沒廢他的手，只是打折了，給個教訓。可若是落在旁人或是官府手裡，您還能保他周全嗎？您再讓他去做什麼事之前，拜託好好地想一想，別再捅這種婁子了，否則這丟的可不僅是他一人的臉，而是咱們老趙家的顏面。」

趙王氏既羞且愧，自在家照顧二兒子。

而趙成棟經此一事，吃了大虧，倒真是學了個乖，再不敢弄歪門邪道，著實本分不少。

趙成材和章清亭回了絕味齋，卻見家裡氣氛有些異樣。

張小蝶上前悄聲對大姊和姊夫道：「那個田福生剛才來過，想見玉蘭姊，可她不願意見他，躲在後院哭呢。」
章清亭臉色一沉，「那妳怎麼不去勸勸？」
「怎麼沒勸？可我這笨嘴笨舌也勸不好。她說她想自己待著，我也沒法子。」
章清亭想想，自己去了。
趙玉蘭沒再哭了，但眼睛仍是紅紅的，臉上淚痕猶在，見章清亭過來，忙起身招呼，「嫂子回來了？」
章清亭拉著她冰涼的手，「這才剛好一點，怎麼禁得起這個凍法？走，到我屋裡坐去。」
屋子裡，趙成材把剛燒得旺旺的火盆搬了進來，很是知趣地出去了，「我去外頭幫忙。」
耳房很小，不一時，整間屋子就暖和起來，瓦解掉了外層的冰霜，讓人的心情也不自覺跟著融化開來。章清亭笑問：「這兩天住在這兒還習慣嗎？咱們這裡太小了，只好委屈妳擠一擠。」
「已經很好了。麻煩小蝶和張大嬸倒是真的，弄得她倆擠一床，該是我不好意思才對。」
章清亭一笑，「妳呀，就是太為別人著想，太容易滿足了。這樣就算好嗎？依我說，一點都不好。這麼巴掌大的小地方，連個身都轉不開，一時半會兒的擠擠還可以，長期這樣誰受得了？」
她語重心長地開導著趙玉蘭：「這人啊，應該要懂得隨遇而安，可也不能太過隨波逐流。有些東西該爭取的，還是要爭取。」
趙玉蘭聽懂了，眼神卻更加黯然了，聲如蚊蚋：「我都這樣了，還爭取什麼？只要大嫂妳肯收留我，便是很好了。」
「胡說什麼呢？」章清亭小臉一板，「妳見過哪家小姑子在嫂子這兒賴一輩子的？」
趙玉蘭猛地抬起頭，一臉的驚惶失措，「嫂子，妳……」
章清亭卻又笑了，「我不是要趕妳走，不過也不能看著妳在我面前成天拉長個苦瓜臉，那還不如送妳去尼姑庵得了。」

趙玉蘭全身都微微顫抖起來，低聲道：「我其實……其實我……」

「妳可別跟我說妳真的想去。」章清亭打斷了她的話，「玉蘭，妳才多大，就想著削髮為尼？一輩子在那不見天日的地方念經誦佛，那是人過的日子嗎？若是妳真的看破紅塵，心如死水了，為什麼連見田福生一面都不敢？」

趙玉蘭被說中心事，又垂下淚來。

章清亭遞了帕子給她，「被我說中了吧？明明心裡記掛著人家，為什麼就是不肯承認呢？」

趙玉蘭倚上她的肩泣不成聲，「可是……可是，我都……都這樣了……」

章清亭一把將她扶正，正視著她，「妳怎樣了？妳不過是嫁錯了人，又不是缺胳膊少腿，見不得人了。對於女子來說，嫁錯人確實挺慘的。雖然只是短短一個月，但妳已經不是從前的小姑娘了，可妳現在不是已經回來了嗎？別怪大嫂說句粗話，只要田福生不嫌棄，你們倆不是沒有可能。就算是跟他不成，日後妳也可以追求自己的幸福啊，幹麼要委屈自己，非得像個小可憐似的，過得這麼淒涼？」

趙玉蘭使勁搖頭，「那……那怎麼行？」

「怎麼不行？」章清亭反問：「莫非妳其實喜歡那個姓孫的，還想回去？」

趙玉蘭眼裡只有仇恨，「殺了我也不會再回去！」

「既然妳不想回去了，為什麼要為那個姓孫的守一輩子活寡？讓他有機會四處炫耀，這趙玉蘭就算離了我，也只做過我的女人。」

趙玉蘭聽得詫異，這道理竟是她從來沒聽過的。不過，好像也挺有道理的。

章清亭道：「若是遇上一個一心一意待妳好的夫君，縱然只做一夜夫妻，妳願意為他守一輩子也值得，可這孫俊良值得嗎？既然他離了妳，還能一樣的風流快活，妳幹麼就非得愁眉苦臉的怏怏不樂？」

趙玉蘭似乎明白了一些，又不大明白，「可是……女子再嫁，是會、會被人瞧不起的。」

章清亭嗤笑，「誰會瞧不起妳？是妳自己瞧不起自己。只要妳自己過得開心，管他外人說三道四。難道妳是活給別人看的？那真不用做人了，乾脆貼牆上做張年畫得了。」

趙玉蘭被逗得笑了。

章清亭輕撫著她的秀髮，「玉蘭，妳知不知道，妳錯嫁了姓孫的，不僅妳一個人難過，像妳哥、我、小蝶他們都是很難過的。特別是妳爹娘，更不知怎麼心疼呢。要不，為什麼妳都回來幾天了，妳娘還不敢來見妳？她肯定是覺得對不起妳，沒臉見妳。只有妳將來真正幸福了，才會讓我們放心。這並不是逼妳一定要嫁給誰，妳就是在家一輩子，妳哥也一定會養活妳。只是那樣的妳，會快樂嗎？」

趙玉蘭若有所思，章清亭躊躇了一下，仍是忍不住道：「玉蘭，有些話我一定要說，妳可別嫌聽著難受。」

「大嫂，妳說。」

「妳嫁給姓孫的，雖然是妳娘一手造成，但妳自己也要負一點責任。妳明知自己喜歡的是田福生，為什麼要任由妳娘說嫁就嫁了？妳要是早能拿出投河自盡的勇氣，說不定現在就完全是另一番局面了。妳這性子好就好在柔順二字，可壞也壞在太過柔順。甚至於，柔順得有些懦弱了。如今，妳已經錯失了第一次幸福，難道還要再錯失第二次？」

「過去的已經無法挽回，咱們只能往後看。妳還年輕，日子還長得很呢。妳哥、嫂子再心急，也不能替妳去過日子。妳將來要過什麼樣的生活，還得妳自己拿出個主意來，我們才好幫妳爭取。

妳自己好好想想，若說之前錯了一次還情有可原，要是再錯，那可真是萬劫不復了。」

趙玉蘭反覆咀嚼著章清亭的話，竟似千斤重，苦苦的、澀澀的，卻也發人深省。

翌日起，眾人就按著昨日議好的，各自忙開了。

趙成材忙完了公務，抽空回去了一趟。趙成棟已經醒來，只是疼得厲害。

看趙王氏臉上頗有怨懟之意，趙成材假意訓弟弟，把話說給她聽：「……真以為你嫂子讓你罰跪那是在害你嗎？她是在幫你！幫你在鄉親面前洗脫罪名，讓大夥兒看到你知錯能改的誠意，否則她後來幹麼讓金寶打你的臉？那是做給方老爺子看的，你可別不知好歹，辜負了她的良苦用心！」

趙王氏恍然，心中說不出什麼滋味。

趙成材又將從那邊家裡拿來的一籃餛飩遞上，「這是娘子教玉蘭、小蝶她們做的，娘，您這些天不舒服，就吃這個吧，又便利又省事。爹，您也幫著操點心吧，別什麼都指望著娘，她一人顧得過來嗎？」

這話說得趙老實也低下了頭。趙王氏見大兒子仍是心疼自己，心中又暖又酸，撩起衣角擦擦眼淚，問：「玉蘭……她還好嗎？」

「好多了。那邊人多熱鬧，您別擔心，照顧好成棟就行。不過，有句話，我可得說在前頭。等玉蘭和孫家的親事了斷了，她日後再嫁，得隨她自己心意，您可不能再橫加干涉了。只要她過得開心，咱們又有什麼可說的？」

趙王氏哽咽著點了點頭，「那你妹子可就交給你了，你跟她說……說娘對不住她！」

她忍不住放聲大哭，是真的又自責又難過。

趙成材嘆氣應下，自回去了。

沒幾日，新胡同的設計稿出來的。趙成材拿著完工圖紙，很是讚嘆了一番。

新設計的胡同，除了一個小學堂，張方兩家自用的住宅，還有十六套小宅，皆是二層小樓。因為面積小了點，就盡量把裡面做得高大通透，顯得氣派敞亮。相信建成之後，便如鶴立雞群，在集市中想不被人矚目都難。

章清亭和晏博文都是出身富貴之家，審美情趣頗高，在房子的細節上很是考究，務必在大方實用的基礎上還要精巧雅致。每套房子雖然基本框架一樣，但細微之處絕不雷同。按著春蘭秋菊、綠竹紅楓等等主題，分別設計。就連那學堂，也設計得很仔細。

方明珠還特別提到一點，若是有女學生想來就讀怎麼辦？大夥兒商議之後，決定另開小門，闢了一處清靜小院。既可以供女學生來就讀，也可以靈活挪作他用。

趙成材聽得此處，大加褒獎，他還真忽視了這個問題。到底女兒家心細，也一併考慮到了。

饒是衛管事從事這一行多年，也沒見過這樣好的設計，讚不絕口，但最後一估算，至少也得要二千兩銀子的本錢。若是平攤到每戶上，至少二百兩銀子的本錢，不可謂不貴了。但衛管事也說，若是能便宜點，他自己都想買一套這樣的小院子住。

只章清亭斷不會拿著這些房子做人情，連學堂都得按平價買給官府，其他人想要，都得依著規矩來。而且衛管事掌著他家工程，本是個肥缺，再想占便宜，就有些得寸進尺了。

趙成材也是這個意思，「不過，娘子，這筆錢數目可不小，妳有把握能從賀家借到嗎？」

章清亭一笑，「我又不是不還他，只要他肯借，算點利息都可以的。」

趙成材打算跟她一起，可章清亭覺得男人出面借錢有些丟臉，便自己去了。

原以為，就憑自己上回救了賀玉華那份人情，賀家定會伸出援手，卻沒想到，竟是碰了個不冷不熱的軟釘子。

賀玉堂出門辦事不在家，接待她的是賀夫人。雖然態度熱情，但言辭很客套，好像生怕她來打秋風似的，半天也扯不上正題。

章清亭心中不快，本想一走了之，轉念一想，若是離了賀家，哪還認識這樣的有錢人？這年頭，只要是借錢，恐怕上哪家都不會太容易。

於是，她乾脆拉下臉面，果斷開了口：「之前承蒙賀大爺對我家關照頗多，我家正好有樁生意，也想投桃報李，想問貴府可有興趣？」

賀夫人一愣，章清亭簡單扼要做了個介紹：「我和人合夥買了市集後頭的一條胡同，眼下正準備動工，可不巧手上缺點銀子，請問貴府可否相借？我們可以地契作抵，一年內定然歸還。至於要多少利息，夫人可以斟酌著給個價。」

賀夫人雖料到章清亭多半是有事相求，卻沒想到她居然如此爽利地提出借錢一事。

要不要幫，賀夫人很是費了一番思量。

二千兩銀子，賀家拿得出來，但這也不算是一筆小數目了，借出去容易，好不好收回來呢？

絕味齋倒閉，她當然早有耳聞。家裡原本商議著，年前就打發人去給她家送份厚禮，就算把救賀玉華之事給了結了，但賀玉堂卻不同意。

他當初允諾章清亭，當她有困難時會出手相助，上回章清亭招惹上了薛紹安，他可是一點忙也沒幫上，若是再趁人之危，拿個一二百兩銀子就抹去此事，實在是太不仗義了。

就為了此事，年前父子倆還爭執了幾回，鬧得很不痛快，所以連帶著賀夫人對章清亭也有了意見。可她若一口回絕，萬一章清亭惱羞成怒，把女兒被人調戲之事四處宣揚怎麼辦？

賀家已經託了媒婆，有意為賀玉華擇一有功名的讀書人結親，日後也好在官場上有個助力。可越是這樣人家越是注重名聲，在這個關鍵時候可出不得一點紕漏。

於是，賀夫人為難了。捧著那份圖紙像捧著個燙手山芋，想半天，請章清亭稍坐，進去問賀敬忠了。看過圖紙，賀敬忠倒是頗有興趣。他在商場中打滾多年，當然看得出這圖紙背後隱藏的商業價值和巨大潛力。

只是有些意外，沒想到那個殺豬女還能折騰得出這麼件大事來，真是人不可貌相。不過想了一想，他讓賀夫人把人請來，決定親自跟她談一談。可見到章清亭時，賀敬忠很是詫異。

且不說她的衣飾，只看她的言語舉止，整個透著一股大家閨秀的氣質，比他從前花大力氣培養的女兒都強上數倍。若是當初賀玉堂把這樣的章清亭帶到自己面前，恐怕他立即就會同意他們的婚事。

可現在說這些都沒用了，賀敬忠收起雜念，專注於眼前之事，「方才夫人過來跟我說起，妳想借錢建房之事，這倒不是不可以。只是夫人轉達得多有些不清不楚，能不能麻煩趙夫人再詳加闡明？」

章大小姐眼看有門，立即認真地把賀敬忠指出的問題予以詳細解答，最後誠懇保證：「賀老爺放心，我既然敢借，這筆錢就一定會在一年之內償還，否則您收了我的地契，也絕不損失一文錢。」

章清亭說得不錯，可他也是生意人，是生意人總想賺得更多。略一躊躇，賀敬忠心意已定，道：「趙夫人果然是巾幗不讓鬚眉。妳要這二千兩白銀沒問題，不過，卻不是借，而是入股。」

章清亭當即明白了，這老狐狸厲害啊，眼看有利可圖，他想來插一腳了。

賀敬忠了然笑道：「趙夫人此時什麼境況，全鄉人都心知肚明。若是要建房，也就是這兩個月的事了。等到開春耕種，整個工程就得停下，忙完春種是夏汛，又得去修築堤坊。只能等到秋收過了，才有空閒來幫妳建房，這一拖便是大半年的工夫。若是要做，只有眼下這個時候最為便利。」

章清亭當然也是聽衛管事說了這些，才急急忙忙想借錢動工。且不說賺錢，她們眼下沒了絕味齋，真要拖到秋天，到時不僅她們一家，連方家祖孫都得喝西北風去。

賀敬忠就是看準了這一點，才想趁火打劫，「妳這地價也就兩千不到，我再出兩千，咱們就算五五分成。我縱是吃點虧也就算了，只把那學堂的名字改作飛馬學堂就好。這也是馬到功成，一馬當先的好意頭嘛，妳看可好？」

呸！虧你也好意思提！章清亭心中窩火。我就是不做，也不能白便宜了你！

「多謝賀老爺的好意，不過這學堂更名可是大事，小婦人做不了主，總得跟官府商議過了才是。現在時候也不早了，我也不便打擾，告辭。」

賀敬忠老於世故，當然瞧出她的不情願，「趙夫人，妳都能說動官府興建學堂，區區一個更名之事，又有何難？妳若同意，咱們今兒就可以訂立契約，三天之內，我就能把銀兩送上門來。可要是過了今兒，我明兒可就要出門探親戚了。」

想威脅我？就不信沒你這雙老筷子，我還不吃飯了！

章清亭心中冷笑，面上淡淡道：「雖然急，也沒急到那個地步，賀老爺儘管忙您的去。」

見她這態度，賀敬忠面上也冷了三分，「這紫蘭堡能拿得出這筆錢的人不少，可願意借出這筆錢的，想來也不會太多吧。」他又似是自言自語般補了一句：「我若是不在家，玉堂可也調不出這麼多銀子。」

「告辭。」章清亭嗤笑，收了自己的圖紙，再拜一拜，決然轉身，再不停留。

賀夫人見事情沒談成，便要送她份重禮，章清亭有些輕蔑地譏誚：「夫人，我只是來拜年，正正經經談生意的，可不是來打秋風的。多謝貴府的好意，心領了。」

一句話把賀夫人噎在那裡，臉漲得通紅。

等人走了，賀玉華才得到消息，惱道：「爹、娘，你們也太過分了。趙夫人再怎樣都救了我，你們居然這麼對她，這不是忘恩負義嗎？」

「胡鬧！」賀敬忠老著臉訓斥道：「若不是看妳身家富貴，妳以為人家會救妳嗎？這不是妳一個女孩兒家操心的事，回去！」

賀玉華忿然回房，賀夫人不好說什麼，卻也難免覺得確實對不起人家。

趙成材今兒回家，見章清亭面色不善，一人在屋裡生悶氣，就知道定是借錢之事不順，想了一想，在外頭又轉了一圈才回來。

章清亭今日還真是氣著了。從賀家出來，她又走了幾家錢莊，包括福興樓的蔣掌櫃，以及之前打過交道的幾家大酒樓的老闆，可沒一人願意借錢的。

有的推說手上沒現銀，有的連話都不願聽她說完，著實看了不少白眼，受了不少窩囊氣。

最後，還是蔣掌櫃隱約點了一句：「妳第一間鋪子弄成那樣，又是自家出的問題，這大過年的，要我怎麼說服老闆借錢？」

章清亭明白了，這做生意之人都講究個吉利，愛捧高踩低。你生意越是紅火，大夥兒越願意跟你合作，你越是低迷，大夥兒就越是離你遠遠的，怕沾染了晦氣。

累了一天，嘴皮子都快說乾了，大病初癒後的身子還是有些吃不消，章清亭正在那兒鬱悶著，忽然聽到窗外傳來動靜。

「大師兄，你又在煩惱什麼？」

是誰在那兒捏著嗓子說話？章清亭抬眼一瞧，窗戶縫裡伸進來兩個小麵人。一個是手持金箍棒的孫悟空，一個是大腹便便的豬八戒。

孫悟空動了動，「你這呆子，當然不知我的煩惱！這取經路上滿天是妖，遍地是怪，打之不盡，滅之不絕，難道不該煩惱嗎？」

豬八戒道：「可是，大師兄，咱們不是每次都能斬妖除魔，逢凶化吉嗎？」

孫悟空訓斥著豬八戒：「斬妖除魔，哪回不是我衝在前頭，你們跟在後面撿現成的便宜？尤其是你，貪吃貪睡不幹活，回回總落在妖怪手裡要我去救。下回再落到他們手裡，就等他們把你蒸了下酒吃去！」

豬八戒連連討饒：「大師兄我錯了，我錯了！下回我再不貪吃貪睡不幹活了，我只貪點小便宜，看點漂亮妖精行嗎？」

噗哧！外頭不止一人在笑，連章清亭也有點忍俊不禁。

孫悟空更加生氣，作勢追打著師弟，「你這夯貨還敢說嘴？且吃俺老孫一棒！」

豬八戒抱頭鼠竄，「大師兄，你打妖怪其實也有好處啊！」

「什麼好處？你以為打得不累啊？合著你們被抓都有理了，我該去救你們的？」

「你聽我說，這妖怪打得多，一來可以強身健體，二來讓你名聲大振。如今只要你出馬，妖怪就聞風喪膽，落荒而逃？要不，你看怎麼就你成了鬥戰勝佛，我只是個淨壇使者呢？」

「你以為佛是這麼好當的？我讓給你，咱倆換換。」

「那可不行！」豬八戒晃著肥頭大耳，拍拍自己的大肚子，「你瞧你瘦得，你要是做了淨壇使者，那麼多的好吃的東西裝到哪裡去呢？太虧，實在太虧了！」

外頭哄堂大笑，章清亭也不禁抿嘴笑了起來。

「姊夫，你乾脆去說書得了，比他們講得還有趣。」

「就是，以後每天給我們來一段吧。」

「行啦。」章清亭起身開門，橫了眾弟妹一眼，臉色卻著實和緩了下來，「晚飯做好了沒？再鬧著就把剛才聽的成語寫下來，晚上給我瞧瞧你們究竟認得了多少字。」

眾弟妹頓時作鳥獸散去。趙成材走到章清亭面前，遞上兩個小麵人，「送妳。」

「我不要！」章清亭白他一眼，「都多大了，還玩這個！」

趙成材臉上微紅，抓耳撓腮的很是不好意思，「那不是……看妳生氣嗎？」

章清亭睨他一眼，進屋坐下，趙成材跟了進來，「真不要啊？其實還……還挺可愛的。」

「不要。」章清亭心裡有幾分喜歡，嘴上仍強著，「我又不是唐僧，收這倆徒弟幹麼？」

這話倒把趙成材逗笑了，大著膽子跟她玩笑，「妳可比唐僧厲害多了，他就管三人一馬四個徒弟，妳算算咱們家多少人？妳那小臉一沉，可比他念緊箍咒管用多了。」

這是說她很凶嗎？章清亭聞言不禁有些氣惱，「我沉我的臉，誰要你來看？難道我就不許有個心情不好，發個脾氣的時候？」

「我不是那意思！」趙成材急忙辯解：「這不是瞧妳心情不好，家裡人都不敢吭氣，想逗妳開心嗎？」

「是啊，就我脾氣不好，你會逗人開心，那你出去，出去逗他們開心去呀？」

「妳看妳，一說又急了。」

「我怎麼急了？」章清亭越發使起小性子。

「好啦好啦！」趙成材把兩個小麵人往她跟前一遞，笑著打趣：「到底有什麼煩心事，說出來，讓這兩小子幫妳打抱不平去。」

「不要！」章清亭伸手一揮，沒想到趙成材手上也沒捏緊，兩隻小麵人跌在地上，孫悟空斷了胳膊，豬八戒掉了耳朵。

趙成材臉色一變，悶聲不響地拾起兩個小麵人，垂頭喪氣地出去了。

章清亭心中暗自後悔，想出言叫他，又不好意思。側耳聽了一時，外頭也不見動靜。

仔細想想，好像確實是自己無理。人家好心好意來逗自己開心，不領情也就罷了，還把東西給摔壞了，實在是太不應該。在屋裡轉來轉去，到底有些過意不去，悄悄把門開了一縫，卻見弟妹都躲在對面廚房伸長了脖子在向她這裡張望。

這是躲貓貓嗎？章清亭冷著臉猛地拉開門，眾弟妹頓時龜縮進去。

章清亭左右一瞧不見趙成材，心中納悶，他上哪裡去了？

趙玉蘭見她神色，猜出那意思了，往後門指了指。

章清亭有些訕訕地過去，卻見趙成材背對著門蹲在地下，手裡拿著那兩個小麵人嘟囔。

她忍不住悄悄站定，就聽趙成材蹲牆角嘀嘀咕咕發著牢騷：「蠢豬，瞧你，馬屁拍到馬腿上了吧？不過也對，人家可是殺豬女。」

章清亭又好氣又好笑，涼涼回了一句：「殺豬女怎麼了？」

趙成材嚇得躲避不及，一屁股坐在地上，大為尷尬，「妳……妳怎麼來了？」

章清亭小嘴一噘，「我要是不來，你就繼續說我壞話啊？」

趙成材心虛地眼神四下亂瞟，「沒……沒那意思。」

章清亭纖手一伸，「拿來吧？」

「什麼？」

「你不是說把那麵人送我嗎？」

「可這……都摔壞了。」

「補補不就行了。」

「補得回來嗎？」

章清亭白他一眼，「補不回來，下回你正好接著說孩悟空是怎麼扯掉了豬八戒的耳朵，豬八戒又怎麼打掉了孫悟空的胳膊。」
趙成材終於安心笑了，「妳不生氣啦？」
章清亭冷哼一聲，「本來就沒生氣，就是你非說我生氣。」
呃……這個好像與事實嚴重不符。不過，瞧她心情好了，趙成材也不再追究下去。
正好張銀寶大喊「開飯了」，最後解了圍了。
等吃了飯，趙成材搗鼓著章清亭說話：「就是三個臭皮匠還頂個諸葛亮呢，何況咱們一大家子縱是出不了主意，聽妳說說，替妳排解排解也是好的。別什麼都一人扛著，咱們也該出點力的。」
一家子連忙點頭，於是章清亭就把今日借錢不順說了。
原本只愁她一個，現在可就愁一窩了。
眼看著馬上就是十五，過了元宵就該開工，誰知又生波折。
張發財道：「閨女，好漢不吃眼前虧，要不，就讓那賀家人加進來算了。」
「不要！」張小蝶當即反對，「那家人也太沒義氣了，上回大姊救了他閨女，還跟咱們討價還價，動那歪心思，要是真攪和在一起，指不定日後有多少麻煩事兒呢！」
章清亭刮目相看了，「小蝶不錯呀，知道動腦子想事情了，有進步。這賀家我也不願意加進來，那妳說說，還有什麼法子能借出錢來？」
這個……張小蝶沒轍了。
張金寶聽大姊讚妹子，自己也生怕落後，趕緊尋思著了個主意，卻又有些不好意思，「我……我也有個想法。」
「說來聽聽。」
張金寶期期艾艾道：「我瞧上回……那個，姊夫那個姨媽……像是個有錢人。」

章清亭搖了搖頭，「你們可別小瞧她，那牛姨媽和賀老頭可是一丘之貉，不分伯仲。」

張元寶問：「大姊，妳後頭那兩個詞又是什麼意思？」

章清亭懶得解釋，「問妳姊夫。」

趙成材卻道：「我覺得金寶說得有理，姨媽這人雖然精明，但心地不壞。她也是生意人，若是手上有閒錢，幹麼不借咱們呢？咱們又不是白要她的，一樣給利息。反正現在也找不著好門道，不如死馬當活馬醫，我去碰碰運氣，萬一她肯呢？」

章清亭道：「那要我跟你去嗎？」

趙成材搖頭，「妳面皮薄，大冷天跑來跑去又辛苦，這事我自個兒去就得了。」

章清亭心下感動，讀書人最是清高，這個秀才居然肯為了她，低三下四去求人，便道了聲謝謝。還沒等到秀才客氣，張金寶倒揶揄起來：「你們兩口子幹麼總這麼客氣，謝來謝去的。」

兩人聽得微窘，張小蝶白了哥哥一眼，「說你又不懂了，這個就叫那個什麼，相敬如賓。人家講禮的夫妻，連吃個飯還要捧著飯到眉毛上呢！」

張金寶皺眉，「這麼活著累不累呀？」

「行了行了，還有完沒完了？」章清亭冷著臉把話題打斷，「你們要這麼閒著沒事幹，把那算盤好好學學，等到開始建房了，要算帳的地方可多著呢！」

弟妹老實下來，都不言語，開始劈里啪啦打算盤。章清亭又把這胡同的優勢細細跟趙成材說了一遍，讓他好去說服牛姨媽。

次日晌午，趙成材告假回來，匆匆忙忙吃個飯，就雇輛馬車上路了。

章清亭想打點兩樣禮物讓他帶去，趙成材沒同意，「姨媽知道咱們的底細，沒必要破費。」

章清亭想想也就算了，只拿了一盒方德海給的糕點，「那就把這個帶上吧，給阿旺嘗嘗，多少是個心意。」

趙成材接了，滿懷眾人的期盼走了。

等到天黑人還沒回，張發財道：「這到底談沒談成呢？會不會留他住下了？」

章清亭也不知道，「咱們先吃，把飯給他留著。」

吃了飯，一家人準備閂門睡覺了，趙成材才披星戴月趕回來。

一看他那臉色，章清亭就知道沒戲，「算了，明兒我再去找找城中幾家商戶，看有沒有人願意借錢。你吃飯沒？家裡還留著給你。」

趙成材欲言又止，想了想，還是什麼也沒吭聲。

翌日，等他們各自都出去忙了，絕味齋卻突然來了位不速之客。

張小蝶看著有點面善，一時想不起來，來人自我介紹：「我叫賀玉峰，是賀玉堂的弟弟。」

張小蝶想起來了，這人曾經跟他兄妹來過店裡一次，可一想起賀家給大姊的嘴臉，她把門一堵，橫眉冷目，「你來幹什麼？」

賀玉峰略顯尷尬，「請問，秀才娘子在嗎？」

「對不起，我姊沒空，不見客。」

賀玉峰道：「我真的找她有事。」

張小蝶刺了他一句：「又想讓我姊去救你妹子？對不起，我們沒那個本事！」

賀玉峰臉微紅了，心想這丫頭還真是個小爆竹，一點就著。他不再囉嗦，直接從懷裡取出一包銀子，「聽說妳家最近遇到點難事，這兒有三百兩銀子，錢雖不多，是我們的一點心意，妳拿著吧。」

這是賀夫人暗自給的，想買個心安，卻沒想到這一舉動徹底激怒了張小蝶，嗓門一下子提高了八度：「你家到底把我們當什麼人了？這錢給我們算什麼意思？是借我們呢，還是可憐我們？我家是有難處，可還沒到要人救濟的地步，就是要討飯，也不到那些忘恩負義的人家門前去！」

賀玉峰羞愧難當，他也覺得老爹有些過分了，「那……那這錢算是我們借妳的好嗎？」

張小蝶雙臂交抱，翻個大大白眼，「行啊，那就拿兩千兩來，一文不多，一文不少！你有錢就借，咱們立刻寫借據給你，沒錢就拉倒！」

賀玉峰再不好意思說什麼了，把錢揣回兜裡，又灰溜溜地回去了。

張小蝶罵得痛快，轉頭就見大姊站在後邊，應該全聽見了，她有些訕訕，「大姊，我是不是又做錯了？」

章清亭看她一眼，對旁邊看得瞠目結舌的趙玉蘭道：「這個，妳該學學。」

張小蝶一愣，隨即歡喜起來。她這是又被稱讚了嗎？太開心了！

趙成材今日在衙門裡料理完了公務，抽了個空又出去了一趟，目標直奔李府。

進得門來，只見李家大擺筵席，高朋滿座，笑語喧闐，還特意請了戲班子助興，著實熱鬧。

趙成材一見這場景，猶豫了一下，正想著是不是換個時間再來，卻見李鴻文已經帶著三分酒意迎了出來，「成材兄，今兒是哪陣香風把你給吹來了？快請進，快請進！」

趙成材陪笑道：「真不知你家今兒宴客，我先告辭，改日再登門造訪。」

李鴻文倒是會看人眼色，低聲問了句：「有事？」

見趙成材點頭，他忙拉著人道：「你先跟我到前頭轉一圈，咱們再到後頭說話去。」

這是應該的。趙成材隨他進去，先向李老爺等一眾長輩拜了年，然後就隨李鴻文去了他的書房，也不客套，開門見山道：「鴻文兄，實不相瞞，我今兒來是有事相求。」

李鴻文酒是喝了幾杯，但還不至於糊塗，「你先說說，要是幫得上，我一定幫你。」

趙成材這才娓娓道出來意。原來他昨兒去牛姨媽那兒借錢沒借到，卻意外得到一個意見。

牛姨媽很坦誠地告訴他，錢還拿得出來，但不願意借。不是她小氣，只這筆錢對她來說也不是小數目，萬一蓋了房子不好賣，她有個急用怎麼辦？更何況當中還夾著個趙王氏，讓她更加心存顧慮。

如果說章清亭借錢四處碰壁的話，她估計多半是這個原因。不過牛姨媽倒是給他出了個主意，這也是趙成材今天來找李鴻文的原因。

「我家這工程不是包給官府去做了嗎？所以我想來問問，你們家願不願意幫我當這個保人，讓我們賒帳？」

牛姨媽說得很對，像房子這種東西不比別的，光畫得好看根本沒用，除非等見到實物，人家確信品質過關，才肯來花這個錢。既然如此，為什麼一定要借錢呢？數額又大又不好借，但若是用賒帳的方式來蓋房子，那就相當於找所有的材料供應商和幹活的師傅們借錢了。

化整為零，這樣欠每個人的就少了，別人也好接受。問題是中間，要找到一個信得過又有身家的保人就行。

趙成材覺得是個好主意，但又怕辦不成，所以沒跟章清亭說，先來問李鴻文了。

李鴻文是個聰明人，一聽就明白了，不過沉吟片刻，他忽地擊掌而笑，「你自己便可來當這保人，又何必一定要來尋外人？」

我？趙成材丈二金剛摸不著頭腦，他沒錢又沒地，怎可能當得了這個保人？

李鴻文卻又好生思忖了一陣，然後胸有成竹地道：「這件事我來幫你辦！不僅要辦成，還要辦成本地一件風雅之事，讓咱們也都跟著沾沾光，受受頌揚。」

這小子到底想幹麼？趙成材有點信不過，可等李鴻文把自己的想法和盤托出，趙成材的臉色是由驚愕轉為驚喜，最後深施一禮，「鴻文兄若是能玉成之事，自當重謝。」

李鴻文笑著拍拍他肩，「客氣什麼？走，咱們現在就去！」

「那你現在走得開嗎？會不會太失禮了？」

「咳，這些事情算什麼呀？你一會兒聽我到廳前怎麼說，不僅不失禮，還得誇咱們呢！嘿嘿，你就是沒在大地方待過，不知道這種事的好處。笨人辦起來叫沽名釣譽，可聰明人辦起來就是名利雙收。你要是有機會，也出去見見世面，比你在家看多少書都強。」

趙成材聽得心生嚮往，什麼時候，他這井底之蛙也能出去走走看看？

瞧這李鴻文，原以為此人慣會裝模作樣，一肚子草包，去京城也只學些風花雪月，交際應酬，可幾番接觸下來，才發覺此人雖外表不甚著調，但眼界思路卻著實值得稱道，而且極是熱心，並不嫌貧愛富，很值得結交。

看來娘子說的對，自己想要會為人處世，要學的東西還多著呢。

伍之章 巧建胡同招客來

這一日，章清亭又是白跑了一天，一文錢也沒借到。回到家是又累又渴，剛泡了杯茶端到嘴邊，忽地趙成材激動萬分地跑了回來，「娘子，不用借錢了，胡同可以開建了！」

章清亭嚇了一跳，一個不防喝得猛了，茶水燙到嘴巴，痛得她呼呼直吸涼氣。

趙成材大驚失色，「燙到了嗎？我幫妳吹吹。」

兩人離得極近，他還嘟著嘴巴吹氣，感覺就像親親一樣。

忽地響起兩聲乾咳，張小蝶忍笑望天，「這天黑了嗎？」

章清亭大窘，這才意識到失態，臉一下紅到了耳根，連忙把趙成材一把推開，又羞又窘，連他方才說了什麼都忘了。

張小蝶可沒忘，「姊夫，你說不用借錢了，是你借到了？」

趙成材有些訕訕，卻掩不住臉上的喜色，活像隻偷到雞的狐狸，「這錢啊，不用借了。娘子妳快隨我來，去看了便知。」

「我也要去！」張小蝶和一家子人都站了出來。

趙成材心情很好，也想讓大家見識見識他的豐功偉績，「走！」

就在絕味齋不遠的一家酒樓下，已經聚集了不少圍觀百姓。看趙成材在底下興奮得朝他揮揮胳膊，李鴻文喝了口茶水，在二樓欄杆處開始發表慷慨激昂的演說。

「各位父老，各位鄉親，有一個好消息要向大家宣布，我們紮蘭堡要建學堂啦。這學堂就建在集市後頭的破胡同裡。那條胡同，我不說，大夥兒也知道，是出了名兒的逢雨必淹，逢雪必垮。」

這話逗得眾人都笑了。

李鴻文導上正題：「咱們本鄉的趙秀才，人家心地好啊，他家娘子剛做了生意賺了點錢，就把這個爛胡同買了。他買這裡可不光是為了自己住，而是想給咱們全鄉孩子建個小學堂。」

章清亭一怔，這是不是有些本末倒置？不過這樣，可就把這條胡同的商業味抹去，顯得更像是為百姓做好事了。

李鴻文又道：「這件事，咱們縣太爺都已經同意了，契約也簽了，以後咱們的孩子就不用丟在家裡成天調皮搗蛋，也能讓他們有個去處，學點規矩。估計有人就要問了，為什麼要送孩子來念書呢？我種了一輩子的地，放了一輩子的馬，斗大的字不識一個，不也活過來了？難道這讀了書，還能長兩斤肉不成？」

下頭又是哄堂大笑，李鴻文自嘲了一句：「要我說，這念書不僅不能長肉，還得掉兩斤肉。要不，怎麼都說讀書人手無縛雞之力？」

眾人笑得更厲害了，章清亭卻有些佩服起來，這李鴻文這一張嘴皮子功夫著實了得。

「不過，雖說百無一用是書生，但多識幾個字有什麼不好？出門辦事也能認得幾個招牌，寫個家書也不用求爺爺告奶奶。再說句不中聽的話，萬一遇上官司，講理也講得清楚些，否則被人賣了，還得傻乎乎地幫人數錢呢！」

這話說得在理，好多人在下面竊竊私語，有人就問：「那學堂我們也能上嗎？貴不貴？」

「當然能啊，學費放心，保證全鄉最低，而且知道大人白天要幹活，專門開了晚上的班。大家吃了飯來聽上半個時辰，跟說書似的，還能學幾個字，有什麼不好？」

這個李鴻文倒真是敢吹，有的沒的全答應了。不過趙成材聽得有理，倒也默默記下。

李鴻文說到重點了，「可惜啊，這麼好的事情，現在偏偏遇上點難事。絕味齋的事情我想全鄉沒有不知道的，我也不說了。」

聽及此，章清亭猜出大概了，又驚又喜看了趙成材一眼，這秀才怎麼想出這麼好的主意？

在她毫不掩飾的讚賞目光下，趙成材心裡樂開了花，渾身輕飄飄的，連骨頭都輕了幾斤。

高樓上，李鴻文忽地話鋒一轉：「秀才娘子沒了錢，就想把這胡同賣出去算了，可秀才不同意，小倆口為這個幹了好幾仗，愁得趙秀才年都沒過好，方才還躲到我家去了。他是真的想建個學堂，造福鄉親，可他娘子說的也對，一家人眼看飯都沒得吃了，還管得了個什麼啊？」

章清亭小臉一沉，需要抹黑她來襯托他們的高大嗎？

趙成材暗拉了她一把，「作戲呢，別當真！」

只聽李鴻文繼續忽悠：「我說這些，並不是要大家出錢，只是想讓大家知道，這建學堂不應該是他趙秀才一人的事，應該是咱們全鄉人的事情。眾人拾柴火焰高，大夥兒有能力的就來幫上一把，這不是幫他趙成材，而是給全鄉人做好事呢。而這個忙，也不讓大家白幫。出工的，咱們算錢，出材料的，咱們更要算錢。等房子建好，賣出錢來，一分一文也不短大家的。反正這會兒貓冬，大夥兒幫著在開春前把房子建了，自己也能有個進益不是？」

「大夥兒要是不信，可以上衙門打聽打聽，這工程可是衙門負責的。衛管事今兒也來了，就在裡頭。這件事，趙秀才已經簽了保書。在下不才，連同咱們鄉里幾位德高望重的師長們一起聯合作了證，所以大夥兒儘管放心，這筆帳絕對沒人敢賴！」

下頭百姓聽得點頭，有人就問了：「我是做木匠的，可以來幹活嗎？」

「要泥瓦匠嗎？」

「那我不會幹那些，能不能來做個小工，搬磚挑土？」

「歡迎之至。」李鴻文往下一指，「想來的全都可以在下面報名。機會有限，人滿為止。」

有個年輕人不好意思地問：「那我不要你們的工錢，到時能免我上學的學費嗎？」

「可以呀，工地欠款一律可以折算成學費，給你自己或是自家孩子來上學都行。啊，還有一條，要是想送閨女來也行，學堂裡頭還專門另闢了個地方是收女學生的。」

這麼一聽，來報名的人可真就多了，正說得熱鬧，忽地聽到鳴鑼開道：「迴避，迴避！」縣太爺親自坐著官轎過來了，兩邊百姓呼啦啦一下閃開，讓出道來。

趙成材趕緊迎上前，打開轎簾，「婁大人，您怎麼親自來了？」

婁大人呵呵笑道：「我能不來嗎？你們在這兒弄這麼大的動靜，我要是不來才不像話。」

李鴻文早在樓上瞧見，和幾位老秀才們忙忙地一齊迎了出來見禮。他為人甚是機靈，一見這架勢，就得給父母官一個與民親近，大出風頭的機會，便搶著高聲道：「各位父老鄉親，婁大人有話對大夥兒說！」

見縣太爺親自出來了，那周遭的百姓全都轟動了，各家各戶全擠過來聽父母官要說什麼。

婁大人很是滿意，登上二樓，先一拱手，「各位父老鄉親們，本官在這兒先給大家拜年了，大家新年好！」

「婁大人新年好！」一幫秀才領頭帶著百姓一起呼應。

這成百上千的人一齊喊來出來，可是聲勢動天，婁知縣當官幾十年，還從沒這樣的體驗。聽著這麼多人同時向他問好，甭管是不是真心，但是個人當時就心潮澎湃了，當官的成就感油然而生。

「各位鄉親都已經知曉，我們這兒將建一所新的學堂。其中的道理，方才李秀才已經跟大夥兒都說過了，本官再不贅述。只是我在此為官多年，始終有一憾事，便是咱們紮蘭堡從來沒出過一位金榜提名的學子。不要說高中三甲了，就連舉人也沒有一位。這不僅是本官的恥辱，更是全紮蘭堡人的恥辱。」

「難道是咱們這兒的人天生愚笨嗎？非也。難道是咱們這兒窮得讀不起書嗎？更是謬論。咱們這紮蘭堡人傑地靈，雖不是大富之鄉，但好歹比許多窮鄉僻壤要強，可為什麼我們這兒就是出不了一個金榜提名之人呢？本官心中深感不安，常想為此做點什麼。」

「趙秀才雖然年輕，家資也不富裕，但他也是個讀書人，更深知本地求學的艱難，故此向本官建言開設啟蒙學堂，即使家逢巨變也癡心不改，這等情懷著實讓本官動容。大家請看，在本官身後，這些便是我們紮蘭堡的讀書人，他們今日齊聚在此，甘心押上比自己身家性命更加寶貴的名聲，來為這所學堂作保，所圖為何？非名，非利。而是咱們一方水土日後的文風昌盛，圖的是後世子孫的人才輩出啊！」

這番話可把這群讀書人捧到天上去了，連張家人都覺得姊夫在當中極是有面子。

婁大人道：「本官在此宣布，若是自己或是願意送子女上學堂的，官府每位學生資助紙筆一份。若是成績好的學生，還有額外獎賞。要是將來咱們這兒出了秀才舉人、進士乃至狀元，本地官府皆有重賞！」

「好！」這回不用秀才們帶頭，所有百姓自發地鼓掌喝采。

秀才們又帶頭施禮，「多謝婁大人。」

看著黑壓壓一大片百姓皆向自己行禮，婁大人心裡很是自豪，他的情緒也被帶動了起來，當即又回了酒樓，便跟幾位秀才商議請他們來教學之事。

這種情勢下，還有什麼好說的？全都答應了，連李鴻文都決定不去京城，留在本地了。再要進學，便到郡裡聽聽大課就好。

婁大人點頭讚許，又加了一條，若是以後有秀才願意留在本地教書的，由官府出資送他們去郡學深造。至於趙成材，婁大人也幫他謀了個好差事，「你做事踏實穩重，李賢侄才思敏捷，我瞧你二人倒是相得益彰。不如今後這學堂就聘你二人做個正副院長，照應學堂一應雜務，諸位以為如何？」

這個好啊！那幫老學究們樂得輕鬆，趙成材和李鴻文也覺得相當光榮。尤其是趙成材，列為公辦人員，可不用擔心陳師爺回來以後失業了。

婁大人說得興起，又派人召集衙門裡的相關負責人，在這兒開了個碰頭會。主要意思就一個，齊心協力，務必將建學堂之事當作目前重中之重的工作，在最快的時間內把它建成。原本這份人情是想送給下一任的，可如今鬧得聲勢這麼浩大，他也眼紅，想撈了這份功績再走。

他這一重視，辦事的全部積極行動起來了。

而聞訊前來報名幹活的鄉親也是越來越多，有些人還表示，可以免費提供樹啊石頭什麼的，也不要錢，情願白送給學堂，積點功德。

李鴻文那個人精一聽，馬上回去把他爹請來，聯絡幾位相熟的富戶，表示願意捐資興學。

婁大人更高興了，又專門設置了個捐助處。說好了日後要把那些捐助者的名單刻在學堂的院牆上，要是再有多的錢財，就留著做助學之資。

趙成材聽得是心花怒放，學堂起來了，自家的胡同不也跟著起來了？

此時又有差役來說，有許多百姓想幫自己或是孩子報名。人數眾多，教室恐怕不夠用了。

兩層樓還不夠用？趙成材有些驚著了，可婁大人擺擺手，「要建就建三層樓，要讓百姓和來此地的人一眼就能看到，咱們這兒最好的就是學堂！」反正有人資助，他也不在乎花費了，只求把此事辦得漂亮。

衛管事忙不迭又去改圖紙，這個現場會議一直開到快二更天才散，人人還意猶未盡。

臨走的時候，婁大人又誇讚了趙成材幾句。趙成材謙虛一番，喜孜孜地回了家，卻不料全家人都沒睡，正燈火通明地等著他呢。

張銀寶和張元寶熱情地撲上來，一左一右拉他進門。

張金寶喜笑顏開，當胸就給了他一拳，「姊夫，這麼好的主意，你是怎麼想出來？」

趙成材有些承受不住，身板一晃，差點沒摔著。

張小蝶趕緊扶著，「哥，你下手輕點，姊夫可是讀書人，哪像你這麼五大三粗的？以後少動手動腳的！姊夫，你快坐下，吃飯沒有，要喝茶嗎？」

趙玉蘭含笑遞了杯熱茶過來，「都這個時候了，肯定吃過了吧。」

張發財老乾巴臉也笑得像朵花似的，「女婿啊，你這事幹得好啊，連咱們都跟著你沾光！你瞧瞧，家裡這多少東西，全是人家送來的！」

趙成材這才注意到，屋子一角堆滿了各色禮物。有雞蛋麵粉、年糕臘肉、醃魚泡菜，林林總總。只見章大小姐卻陰沉著小臉，趙成材就納悶了，我這是又做錯什麼了？

就見人家甩個白眼，忿然道：「這全是人家聽了姓李的那番謠言送來的，勸我不要跟你吵鬧，許你建學堂。你們憑什麼把我編排得這麼壞？」

一家子嘿嘿悶笑，張發財往後一指，悄聲對趙成材道：「後院還有個孩子抱來隻小狗，讓你媳婦別不建學堂，人家想上學。」

眾人聽了這話笑聲更大，張發財索性老著臉道：「我說，閨女，妳也別惱，不過讓人家說兩句，妳瞧賺了多少好東西？咱們家這一個月的嚼用都有了。」

章清亭橫了大家一眼，「敢情不是說你們，你們都無所謂是不是？趙成材，你明兒就讓姓李的趕緊把那說詞兒改過來，憑什麼讓我當壞人？」

全家人哈哈大笑，「就是我們當壞人也沒人相信啊？姊夫也不會聽我們的！算了，反正話都說出去了，也收不回來了。到時這胡同建起來，不也是妳省心？」

章清亭仍是不悅，噘著小嘴，「那我的名聲呢？全被你們敗壞了！」

趙成材知她又在使小性子了，溫言哄著：「真等蓋房子的時候，妳不得成天去工地上晃悠啊？

到時見妳忙裡忙外的，大夥兒自然知道好歹了。」
這還差不多。章清亭其實也不是不知道，就是心裡彆扭，要人順著毛摸摸。
女人真難養！趙成材暗自感慨，不過還是得養。
張羅氏忽地插言：「那咱們明兒可以好生過個節了吧？」
對哦，明天就是元宵了。
張發財一拍大腿，「事情解決了，咱們也該好好樂一樂了！明兒多做些好吃的，晚上都去看燈，玩個痛快！」
張元寶在章清亭身邊磨蹭著，「大姊，那妳是不是……啊？」
章清亭一瞪眼，「好好說話！」
張元寶卻記得，「買爆竹啊，妳答應的，大哥要是好了，就買好多爆竹給他，能不能也分我一點兒？」
眾人噗哧樂了，章清亭去了心頭愁事，爽快應下：「行，明天多買點爆竹，每個人都放個夠。咱們把不好的通通放掉，過了年，就都該打起精神好好幹活了。」
全家人都重重地點了點頭，想起未來，都是充滿希望。
到了第二日，興建學堂之事傳遍了紮蘭堡的十里八鄉，願意來幫忙幹活的人就更多了。
建屋所需各種輕重粗細工匠的名額很快就招滿了，到了最後，大夥兒工錢全都不要了，還源源不斷的有人來，弄得衛管事不得不派人專門解釋。
這捐資更加來勢洶洶，很快就突破千兩大關。為免留名的人實在太多，首先就定死了，在十七日動工之前捐資的才能刻碑留名，之後的就只作助學金了。本來李鴻文說要捐資十兩銀子以上的才留名，但趙成材不同意。

「對於有錢人來說，十兩銀子不過九牛一毛，但是對於一個窮苦人來說，也許十文錢就是他家全部的積蓄了。若是單憑多寡而論，未免有失公允。這對於咱們來說，不過是舉手之勞，但對於捐助之人來說，卻是一個鼓勵。」

這話有理，李鴻文也贊同了，「那若是之後捐助的，咱們也不能什麼都沒有。不如做一個捐助簿子，放在學堂裡存底，再謄抄交衙門一份。咱們讀書人，還是把這些銀錢算清楚的好，免得日後有損咱們的清名。」

趙成材點頭稱善，兩人直忙到日頭偏西才喘上一口氣，收拾東西準備回家。

李鴻文笑著搖頭，「我這真是自討苦吃。」

趙成材道：「別叫苦了，我的李大老師。等到咱們桃李滿天下，再想想今日，這紮蘭堡的第一所學堂可是從咱倆的手上建起來的，多榮耀？」

「這話說得也是。」李鴻文感慨地道：「像我爹，從小就罵我是個只會花錢的小敗家子。好不容易考了個功名，卻又嫌我學業無成，不思進取。可這回咱們辦了這麼大件事，可結結實實把他的嘴給堵上了。這些天，親戚朋友們全湧上門來，讚他養了個好兒子。老頭嘴上不說，心裡可樂呵呢。瞧，說下月起，再給了我漲二兩銀子的月錢。」

「你有這麼個好爹，就偷著樂去吧！」

李鴻文見左右無人，朝他擠眉弄眼，「那你呢？」

趙成材一怔，「我可沒你這好爹，沒人給銀子。」

「誰問你爹啊？我問的是嫂夫人。」李鴻文笑得別有深意，「你昨兒回去，該是軟玉溫香抱滿懷了吧？」

趙成材聽得臉都紅了，「胡說什麼呀！」

「還不承認？跟自己老婆有什麼不好意思的？你幫她解決了這麼大的難題，她不該投桃報李，好好伺候你？」

「不跟你說了！你不回家，我可要回家過節去了！」趙成材忿忿轉頭走了。

李鴻文在後面吃吃地笑，還故意哼著小豔曲，「和妳把領扣鬆，衣頻寬……則待妳忍耐溫存一晌眠……」

趙成材越走越快，腦子裡卻不可避免地出現他摟著章清亭的香豔場面。他使勁搖了搖頭，狠狠斥責自己，別癩蝦蟆想吃天鵝肉了。不過……只是想想，也什麼關係吧？

回了家，天鵝不在，「娘子呢？」

張小蝶斜睨著他笑，「一回來就惦記著我姊，偏不告訴你。」

趙玉蘭道：「大嫂買東西去了，方老爺子他們今兒都過來了，晚上要一齊看燈。大姊說留他們住一晚，還得再添置些東西。哥，恐怕今晚得讓你委屈一下，大嫂說讓我們幾個女的擠那小屋去，空出這邊來給你們幾個男的。」

「沒事，要我現在收拾嗎？」

「不用了。」張小蝶搶著道：「該幹的我們都幹了，你晚上是帶銀寶睡還是元寶睡？」

「這個你們安排吧。」

張元寶聽見跑了進來，「姊夫，咱倆帶小白一起睡吧。」

小白？

「就是牠。」張元寶把小白狗召喚進來，「瞧牠多可愛？可他們都不肯讓我帶牠睡。」

趙成材也不樂意，「咱倆這麼大個，擠這麼個小床就夠嗆了。你再帶著牠，壓著牠怎麼辦？算了，我幫你給牠做個狗窩吧。」

張元寶拍手歡呼，「還是姊夫最好！」

趙成材本想找個舊籃子，可惜這兒沒有，但趙家卻很多。忽地想起爹娘和弟弟，也不知他們怎麼過的，有些心神不寧了。

「我回家去一趟瞧瞧，給小白帶個籃子回來做窩。」

趙玉蘭忙道：「哥，你等等，嫂子出門時說她會多買些東西回來，讓你帶回去的。元宵這些咱們都包好了，我還蒸了包子饅頭，你一起拿吧。」

趙成材隨妹子到廚房，低聲問：「玉蘭，妳不怪娘了嗎？」

趙玉蘭輕輕搖了搖頭，「嫂子說的對，這事不能全怪娘，我也有責任。哥，你替我給娘帶句話，今後我的事，能不能讓我自個兒試著拿主意？」

趙成材終於放下心來，溫柔笑道：「玉蘭，妳真的長大了。」

趙玉蘭臉一紅，「那要謝謝嫂子……」

說曹操，曹操到。章清亭陪著方家老少拎著些花燈爆竹什麼的回來了，今兒一早，她親自上方家報喜。聽說用這麼好的法子解決了這麼宗大麻煩，方德海喜笑顏開，又誇了趙成材一回，甚至還要再買些菜，親自下廚指點幾個好菜。

見面說笑幾句，章清亭收拾好買給趙家的家用之物，又把街坊們送的東西勻出一份來，讓趙成材拿回去。趙成材一人拿不了，乾脆帶著張銀寶和張元寶一起過去了。

趙王氏那點毛病早好了，而趙成棟的兩隻胳膊雖不能動，卻也不痛了，只待將養。

他們雖在家中，可趙成材興建學堂之事卻是傳得轟轟烈烈，一家人既覺自豪，又感慚愧。趙王氏使個眼色，趙老實訕訕地問，到時他們能不能去幫忙。

趙成材卻回絕了：「人已經夠多了，再多反倒添亂，你們把自己照顧好就行了。」

趙王氏趕緊接了一句：「其實……你弟弟好得差不多了，家裡也沒多少事了。」

「到時再說吧，今兒那邊還請了客人，我就不多說了。這些東西全是娘子買的，都是家裡用得著的東西，娘也不用往外跑了。」

趙成材把功勞全記章清亭身上，就準備走了。

趙老實特意挑了一個新編的大籃子，給張元寶拿去當狗窩，可把小孩子高興壞了。

趙王氏心裡也美滋滋的，既然是章清亭送她這麼多東西，是不是表示她不再跟她這個婆婆嘔氣了？如此一來，她心中那好管事的弦又繃了起來。這胡同不管怎麼說也有自家的一半，自家要蓋房子，她怎麼能不去盯著呢？可別真讓人以為她和大兒子分了家。

正好在蓋房子的時候多出點力，不就把之前的事都了結了？趙王氏打著自己的如意算盤，是決意一定要去的。

回家路上，街上已經掛出不少花燈，只還沒點蠟。有些性急的人家已經開始放起了鞭炮，節日的氣氛甚是濃厚。

在方德海的指導下，這個元宵家宴辦得可豐盛至極，一共整出了十八個菜兩個湯，除了食材普通了一些，幾乎可以媲美酒樓了。席間，方德海盛讚趙玉蘭：「心細勤快，肯學又有耐性，是個當廚子的好材料。」

章清亭打蛇隨棍上，「那我把這小姑送您當徒弟行嗎？不用您傾囊相授，您那絕活留著給明珠就行。只教她一些尋常手藝，以後咱們全家可就都有口福了。」

方德海卻撇嘴，「我方德海的徒弟是在家裡升火做飯的嗎？美得妳了。等妳開得起酒樓，再來聘廚子吧。」

趙玉蘭原本有些動心，這麼一聽，又有些失落，可大嫂卻不屈不撓，「到時就晚了。先把手藝學了，又不會生鏽。」

方明珠一旁攛掇著：「爺爺，要不，您就收下玉蘭姊吧，這樣我也不用天天被您念叨了。」

眾人哈哈大笑，趙成材實誠道：「傻丫頭，妳爺爺的衣缽當然還是要妳來繼承的。妳可別小小年紀，身在福中不知福。」

方明珠衝他扮個鬼臉，「姊夫，虧你還要到學堂當先生呢！這傳藝又不用只傳一人的，多教幾人又有什麼關係？爺爺，我只愛做糕點和研究那些香料，您再多收一個徒弟，也好將您的手藝發揚光大啊！」

章清亭趁熱打鐵，半是威脅半是打趣道：「老爺子，您瞧您自個兒的孫女都不妒忌，您再這麼小氣巴拉的，以後別上我家來了。」

方德海呵呵直笑，「我不收徒弟，還成罪過了？那行吧，玉蘭，妳吃得了苦嗎？金寶知道，我凶起人來可厲害得很呢！」

章清亭趕緊要趙玉蘭磕頭，「玉蘭，叫師父！」

眾人紛紛叫好，這還真就成就了一對師徒。

趙成材甚是感激，妹子若能學到方德海的手藝，也真是有一技之長了。將來不管是居家過日子，還是弄個小飯鋪什麼的都是大有好處，只是赧顏，「現在手邊也沒有什麼像樣的拜師禮，我改日備了，再送去給您老。」

方德海哼了一聲，「這事是你媳婦鬧的，你甭管，我自找她收去。」

章清亭咯咯直笑，「我白送個徒弟給您，還沒找您收謝禮呢，怎麼反過來找我要東西？說吧，又想要什麼好處？」

方德海莫測高深地一笑，「先記著，日後有妳還的時候。」

一家子熱熱鬧鬧吃著飯，見天色漸黑，外頭爆竹聲聲不絕於耳，張銀寶和張元寶早坐不住了，匆匆忙忙扒完了飯，就到外頭放起了煙火。遠遠的聽得鑼鼓陣陣，是表演的隊伍快要來了。

大人們的心也給弄得癢癢的，反正吃了個半飽，都不太餓，索性撤了席，一起出來玩。

整條街市上已然是張燈結綵，五顏六色，煞是好看。章清亭也吩咐將自家新買的一溜彩燈全部點上，頓時喜氣洋洋起來。

聽得遠處鑼鼓喧天，張銀寶和張元寶想去玩，張發財卻攔著他們，「一會兒要去的，你們慌什麼？大晚上的小心跑丟了。咱們先放了煙花，再到前面那路口去等著。」

趙成材抱了煙花出來，要幫娘子放，章清亭卻不要，自挑了一個大煙花擺在地上，歡歡喜喜地過去放了。

她從前多少次夢想著能親手去點回煙花，可那些是不合規矩的。每每過年，只能看著丫頭小廝們在那兒放，遠遠站在一旁看著。如今有了機會，她可要玩個過癮。

瞧她玩得這麼開心，趙成材由她去了。他自己也隨便放了兩個，還惦記著提醒眾人注意安全，別燒著衣裳，炸傷手了，頗有長兄風範。

一時見晏博文拿著香淡笑著站在一旁，頗有些格格不入，正待上前跟他說話，方明珠已經拿了煙花給他，「阿禮哥，這個好嚇人的，你幫我放好嗎？」

晏博文知她是一片好意，也就隨和著陪她一起放煙花。玩了一時，也漸漸被帶進這歡樂的氣氛裡，嘴角的笑意明顯加重，臉上終於有幾分喜氣。

趙成材看得心中卻暗自嘆息。此人一瞧便是書香門第，家教甚好，卻不知當年到底是因何犯事，居然淪落至此，實在令人扼腕嘆惜。

趙成材正出著神，卻聽張發財高聲道：「快快快，舞龍的來了！」

街上的人群已經自發往市集中心一處寬敞的十字路口上湧去，聽得鑼鼓喧天，嗩吶吹打著喜慶的小調，步步逼近了。

「拿上鞭炮。」趙成材話還沒說完，人都跑光了。

他自在後頭收拾著，待追趕上去時，費了九牛二虎之力才擠進人群。張發財動作卻快，已經率領著一大家子搶占了一個好地形。本還嫌他來得慢，待見他兜著的一大串鞭炮，立刻換了說詞：「呵呵，還是你心細。」

章清亭忽地想起，「這家裡沒人，門鎖了沒？」

「放心，有姊夫呢！」張金寶笑嘻嘻地接了鞭炮，「他肯定忘不了，是不是？」

趙成材笑罵：「下回我也忘一回試試。」

「要是連你都忘了，那咱家可就亂套了。就是都指望著你和大姊，咱們才能什麼都不用操心，你們說對嗎？」

一家人都笑了，趙成材也有點沾沾自喜。

「快看！」張銀寶一聲驚呼，吸引了眾人目光。

夜色裡，已經瞧見幾個踩高蹺的走過來了。身穿五彩霞衣，甩著長長的水袖，手執道具，扮成八仙模樣，隨著下面鑼鼓的節奏大步而來。百姓們都自發鼓起掌來，在一旁放起花炮，迎接他們的到來。

高蹺過後，便是舞獅。張牙舞爪，憨態可掬，逗得人哈哈大笑。有那調皮的小孩子衝到前頭去逗他們，獅子也不生氣，就勢追著小孩兒們玩耍，引得那些小傢伙們兒避之不及，看得旁人更是開心。

張發財把自家兩個皮小子一推，「你們先去玩玩。」

兩個小子一到關鍵時刻便露餡兒了，畏縮著不敢上前。

章清亭在後頭凶了一句：「這有什麼好怕的？人家那麼點大的小孩子都敢上去，你倆倒不敢了嗎？去！」

在大姊的威嚇之下，兩個小子衝上去了，卻又傻傻地站在場中，不知幹什麼好。兩隻獅子來了神，逗著這對傻兄弟。

那兩個戲獅子的童子把手裡的繡球往兩孩子手中一塞，引著他們上前。兩個小子便學著那童子的樣兒戲著獅子，可他倆笨手笨腳的，獅子沒戲到，自己反倒背對背撞一塊兒，各自疼得揉腦袋。兩隻獅子就勢蹲地下摸著肚皮作捧腹大笑狀，引來一片哄堂大笑。

兩童子見氣氛正好，翻幾個筋斗從他們手裡又搶回繡球，引得兩隻獅子玩了個疊羅漢的高難度動作，贏得眾人一片喝彩。

再往下，就是身披彩貝，揮舞著綢帶的仙女們出來了。且行且舞，曼妙多姿，這個最吸引男人的目光，女人們的品頭論足。

後面跟著是玩雜耍的，有拿著頂盤子的，有丟圈子的，還有不時口裡能噴出火來的。

章清亭看得大開眼界，她還真不知道，民間竟然有這麼多好玩的東西。

最後來了跑旱船，又唱又鬧了一會兒之後，逐漸集中起來，圍出一大塊空地。

這是最精彩的舞龍要來了。驀地，就見後面不知哪來突然亮起火把，引著一條身長達百餘米的巨龍，伴隨著震耳欲聾的號子，衝進了場中。

一來便是搖頭擺尾舞得好似翻江倒海，這可把全場的氣氛瞬間點燃了，連章清亭都不顧形象地使勁拍手叫好。

龍是用稻草紮成，由幾十個上身赤裸的精壯漢子舞動。龍頭上一雙金光閃閃的大眼，龍背脊上插滿了長壽香，星星點點，在黑暗之中煞是好看。就見它隨著當前一人的火把，或是騰雲，或是探海，引得眾人叫好。

忽聽一聲號令，旁邊百姓開始拿點燃的爆竹往龍上方扔。

章清亭嚇了一跳，「這什麼意思？不得炸壞人嗎？」

趙成材笑著解釋：「這是讓龍神保護我們這一年風調雨順，國泰民安。這些舞龍的漢子可是最勇敢的，妳以為誰都能去？再說咱們用的都是最小的爆竹，傷不到多重。」

張金寶還補充道：「這只有傷到了，才是最勇敢的男子漢。」

章清亭反問：「那你怎麼不去？」

張金寶訕訕的，「我這塊頭不行。姊夫不也沒去嗎？」

趙成材聽得赧顏，他哪有力氣幹這活？同樣身為男子，這是他的短處，最怕人揭。

章清亭見他老實不言語，不悅地訓斥弟弟：「你拿什麼跟你姊夫比？他有功名，你有嗎？」

張金寶一縮脖子不敢吭氣了，和兩個弟弟也拿了爆竹往龍身上扔。

趙成材聽章清亭維護自己，心裡正覺一甜，章清亭又嗔怪起他來：「你也別太老實了，有時候該說的話就得說。要不，在外頭可受人欺負。」

一家子有什麼好計較？趙成材不以為然，卻在心底開了花兒朵朵，瞧媳婦對他多關心啊！

火龍如急風暴雨般舞過一陣，漸漸舒展開來，動作也慢了，此時兩邊就有年輕人衝了出來，從爆竹聲聲的龍身底下鑽過，眾人還不斷鼓掌叫好。

「這又是幹什麼？」章清亭今兒真是城裡人下鄉，瞧見什麼都稀奇。

趙成材已經習慣了她的缺乏常識，耐心解釋：「這是鑽龍，有勇氣鑽過去的人，也會獲得一年的好運。」

張銀寶和張元寶兩人被推到場中玩開了，不用人叫，就和一群膽大的小孩子們跑去鑽龍了。回來時一臉興奮和驕傲，「我們鑽龍了，我們鑽龍了！」

張發財年紀雖大，但自恃跑得快，哧溜一下，也衝下去了，正好人群中甩出一串鞭炮在他頭上炸響，嚇得他一縮脖子又往回跑。

旁人哈哈大笑，「老伯，您這麼大年紀就別出來現眼了！傷了您，咱們都不好意思！」

張發財可禁不起奚落，一轉頭又衝回去了，迅速找個空檔鑽了過去，得意洋洋道：「瞧見沒？我還不老呢！」

旁人紛紛鼓掌，「好樣的！」

方明珠看得眼饞，「阿禮哥，我們也去吧。」

晏博文有些猶豫，方明珠卻一把拉著他的衣袖就跑，頑皮地笑道：「你可不要讓我被鞭炮炸到哦，要不，就扣你工錢。」

晏博文終於笑了，帶她下到場中。他是習武之人，動作極快，看準了方位，帶著方明珠倏地一下就穿過去了。方明珠興奮得直跳，「再來一次，再來一次！」

晏博文臉上終於露出些年輕人的熱情和朝氣，帶著她穿了一次又一次。

張小蝶一拉趙玉蘭，「玉蘭姊，咱們也去。」她倆也跑了。

張金寶鼓動著章清亭，「大姊，妳和姊夫也去嘛。我這是腿沒好跑不利索，要不我也去的。」

方德海也道：「你們小倆口真該下去，這新的一年，都要沾點好運。」

章清亭怦然心動了，卻有些不好意思。

趙成材瞧著她那表情，他的心思也跟著活動開來，這可是千載難逢可以親近天鵝的大好機會。不多說，起碼自己能有機會正大光明牽著她的小手了。

「娘子，我們也下去沾沾好運氣，一年可就一回呢！」

章清亭還在猶豫，趙成材卻不給她機會拒絕，鼓足勇氣拉著她的左手，牽著她就往外走。

章清亭只覺臉上一熱，隱在暗處不敢抬頭。這秀才居然問都不問就敢牽她的手？可待要甩開，趙成材卻抓得更緊。

他背著身走在前頭，章清亭瞧不見秀才的臉也快紅透耳根了，小心肝更是撲通撲通跳得飛快，這麼個大冬天，背心裡都快淌下汗來了。他還從來沒這麼大膽，主動牽過一個女孩子的手。

章清亭的手精心保養了快半年，原本的老繭逐漸淡去，恢復了女兒家該有的細皮嫩肉。她的手型修長，並不是能夠盈盈一握在掌心的纖柔，但是，趙成材卻覺得喜歡極了，舒服極了，恨不得把那隻也抓起來。

管他什麼道理，今兒全都拋之腦後了！

趙成材現下只記得一句：火燒眉毛，且顧眼下。

他們下到場中的時候，來鑽火龍的人更多了，扔鞭炮的也越發肆無忌憚。

好不容易瞅準一個空檔，趙成材把章清亭一拉，「娘子，我們走。」

不用多說，章清亭也知道他指的是哪個方位，默不吭聲地隨著他的步伐加快了腳步，往那個空檔快速鑽去。

離得近了，才覺出火光映紅了滿臉，舞龍的漢子們手不停，腳不停，長時間的運動讓他們精赤的身上逼出了熱汗淋漓，那股熾熱的氣息帶著濃烈的男性體味，燙人鼻息。

章清亭有些本能地畏懼，察覺到她的不安，趙成材男人的勇氣被激發了出來，與她十指交扣，帶著她快速衝了過去。剛剛慶幸鑽過來了，卻突然不知從人群中哪兒扔出一串鞭炮，好巧不巧地扔到章清亭的頭頂上，劈啪炸響。

嚇得章大小姐花容失色，這要是傷到顏面，還要不要見人？她兩眼一閉，僵在那裡不知閃躲。趙成材幾乎是出於本能地維護著她，一把將她緊緊摟在懷裡，任那無情的鞭炮落在自己身上。

如此親密的接觸，不似上回醉酒後的胡鬧，讓章清亭可以清楚聞到趙成材身上的氣息。比起那些粗豪漢子，他身上的味道明顯清淡多了，沒有那麼迫人的野性，讓人安心。雖然這個肩膀不夠寬闊，不夠強硬，但是，足以容納著她，護衛著她了。

章大小姐的腦子裡不知怎地，突然在想，無論這世上的好男人有多少，一個女子最終所需的，其實只不過是一個人。也只要他的臂彎裡，只容納得下自己一個。

等那鞭炮炸完了，硝煙味兒裡還多了股糊味兒，也沒來得及細想，趙成材先把章清亭拉到安全的人群裡，一臉的關切，「妳沒事吧？」

章清亭紅著臉搖頭，有害羞，也有興奮。

旁邊有人笑了起來，拍拍趙成材，「兄弟，你衣裳燒了。」

果然，趙成材棉衣那右肩處燒了老大一個焦黑的洞。趙成材可真是心疼，這件衣裳可是章清亭親手做的，總也沒捨得穿，就是過年才上的身，剛剛半個月，居然就燒了，這也實在太對不起她了。

旁邊還有人油嘴滑舌地落井下石，「兄弟，這就是你不夠心誠了。要不，這火龍肯定得直接燒在你身上，烙個疤多光彩。」

趙成材不好意思跟人爭辯，章清亭卻小臉一沉，「火龍要是覺得咱們不心誠，幹麼不落你身上，偏落我們這兒？你要是不服，現就拿一件棉衣去，也未必能接著一點火種呢！」

那人被嗆得說不出話來，章清亭也不理他，自拉了趙成材往外走，故意把話說得大聲：「相公，這可是福星高照！咱們這麼多人，就你一人接著了火種，來年一定紅紅火火，順順利利！」

趙成材看她與自己緊扣的十指，心裡的甜蜜無法言表。等避開那人，章清亭才嗔道：「剛還說你太老實了，不知道辯駁，要是自家人也就罷了，怎麼外人面前也這麼笨嘴笨舌？要是我不在，難道就聽人說那些閒話去？」

趙成材兩番受訓，半分不惱，反甜意更深，尤其手一直握著，只笑笑著道：「跟那等俗人有什麼好計較的？是不是心誠自在我們心中，豈是外人可以定論？大過年的，別生氣了。」

聽他還嘴，章清亭不高興了，「好好好，算我多管閒事！」

趙成材忙忙解釋：「我也不是說妳不對，妳護著我，我高興還來不及呢！」

章清亭臉上一熱，「誰護著你了？別往自己臉上貼金！」

趙成材覷著她那神色反問：「妳若不是為了護著我，咱們在這兒吵什麼？妳現在又在這兒氣什麼？」

「我……」章清亭臉上燒得更加厲害了。

這死秀才，壞秀才，對付外人沒本事，對付起自己來倒是一套一套的！

她狠狠剜了趙成材一眼，想跑，手卻被人緊緊扣著。她忽地發現，想要甩脫，可趙成材卻半點不鬆，「妳上哪兒？」

章清亭又使小性子，「我回家，你管得著嗎？」

只聽趙成材悶笑，「妳有鑰匙嗎？」

章清亭氣得無法，乾脆踹了他一腳。

趙成材痛得直吸氣，手還是不鬆，「妳輕點，踹壞了還得付藥錢呢！」

活該！章清亭用力甩手，「你放開！」

趙成材就是不放，才鬧著，晏博文找來了，看他倆緊扣的十指，目光微頓，隨即裝作若無其事，「方才一錯眼就瞧不見你們了，還怕你們被擠丟了。」

趙成材呵呵笑道：「怎麼可能？這麼大的人丟也不過是丟市集上，難道還怕回不了家？」

扯著章清亭回去，方德海瞧她噘著小嘴，倒是笑了，「小倆口這是又跑哪兒吵架去了？」

「沒有。」趙成材陪笑扯個藉口，「我們剛才去鑽龍，一不小心讓那炮杖把我衣裳給燒了個大洞，娘子氣我不愛惜東西呢！」

眾人瞧著都覺可惜，「這麼好的新衣裳給燒了，要是打塊補丁上去，也太難看了。」

張小蝶道：「大姊手巧，再想個什麼心思補上，說不定就又是一件新衣裳了。」

章清亭恨得直磨牙，還讓我給那死秀才補衣裳？

趙成材卻就勢把她那話堵死了，「那就勞煩娘子了，改日我再向妳賠罪可好？」

這當著眾人的面，章清亭也不好回絕，勉勉強強算是同意了。

方德海腆著臉打趣：「這火種落你身，今年就該她生。到年底添個龍子龍女，那才熱鬧。」

這一下，小倆口全鬧了個大紅臉，連手都不好意思牽了。

瞧章清亭羞得頭都抬不起來，趙成材只得轉移話題道：「這時候也差不多了，咱們回去吧。一會兒散場的人多，又不好走了。」

回了家，各自洗漱睡下。

趙成材左手摸右手，似乎還能感覺到娘子小手的溫柔。心裡美滋滋的，一夜好眠。

章清亭卻是翻來覆去把秀才罵了個遍，一時右手摸左手，總覺得還殘留著那個壞秀才的味道，心裡頭是說不出的異樣，暗下決心明兒還得好生洗洗。

十七要動工，十六這日可著實忙碌。

明日雖主要是個奠基儀式，但也要搭起棚子，預備好給工匠們做飯燒茶，還有林林總總的小事，忙得章清亭暈頭轉向。

很快一天過去，正月十七，紮蘭堡第一所官方小學堂終於破土動工了。鑼鼓喧天，彩旗招展，萬頭攢動，熱鬧非凡。光大紅的爆竹都整整炸了三大卷，落的紅灰都積了寸許。

縣太爺親自主持開工大典，一改前日的親民，擺足了官威，洋洋灑灑說了很大一篇官話。老百姓大多聽不懂，只見那些有學問的人不住點頭，他們便也覺得很有水準。

等婁大人終於講完，又進行祭祀之後，幾百名精壯漢子一擁而上，各執鎬頭鐵鍬，很快便把那條破胡同扒了個乾乾淨淨。再刮地三尺，把下頭那些陳年爛泥全給挖開了，先進行下頭溝渠的清理和擴充。

這還真是人多好辦事。章清亭算是見識了一回，看起來很浩大的工程，真正有足夠的人手做起來，還是很迅捷的。

開工這麼大的場面，趙王氏他們當然也來了。趙成棟手不能動，腿還是沒問題，一家三口特意都換了身乾淨衣裳，與有榮焉地站在人群之中。只是多少仍有些抹不開面子，加上地方官員都在，還有不少鄉紳士子，實在不好意思上前跟趙成材打招呼。

本待說要幫忙，但見那工人著實不少，組織得很有秩序，他們就是想上前都插不下腳。於是觀了禮便也就打道回府了，意思是等過幾天成材回來，再問問該上哪兒照應。

開工當天的現場儀式上，兩位東家都缺了席。這是章清亭決定的，她細想了想，和方明珠在那天都沒有露面，徹底把這個風頭交給婁知縣一人出去。

便是趙成材他們在外頭照應，也恪守本分，半個字也不提自家的地云云。即便表彰，也只表彰那些捐錢助學的人家，如此一來，弄得這條胡同更像是官民一心，共建學堂了。

婁大人嘴上不說，心裡卻很高興這兩家人的知情識趣。這讓他既不花官府一文錢，又平白在即將卸任之前得這麼大份功勞，可為他的仕途添上了光輝的一筆。於是越發督促衙門中人一定要全力配合，把這項工程做好，可不能偷工減料，鬧出亂子。

天天被上峰這麼耳提面命，下面的人哪裡敢不盡心盡力？那個胡同工地簡直成了第二個衙門，管他有關無關的大小差役，沒事就過去蹓躂一圈，就是不幹活，回頭在縣太爺面前也好表表苦勞。

原先還有些想趁此機會敲敲趙成材竹槓的人，尤其是那個一貫愛占便宜的程隊長，此時都不敢伸手了，都是可著心想把這事辦好，在頭兒面前留個好印象。

這麼一來，倒給章清亭省了好大的麻煩。

只是這工地上人多，幹活雖快，但自家後院裡要做飯的活也就跟著重了。章清亭怕忙不過來，想著不行就去雇去幾個短工。沒想到開工首日起，鄰居家的嬸子婆姨們都自發地過來幫忙，幹完活就走，連饅頭都不拿一個，讓她很是感動。

「這就是遠親不如近鄰。」趙成材剛回來，拿了杯熱茶潤潤喉嚨。他這成天不是泡在工地上，就是在衙門裡幹活，沒幾日就明顯瘦了一圈，「等咱們房子蓋好了，一家送一份禮去，謝謝人家。」

章清亭點頭，讓張小蝶把那些人的名單記下，每人來的次數也都記著，回頭酌情增減。

晚飯過後，趙玉蘭她們張羅著洗衣裳。見趙成材的袿子在工地上蹭髒了，便要他脫下來。

趙成材卻道：「那要洗了，我明兒可沒得換了。」

趙玉蘭訝異，「你不是還有一件嗎？」

「那個還沒補起來。」

章清亭一聽想起來了，這過了幾日，氣早消了，讓他拿來瞧瞧。

趙成材心中歡喜，忙忙取了衣來。章清亭仔細一瞧，這還真不太好補。那上頭燒了有雞蛋大小的洞，一定得加布上去了。

她琢磨了一下，尋出一塊厚毛料，笑道：「就用這個好了。」

這衣裳是深藍色的，毛料卻是黑的，大家都看她要怎麼補。

章清亭笑道：「你們都自幹你們的去，等弄好了再過來瞧也不遲。」

她一人關小屋裡自忙活著，趙成材去幫妹子們燒水洗衣裳。在他的身體力行下，現在基本上家裡有什麼家務，家裡男人也一起幫著幹了。就像女的搓洗衣服，他們就在旁邊幫著漂水擰乾，這樣又快又輕鬆。

等這邊忙完，衣裳都晾上了，章清亭也弄好了。收了針，她捧著衣裳走到屋中亮出來。眾人一瞧，竟似件新衣裳了。

在兩邊肩頭，衣袖處都用黑色毛料做了鑲嵌，好似這衣裳本來就是如此。趙成材再換上給大夥兒瞧，加點毛料竟比往常的更顯得貴氣，一點也看不出火燒後織補的痕跡。

眾人連聲叫好，趙成材心裡頭更是美滋滋的。

張發財卻道：「你現在在衙門裡走動，成天跟那些大人來往，就這兩件可不行。大閨女，妳再給他做一件吧，省得有事還沒得換了。」

章清亭也有此意，可趙成材道：「眼下大家都忙著，別弄這個了。」

不是還有裁縫嗎？章清亭笑而不語，只張小蝶看她打趣：「姊夫，你上回說把大姊做的衣裳弄壞了，要賠她一件禮物的，咱們可都幫你記著呢！」

趙成材望著章清亭赧然一笑，「我記得的。」

「那你送什麼？」

「到時候你們就知道了。」

章清亭聽他似乎胸有成竹，心中倒有些小小的期待，這秀才會送她什麼？總不會寫副字畫給她吧？那可太酸了。

晚上回到房中，趙成材跟她提了樁事，「這幾天工地上幹活，多有鐵具受損的，我想把這活兒包給田福生，妳看如何？」

章清亭點頭，「這個無妨，我瞧他手藝不錯，上回打的菜刀就很好使。只是咱們又得賒欠，他接得了這活嗎？」

趙成材道：「這卻不用。幹活的農具多是官家的，受損了也由官家包修。要不，我也不會介紹給他。今兒我跟衛管事說了聲，他也沒意見。」

章清亭橫他一眼，「你既定了，還來問我做什麼？」

趙成材笑道：「雖不要妳出錢，但官府最後可得找咱們結總帳，要是把這項又加給了我們，不還是咱們出錢？肯定得問過妳的意思。這事我跟福生也說了，他本來怪不好意思的，說咱家蓋房子，他也沒空來幫忙，本來說只收本錢就幫著把這活幹了，我倒勸了他半天，說是官府給錢，他才應了。」

章清亭卻又想到，「那孫俊良的事情你想出辦法沒有？這事情老拖著也不是辦法。早點幫玉蘭解決了，日後她要再談婚論嫁，也不耽誤。」

趙成材心知其意，「妳放心，我心裡一直惦記著呢。不過還真沒好辦法，等過幾天陳師爺回來了，我再請教請教。」

「總之，你上點心。玉蘭雖然不說，但心裡必是堵著的，來了這些天，連門都不敢出。」

趙成材應了，這才略顯羞澀地問：「娘子，呃……妳要什麼？」

章清亭愣了一下，才反應過來這是說要給她送禮物。這個秀才，還以為他有什麼好主意，沒想到竟這麼直截了當地問了出來，真是失望至極，無趣至極。

章清亭有些惱意，淡淡地道：「算了，你又不是很寬裕，手上有點銀子不如攢著自己買書應酬吧。晚了，睡吧。」

趙成材這下可真撓頭了。他原本以為，先問章清亭喜歡什麼，再買了給她不是正好嗎？為什麼又會惹她生氣？這女人的心思，真難猜。

翌日上衙門裡去，趙成材滿腦子也在琢磨著這事。

李鴻文瞧見他身上衣裳樣子別致，倒是上上下下打量了好幾眼，「成材兄，你這是哪家裁縫做的新款，挺雅致的嘛，介紹我去。」

趙成材頗有幾分得意，「我娘子做的。」他人畢竟老實，一下子說了實話，「沒瞧出來是那件舊衣嗎？十五鑽龍時燒了一塊，娘子為了補得好看，才這麼弄的。」

李鴻文點頭讚賞，「你家娘子很好呀。在外頭忙得風生水起，回家這手針線做得也漂亮，你可算是有福氣了。」

趙成材聽得心花怒放，想起此人萬花叢中過，肯定更懂女人心，不覺問道：「鴻文兄，你說，要送什麼禮物給女子比較好？」

李鴻文笑指著他，一臉油滑，「成材兄，你壞了。家有賢妻，還想要到外面拈花惹草嗎？」

趙成材正色道：「你胡說什麼？我是送給我娘子的。這衣裳是她親手做的，卻被燒了，我答應要賠她一件禮物的。可昨晚問她要什麼，她又說不用了。」

李鴻文當即皺眉教訓：「你送禮怎麼這麼沒誠意？」

此話怎講？趙成材莫名其妙。

「你答應要送禮給她，就得出其不意給她個驚喜。像你這麼直眉愣眼地去問人家要什麼，那還不如把錢直接給她好了。」

這也是個主意啊！

「你可別告訴我你真這麼想？」李鴻文有些受不了地白他一眼，「要真如此，嫂夫人不被你氣死才怪！」

「那又為何？」趙成材是真心不懂。

李鴻文一臉的恨鐵不成鋼，「剛才不是說了嗎？這女人是要哄的。送禮給她，得來個出乎想像的意外之喜。像平時，偶爾買一兩樣她喜歡的糕點，或是脂粉頭油、荷包手帕什麼的，保管她高興好幾天。又花不了幾個錢，還能讓她總念著你的好。你成親這麼久，怎麼還不懂？」

趙成材恍然大悟，細細思量。糕點，章清亭只讚過方家的；脂粉頭油，她好像還有一些；扯身新衣，就自己這眼光，十有八九會被她罵。不如買件小首飾吧，她平時還用得著。

「那我手上一共就二兩銀子，你說能買得起什麼首飾？」

李鴻文忽地眼珠一轉，自告奮勇地說要帶趙成材一起去挑禮物。

趙成材正欲道謝，忽見差役慌慌張張過來報訊：「趙師爺，你快去趟工地吧，出事了！」

趙成材唬了一跳，急忙追問：「傷著人沒？」

「還沒，不過也快打起來了！」那差役緊張過度，說不清楚。

李鴻文也變了臉，「竟然敢在學堂工地上動武，我倒要看看是誰吃了熊心豹子膽！」

趙成材心裡第一個想到的就是薛紹安，難道他真有這麼大膽子，甘心犯下眾怒？

及至到了工地，趙成材一瞧來人，鼻子差點氣歪了。

來的不是旁人，正是孫俊良。

他這幾日在家養好了傷，本來趙玉蘭不在還樂得風流快活，可家務事卻沒人幹了。自接了這個媳婦，以前請的丫頭僕婦全給辭了。勉強找短工頂了幾天，可人家又不是賣給他家的奴婢，多少都有些脾氣，哪有趙玉蘭使得順手？

這孫家父子三人甚覺不慣，便又想著要把趙玉蘭給弄回來，可又怕她病還沒好，回來也幹不了活，便悄悄差人打聽，卻意外得知趙家那胡同居然動工了，還蓋了個什麼學堂，連縣太爺都親自來主持，弄得很是風光。

那人說，也瞧見趙玉蘭了，元宵那天還出來玩來著，看起來好得不得了。現就住在她哥家裡，還幫著幹活做飯來著。

這一下，孫家人坐不住了，立即讓孫俊良過來接人。萬一趙家又發達起來了，有趙玉蘭在，他們肯定還是能沾著好處的。可孫俊良上回被打得有點害怕，不敢一人過來。孫夫人一想，乾脆就出了點錢，讓兒子糾結了一幫地痞無賴，就是搶也要把趙玉蘭搶回來。

她還記恨著章清亭，趙玉蘭要是病殃殃的，她想折騰也折騰不起來，只有趙玉蘭好端端的，再可勁兒折騰她，方能消心頭之恨。

孫俊良領了父母之命，真就雇了些平日交好的狐朋狗友過來搶人了。這夥人慣是幹些敲詐勒索的無賴勾當，到了工地也不言語，齊齊往地下一躺，就要鬧事。可這又不是真的鬧事，說起來還是一家子。工地上招架不住，也不知如何處理，只得趕緊命人去請趙成材。

因為離得近，趙玉蘭在家很快也得知了消息，嚇得臉色煞白，渾身發抖。

方德海很是沉得住氣，「玉蘭別怕，大夥兒都在呢。妳到妳嫂子屋裡躲會兒，別出聲。小蝶把那門反鎖上，我看他還敢砸門搶人不成？銀寶和元寶你倆過去瞧著動靜，有什麼趕緊回來說一聲，機靈著點，知道嗎？」

張發財道：「他倆小的還不成，我去胡同那兒，要有什麼，讓他們回來傳話。」

張金寶自告奮勇道：「我到前門看著去，他要敢闖進來，瞧我拿大棍子抽他！」見一大家子人都護著自己，趙玉蘭心下稍安，先躲進屋裡去了。

後面那條胡同裡，趙成材已經對上了孫俊良。

雖然怒火高漲，他還是懂得分寸，「孫俊良，你今兒來幹什麼？」

孫俊良躲在無賴之中，皮笑肉不笑地道：「我來接我媳婦。」

趙成材冷冷道：「那你回去吧。玉蘭身子還沒好，回不了你們家，伺候不了你們。」

「別啊！」孫俊良厚顏無恥地道：「大舅子怎麼知道她伺候不了我？她伺候得很好呢！」

旁邊無賴們哈哈大笑，「沒聽說兩口子的事，大舅子還能管得著的，你們說是不是？」

趙成材額上青筋直跳，厲聲打斷他們的污言穢語：「這事我還就管定了！孫俊良，我不跟你們這些不是人的東西講道理，我只把話說給你聽，你要想接玉蘭回去，除非先把我們趙家人全部趕盡殺絕了，否則，玉蘭絕不會跟你回去！」

他這一番話，說得擲地有聲，完全沒有一點通融的餘地。

孫俊良聽得吃了一驚，這秀才往常看起來斯斯文文的，怎麼今日竟如此的血性？

他猶自強硬，「那趙玉蘭可是我媳婦，我花三十兩銀子明媒正娶回來的。」

趙成材重重冷哼，「可我們家光陪嫁的那套金首飾就不止三十兩了！」

這一刻，他真是無比感激章清亭當日送的陪嫁。

若非如此娘子大方，肯定落人口實，而不像現在，他可以腰板兒挺得筆直，理直氣壯地道：「我們趙家是嫁女兒到你們家，可不是賣女兒到你們家。玉蘭是嫁給你了，那又怎麼了？我這個做大舅子的，難道就不能接被你們虐待的妹子回家嗎？我又犯了哪條王法？你要是不服氣，再上衙門告我去啊！」

孫俊良噎得無語，半天憋出來一句：「你不講理！」

趙成材眼神狠厲，「我若是不講理，早上你們家鬧事去了。我若是不講理，現在就能拿刀子跟你玩命！姓孫的，你要是有種就站出來，誰都不要找人幫忙，就咱倆一對一，打死了各安天命，你敢嗎？」

這孫俊良充其量就是個窩裡橫，見趙成材這麼個文弱書生都急紅了眼要跟他拚命，心下已經怯了三分。

「虎子，你的命金貴著呢，跟這種人拚不值得，要拚也是我來！」這衝上來的是手執鐵錘的田福生，他正好來送修補好的鐵具。聽說這孫家來搶媳婦了，立刻放下東西衝到前頭。

孫俊良本想自己也許還能跟趙成材拚三分，可見又冒出來一個黑壯青年，一瞧人家那碩大的拳頭，他可不敢了。待要離開，顏面又掛不住，開始耍無賴，「哎呀，大家都來看呀，這趙家欺負人，硬把人家好端端的夫妻拆散了呀！這缺德……」

他還沒唱完，不知從哪兒飛來一顆小石頭，不偏不倚，正中孫俊良的門牙，當即給他打落了兩顆。孫俊良痛得鮮血眼淚鼻涕一起流，別提多狼狽了。

他這一消停，有人開腔了：「我說衛管事，這工地上怎麼跑出來這麼多瘋狗？這耽誤了工程，到時是誰去縣太爺跟前領罰呢？」

這話說得夾槍帶棍，不僅把這群無賴罵了一頓，連負責安全的程隊長臉上也掛不住了。

回頭一瞧，是章大小姐帶著晏博文和方明珠一行趕到了。

她們本在外頭看材料，忽然聽說這頭出了事，急忙趕了回來。章清亭本還唯恐秀才太老實，又被人欺負了去，沒想到在大事面前，他還真是硬氣，像個男人。

孫俊良不知是誰暗中扔的石頭，本待要罵，可這門牙掉了說話漏風，自己都聽不清嚷些什麼，氣得哇哇亂叫。

衛管事上前，悄悄把主管安全的程隊長一拉，「明顯兩家不和，你還客氣什麼？直接大棒子趕回去，到時我們幫你作證，就說今兒來了一群無賴搗亂，還得記你一功呢！」

趙成材小倆口會辦事，把材料供應那一部分全交給了他，雖是賒帳，可他在其中也能撈不少油水，自然是要幫忙的。

程隊長聽得這話有理，臉色一沉，吩咐衙役：「這兒不知是哪裡來的一群刁民，意圖擾亂施工，破壞我們新學堂的建立，全部給我趕出市集去！」

衙役們一聽頭兒發話了，那還不上前使勁地打？

孫俊良見勢不妙，拔腿想溜，可怎麼能讓送上門的落水狗跑掉？

章清亭和趙成材一對眼色，各自找了根棍子，專門打他。

「你個王八蛋，讓你欺負我妹子！」

「讓你虐待玉蘭，讓你家的死老頭和死老太婆放狗咬我們！」

「讓你逼玉蘭跳河！」

「讓你來鬧事！」

夫妻倆有志一同，直打得孫俊良面目全非，跪地求饒，才算是狠狠出了一口惡氣。

而旁邊這夥無賴也沒好下場，百姓們平日早不忿於這些人橫行鄉里，欺壓良善，此時有了機會，誰不上去打幾拳？打得一個個鼻青臉腫，哭爹叫娘。

最後趙成材看差不多了，才把棍子一扔，對那夥人道：「你們把這姓孫的小畜生抬回去，就說是我趙成材打的，橫豎這是我們的家務事，你們少來插手！此次姑念你們是初犯，又是受人唆使，程大人已經網開一面了。若是再來，定要稟明縣太爺，治你們一個聚眾滋事、擾亂治安的重罪。那時流放三千里，可不要叫屈！」

這番連恐帶嚇，把這夥無賴嚇得灰溜溜抬人離去。眾人瞧得無不哈哈大笑，拍手稱快。

趙成材又特來向程隊長和眾位鄉親道謝，一點小風波很快平息，工地上又恢復秩序。

此時，一大家子人才跑了出來，張發財讚道：「打得好！閨女，妳打得可真帶勁兒！」

章清亭陡然驚醒，她怎麼一下子又剽悍了？她的大家風範呢？

趙玉蘭從人後走上前來，淚眼汪汪卻滿懷感激地看著她，「嫂子……哥，謝謝你們……」

章清亭有點不好意思，瞬間忘了自己的風範，而趙成材瞧得心疼，「傻妹子，妳哭什麼？哥說過要幫妳出口氣的，妳瞧，打得妳還滿意嗎？」

趙玉蘭哭得像淚人兒似的，拚命點頭。

章清亭擦去她腮邊的淚水，「好了好了，揍了那個畜生，妳哭什麼？還替他心疼啊？」

「才不……」趙玉蘭哽咽著抹去淚水。

章清亭笑道：「咱們揍他不算解氣，改天要讓妳親自揍他們一頓才算是解氣，妳想揍嗎？」

趙玉蘭猶豫了一下，堅定地點了點頭。

「那妳剛才怎麼不上來？」章清亭忽地甚是可惜，「多好的機會啊！」

趙玉蘭有些不好意思，仍有些抽抽噎噎道：「方才……光瞧你們打去了，忘了。」

這話聽得眾人都笑了，方德海故意調侃：「玉蘭，妳可別跟妳嫂子學壞了。那個潑辣貨，豬都敢殺，何況打人？妳可別學成她那樣的凶悍。」

章清亭忿忿地白了方老頭一眼，「我就打了殺了，也全是畜生和畜生不如的人。再說，秀才不也動手了，你們幹麼不說他？」

趙成材不知在想什麼，章清亭推他一下才回過神來，「娘子說的對，該打的一定得打。」

方德海笑得更厲害了，「你呀，也被你媳婦帶壞了。以前多斯文一個孩子，現在動不動就打打殺殺的。這就是近朱者赤，近墨者黑。娶個殺豬女，只好做潑辣貨了。」

眾人全被逗樂了。章清亭被人笑得赧顏，小嘴一嘸，開始趕人：「行啦行啦，戲都唱完了，全都回去幹活。這時辰差不多了，一會兒別粥也糊了，饅頭也蒸過了，誤了送飯，我可不依。」

眾人嘻嘻笑著，都回去了。章清亭卻把趙玉蘭一拉，往旁邊一指，「也向人家道謝去。」

趙玉蘭轉頭一瞧，旁邊角落裡，站著田福生，局促地站在那裡，全然失了方才的勇猛。

趙玉蘭猶豫了一下，章清亭道：「大大方方地去，沒什麼不好意思的，我們這麼多人都在呢，傳不出閒話來。」

趙玉蘭這才一步一挪地上前，對田福生低聲道：「謝謝。」

田福生咬著牙恨恨道：「我……我真不知道那畜生那麼壞的，要不我早上妳家教訓他了。」

趙玉蘭搖了搖頭，「這是我們家的事情，該由我們家來處理，你……你可千萬別做傻事。」

田福生又是心痛又是無力地看著她，「那妳……以後怎麼辦？」

「哥哥說，會想法子幫我討張休書的。若是不成……我就不回去了。我、我現在過得很好，哥嫂待我很好，方師傅還收了我做徒弟，要教我做菜……他、他可有本事呢。」她努力擠出一點笑意，可顫抖的聲線還是洩露了心裡的不平靜。

「我問的是妳自己。」田福生鼓足勇氣問她：「妳要是拿到休書……以後呢？」

趙玉蘭說不下去了，含著淚哽咽著，「你……你找個好姑娘吧……」說完捂著嘴跑了。

章清亭上前擋住了田福生，輕聲道：「田家兄弟，我知道你關心她，可玉蘭現在畢竟是人家的媳婦，你以後別老在我們店外頭轉了，讓人瞧見，對你對她都不好。」

田福生黯然低頭，那份真切的難過顯而易見。

章清亭見左右無人，走近了一步悄聲道：「你願意等她嗎？」

田福生訝異抬頭，「可……可以嗎？」

章清亭微微頷首，「不能保證，但你若是願意，就等上兩年，不行也別瞎耽誤工夫。」

田福生忙不迭點頭，「我願意！」

章清亭嗔道：「小聲點！你是怕別人聽不見嗎？」

田福生赧然低頭，卻掩不住滿臉的喜形於色。

章清亭又問：「那你有沒有想過，以後拿什麼過日子？」

田福生臉更紅了，像面對考官的小學生，很小聲地說：「其實我……我一直有想。我們家……原沒這麼窮的，後來，是爺爺、奶奶和娘老是病，才漸漸敗落了。咱們沒錢，買不起好料，接不起好活。若是……若是有錢進些好料子，我可以打些好東西，生意也會好的……」

章清亭聽著點了點頭，還算是有點腦子，「那你進好材料得多少錢？」

田福生臉一下漲紅了，連連擺手，「不用嫂子妳借錢，虎子介紹了這個活給我，我就可以攢下一點來了，然後……慢慢來吧。」

這人倒是實誠，也不算太笨，章清亭頗有幾分好感，說話也爽快了：「你可以慢慢等，我小姑子可不能慢慢等。照你那樣，興許十年八年後才能掙得出份家業，難道讓她跟著你吃苦？這樣吧，我也不借錢你，我這兒房子蓋起來之後，裡面也有些要用到不少鐵匠的活，到時全包給你了。你可別給我做砸了，要是做得好，興許我會考慮，跟你合夥開個正正經經的鐵匠鋪子。」

田福生喜出望外，連連鞠躬，「多謝嫂子，多謝嫂子！」

他自歡天喜地地去了，趙成材才上前，小心探詢：「娘子，這麼做合適嗎？畢竟玉蘭還沒拿到休書呢，這麼做會不會有點操之過急了？

卻見章大小姐丟兩個小白眼，「我剛才不過是瞧田福生這人不錯，所以想跟他談談生意，可什麼也沒說過，什麼也沒答應。他要等誰，愛等多久，那都是他自個兒的事，跟我可沒什麼關係。至於將來成與不成，也是他們自己的造化。」

趙成材心中感動，章清亭卻問：「我方才瞧你神色不對，又在想什麼鬼主意了？快說來聽聽。別又突然給人一下，弄得措手不及。」

趙成材抿嘴笑得有幾分狡黠，「這還是妳方才的一句話提醒了我。」

他示意章清亭靠近，附在她耳邊嘀咕了幾句。

章清亭一臉的不可置信，「這……合適嗎？」

趙成材兩手一攤，「我也不知道，這事若是問婁大人肯定不大合適，我想著等陳師爺回來私下請教請教他，聽聽他的意思。」

章清亭噗哧一笑，「要真是成了，倒是大快人心。」想想又不甘心，「哼，還說我帶壞了你，我瞧你肚子裡的壞水可比我多多了！」

趙成材一拱手，「客氣客氣，彼此彼此。」

章清亭拿手絹捂著嘴咯咯直笑，李鴻文上前打趣，「小倆口說什麼悄悄話呢？」

知道此人狗嘴吐不出象牙，趙成材忙把話題岔開：「在說那姓孫的會不會來告我。」

「他敢？」李鴻文一瞪眼，隨即笑了，「就是來了也沒關係，婁大人多半不會受理。成材兄，你方才有句話說得對極了，這是你們的家務事，外人如何插手？若是孫家人來了，至多找你理論，要是告上公堂，一句清官難斷家務事，便可以推脫出去。」

這個趙成材當然有想到，否則他也不會出手教訓孫俊良，還故意說那麼番話，把事情全兜在自己頭上。既然公婆毆打媳婦不犯法，那大舅子打妹夫難道就犯法了嗎？趙成材雖然當時很生氣，但腦子還是非常清楚的。

既然無事，趙成材也不久留，和章清亭道個別，準備回衙門裡去。

路上李鴻文把他一拉，指著旁邊一家銀鋪，「正好有空，咱們進去幫你娘子挑件禮物。」

對啊，差點忘了！趙成材隨他一同進去。

李鴻文明顯是熟客，小夥計見他，直接把兩人請進屋裡坐下，奉上香茗才去取東西。

趙成材低聲道：「我身上有多少銀子你清楚，別看一堆貴的，最後揀個最便宜的招人嫌。」

李鴻文皺眉，「看你，又露怯了。這看看又怕什麼？管他有錢沒錢，你得先把自己當成大爺，人家才拿你當大爺。」

趙成材暗自搖頭，對這番大爺理論不敢苟同。

不多時，夥計捧了大大小小幾個錦盒出來，「二位公子請，這可都是新到的好東西。」

李鴻文拿起一串珠鏈，讚不絕口，「這玩意兒少見，就京裡，像這麼齊整的貨色也不多。」

趙成材卻看得納悶，這串珠鏈若說做項鍊著實長了些，而且每顆珠子形狀大小不一，最小的如小指頭大小，最大有如雞蛋，怎麼戴呀？再看那耳環也古怪，並不是成雙成對，都是單個賣的。尤其一只蛇形金環，小巧別致，五彩斑斕，未免多看了幾眼。

夥計見他與李鴻文一起，還以為是同道，盛情讚道：「這位公子可真好眼力，這五毒環咱們一進貨就賣掉了，這還是昨兒剛剛補來的。這單買是五兩銀子一個，您要買齊五樣還能打個折扣。」

貴倒也罷了，只趙成材著實好奇，「這怎麼戴呀？」

夥計一臉詫異地望著他，「公子不認得？」

李鴻文嘻嘻笑道：「你別信他，他最喜歡擺個老實人的嘴臉，裝傻充愣，逗你玩兒呢！」

夥計這才笑道：「我就說，跟李公子一起的，怎麼可能連乳環都不認得，那也太土了。」

乳環？趙成材一琢磨，明白過來，臉紅得暗自瞪了李鴻文一眼，怎麼帶他看這些玩意兒？別說他沒錢買，就是有錢買了回去，若是被章清亭瞧見，還不得剝了他的皮？

李鴻文此時揀了一根銀杏葉片的銀簪在手中把玩著，「這個素雅，送給嫂夫人倒是合適。」

趙成材見了許多黃金寶石，正耀得眼暈，乍見到這樸素的銀白色，心下就有幾分歡喜。再看式樣大方，做工精巧，便問道：「這個多少錢？」

「這個不貴，才二兩銀子。做得又細緻，很多客人都喜歡，您看……」

那夥計想上前介紹，卻被李鴻文踩一腳打斷，暗自使個眼色，「是不是好東西，趙公子自然知道，哪用你多嘴多舌？」

小夥計當即打了自己一耳刮子，嘻嘻笑道：「瞧我這張嘴，說慣了就是沒個把門兒的，差點又丟人現眼了。趙公子既然喜歡，那我就給您包上吧。」

這……還真有點貴。趙成材把那輕飄飄的簪子在手裡一掂，就知道這個價錢可比外頭的東西貴多了。不過瞧這手工，倒也值得。想想章清亭為人挑剔，恐怕外頭那些尋常貨色也入不了她的眼，買就買個好的吧。

「那能便宜點嗎？」趙成材勤儉慣了，討價還價也是根深蒂固。

小夥計有些猶豫，看出趙成材不是個豪爽的客人，也難保有回頭的生意，便陪笑著道：「按說，您這頭一次來，是該給您算便宜點，但若是您只挑一樣……要不，李公子，您也挑幾件，一起給你們算便宜點。這新年您也是第一次到我們店來，只當打賞小的個紅包行嗎？」

「小猴崽子，哪回來不騙我一點錢去就不安心。」李鴻文笑罵著，卻仍是揀了個黃金打的胭脂扣，「這個多少？」

「這個盒子八兩、鏈子二兩，共是十兩。要一起拿的話，我給二位都打個九折吧。」

李鴻文點頭，小夥計收了銀錢，拿了他們的東西各自包了起來。一會兒送過來時，手上卻又多了兩個鼻煙壺大小的琉璃瓶。

「二位公子，這是我們新從南康國那邊弄過來的玩意兒，叫做什麼香露。只要一滴，抹在身上便香噴噴的，那邊的太太小姐都喜歡。這個是茉莉香露，這個是木樨，你們聞聞，要是喜歡就拿一瓶吧，才一錢銀子一瓶。」

李鴻文瞧著有些意思，價錢又不算太貴，拿著送給母親姊妹和那些相好的姑娘們都合適。

「還有沒有別的味道？」

「還有一種玫瑰和芙蓉的。」

趙成材聽提芙蓉二字，想到了章清亭，也有點動心，「那都拿來瞧瞧。」

夥計高高興興地又捧了出來，李鴻文瞧後豪爽道：「不用找錢了，給我拿十瓶來。」

趙成材想想，又猶豫著問：「那我也買兩瓶，你再送我一瓶好嗎？」

小夥計笑了，「這位公子真是會做生意，行吧，二位公子買了這麼多，小的就作個主。李公子再送你兩瓶，湊一打。趙公子你自己挑三樣吧，算是咱們開年的見面禮。」

「猴崽子，讓你賺錢，反倒成了你送禮給咱們了。」

李鴻文笑罵幾句，二人錢花光了，拎著各自東西回家去。

趙成材心中暗暗盤算，簪子和芙蓉香露是章清亭的，茉莉和木樨是給二位妹子的，卻沒發現，李鴻文瞧他笑得別有深意。

進了門，章清亭還沒回來，倒是趙王氏來了，正拉著趙玉蘭在屋裡垂淚。

她方才也聽說今兒工地上的事情了，忙忙地趕了過來。見了女兒甚是慚愧，又是心疼又是自責地哭個不停。

趙成材勸道：「行了，娘，玉蘭才好了，別又招她哭了，反正那混蛋今兒也被咱們給教訓了一頓，算是幫妹子出了口氣。」

趙王氏擦擦眼淚，「那你呢？會不會惹來麻煩？」

趙成材道：「放心，不會有事。他要是敢來找麻煩，咱們也不怕他，正好幫玉蘭討休書。」

趙王氏嘴唇動了下，想說什麼還是沒說，先指著腳邊的籃子道：「知道你們忙，我就從家裡帶了鹹菜豆醬來，就饅頭下粥都是好的。」

趙成材一笑，也誇了兩句：「那可太好了，我們這些天還上外頭買鹹菜呢。」

趙王氏忙道：「那多貴？你們要是肯收，我回家就再多做點。還有雞蛋，也別往我那兒送了，你們人多，留著自己吃吧。我們家裡有雞，夠吃了。」

見老娘通情達理，趙成材也很高興，「行，那我先把這些收廚房去。」

趙王氏見兒子居然挽著袖子幹家務，很是稀奇，「成材，你怎麼幹起這個？」

趙玉蘭此時也收拾好了情緒，誇道：「娘，哥現在可能幹呢，有空就幫著我們做家務。這時候差不多了，嫂子也快回來了，哥，你讓小蝶把我早上做的那些花卷、蘿蔔糕和豆沙包都蒸上，也給娘帶幾個回去嘗嘗。」

趙成材應了，自出去忙活。

趙王氏更驚奇了，「玉蘭，妳什麼時候還學會了做那些？」

趙玉蘭道：「嫂子把我介紹給方師傅做徒弟了。我可學了不少東西，不過這會兒忙，沒空學做菜，師傅說，等房子蓋起來，還要教我各種炒菜，做大廚呢。」

趙王氏聽得一愣一愣的，「妳能當大廚？」

趙玉蘭道：「娘，您可別小瞧人。嫂子說，有志者，事竟成。她說讓我好生學著，將來等我出了師，還要幫我開間飯館呢。到那時，我自己也能當老闆了。」

趙王氏驚得嘴都合不攏了，這還是她那個唯唯諾諾、膽小怕事的女兒嗎？

「玉蘭，妳……妳可不能這麼不知天高地厚，這做生意可不是鬧著玩兒的，妳怎麼可能？」

趙玉蘭並不與娘分辯，嫂子說過，事情沒做成之前，妳跟人說，旁人都會以為妳是異想天開，等到妳自己真正做成了，那才叫人刮目相看呢，於是她只拉些家常，「家裡您顧得過來嗎？成棟好些沒？」

趙王氏只剩點頭的份了，想想，還是追問：「玉蘭，妳可別一時衝動，萬一生意做賠了，可是要虧錢的。」

趙玉蘭隱隱有些不服，「娘，您總是這樣。我做什麼都不行，哥哥弟弟做什麼都行。您說，要是嫂子現在幫成棟開個飯館，您也攔著嗎？」

趙王氏啞巴了。

趙玉蘭索性道：「您總是覺得女孩就是不如男孩，可嫂子說，這女孩要有本事起來，可比男孩還有用。像咱們家，不什麼事都得靠您？您說，爹比得上您嗎？那您為什麼要瞧不起我？反正，這些事情我自己會想，哥嫂也會替我拿主意，您就甭操心了。」

趙王氏說不出話來，到底是女兒變化太快，還是她沒弄明白？她覺得這個家不止是兩地分居這麼簡單，好像還有些什麼地方不對勁了，她得回去好好琢磨琢磨。

不過，趙王氏今兒來，還有件事要跟女兒交代。當她附在女兒耳邊問了幾句話，趙玉蘭的眼神立即驚恐了，方才的自信與喜悅一下子煙消雲散。

見女兒的恐慌，趙王氏只能無奈地嘆了口氣，「做女人就是個命，妳自己記著日子，留點心。要是沒有也就罷了，可萬一……那可真就麻煩了。」

母女倆相顧無言，臉上都平添了一層愁色。
趙成材忙完了過來，瞧著不對勁，「這又是怎麼了？娘，您又說妹子什麼了？」
「沒……沒什麼。」趙玉蘭勉強應了一聲，「哥，東西都弄好了？」
趙成材把籃子遞給趙王氏，怕走了熱氣，上頭還細心地搭了塊乾淨的布，「娘，我也不留您了。您要是在這兒，家裡肯定沒飯吃了。」
趙王氏心中也還有些疙瘩，不想跟章清亭正面對上，「那我就先回去了。對了，成材，明兒我和你爹沒事，也來工地幫忙吧，你瞧我們要帶些什麼？」
「實在是沒什麼要您幫忙的，工地上又髒又累，你們在家歇著多好，幹麼要來受這個罪？」
趙王氏不悅地道：「就是知道辛苦才要來的，瞧瞧你，都瘦一圈了。蓋房子這麼大事，我們在家閒著，撒手不管的像話嗎？我是來幫你幹活，又不是來跟你要錢的，你怕什麼？」
我怕妳來了和我媳婦吵架！
趙成材想想，還是把醜話說在前頭，「你們來可以，不過，娘，這工程裡頭和衙門的學堂，都有專人負責，可不是咱們自個兒家的事情，想怎麼著就怎麼著，您去了可別瞎指揮。」
趙王氏怎麼會聽不懂他的意思？沒好氣地道：「總之聽你媳婦的就對了，是不是？」
趙成材挺順溜地接了一句：「您要這麼說也可以。」瞧娘臉色一沉，又補了一句：「其實也不是聽她的，這設計施工可是衛管事奏明了婁大人定下來的，娘子在那兒也只管驗貨什麼的，具體事務還是得聽人家的。」
趙王氏應了，正挽著籃子出門，迎頭卻見章清亭一行人回來了。現在工程忙，方家也沒時間做飯，都是在這兒吃完了再回去休息。
多日未見，婆媳倆都有幾分尷尬。章清亭覺得趙王氏憔悴不少，趙王氏也覺得章清亭消瘦了許多，心裡一時都有些不忍。

趙成材忙上前說好話：「娘子，娘知道咱們忙，沒時間做飯，特意送鹹菜來給咱們了。」

章清亭不想掃他的面子，還是上前見了個禮，「謝謝婆婆了。」

趙王氏應了一聲，也說了幾句關心的話：「家裡還有事，我就不留了。你們忙，也要記得顧著自己的身子，別太操勞了。」

章清亭應下，趙王氏走了。

方明珠笑道：「你們快來瞧，我們弄了輛車回來。爺爺，以後咱們來去就不用走路了。」

門口果然停著一輛小驢車，車很舊，油漆都快掉光了，但還算結實，個子也小巧，能容兩三人。驢卻很精神，一身毛皮油光水滑，勁頭兒十足。

趙成材驚喜了，「你們從哪兒弄來這麼好的東西？」

方明珠笑道：「這多虧了阿禮。我們今兒去外頭談事情，正好瞧見那家商戶院子裡放著這輛舊車，軲轆都掉了一個。他就問人家能不能便宜賣，那人倒大方，嫌占地方，索性送我們了。回來的路上補了個輪子，大姊買了隻驢套上，這就齊全了。」

章清亭笑道：「我倒想給老爺子配輛馬的，可現在手上也不寬裕。這驢車先湊合著用吧，等咱們有了錢，再配輛大馬車。」

方德海很是高興，嘴上卻挑刺：「妳這丫頭就會說好聽的，再等些天，房子都蓋起來了，我還要這車幹什麼？」

方明珠拍手笑道：「到時爺爺可以坐著車四處逛呀！」

趙成材道：「咱們家不是還有多餘的布嗎？趕緊把這簾子都換上，再鋪上兩個褥子，坐起來就更舒服了。」

這個倒是簡單，一家人動手，很快就把驢車打掃得乾乾淨淨，裝飾一新。飯後，方家祖孫穩穩地坐在驢車當中，晏博文小鞭子一甩，趕著驢車走了。

張發財忽地笑道：「這還真像一家子。」

張小蝶瞪大眼睛，「怎麼可能？明珠才幾歲？」

張發財一瞪眼，「妳個小丫頭懂什麼？這男人大點才懂得疼老婆。」

章清亭聽了這話心中一動，明珠和阿禮，這有可能嗎？

趙成材卻暗自有幾分高興，管阿禮跟誰，不來招惹章清亭就好。

晚上回了屋，趙成材才獻寶似的先取出那三瓶香露來，「送妳的。這個味妳喜歡嗎？剩下給玉蘭和小蝶吧。」

章清亭還當真小小驚喜了一下，「這香露是南康國的吧？」

見她高興，趙成材笑著點頭，卻又不好意思道：「還是少算了一個，應該幫明珠也拿一瓶，可惜沒帶錢。」

章清亭倒是大方，「那把我這個給她吧，省得那兩個有了，獨她沒有，小孩子容易鬧情緒。對了，你買這個花多少銀子？」

「一錢銀子。」

章清亭點頭，「那不貴了，我們那兒都賣三十文。」

「什麼？這還不貴？」趙成材心都快滴血了，一錢銀子可是一百文，可是，忽地，他發覺不對勁了，「妳說你們那兒？」

呃……章大小姐窘了，這個藉口不好找，乾脆忽視，把小臉一沉，凶巴巴地道：「問那麼多幹麼？」明顯的欲蓋彌彰，心中有鬼。

可趙成材目前的情況還不敢逼供，只嘟囔著：「不說算了。妳要把香露給明珠也行，我還有樣好東西給妳。」

他伸手掏摸著簪子，沒一會兒臉色變了，「怎麼沒了？我明明放在袖子裡的！」

「別著急，慢慢找，你買了什麼？」

「是根銀簪子，很漂亮的，上面打了銀杏葉子，我特意買給妳的，怎麼會沒有呢？」

趙成材把自己全身上下摸了個遍，越發慌了，他可真心疼，「一兩八呢！」

「你別慌，好好想想，是不是放衙門了？」

「不可能，我回家時還特意又摸過的，明明就在的。」

「那是不是滑到棉衣裡頭去了？」

趙成材把棉衣脫下來摸了一遍，還是沒有，口袋也是完好的，沒有破損。

章清亭安慰著他，「算了，掉了也就掉了吧，只當破財擋災了。」

「不應該啊！」趙成材急得汗都快下來了，他努力一幕一幕回想著，「我就是怕掉了，一直兩手袖著，從沒有鬆開過。」

「那會不會掉在家裡了？你出去悄悄找一找，要是有就算了，沒有也別聲張，別擾得全家都不安生了。」

趙成材拿著燈又出去找，可尋了半天，哪裡有影子？連家門口都找了一路，也沒瞧見。

家裡人還是驚動了，章清亭推說是她的簪子掉了，大家幫忙又找了一時也沒有。

章清亭末了只得又扯個謊，「在牆角兒呢，我一時沒瞧見，瞧這不是？」她拿了原先的簪子把眾人哄了過去。

趙成材暗地裡自頓足捶胸，鬱悶不已，章清亭好半天才把他勸睡下了。

陸之章
對簿公堂辨利害

且說趙王氏今日回家，除了拎回來一籃吃的，還意外收穫了支銀杏簪子，可把她樂壞了。話說這趙王氏勤儉持家多年，何曾置辦過這樣精巧細緻的首飾？在章清亭進門時，她就不知多中意她那幾件銀首飾，做夢都不知夢見過多少回戴在自己身上。

雖然這根簪子輕飄飄的，但趙王氏已經很滿足了，還是兒子好，知道心疼娘。

雖說趙成材搶去管家大權讓她有點意見，可此時見了這首飾，心下又平衡了。兒子現在成天在外頭做事肯定也是要交際應酬的，就這都能想到給自己買這麼貴重東西，足見孝心。

趙老實瞧得稀奇，「妳哪來這個東西？」

「要你管！」趙王氏可不想跟人分享這份喜悅，獨自在昏黃的燈光下，一遍又一遍用粗糙的手掌撫摸著這渾身銀白，亮得耀眼的簪子，眉開眼笑，簡直合不攏嘴。晚上小心地把這簪子拿帕子包了，放在枕頭旁。想著明兒要怎樣戴出去顯擺，興奮得大半夜睡不著。

次日一早，趙王氏按捺著激動的心情，早早的起來，梳了個髮髻，把簪子戴上，在鏡子面前顧盼自得。趙老實三催四請的，才喜孜孜地出了門。

一路上見著熟人就略帶刻意地把簪子顯露出來，恨不得人人都上前來誇讚幾句。

趙老實瞧著自家老婆子這個輕狂勁兒，很是看不慣，這都一把年紀了，怎麼還像個小媳婦似的？他悶不吭聲地在前頭大步走著，眼不見為淨。

等到了工地上，工匠們已經開始幹活了。趙成材雖然丟了簪子很鬱悶，但還是跟章清亭交代，讓她不拘安排爹娘幹點什麼，是個意思就行。

趙老實好打發，讓他幫忙看管農具，要是有壞的，就收了拿小車推到田福生那鋪子裡去修，然後再把修好的拿回來就是。這個活很是輕鬆，趙老實沒事還幫人挖幾鋤頭，運些泥土，幹得很是賣力。

至於趙王氏，瞧她今兒打扮得這麼齊整，根本不像是來幹活的，章清亭便打發她回家去，「婆婆，街坊嬸娘們都在家裡幫忙幹活呢。那邊雖有方老爺子照管著，可到了飯點，她們也該回去了。就麻煩您過去搭把手，到了日中給大夥兒分饅頭打粥吧。」

趙王氏瞧這工地上，指揮幹活的是衛管事，她在這兒確實沒什麼事，便依言回去了，「那行，家裡的那攤子就交給我了，保管誤不了妳的事。」

章清亭暗自翻白眼，還是這麼大包大攬的性子。不過有方德海在，相信她搗不了什麼亂。及至她轉過身去時，章清亭眼角忽見銀光一閃，趙王氏腦後可不端端正正插著一根銀杏簪子。

章清亭心下有了底，估計是不知怎麼掉她手上了。東西找到了就好，省得秀才心疼。倒是既然趙王氏戴了去，章清亭也不準備要了，心意領了就好，省得又鬧彆扭。

快到日中，工匠們陸續收了工，到絕味齋吃飯。

章清亭也準備走了，卻見趙成材神色慌張地趕了過來，「娘子，娘呢？」

「在家呢，我讓她幫著做飯。」章清亭趕緊告訴他，「你那簪子有下落了，要不要聽聽？」

趙成材一跺腳，「妳也瞧見了？是不是在娘那兒？」

章清亭很是詫異，「怎麼了？」

趙成材是啞巴吃黃蓮，有苦說不出，「妳別問了，快跟我回去吧，但願還沒被發現。」

章清亭莫名其妙，跟著他往家裡趕去。

遠遠的，就聽到家中笑鬧之聲，只聽趙王氏大嗓門在那兒賣弄：「這簪子市面上可少見得很，瞧這手工，絕不是尋常貨色，是我兒子特意孝敬給我的。」

趙成材聽了這話臉色更急，進了後院，卻見今兒可著實熱鬧，不僅幫忙的婆娘們沒走，吃飯的工匠也來了好些，熱熱鬧鬧擠了一大院子。趙王氏如眾星捧月般，站在當中，拿著那根銀簪子四處炫耀。

有人見趙老實也在，就揶揄著：「趙大嬸，瞧您這年輕勁兒，可把趙大叔都比下幾里地去了。再戴這簪子，就差出一鄉了。」

趙王氏得意洋洋，故意損著自家老伴：「那當然！就這麼個老貨，成天就知道埋頭幹活，就是拾掇也拾掇不出來！」

眾人又是一陣哄堂大笑。

趙老實雖說被老伴欺壓了一輩子，可當這麼多人的面取笑，也著實臉上有些掛不住。

趙成材見這陣勢不好上前，縮在人後只盼他娘快點見好就收，別再招搖生事了，可趙王氏偏偏越見人多越來勁兒，大方地把簪子給眾人傳看。

趙成材是越看越著急，手心裡都攥出汗來。忽然，簪子傳到一人時，一個沒接穩，叭地一下落到了地下，正好是葉片那頭先著了地，觸動機簧，兩片葉子一下就被磕開了。

那人慌慌張張拾了起來，一面擦拭著，一面賠不是：「趙大嬸，我真不是故意的……」

噗！那人忽然臉漲得通紅，爆笑起來。

趙成材兩眼一閉，臉紅到耳根子，躲了出去。

這是怎麼了？章清亭莫名其妙，要看個究竟。

趙王氏見人家摔了自己的東西還敢笑，又氣又惱，「你這人怎麼這麼毛手毛腳的？」

那人見東西沒摔壞，就玩鬧起來了，高舉著簪子，「大夥兒都來看看吧，這裡可有稀奇玩意兒，沒成親的可不許來瞧。」

旁人聽這話裡有點意思，圍攏上來，定睛一瞧，無不哈哈大笑。

那兩片銀杏葉兒裡頭刻著極精緻的春宮圖，男左女右，赤身露體，意態妖媚，葉片合上，自然就是交媾之意。章清亭不用上前，已經猜著七八分了，小臉當時也紅了，偷偷躲了出來。

趙成材正蹲牆根呢，聽到裡頭東窗事發，很是赧顏地小聲解釋：「我真不知道……是鴻文攛掇著我買的。今兒上了衙門，我想著昨天收拾東西，會不會丟到娘那兒了，他才告訴我實情。」

章清亭忿忿地啐了一口：「下流！」

趙成材滿臉通紅，不敢辯解，而裡頭笑聲是一浪高過一浪：「趙大嬸，沒想到您還真是人老心不老，怪不得打扮得這麼花哨，敢情是瞧不上趙大叔了吧？」

「趙大叔，您是不是得燉點牛鞭補補了？」

趙王氏老臉都沒處擱，恨不得挖個地洞鑽下去。她轉頭想走，卻被人拉著。

「趙大嬸，跟咱們講講啊，恐怕這不是你兒子送的吧？」

「難道趙大嬸還有相好的？」

這越說越不像話了，趙王氏真是後悔死了！

這死成材也學壞了，沒事幹麼弄這個鬼玩意兒回來？她活了大半輩子，這還是頭一回在人前出這樣大的醜，簡直把八輩子的臉全都丟盡了。

這簪子肯定是兒子買給章清亭的，卻不知怎地落在籃子裡。自己也真是的，怎不想想，若是成材送給她的，為什麼連說都不說一聲？

趙王氏是又悔又怨，趙老實卻是肺都快被氣炸了。

這個死老太婆，不知從哪兒弄這麼個污七八糟的玩意兒回來，還當個寶似的捧著，莫非是見日子好過了，就動了花花心思？但凡男人，不管平日裡再怎麼懦弱，對於要戴綠頭巾這種事情，都是非常非常介意，而且絕對無法容忍的。

鄉人本就粗豪，何況又是這麼一對年長的老夫老妻，見了這種事還不得好生取笑一番？越發火上澆油地逗著趙老實：「年紀大了，不服老不行。趙大嬸這麼年輕，趙老哥，您可不能占著茅坑不拉屎……」

「你滿嘴裡胡謅什麼臭糞呢！」趙王氏又羞又惱，忍不住出言駁斥。可轉而瞧見趙老實那張拉長的臉，卻又自覺理虧，「孩子他爹，你聽我解釋，這東西不是……」

趙老實騰的一下站了起來，臉憋成紫醬色，卻是一個字也說不出來，忽地一彎腰，扒下鞋子，狠狠地扔在趙王氏身上，光著隻腳大步回去了。

夫妻這麼多年，這是趙老實第一次動手打老婆，還當著這麼多人的面，可見是氣急了。趙王氏又羞又愧，捂著臉也從另一頭也跑了。

鄉人兩口子打架是常事，根本不以為意，反而哈哈大笑。而那支惹禍的簪子，最後又轉回趙成材手裡。章清亭紅著小臉，上前埋怨：「都是你惹出來的好事！快回家去看看吧，別真打起來了！」

趙成材又羞又愧地趕緊跑了。

這算是哪門子事？明明是要送章清亭禮物，結果卻弄成這樣。虧那李鴻文還有臉說是給他們夫妻之間增添情趣。什麼情趣？分明是給別人打趣，自家無趣了。

一進家門，就見生平最老實的爹，居然抽了根柴禾滿屋子追打趙王氏。

這可真是太陽打西邊出來，老鼠敢跟貓叫板了。

趙成棟不知道到底發生何事，愣在那兒目瞪口呆。

趙成材趕緊去攔，「爹，有話好好說，幹麼動手？都多大年紀了！」

「你們瞧瞧她，瞧瞧她！」趙老實氣得直跳腳，「簡直把全家的臉都丟盡了！」

「成材，你回來得正好。」趙王氏終於見著兒子，可算是見著救星了，「你說，這簪子是不是你買的？我可沒撒謊吧？」
趙成材臉上一紅，「那個……也不是他買的。」趙老實還要打趙王氏。
「妳聽，兒子都說了，不是他買的……」
趙成材把爹一攔，「您先聽我說完，這簪子是我買的，卻是個熟人想跟我開玩笑，幫我挑的，連我也不知情。不過，娘，您既揀著簪了怎麼也不跟我說一聲？鬧這麼大一場笑話！」
趙老實越發生氣，指著趙王氏道：「妳呀，一輩子就是狗改不了吃屎的脾氣，什麼東西都想往自己手裡頭巴著，見了點沾金帶銀的東西，就什麼臉面都不顧了。昨兒問妳還不肯說，今兒一早就弄得妖妖調調地出門去，妳當妳自己多大，還十八呢？也不拿個鏡子照照，一臉的雞皮疙瘩，眼看都要當奶奶的人了，還這麼不正經！」
「你……你敢罵我？」一向任她揑扁搓圓的老伴居然這樣罵自己，趙王氏也有些火了。
趙老實揮舞著手中的木柴，「我不光罵妳，今天還非得好好教訓教訓妳！成材、成棟，你們都給我站一邊兒去！再不揍她一回，她都要飛上天去了！」
「爹，算了，娘也不是故意的。」兩兄弟拚命攔著。
可這兔子急了也會咬人，趙老實今兒丟臉丟大發了，是發了狠了，到底打了趙王氏兩下方才罷手。趙王氏成親這麼多年，可從來沒受過丈夫的氣，被打得雖然不重，但這口氣著實嚥不下，在那兒嚶嚶哭泣，痛訴家史。
「……你嫌我拿了個銀簪子就當個寶似的，你怎麼不想想，這麼多年，你給我添置過什麼東西？你們但凡用點心，我至於這樣眼皮子淺嗎？」
要是以往，趙家人肯定都不吭聲了，但趙老實今日卻憋著一肚子火，當即出言駁斥：「嫌我窮，妳當年嫁我幹麼來著？我是給妳添置不起東西，可難道我就給自己添置了？妳賺的錢給了這家裡，難道我賺的錢就沒給這家裡？」

「我賺的比你多。」

這話可又把趙老實激怒了，「是，妳賺錢多，妳有本事，那妳飛妳的高枝去！成材，代你爹寫份休書給你娘，讓她再去找一個！」

這話說得可真是嚴重了，趙王氏萬萬沒有想到，老實巴交的趙老實有朝一日還敢寫休書給她？這恐怕真是氣大了，驚得她連眼淚都止住了。

趙成材勸道：「算我錯了行不行？爹，您跟娘置氣，也不是這個說法。這都多大年紀了，就為了這點小事還寫休書，這不是讓人看笑話嗎？」

「笑話已經讓人看夠了！眼下不分，說不定早晚你娘就得給你們找個年輕的後爹呢，不如早分早安生！」趙老實是真的氣壞了，渾身像長滿了刺的刺蝟似的。

趙王氏本來不哭了，見老伴執意跟她鬧，不像是玩笑，到底是自己理虧，忍不住心下有了三分怵意，又抽抽噎噎哭了起來。

「爹，您這話可過了啊，娘是什麼人難道您還不清楚嗎？她無非是爭強好勝些，愛出風頭些。哪有那些亂七八糟的心眼？您發發脾氣也就算了，再說什麼要分開的話，可就太傷人了。」趙成材斷然道：「你倆要是分了，不坐實了外人的話嗎？本來沒什麼，還真以為有什麼了。到時誰的臉上有光啊？咱們兄弟姊妹都這麼大了，以後還要不要我們出去見人了？」

趙老實想想也是，都這麼大年紀了，鬧什麼鬧？不過心中還是氣不平，忿忿道：「那我就看在你們的分上，不分也行。不過，以後各過各的！」

他進屋拿了自己鋪蓋，就往西廂而去。

暫時分開，讓爹消消氣也好。趙成材不去勸爹，反過來勸趙王氏：「娘，您也真是的。您要是想要個首飾什麼的，跟我說，讓我給您置辦不就得了，何必非做出那個樣兒來？別說爹看了生氣，說實在的，我都有些看不下去。別說是根銀簪子，就是個金的，您至於那麼顯擺嗎？要您好端端地戴著，也不會出這麼大的醜。這一把年紀了，怎麼行事倒毛毛躁躁，一點兒也不穩重？」

這話說得趙王氏心裡慚愧，確實是自己一時糊塗，得意忘形了。見一貫硬氣的娘低頭不語，趙成材也不忍心過於指責，「反正事情已經這樣了，若是日後再有人提起，就說您不知在哪兒撿了一支簪子，也不曉得裡頭的竅門就戴了出來。等時間長了，大夥兒淡忘了，也就沒事了。至於爹那兒，您還是去勸勸吧。認個錯服個軟，這輩子他都讓您讓過來了，這一回您就不能讓回他？」

趙成棟也勸道：「爹脾氣是最好的，從來都沒見他發過火，這回生這麼大的氣，是真惱了。娘，您明兒做幾樣爹愛吃的小菜，燙一壺酒，跟爹說幾句軟話，這滿天雲彩也就散了。」

趙王氏委委屈屈點頭答應，這叫什麼事兒？羊肉沒吃著，反惹一身騷。

「成材，是誰給你買的那個破玩意？」趙王氏非要去臭罵一頓不可。

趙成材笑了，「不過是個玩笑，人家也沒有惡意，算了，得饒人處且饒人吧。」

趙王氏只得嚥下這口氣，轉頭去向趙老實賠不是。

爹娘這頭總算是相安無事了，趙成材揣著這根銀杏簪子，去找李鴻文了。

冤有頭，債有主，可不得找他算帳嗎？可李鴻文早不知躲哪兒去了。

我看你跑得了和尚還跑得了廟！趙成材忿忿想著，正自處理著公務，忽聽一陣熱鬧，是陳師爺回來了。

幾月不見，陳師爺當真養好了，紅光滿面，精神抖擻，正和同僚們互相問候。

到他跟前時，陳師爺悄悄低語：「回家前到我那兒去一趟。」

趙成材猜到可能是帶了什麼土儀給自己，忙推讓，陳師爺卻不許，「那就是瞧不起我了。」聽了這話，趙成材只得應允。

陳師爺又進去向婁知縣請安，沒一會兒，小廝出來請趙成材和李鴻文也進去。

正說不曉得李鴻文去了哪裡，卻見他從隔壁屋裡出來，一臉討好，「成材兄，請。」

這個人精！趙成材搖頭失笑，先不與他計較，幹正事要緊。

婁大人笑呵呵告訴他們一個好消息，原來郡上的郡學年後請了郡上的名師，要辦一個為期一月的講學和交流活動。

「早說要送你們二位上郡裡修習的，可學堂的事一直忙著，你倆都走不開，我還想著是不是找人來替你們一下，可巧陳師爺回來了，那你們就把手上的事情交給他，收拾行裝，準備這兩日就動身吧。」

兩人自是感激不盡。學堂裡的事情基本上他們倆都理順了，陳師爺再接手，也不麻煩，倒是衙門裡，雜七雜八的有不少東西要交代。趙成材很是細心，怕耽誤了事，一直跟陳師爺說到天黑方才全部交代完畢，李鴻文當然早溜之大吉。

陳師爺收了那些公文，見條目清晰，很是讚許：「這些天，真是辛苦你了。」

「說哪裡話？應該是我謝謝您給我這機會才是。」

陳師爺見左右人都走光了，正好拉他回了自個兒屋裡，取出一大包土儀，全拿油紙包得好好的，他掀開一角道：「都是些自家做的東西，你可別嫌棄。」

趙成材見裡面都是精挑細選出來的風雞風羊什麼的，光這原料就值不少錢了，連連推辭：「這麼好的東西，我拿一點意思意思就行了。剩下的，您再送旁人吧。」

陳師爺不允，「你代我這麼長時間的班，我謝謝你是應該的。」

趙成材低聲跟他透露：「我想您也應該知道，婁大人開春可要離任了，雖說這師爺的位置還是您的，憑您的閱歷也當之無愧，可新官上任三把火，指不定到時有人說好說歹，這些東西，您還是留著上下打點吧。我實話跟您說，我接您這位子，年底可收了不少紅包，再要拿您的東西，可就太不好意思了。要不，這樣，我拿隻雞去，這剩下的，您還是留著送人吧。」

陳師爺聽了很是感動，越發要把東西給他，「你就別擔心了，我心裡頭有數，倒是你家，聽說遭逢了不少事兒，可惜我也幫不上什麼大忙。不過，你放心，等你去了郡上，你家裡我會幫忙照看著的，就是幫不上，也能出出主意。」

趙成材只得道了謝，把東西收了。等他進了家門，大家飯都吃完了。

「還以為你又上哪裡吃香的喝辣的呢。」張金寶打著趣，把東西接了下來，「怎麼弄這麼多好東西回來？」

「快給口飯吃吧。」趙成材洗了手臉，顧不上解釋，就先催飯。中午鬧那麼一場，他都沒吃，下午在衙門裡混了幾塊點心，肚子早餓得咕咕叫了。在外頭不好意思，一進了家門，就原形畢露了。

章清亭嗔他一眼，「沒見過這副吃相的，不知道的，還以為是咱家來了個要飯的。」

眾人呵呵笑了，趙玉蘭忙去裡頭把留的飯端了出來。趙成材狼吞虎嚥吃了飯，這才有心思說話：「禮物是陳師爺送的，我過兩日要上郡裡學習，家裡有什麼事情要我辦的，趕緊說一聲。」

聽他說了原委，章清亭很支持，「你身上有錢嗎？我手上還有一些，你先拿去用吧。」

趙成材搖頭，「今兒婁大人一人給了二兩銀子，足夠花用了。明兒幫我把衣服洗洗熨熨倒是真的，總是出門，得像個樣子。」

張小蝶忙道：「那姊夫你快把外頭衣服脫了，咱們今晚就洗了晾上。」

章清亭卻默不作聲地從屋裡取了個包袱出來，「喏，給你的，正好下午得了。」
趙成材一愣，「妳什麼時候又做了新衣裳？沒見掀動針線啊？」
章清亭白他一眼，「我不動針線，外頭裁縫就不會動嗎？」
這是上回元宵他的衣服燒了之後，她第二天就去找裁縫做的。
看秀才那臉上要笑不笑的，她耳朵也有些發熱，清咳一聲換了話題：「你們都別妒忌，他是在要外頭跑的，穿寒磣了惹人笑話。」
家裡人都笑了，紛紛表示沒事。
張發財道：「這窮在家，富在路，是該讓女婿穿好點的。閨女，妳快去幫他打點行李吧，看差什麼，趕緊買了。」
小倆口回了房，章清亭咕噥著道：「早知道那簪子不買多好，你帶在路上正好能寬裕些。」
趙成材知她剛幫方德海買了驢，手上沒錢，道：「我明兒找鴻文，讓他幫我退了。」
章清亭點頭，又悄聲問起趙玉蘭的事情。
趙成材道：「陳師爺才剛回來，咱們就說起這事不大好。就是有法子，我不在家，你們也不好弄。不如等我回來，再好生談談。」
這接下來的兩日就忙著打點行李，又把重要的幾本書囫圇溫習了一遍。抽了個空，趙成材抓了李鴻文，問清那簪子可以退，卻只能按重量，手工扣得太多，趙成材有些猶豫了。
李鴻文陪笑：「不如留著跟嫂夫人做個玩物兒吧，咱倆這次出去的食宿，全由我來付，算是賠罪，如何？」
趙成材想想算了，畢竟以後還要共事的，也給人一個臺階下吧，於是允了，只正色交代一句：「那你以後可不許再這麼捉弄人了。」

李鴻文也覺此次烏龍擺得太大了一點，連稱不敢，算是揭過此事。

既然這簪子賣不出去，趙成材只好藏在家裡，忍不住偷看一眼，就羞得面紅耳赤，待欲再看，又怕把持不住，想入非非，索性交給章清亭。

章清亭自然不要，可趙成材說：「這好歹也值一兩銀子，妳弄個什麼包上，藏在哪裡，萬一家裡有個急用，還能換點錢花。」

章清亭這才勉為其難把東西收了，做了個布袋套上，縫了個嚴嚴實實，才放進箱裡。

忙忙碌碌，就到出門那日了。

趙成材一早整束好了行李，等著李鴻文來接。他家自有馬車，像這般求學出門，李老爺還把馬車重新拾掇了一番，跟著兒子出去，撐個門面。

趙成材自己沒啥，倒是對家裡人千叮嚀萬囑咐：「金寶，你晚上別忘了閂門關窗，檢查爐火。小蝶，妳別跟妳大姊置氣，她要是說什麼，肯定是為了妳好……」

「行啦行啦！」張小蝶笑著打斷他的話，「姊夫，你累不累？都交代多少遍了，我耳朵都快聽出繭子來了。你要是實在不放心，乾脆把我們都帶去得了。」

趙成材很不好意思，章清亭瞪了妹子一眼，「越來越無法無天了。」

張小蝶就笑著不吭聲了。

章清亭低聲交代：「我在你書盒放了點東西，你自己記得，萬一有什麼，該用時就用吧。」

趙成材聽得心頭一暖，知她肯定又藏了錢，忍不住嘮叨起來：「那妳自己也要保重，不要太操心，有什麼事，他們能幫著做的，就讓他們幫著弄吧。要是遇到不高興的事情，就回來說說，別老是一人憋在心裡。平時有事多跟阿禮商量，若是遇到為難之事……」

「就去找陳師爺，我跟他們都打過招呼的。」張小蝶學著他的話，在一旁接了，咯咯直笑，

「姊夫，我沒記錯吧？」

雖然章清亭也嫌趙成材囉嗦，可此時突然被妹子打斷，很是有幾分不悅，臉一沉道：「我瞧妳還真是三天不打，上房揭瓦了。」

正待訓她兩句，卻聽門口馬車鑾鈴響起，「成材兄，可以走了嗎？」

李鴻文一身簇新的公子哥兒派頭，笑吟吟地下車來和眾人見禮。一見著他，章清亭倒是又私下囑咐了句：「你去歸去，可別跟他跑到不該去的地方。」

她也會吃醋嗎？趙成材很是高興，「我曉得的！」

李鴻文調笑著，「嫂夫人是不是不放心？放心啦，其實這小別……」

「走啦走啦！」趙成材迅速把他那些不正經的話打斷，拖著人走了。

兩人又去了趟衙門，向妻大人辭行，這才啟程往郡裡而去。

李鴻文一離了市集，整個人頓時就如脫了籠的小鳥般歡快了起來，「總算是自由了。」

趙成材聽得好笑，「難道在家還成坐牢了不成？」

李鴻文晃著手上新買的檀香扇，「可不像坐牢似的？白天在衙門有大人盯著，晚上回家有老爹盯著，可把我憋壞了。那翠紅樓來來去去就是那幾張老臉，看都看煩了。這回到了郡裡，可得好好樂一樂。」

趙成材很是鄙夷，「你注意點形象吧，咱們好歹去的是官學，你多少收斂著點。」

「這你就不懂了，什麼叫風流才子？先得學會風流，才算是才子。」

噗！趙成材差點笑噴了，「照你這麼說，不會風流的就不是才子了？」

「那樣的叫……書呆子。」

趙成材不與他爭辯，看著窗外飛馳而過的景色，心裡卻開始惦記起家裡。

這會兒方老爺子該到了，該去了衙門找衛管事了。

玉蘭她們該揉麵了，金寶傷基本都好了，肯定被打發去挑水了。

娘那邊，這幾日還有些不好意思出門，不過爹已經搬回屋裡去了。這老兩口啊，鬧起來還真像小孩子。等成棟的傷好了，還是讓他踏踏實實跟著爹娘種地吧，學堂的學習班已經幫他報上名了，學點東西還是有好處的……

可翻來覆去，想的最多的，還是章清亭。

這怎麼還沒離開一會兒，就開始想念了呢？

趙成材走了，生活好像也沒什麼變化，各人該幹什麼仍是幹什麼，但好像又在哪裡總有些不一樣了。就像竹蓆上被人抽走了一小條，看起來不打眼，只有當真正用起來時，才覺得不舒服。

晚飯後，當章清亭習慣性的去端茶壺，發現觸手是空空如也的一片冰涼，心裡未免有些悵然若失起來。他到了郡上了吧？這會兒是不是也已經吃過了飯，和新認識的人攀談？也不知他會認識些什麼人，那個李鴻文會不會帶著他出去花天酒地？

應該不會，他手上又沒多少錢，怎麼能在外頭胡亂揮霍？再說，他也不像是那種人。可男人不都是喜新厭舊，見異思遷的？就算他平日在家看起來老實，可也難保他在外頭幹些什麼呀？

章清亭輕輕啐了自己一口，就是他在外頭幹什麼，又關妳什麼事？

可真要想著他在外頭左擁右抱，心裡那氣就不打一處來。那死秀才要是真敢這樣，那她就再也不理他了！

正忿忿想著，要收拾了睡下。沒一會兒，忽聽張金寶敲門，「大姊，妳這門怎麼沒閂上？」他接手了檢查門戶之責倒也盡職，等一家子都睡下了，便從後院一路巡查而來。

往日都是趙成材在她睡下後閂門，她可沒操過這份心，此時只得披衣起來，自閂了門。

可張金寶走開兩步，又想起樁事，「大姊，妳那火盆裡的炭有埋好嗎？」

章清亭無語，重又披衣起來，開了門，「你過來瞧瞧，平時都是他弄的，我也不知道。」

張金寶進來，拿火鉗撥了撥灰，又埋了幾塊炭，把那窗戶支開個縫透氣，才說：「行了。」

章清亭幾番折騰，再躺下時，猛地打了個大大的噴嚏，覺得身上有些涼，忽又想起，那湯婆子也沒弄。罷了罷了，再讓她起來，也沒那個心思了。就這麼將就著睡下，一晚上總覺得被窩裡涼颼颼的，沒睡踏實。

大清早的醒來，一雙腳還是冰涼，到底著了涼，有些眼澀鼻塞。現在時氣雖已入春，卻是春寒料峭，最是傷人。章清亭才大病一場，不敢大意，準備打點熱水好生燙燙手腳，再熬碗薑湯喝了發發寒氣。可才出房門，忽聽後院有人拚命壓抑的嘔吐聲。轉頭一瞧，卻是趙玉蘭。

「妳這怎麼了？」

趙玉蘭被嚇了一跳，趕緊捂著嘴巴，站了起來，「大……大嫂，妳今兒怎麼起這麼早？」

章清亭見她眼睛濕紅，臉色蒼白，很是擔心，「妳不舒服？」

趙玉蘭拚命搖頭，極力否認，「我沒有不舒服，就是這一陣子，過會兒就好了。」

章清亭沒往別處想，「是涼著胃了嗎？正好我也有些著涼，要不，一起去看大夫吧？」

趙玉蘭驚恐得擺手，「我好了，真的……我沒事，大嫂，妳要是不舒服就去看大夫吧。」

章清亭有點心疼錢，只有她一人可就捨不得請大夫了，「那妳幫我熬碗薑湯，多擱著紅糖，妳也喝點，能暖胃的。」

趙玉蘭一聽「紅糖」兩個字，卻如洪水猛獸一般，堅決地搖頭，「我幫你煎一碗去。」

章清亭覺得她的反應有些怪異，可又說不上來，一時也沒想明白。

大夥兒陸續都起來了，聽說章清亭有些不舒服，都催她找大夫瞧瞧，年前才重病了一回，別又弄發了，獨張小蝶打趣：「這姊夫才走一天，大姊就鬧病了，怕是害相思吧？」

全家人都笑了，章清亭臉上一紅，狠狠剜她一眼，「死丫頭，現在越來越牙尖嘴利了，明兒就把妳嫁出去，瞧妳那時再到哪兒逞威風去？」

張小蝶絲毫不以為意，「就是嫁了我，我也天天回來在妳眼皮子底下鬧騰。」

章清亭咬牙切齒，「那就把妳嫁得遠遠的，山高水長，瞧妳怎麼回來？」

張小蝶笑回：「那我跟姊夫哭去，姊夫才不會同意。」

章清亭心想，這還反了天了！

「他說也沒用，你們以前不是說，你們的親事全由我作主嗎？」

張金寶此時插了一句：「可也得聽聽姊夫的意見不是？好了，小蝶，姊夫走時還說了不許跟大姊置氣的，妳怎麼這麼不聽話？當心姊夫也不幫妳。」

張小蝶樂了，「我這不是瞧大姊剛喝了薑湯嗎？讓她生氣發發汗就好了。大姊，來摸摸。」她伸手去摸章清亭的額頭，果然有一點點濕意了，「瞧，這會兒汗出來了，可再別吹風，養養就好了。」

張發財道：「大閨女，妳今兒就在家裡歇一日吧。那工地上的事情有阿禮和方明珠，不行讓金寶或是小蝶跟了去，雖然出不了什麼主意，也能回來報個訊。」

一時方家三人來了，見她有些不舒服，也都力勸她留在家裡休息一日。方德海道：「這春天本就風大，要是逞強跑出去，回頭病得重了，越發耽誤事，人還遭罪。不如在家好好將養一日，徹底斷了根，明兒再出去也不遲。」

章清亭聽得有理，便讓張金寶跟著出去。

大夥兒該忙什麼都去忙活了，章清亭也是個閒不住的性子，乾脆就把這些日的帳本拿出來捋捋。雖然蓋房子的錢全是賒欠的，但一筆筆一項項，還是都要登記清楚，到時才能核算。

怕她冷，張發財又單獨燒了一個爐子送她小屋裡來。上頭擱著水壺，添點濕氣，還特意囑咐：「就是覺得熱也別減衣裳，悶出汗來才好。若是要什麼東西，只管叫我們，大夥兒都在後院呢，妳少出來走動。」

章清亭心裡溫暖，她自己的父親大人可從來沒有這樣體貼過自己。若是病了，那是決計不會來看她的，因為怕過了病氣。從小到大，父親對於章清亭來說，都是只可遠觀不可近瞧的。就像是牆上的年畫，威嚴肅靜，而不是這樣親切而體貼。

章清亭有心親近，問起椿事：「您這麼些時候沒去那地方，手不癢嗎？」

張發財老臉一紅，頗有幾分不好意思，「從前幹的勾當，還提它做什麼？」

章清亭帶了幾分女兒家的頑皮揶揄著：「真不想了？」

「真不想了。」張發財頗有幾分感慨，坐下道：「以前吧，是實在太窮，養活不了一大家子，又不知能幹些什麼，才跟人走上歪路，總想著能撈把大的，賺足了錢，就可以讓大家都過上好日子，卻不料越賭越輸，認真說起來，真多虧了妳。」

他很是慚愧，「一個小女孩兒，十三歲就出去殺豬了，雖說掙著錢了，但也著實不像話。爹雖然沒說，但每回看妳提著刀子出去，累個半死回來，心裡其實也是難過的……」

「那還去賭？」

「那不是想著快點翻了本，就可以不讓妳去殺了豬嗎？」張發財道出實情：「妳可真別怨爹，我真是這麼想的，只可惜總是沒妳那個手氣。」

章清亭一笑，決定揭露實情，徹底打消他的賭念，「您還真以為賭錢是手氣啊？我實話告訴您吧，全是騙人的。您以為我真什麼都不會就敢上那桌子打馬吊？那不輸得血本無歸才怪。還有那做莊下注的，我不怕老實跟您說，全是姓薛的在後頭唆使。特別是最後一局，我要是不放水，您以為真有人能贏過我去？」

張發財難以置信地張大了嘴，「怪道我總尋思著不對勁，怎麼這麼容易就輸了呢？原來竟是如此，那他還那樣對妳？」

章清亭冷笑，「這些開賭坊的，哪個不是貪婪成性？你給他塊肉，他就能把你的骨頭全都吞下去。姓薛的還不是見我能幫他掙銀子，所以拚命想把我弄上手不可。」

張發財終於恍然，「那像我們平時在賭坊裡賭錢，也全是耍手段的？」

「那是當然，否則，他靠什麼養活那些打手和夥計？要是看見有贏大錢的，不是他的人就是他故意放出來做噱頭的。這就好比一百個人，九十九人輸了一兩銀子，一人贏了十兩，他就大肆渲染那個贏的，讓那九十九都去羨慕，以為自己也有機會，可真正賺得最多的，還是他自個兒。」

張發財明白了，氣得罵道：「那些王八羔子，騙了我多少錢去？不行，我得出去說說！」

章清亭叫住他，「您現在出去說有用嗎？且不說你未必有機會張這個口，就被人大卸八塊了，就是讓你大庭廣眾之下說了，那些賭徒賭紅了眼，怎麼可能聽得進去？這些真正愛賭的，幾乎都是好逸惡勞、不想幹活的，除了賭，你讓他幹什麼去？」

張發財恍然大悟，章清亭不僅是讓他戒賭，還要讓他恢復勤勞本性，頓時胸脯拍得響，保證道：「閨女放心，妳爹可沒那麼糊塗。我本來只是想靠賭錢掙點家業，讓大家過上好日子。現在靠著妳，咱們家不靠賭錢，一樣能過上好日子，妳爹那賭錢的心思早就淡了。妳現在又把道理全說明白了，我要是再去賭，那可真不是人了。妳放心，妳爹以前可不懶的，趕明天，不，就從今兒起，妳瞧妳爹都幹些什麼事。」

章清亭知他是真明白過來了，心中也很是高興，藉此說出將來的打算：「您現在年紀也大了，那些力氣活倒是悠著點兒好。日後等房子蓋起來了，咱家也弄個門面，做點小本生意，到時讓你們老兩口看著，能賺點小錢，貼補家計就行。到時金寶和小蝶跟我出去忙活，照管家裡、打點鋪子可全都得落在你們身上，到時您可不要叫苦叫累。」

張發財聽得越發感動，「妳放心，妳爹別的本事沒有，幹這點事情還是會的。咱會賭錢，當然也會算帳。就是學不來寫字，也能弄個板子，畫線記下，包管賠不了錢。」

章清亭一笑，正待再鼓勵幾句，門外傳來說話聲：「玉蘭姊，那個怪沉的，我幫妳提吧。」

「不用了，我自己能行。」

往窗外一瞟，是趙玉蘭拎著一大桶水，柔弱的身子被壓得歪歪斜斜的，卻偏生不肯讓張小蝶幫，像是故意折騰自己一般。

張發財見趙玉蘭如此，倒是讚道：「這個閨女真是能吃苦，肯幹活。這幾日天天這麼幹，一刻都不肯歇著。閨女，我不跟妳說了，我也該出去忙活了。哦，對了，還有句話。」他走到門口又笑嘻嘻地回頭道：「爹覺得生平做的最對的一件事，就是把妳許給了成材，那小子還是不錯的。」

章清亭臉上一紅，可目光卻更加被趙玉蘭忙碌的背影所牽引，總覺得有些什麼地方不大對勁，是什麼呢？正費神琢磨著，忽聽前頭看門的兩個小兄弟在叫：「大姊，惡人來了！」

章清亭吃了一驚，還沒等迎了出去，就見有人腳步匆匆硬闖進來。

「趙玉蘭，妳給我出來。」

趙玉蘭一聽到這聲音，臉頓時白了，手上提著的一桶水掉到地上，灑了一地，連裙子鞋子全打濕了也渾然未覺。

章清亭抬頭一瞧，是孫夫人大駕光臨。

張銀寶和張元寶兩個小的拉扯不住，反倒被推搡了一下。張元寶畢竟年紀小些，一屁股坐在了地上，委屈得想哭。

章清亭趕緊出來，一把將弟弟拉起，「元寶，不哭。你要記著，咱們做小輩的是應該尊老敬賢，可是對於這種為老不尊的人卻不必客氣！既然她都不愛護幼小，你就上去把這便宜找回來！」

張元寶本來眼淚都在眼眶裡打轉了，聽了大姊這話，一擦鼻子，橫下心就往孫夫人身上撞去。

張銀寶見弟弟吃了虧，哪有不幫忙的？兩個皮小子發起了狠來也不是好招架的。

孫夫人差點被他倆撞得摔一跟頭，勉強站定吼道：「快住手，我瞧你們誰敢亂來？」

章清亭袖手冷笑，「不過是兩個小孩子，您大人有大量，又何必跟他們一般見識？」

「住手！」後頭忽然站出個兩鬢微白的中年大叔，沉著臉發話：「叫趙王氏出來。」

章清亭瞧他派頭十足，指名道姓就找趙王氏，似乎來頭不小，就帶了三分客氣，「請問您是哪位？」

那中年大叔理都不理章清亭，掃了一眼院子，盯著趙玉蘭了，「玉蘭，跟妳婆婆回家去。」

趙玉蘭渾身抖得像篩糠似的，無助地搖頭，一個字也說不出來。

孫夫人猙獰地一笑，「我說媳婦，妳倒是好得挺利索的呀！妳相公被人打得爬不起來，妳不回去伺候，倒有閒心在這兒幹閒事，這就是你們老趙家教出來的好女兒？」

章清亭挺身而出，「玉蘭別怕，有嫂子在，誰也不能把妳帶走。」

孫夫人狠狠瞪了她一眼，轉而望著那大叔，「趙族長，我可沒說錯吧，你瞧瞧你們家媳婦兒，成何體統！」

族長？章清亭一愣，這大叔是哪門子的族長？

趙玉蘭已經撲通跪下了，眼淚撲簌簌直掉，「大伯，求您了……別把我交出去……」

章清亭聽得不妙，宗族勢力可是相當強大的，甚至於族內懲戒殺伐，都是官府管不了的。

「您……您是族長？」

趙族長非常不悅地瞪了她一眼，「還不去把妳公婆請來，向親家母賠禮道歉？」再看一眼四周的人，冷冷道：「這是我們趙家的事，其他人不許插手。」

章清亭怔了怔，「可明明是他們虐待玉蘭在先。」

趙族長不願意跟她廢話，直接吩咐身後跟著的幾個中年人：「你們有誰知道趙王氏家在哪兒，把人給我找來。」

孫夫人見她們吃癟，很是得意。

上回孫俊良被毒打回來，幾乎把孫家二老的肺都氣炸了，當即就要糾結人手來鬧事，可那些地痞卻不肯了，纏著他們訛了不少醫藥費就跑了個乾淨。孫家要再找人，才發現自家名聲太差，根本無人肯來幫忙，就連花錢雇工都雇不上。

他們便又找到鄭狀師，鬧著要打官司，可鄭狀師卻不肯受理，「打孫少爺的是他大舅子兩口子，又沒傷及人命，只能算是家務事，縣太爺根本就不會受理。若是硬鬧上去，倒是很有可能把你們二位打上幾板子趕下堂來。」

孫夫人一咬牙，許以厚利，鄭狀師才幫他們出了個主意：「這種事情官府管不了，但族長可以管。你們想要懲治趙秀才那兩口子不大可能，倒是可以把媳婦討要回來。」

孫家那對惡公婆一聽，這也是個法子。

折騰不了你們，就折騰你們妹子，反正她在我們手裡頭，由不得你們不來低頭。

所以就輾轉找到趙家族長，各種歪纏，又送上厚禮說動了趙族長，出來管這閒事。

章清亭一瞧這可麻煩了，偏偏這個關鍵時候趙成材又不在家，要是讓他們把趙玉蘭帶走，恐怕再也接不回來了，那可怎麼辦？

章大小姐飛快轉著腦筋，忽地想起一個人來，急中生智道：「玉蘭就是要走，也得容她收拾下東西。橫豎我們也跑不了，不如請族長和幾位叔伯到前頭坐下喝杯茶，這後院還得給工匠們做飯呢。小蝶，快去奉茶！」

這話有理，趙族長算是勉強同意了，孫夫人也趾高氣揚地跟著過去了。

章清亭趁他們轉身之際，使了個眼色給方德海。老頭會意，招手把張銀寶和張元寶拉到後門交代幾句，小哥倆頓時跑了。

進了屋，來人全都老實不客氣地坐下，章清亭也讓趙玉蘭回屋躲著，低頭思忖該怎麼辦。茶水泡好，請的人來了。

趙王氏急匆匆的進門，滿面陪笑地上前見禮，「他大伯，今兒是什麼風把您給吹來了？這年過得好吧？家裡一直忙，我又生著病，也沒空過去問候，先在這兒給您賠個不是了。」

趙族長從鼻子裡重重哼了一聲，厲聲指責：「趙王氏，妳教出來的好女兒！把自己公婆相公丟下不管，躲在娘家偷閒，簡直是把我們趙家的顏面都丟盡了，還不快向妳親家賠禮道歉？」

他這話說得威力十足，章清亭緊盯著婆婆，妳可一定要給我挺住了！

就見趙王氏臉上僵了僵，瞧了一眼孫夫人，猶猶豫豫開了口：「我說，媳婦兒，是我眼花了嗎？這位……不是妳娘啊！」

有門兒！章清亭見趙王氏裝聾作啞，心裡就安定了三分，「婆婆，這確實不是我娘，我娘還在後頭做飯呢！」

趙族長重重砸了一下桌子，「趙王氏，妳是什麼意思？這位孫夫人是趙玉蘭的婆婆，難道妳不認識嗎？」

趙王氏被嚇了一跳，回過神來繼續陪笑，「原來是孫親家母啊！他大伯，我可真不認識，玉蘭成親這麼長的時候，也就見過她女婿。之前倒是一直想去親家那裡走動來著，只是他們富貴人家，瞧不起咱們這小家小戶，成材去了都不讓見，實在是不認得。」

趙族長這才不言語了，「既然如此，妳也上去賠個不是吧。」

趙王氏爽快應下，「親家母，他大伯讓我來向妳賠不是，我就來賠不是了。不過，他大伯，我這到底是錯哪兒了？您請明說。」

章清亭心頭大樂，心說這婆婆有一套啊，看來今兒可以跟她唱個雙簧，爭取把玉蘭留下。

面對趙王氏的裝瘋賣傻，趙族長怒斥：「妳還敢說？妳為什麼不讓女兒回婆家？這嫁出去的女兒留在娘家，像話嗎？」躊躇了一下，他才又埋怨著：「虧成材還是有功名之人，當知君子動口不動手，就算是妹夫有什麼不好，講講道理就是了，怎能在眾人面前動手？成材人呢？」

章清亭聽到這兒掂量出來輕重了，這大叔還挺顧忌著成材的功名，看來打孫俊良那事可以帶過去了，只是要逼著他們把趙玉蘭交回去。

趙王氏回話：「成材去郡裡念書了，說是縣太爺安排的，媳婦兒，是這樣嗎？」

見她把話頭丟來，章清亭忙道：「婆婆說的是，是郡學裡辦的講課，請了許多名師，去了不少士子呢！」見趙族長臉色越發緩和，又道：「這兒有句話，不得不替相公解釋一下。相公之前是跟妹夫動了手，可那也是妹夫先找了許多污七八糟的人來鬧事，相公跟他講理，他也不聽，實在氣急了，才動手打了兩下。」

「妳胡說！」孫夫人尖聲駁斥，「你們把我兒子打得不能動彈，這也叫打兩下？」

章清亭笑了，「親家太太，您可真是說笑了。相公一個手無縛雞之力的文弱書生，怎麼能把妹夫打得不能動彈？不過，您說的也對，上回妹夫不過是掉到水裡染了風寒，你們都能向我要一百兩銀子，還把官司打到縣太爺跟前去，想來這挨了兩下，就得在床上躺個十年八載了。」

旁人聽著忍不住微露笑意，他們也沒看過孫俊良的傷勢，聽了這話，倒都相信了章清亭，覺得是孫夫人小題大作了。

趙王氏接著媳婦的話，繼續揶揄：「你們這富貴人家就是好命，要是我們家的孩子，就算斷手斷腳，沒幾日也得下地幹活。媳婦兒，要是下回成材再教訓妹夫，妳可得多攔著點。」

章清亭很是乖巧地應了下來。

孫夫人聽得越發氣惱，待要出聲，卻被趙族長搶先打斷：「算了算了，既然事情都過去了，那就算了。趙王氏，妳快把趙玉蘭領出來，收拾東西跟婆婆回去。」

聽他話裡毫無轉圜之意，婆媳二人全都沒了轍，面面相覷，這無論如何得硬碰硬了。

章清亭是小輩，不好直接開口，趙王氏想了想，老著臉發起了脾氣，「他大伯，您讓我幹別的都可以，讓我交玉蘭出去，我不服！」

「妳有什麼好不服的？」趙族長又是一拍桌子，不過這回的威懾就少得多，「這門婚事是妳自己定下來的，又是明堂正道拜了天地，這嫁出去的女兒潑出去的水，難道妳還能收回來不成？」

「我沒說要收回來啊？」趙王氏只辯解著：「這婚事確實是我應承的，但玉蘭嫁出去，成天被公婆相公打打罵罵，我這做娘的心疼，留她在家住著不行嗎？」

孫夫人冷笑著開了口：「小夫妻打打鬧鬧那是常事，至於我們做公婆的管教媳婦，更是天經地義。妳女兒既是我家媳婦了，自然是我們孫家的人，妳這個做娘的，又有什麼好心疼的？」

對族長要客氣，對這欺負女兒的惡婆婆，趙王氏可沒必要客氣。她來前已經想得很清楚了，成材兩口子狠狠揍了孫俊良一頓，幾乎就把玉蘭回婆家的可能性全部都堵死，為今之計只有拖延時間，想方設法把女兒留下，等成材回來，才有一線生機。

所以，趙王氏故意連趙老實也沒帶，就怕族長拿身分壓人，不好分辯。原本還有些擔心，怕章清亭不管事，她一人獨木難支，可一瞧章清亭態度堅決，她心裡也鬆了口氣。她可太知道這個媳婦了，鬼精鬼精的，一肚子壞水。只要她肯出手，再加上自己這幾十年的閱歷，說不定就能搏一條出路。

當下，趙王氏就狠狠地啐了孫夫人一口，擼著袖子上前叫罵：「妳這說的是人話嗎？我女兒是嫁妳兒子了，那又怎麼啦？難道嫁了人就連生身父母都不要了？要說我女兒有什麼不好，你們是可以管教，可是那樣嗎？連飯都不給吃，覺都不給睡，這是對媳婦的樣兒嗎？」

她一甩袖子，撒起了潑，「我就留她回來住了，怎麼樣？縣太爺都管不著，誰管得著？」

孫夫人正要出言回罵，章清亭搶著說話了：「族長大伯，原本你們長輩說話，我這做小輩的不好插嘴，可俗話說，長嫂如母。玉蘭是我的小姑子，她什麼性子，您肯定比我還清楚。雖說嫁出去的女兒該由婆家作主，可要是被人肆意凌辱，那咱們娘家的臉面又往哪裡擱？」

她低著頭不看人，小聲嘀咕著，卻偏偏讓大夥兒都聽得見：「這麼不分青紅皂白的，就幫著外人來欺負自家人，算怎麼回事？」

「住嘴！」趙族長被罵得惱羞成怒，一張四方臉紫漲起來，「好個牙尖嘴利的潑辣貨，趙王氏，這就是妳選的好媳婦？還不給我大耳光子扇她！」

「他大伯，你就是偏心！」趙王氏這麼些年在鄉里橫行，可不是浪得虛名，「我媳婦兒沒說錯，憑什麼要聽一個外人的，把我女兒交出去？合著不是你親閨女，你不心疼，要是你家閨女，你再說這話試試？」

趙族長氣得鬍子都快翹起來了，「我怎麼偏心了？我這是講理！咱們趙家這麼多年可沒出過這麼不守規矩，讓人笑話的媳婦！」

趙王氏回得倒快：「那也是沒遇上這樣不講道理的惡婆婆！」

章清亭抓住這個話柄，趕緊插嘴：「族長大伯，您說玉蘭不守規矩，讓人笑話了，請問是誰在笑話我家玉蘭，她又哪裡不守規矩了？麻煩他站出來，我們要和他一一對質。」

「說的對！」趙王氏跳出來幫媳婦打氣，「我女兒自嫁過去，成天起五更睡三更，跟熬油似的那麼做，有哪一點對不起他們孫家？虧他們打罵得下手！大年初四，生生累得滾進河溝裡，那女婿就在旁邊站著，也不說拉一把，要不是她哥嫂過去拜年瞧見，把人救上來，我苦命的玉蘭，現在連命都沒了，哪還輪得到姓孫的來要人？」

趙王氏說起痛處，坐地下，半真半假地開始號啕大哭，「是娘對不起妳！給妳結了這樣一門親，全是娘的錯啊！」

章清亭使勁掐自己一把，以袖掩面開始嗚咽：「族長大伯……您可不能偏聽人言啊，我那小姑著實可憐……你非把她逼回婆家，這要是傳出去，人家還以為您收了他們什麼好處，才這麼胳膊肘往外拐，欺負自家侄女……在座的諸位叔叔伯伯，你們也是明白事理的，可得說句公道話啊，嗚嗚……」

趙族長被這婆媳倆一唱一和噎得說不出話來，若說趙王氏只是撒潑耍橫還可以硬碰硬地跟她動真格的，但章清亭卻是言語犀利，處處一針見血，實在讓人難以招架。尤其是最後一句，當真說中了他的痛處，弄得他狼狽萬分。

對於趙孫兩家的事情，他了解的並不太多，只聽孫夫人說是趙玉蘭嬌生慣養，好逸惡勞，挨了幾句打罵就賴在娘家不肯回去。孫家過來三番五次討要媳婦，卻被趙家護短，硬是不肯歸還，還把自家兒子給痛打了一頓。趙玉蘭這麼年紀輕輕的，長此以往單身住在娘家，保不定日後會和人做下什麼醜事來，故此求趙族長出面，把媳婦討要回來。

要說起來，這並不算什麼大事，屬於可管不可管的範疇之內，但是孫夫人說他兒子就是喜歡這個媳婦，離了她一天都不行，還私下許以良田五畝，這才讓他出頭來管這樁事。

趙氏宗族並不是太富裕的宗族，趙族長也只是普通人家，年輕時他還算秉公執法，公正廉明，很得族人愛戴，才坐上這個位置，可近幾年歲數漸大，未免就為子孫考慮得更多，總想臨老時多掙些家業，讓子孫們過得更好一些。

這五畝田對於有錢人家不算什麼，可對於一個普通農戶來說，就可算是好大一筆財富了。趙族長動了私心，又想著寧拆一座廟，不毀一門親，既然只是家務糾紛，不如把趙玉蘭送回去，既全了個人情，又落了個好處。

他本來以為事情很容易，一發話，把人帶走，就算完事了，可沒想到，趙氏婆媳竟如此難纏，尤其是章清亭，當眾把他的短揭了出來。若是此時罷手不理，倒顯得心虛，也沒法和孫家交代。再偷眼瞧旁邊人的神色，都有些漸漸往趙王氏婆媳倒去的趨勢，這要是辦不下來，也不是掃他的威風，笑話他辦事無能嗎？

這些族人當然不清楚這其中的貓膩，只是聽族長說趙玉蘭此舉有辱門風，才跟來管這樁閒事，可此時聽趙家婆媳聲情並茂地痛述遭遇，倒覺得是孫家太過分了，憑什麼欺負他們趙家的女兒？

孫夫人一見這情形可不依了，她是花了大錢的，若是趙族長不幫她辦事，那她非撕破臉皮，弄得他下不了台不可。

「趙族長，我可是請您來主持公道的！」她這話說得陰陽怪氣，威脅十足。

趙族長當然聽出了話裡的意思，老臉一沉，「親家母稍安勿躁，我自會還妳一個公道。」

他色厲內荏地喝斥那對婆媳：「趙王氏，妳瞧瞧妳家接的是什麼媳婦？這當著許多長輩的面便搬嘴弄舌，口快如刀，哪有半分女人家該有的溫柔穩重？恐怕上回成材和妹夫動手，就有妳這個長舌婦煽風點火。」

孫夫人忙道：「就是她之前推我兒子下河，又是她主動調唆著人打我家兒子的。」

章清亭還想反駁，趙族長卻禁止了她再開口的權利：「成材媳婦，妳也實在太放肆了。從現在起，不許妳多一句嘴，否則家法伺候，任誰都救不了妳。」

見他目露凶光，章清亭心裡一驚，畢竟趙成材不在家，這大叔要是真是拿她出氣，誰也沒法子。要救趙玉蘭，也得保全自己，閉嘴就閉嘴，再想別的主意。

打發了她，趙族長才來對付趙王氏，「為人父母者，心疼子女都是常事，但趙玉蘭既已嫁與孫家，便是孫家的人了。做父母的固然心疼，但凡事也應該以夫家為先。小夫妻剛成親，鬧些矛盾是常事，可這一有了什麼，就跑回娘家來的做法實在不可取。娘家若是再疼惜縱容，卻不是愛她，而是害了她。」

「這孫親家母和我說，他們小倆口的感情還是很好的，要不然，怎麼勞動親家母親自來接？咱們這些做叔伯的，若是一味姑息縱容自家女兒，讓姊妹們學了，那以後豈不讓人說我們趙家不能嫁女兒，只能招女婿？斷無這樣的道理。行了，讓趙玉蘭出來，隨她婆婆回去好生過日子吧。」

這樣大事化小，小事化了，聽得旁人又紛紛點頭，覺得有理。

章清亭恨得牙癢癢的，偏偏不能開口駁斥。

趙族長又加了一句：「孫親家母，您要不說個話，讓這邊親家母也能放心。」

孫夫人假笑，「只要玉蘭回了家，我這做婆婆的一定會好好疼愛她，不讓她受半點委屈。」

趙族長笑呵呵地打圓場，「行了，那就這樣，讓趙玉蘭回去，早日給你們家開枝散葉，到時咱們還要來討一杯喜酒呢。」

「那是當然。」孫夫人虛偽地熱情道：「玉蘭呀，快出來吧，東西也沒什麼好收拾的，家裡都是現成的呢！趁著天早，咱們趕緊走吧！」

眼見他們往後院而去了，趙王氏哧溜從地下爬起來攔著，「不行，我不許她帶我女兒走！」
「趙王氏，妳這是何意？」
趙王氏不知如何應對，拿眼瞧著章清亭，章清亭對婆婆做了個無聲的口形。
趙王氏眼珠一轉，明白過來，「就是要帶玉蘭走，也得等成材回來再說。」
「那卻為何？」
趙王氏豁出面子去了，「現在咱們家是成材當家，家裡的大事可全得由他作主。他走前可專門交代了，要把妹子留在家裡的。就算是讓玉蘭回去，也得成材說了再算。」
趙族長眉頭一皺，「那他什麼時候回來？」
「一個月後。」
孫夫人不樂意了，「說不定玉蘭肚子裡已經懷上我們孫家的孩子了，留在外頭這麼久，成什麼樣子？」
趙王氏立即瞪眼，「誰說的？玉蘭根本沒懷孩子！」
孫夫人反將她一軍，「難道妳女兒是不能下蛋的母雞？」
「怎麼可能？」
「好了。」趙族長打斷這無謂的爭執，「讓玉蘭回去。成材那兒我去說，快把人叫來。」
趙王氏這下可慌了神，怎麼辦？她又瞧著章清亭，卻見章清亭似乎並不太著急，對她微微點頭，示意她放心。
趙王氏不解其意，趕緊跟著到了後院，可左右一瞧，「玉蘭呢？」
院子裡的人各忙各的，無人答應。
「趙玉蘭呢？」趙族長提高嗓門喊了一句，還是無人答應。

趙族長老臉上有些掛不住了，「趙王氏，妳女兒呢？」

「我怎麼知道？」趙王氏一顆心落了地，表情無辜，「我不是一直跟您在前頭說話嗎，哪知道她在哪兒？」

再看章清亭，更加目不斜視，一聲不吭。

趙族長無奈，是他對章清亭下了禁言令的，不好問她，只好對趙王氏道：「那妳問問呀？」

趙王氏扯著嗓子喊道：「問一下大夥兒，有沒有人知道我家玉蘭上哪兒去了？」

方德海耷拉著的老眼皮此時才掀開一些，「不知道，只瞧見她出去了。」

「那她上哪兒了？」

「沒問。」

「你們怎麼不問一問？」

方德海斜睨著趙族長，「不是你們族長發話，說這是你們自家的事情，不許我們外人插手嗎？那誰還管？不是有病嗎？」

章清亭心中悶笑連連

趙族長僵得臉紅脖子粗，還沒辦法對人家發火，只好拿趙王氏撒氣，「限你們三日之內把趙玉蘭送回婆家去，別再這兒惹人笑話了。」

這話趙王氏可不愛聽，「他大伯，您瞧見誰在笑了嗎？我怎麼沒瞧見？」

「妳——」

趙王氏不等他發脾氣，接著道：「我還是那句話，玉蘭的事情，得等她哥回來才能做決定。兒大不由娘，您要不樂意，我也沒法子。」

趙族長在這麼多人面前被挑釁得威信盡失，也發起狠來了，「妳要是再這麼胡攪蠻纏，那就別怪我不客氣！」

章清亭又對趙王氏作個口形，趙王氏會意，哭嚎著撒起潑來，「好！你要逼死我女兒，那就先拿繩子勒死我，我不活了！」

章清亭可算真見識到什麼叫一哭二鬧三上吊了，她剛剛是對趙王氏做個了「死」的口形，是想讓婆婆說再這麼弄下去，非把趙玉蘭給逼死不可。可沒想到，趙王氏以為是讓她去尋死，索性就鬧了起來。不過效果嘛，還是很不錯的。

旁邊有人看不下去了，「族長，算了吧，既然她們應承說等成材回來就把妹子送回去，那就再等上一個月吧。再急也不急於這一時，萬一真的鬧出人命，那倒不好了。」

趙族長正好找了個臺階下去，「孫親家母，那就等上一個月吧。妳放心，有我作主，他們不敢把趙玉蘭藏起來的。」

孫夫人一瞧這情形，今兒恐怕是討不到什麼便宜了，思之再三，暫且忍下這口氣，「那行，我就再等一個月。不過，趙族長，這可是您親口應承的，可別說話不算數。那時，可別怪我們翻臉無情。」

趙族長心中鬱悶，一個趙王氏就夠難纏的，誰知他們家還接回個更難纏的媳婦。要是早知道這殺豬女如此狡詐善辯，說什麼他也不會接孫家的東西，弄得現在騎虎難下，左右為難。

等人走了，這婆媳倆才算是鬆了口氣。對視一眼，頗有幾分同仇敵愾的歡欣，可再一眼，又有些心懷芥蒂的尷尬。錯開目光，章清亭再問：「玉蘭到底上哪兒去了？」

方德海一笑，「方才我把明珠和阿禮叫了回來，讓他們趕著驢車帶玉蘭出去轉轉，晚些時候再回來。放心吧，沒事的。」

張小蝶小心探詢：「那族長好凶哦，等姊夫回來，真要把玉蘭交給他們嗎？」

「怎麼可能？」章清亭嗔道：「咱們這是緩兵之計，等相公回來，肯定得商量個法子，把這事給徹底解決掉才行。」

趙王氏忙道：「那要不要給成材去個信？或者乾脆讓他回來算了？」

章清亭搖頭，「這事兒他想怎麼辦，跟我說過。他好不容易有個機會出去求學，讓他安安心心念點書吧。」

趙王氏不解了，「這成材又不進學了，還念這麼多書幹麼？」

這個連張小蝶都知道，「誰說姊夫不念書了？姊夫來年還要去參加鄉試呢！」

趙王氏傻眼了，這家怎麼現在什麼事情她都不知道了？

章清亭知道她的想法，懶得跟她解釋。

張小蝶搖頭晃腦賣弄起來，「這少壯不努力，老大徒傷悲。姊夫現在還年輕，有機會進學為什麼不進？說不定，將來還能考個狀元，給大姊掙個誥命夫人呢！」

趙王氏徹底暈菜了。

章清亭淡淡道：「小蝶，好了，這八字還沒有一撇，以後切莫在人前炫耀了，沒得給妳姊夫抹黑。不管相公能不能更進一步，趁著年輕多念點書總是對的。婆婆要是有空，還是多操些玉蘭的心吧。」

這話說得在理。

沒一會兒工夫，趙玉蘭驚魂未定地回來了，知道為她爭取了一個月的時間，哭著求道：「要不，把我送走吧，就是去哪個庵堂當尼姑，我也絕不回去！」

「事情哪裡就壞到那個地步了？」眾人好不容易才把她安撫了下來。

見這兒房舍窄小，趙王氏本說接女兒回家去，可趙玉蘭不願意，她總覺得跟著大嫂比較有安全感。章清亭也道：「在這兒雖然擠一些，但好歹人多，既能有人作伴，也不怕孫家來搶人。若是回家去，倒難防了。」

趙王氏想想也是，於是作罷。

章清亭那小小的風寒很快痊癒了，依舊每日奔波勞碌，眼見著房子一點一點地蓋起來，縱是辛苦，心頭也是無限歡喜。

暫且太平了幾日，這天晚上，卻見張羅氏一臉鬼鬼祟祟地跟她進了耳房，「閨女，有件事得告訴妳一聲。」

章清亭納悶了，這個娘平常很少出聲，吃飽喝足，能不操心絕不操心，她有什麼事要說？

張羅氏還當真有件大事要說：「我瞧玉蘭那孩子……八成，怕是有了。」

章清亭一下子沒反應過來，忽地瞪大眼睛，「妳說她有孩子了？」

張羅氏肯定地點頭，「這些天我瞧著她有些不對勁，且不說老是背著人吐，那屁股那腰，也眼看著開始走形了。昨兒陳家嬸子說起剛診出又懷了一個，想要打掉，她在旁邊聽得可入神呢！」

章清亭臉色變了，「這可不能讓她亂來！」話音未落，卻聽外頭砰一聲，張小蝶尖叫起來：「大姊，妳快來看！玉蘭姊，妳怎麼了？」

章清亭立即衝了出去，廚房裡摔了個碗。趙玉蘭倒在地上，捂著肚子，整張臉煞白，疼得冷汗直冒，張小蝶怎麼也拉不起來。

「金寶，快去請大夫！」

章清亭趕緊吩咐了，和眾人七手八腳把趙玉蘭抬到床上，還是張羅氏有經驗，把男人趕出去，褪下趙玉蘭的棉褲，再看裡頭的褻褲，已經沾染上斑斑血跡了。

「這孩子肯定是不想要孩子，胡亂折騰自己了。玉蘭，妳吃什麼了？快吐出來！」

趙玉蘭疼得全身都痙攣起來，死死咬著唇，一聲不吭。

章清亭可沒經過這陣勢，臉都嚇白了，「玉蘭，妳可別嚇我！這該怎麼辦？怎麼辦？」

張羅氏道：「小蝶快去灌個湯婆子來，再燒碗滾熱的紅糖水給她灌下去！閨女，妳快讓人去把她娘請來，這鬧不好可是會出人命的！」

章清亭趕緊吩咐張銀寶和張元寶去喊趙王氏。張發財在外頭聽著，還想起件要緊情，「萬一玉蘭真的小產了，還得通知她婆家人去。要不然，咱們可都得吃官司。」

章清亭急得團團轉，要是讓孫家人來了，那還不得把玉蘭給接回家去？這可絕對不行！

趙成材啊趙成材，你怎麼偏偏這個節骨眼上不在家呢？

強迫自己冷靜下來，章清亭想了想，「爹，你快到方家跑一趟，把阿禮叫來，他懂的律法多，興許知道一些。」

張發財應了就跑出去了，不一時，人夫來了，一拿脈，臉色大驚，「這是怎麼弄的？有了身子還這麼不當心？我先開個方子，趕緊跟我回去抓藥。你們煎的這糖水可以，快餵她服下。」

張小蝶端著糖水過來，章清亭扶起趙玉蘭，她瞧著那糖水卻是不住搖頭，眼中含淚，目光裡滿裡懇求之意。她不要人救，她不要這孩子！

章清亭心念交錯，如電光石火般快速閃過。若是真有孫家的孩子，恐怕想要這休書就難上加難了，能不能趁機替她除掉這個小冤家？

「趙玉蘭！」趙王氏上氣不接下氣地趕來了，見此情景，便知女兒是何意了，沒有多話，「妳……妳快喝了，把胎保住……要不，妳可就……害死妳哥嫂了！」

趙玉蘭聽了這話，才流著淚張了嘴。

等張金寶把安胎藥抓了來煎上，晏博文也趕到了。

其他人先照顧著趙玉蘭把藥服下，胎象穩住，章清亭才問他：「這個孩子真的不能打掉嗎？律法裡有這規定？」

晏博文面露難色，「這個我也不是太清楚，我以前沒關注過這方面的東西，但總覺得不大好，畢竟人是在娘家，婆家人全不知情，想來是行不通的。」

這怎麼最不該有的，偏偏就有了呢？

一會兒，趙王氏一臉疲憊地出來，章清亭先問：「玉蘭怎麼樣了？」

趙王氏長嘆，「睡著了。那傻孩子，自己跑去喝生冷的井水，想要墮胎，幸好你們發現得早，要不這條小命可就交代了。」

她的眼淚掉了下來，「玉蘭怎麼這麼命苦？要是沒孩子還好，這都有孩子了，還怎麼跟那孫家脫得了關係？我這真是造孽喔！」

章清亭問：「真不能把孩子偷偷打掉嗎？反正孫家也不知情，咱們不說，有誰知道？」

趙王氏搖頭，「你們年紀小，哪裡知道這其中的厲害？別說故意給玉蘭落胎了，就是無意讓她在娘家把孩子弄掉了，那婆家也是能跟咱們拚命的。弄得好，不過是打砸一場，弄得不好，把咱們整個家當全都搶了去，也是有的。」

這麼厲害？章清亭還當真不知道這民間之風。

張發財點頭，「所以，一般有身孕的女兒，娘家都是不敢收留的，就怕鬧出事來，連回門都是不許的。」

一屋子人可真犯了愁，趙王氏思前想後，「還是我把玉蘭領回家去吧，縱有什麼，也是我們老兩口的事，免得又牽扯到你們。」

可這法子完全無用啊！章清亭清楚，趙玉蘭不知多恨自己腹中的那塊肉，要是真讓她為姓孫的生孩子，那才真是要她的命了。

正想著，卻聽張金寶在後院驚呼起來：「玉蘭姊，妳這是要去哪裡？」

眾人趕緊過來，原來趙玉蘭假寐騙過了老娘，趁他們不防，想從後門溜出去尋死，幸好被張金寶撞見。趙玉蘭哭著向大夥兒跪下了，「你們讓我去死了吧！要是讓我生下這孩子，還回那孫家去，我真的寧可不活了！」

趙王氏把女兒從地上拉起來，抱頭痛哭，「全是娘的錯！妳要是死了，讓娘怎麼活？」

眾人聽了無不唏噓，這確實也太可憐了些。

章清亭想想，「我找那陳師爺問問去。」

「我陪妳去。」晏博文提了盞燈籠，「妳再去加件衣裳，夜裡風大。」

章清亭點頭，收拾了和他出來。

陳師爺都已睡下了，聽說他們來了，趕緊披衣起來。

章清亭三言兩語把趙玉蘭之事說清，又道：「相公之前想了個主意，是想當著人前找個機會，讓趙玉蘭打公婆相公兩下子，治她個忤逆不孝的罪名，就可以判她被休棄了。原本想著等他回來，再來向您討個主意，可如今事已至此，實在是拖不得了，只好來求教，看有沒有法子。要不，我那小姑，準得被活活逼死不可。」

陳師爺點頭，「成材那法子雖然可行，卻實在太過冒險了。你們可知，若是媳婦當眾毆打辱罵公婆相公，那豈止是忤逆不孝？漫說被休棄了，若是遇上不明就裡的官兒，判個監禁流放都是有的。」

章清亭嚇一跳，幸好未曾莽撞，「可現在玉蘭有了身孕，真的不能打掉嗎？」

陳師爺捋鬚道：「這個律法上是沒有明文規定的，但各地鄉俗卻有這一說。況且那孫家只有一個獨子，妳那小姑又是他明媒正娶的妻子，為他們家開枝散葉乃是本分。若是偷偷摸摸墮了胎，無人知道尚好，若是哪天被揭發出來，鬧上公堂，遇上厲害的狀師，治你們一個謀害他家子嗣，斷絕他家香火的罪名，你們一家可都是吃不了兜著走。保不準連成材的功名都會被革去，實在是得不償失。」

章清亭很是焦急，「那總不能眼睜睜地看著我家小姑再往火坑裡跳吧？」

陳師爺微微擺手，「要說辦法也不是沒有，只是……」

「您說。」

陳師爺頗有幾分為難，撓撓下巴，「這個法子著實有些陰損，可以讓你家小姑解除婚約，可是她自己那名聲卻再也保不住了。日後再嫁，恐怕也就難了。」

「您先說來聽聽。」

陳師爺道：「這個法子說起來也很簡單，你們不如就把妳家小姑懷了身孕，又意圖打胎之事找個人傳到孫家人耳朵裡，讓他們家來衙門裡告狀。等傳了妳家小姑上堂，讓她別否認，大膽地認下，就說捱不住夫家打罵，不願再回婆家。這個按律是要判刑的，可妳家小姑有了身孕，責打便可以免了，婁大人也可以藉此判妳家小姑被休棄。」

「但只要孫家人還要那個孩子，妳家小姑就必須把孩子給他們生下來。這個可以去婆家，也可以待在娘家。若是在娘家，那你們就要擔上干係，簽下保書，確保讓那孩子平安產下，歸還給孫家，這事便了結一半了。」

「那還有一半呢？」

陳師爺實話實說：「若是這樣判了休書，妳家小姑必須遊街示眾，替孫家守上三年，不得婚配。生產之後，還須從事官府指派差役，不過因是女犯，若是觸刑不重，這一項紡織若干布匹交至官庫來抵。」
章清亭一聽，別的尚可，唯有這個遊街示眾實在是太丟臉了，「非得遊街不可嗎？」
陳師爺也很無奈，「所以我說這法子有些陰損。女子本就最重名節，若是妳家小姑這麼一鬧，且不說你們臉上無光，她自己肯定是名聲掃地了，日後哪裡還能遇著良配？你們不如回去，好生商量商量，再做決定。」
章清亭點頭，和晏博文回去，一路無語。
全家人都沒睡，在等著消息，卻不料竟是這樣一個主意。
趙王氏當即反對：「不行！玉蘭，妳要是那麼鬧上一出，不說爹娘和成棟，還讓你哥哥怎麼做人？要不這樣，妳跟娘回家去，把這孩子生下來，還給孫家就是。若是實在要接妳回去，娘就跟著妳去。生完咱還回來，這樣行嗎？」
章清亭思之再三，下了決心，「相公那兒，玉蘭妳不用擔心。雖說妳若是弄上這麼一齣，確實會有些風言風語，但卻是能正大光明離開孫家的唯一機會。就算是相公在這兒，肯定也會支持妳的。只是妳可要想好了，敢不敢去做這件事？若是去了，那就不要給咱家丟臉，堂堂正正抬頭挺胸地遊街去，別哭哭啼啼讓人笑話。」
「我不同意！」趙王氏還是不肯，「玉蘭就是在家，咱們也能養活她一輩子，何必非得讓她去丟這個臉呢？」
章清亭揉著發疼的太陽穴，耐心解釋：「婆婆，您有沒有想過，若是把玉蘭留家裡一輩子，難道要她守一輩子活寡？她去遊街，不過是受一時的委屈，三年之後，便可以名正言順地再找個好人家嫁了，這可關係到她的終生幸福。」
趙王氏瞧了女兒一眼，「玉蘭，妳別嫌娘說話不中聽。妳若是生了孩子，還那樣遊了街，哪有什麼正經人家肯要妳？妳嫂子雖是好意，但妳又何苦白白帶累妳哥的名聲？」

「婆婆！」章清亭氣得額上青筋都快爆出來了，「您怎麼就不能替玉蘭多想一想，非得讓她為了那個名聲去賠上一輩子？相公若是爭氣，自能爭回自己該有的名聲，要是不爭氣，您往他臉上貼金都不成！再說了，您怎麼就知道日後沒好人家肯娶玉蘭的？玉蘭，妳聽嫂子的，按妳自己的想法。只要妳想去，遊街時嫂子陪著妳去。」

「我這不是為你們好嗎？」趙王氏也急了，這個媳婦怎麼一點都不開竅？她是疼女兒，可她還是更看重兒子。

章清亭不跟她囉嗦了，「相公說了，這個家現在是由他來當的，他既不在，這家由我說了算。玉蘭，妳還記得嫂子之前跟你說的話嗎？別為張三李四考慮那麼多，就按妳自個兒的意思來，妳哥絕不會怪妳。妳自己好生想想，是願意一輩子待在家裡，做姓孫的見不得人的老婆呢，還是拚著忍上一場屈辱，換下半輩子的自由身？想好了，大膽地告訴嫂子。」

趙玉蘭臉上極是為難，一時看看大嫂，一時又看看娘，難以抉擇。

張小蝶忍不住道：「玉蘭姊，妳聽大姊的，她不會害妳的。我也去過妳家，妳那公婆相公全都不是人，沒必要跟他們扯上一輩子的關係。就是被休了又怎樣？不怕的，反正我不笑妳。姊夫也說，做人但求對得起天地良心，旁人說什麼，全沒意義。」

張金寶也贊成，「玉蘭姊，妳瞧，現在方老爺子都肯收妳做徒弟了。妳自己不是還說，以後要開飯館當大廚嗎？妳要是低了頭，將來還能做什麼？」

趙王氏有些著急了，怎麼這些年輕人全都跟章清亭一個德性？

張發財悶著頭想了好一會兒，也開口了：「玉蘭啊，妳雖不是我的親閨女，可好歹咱們也在一處屋簷下住了這麼久，這事兒要我怎麼說哩？是，像妳娘說的，去公堂上鬧一齣，確實也夠丟人的，搞不好，你們那個什麼族長還得來找妳麻煩。」

趙王氏本來還覺得終於有個人站在她這邊了，卻聽張發財話鋒一轉：「不過呢，咱們又不是什麼大戶人家，不講那些三貞九烈的東西，自己過得踏實順心最是要緊。我那女婿是極明白事理的，妳別怕給他臉上抹黑。」

他忽地看著趙王氏，「親家母，我這話可不是隨口說說，若是今兒調過來，是我家小蝶遇到這樣的事情，我就支持她去鬧這麼一齣。有什麼呀？笑話就笑話去，笑話過了不就完了？要說起來，咱們一家過去被人笑話得還少呀？可現在咱們家出息了，再走出去，有幾個人笑話咱們的？」

趙玉蘭下定決心了，「嫂子，我不怕丟人，我去！」

紫蘭堡今兒可出了一件轟動十里八鄉的大事件。

那個趙家的大閨女自個兒跑衙門裡去投案自首了，說是自己想打掉肚子裡的孩子，可是沒打成，聽說這是犯了律法的，便去找縣太爺求責罰了。

那這閨女也太老實了吧？她是哪個趙家的？

就是那個修學堂的趙秀才家的妹子，那個慣會降妖捉怪的趙王氏的女兒。

哦，原來是那個趙家啊，聽說她婆家可不是本地的。

就是，好像是姓孫，這會兒縣太爺已經派人去叫孫家的人來了。

那她好端端的為什麼要打掉自己的孩子呢？

聽說是婆家對她不好，成天又打又罵的，她想被休都休不了，便想打了孩子討份休書。

那說起來也真怪可憐的，不過她這私自打孩子可也太不對了吧？一會兒孫家的人來了，非鬧騰不可，這樣的媳婦誰還敢要？

……

距離趙玉蘭投案不到半日，衙門外頭已經是裡三層外三層圍了個水洩不通，幾乎半個鄉的百姓都出動了。大夥兒都存了個好奇心思，要看看這自個兒想打孩子，還敢上衙門裡來自首的女人到底是怎樣的三頭六臂？

而事件的女主角呢？此刻正跪在公堂之上，靜待孫家人的到來。陪在一旁的，是章清亭和趙王氏。

來自首的主意是晏博文出的：「與其費盡心機去調唆孫家人來過堂，還不如去自首，直接把此事端到檯面上。一來不給孫家人退讓的機會，二來也是在鄉親面前表個決心，縱然是斷親，也是我們主動的。」

章清亭覺得甚好，「如此速戰速決，了結此事，免得拖拖拉拉，夜長夢多。」

趙王氏對晏博文有些不滿，你這一個外人憑什麼管我們自家的事，還出這樣一招，那可真的沒有一點挽回的餘地了。偏偏女兒也是，就被這麼一鼓動，就下了決心來投案自首了。

趙王氏雖然百般不願，還是陪著來了。事已至此，多說也用，不如幫著女兒快些了結。

至於趙老實和趙成棟本來也說過來，趙王氏卻不同意，怕一家子集齊了惹人笑話。她想著，反正成材不在，現在丟的，只是丟家裡幾個女人的臉，可萬萬不能給自家男人的臉上抹黑，讓人笑話。

章清亭卻安排了自家人全都到了，在外面散播真相，若是有人說起來，就要他們實話實話，最大限度地博取同情，以免遊街時的尷尬。

等真正上了公堂，那份肅穆與威嚴著實讓趙王氏都有些腿軟，倒是章清亭，雖然也是初此經歷此事，依然是鎮定自若，無形中給了婆婆和小姑不少的勇氣。

婁大人先見這狀告的，很是吃驚，在後堂時聽陳師爺說了個明白，心下頗為同情。就這麼一個弱女子，硬生生被婆家逼得寧願遊街示眾，也要斷親，可見遭遇之悲慘。他之前是見識過孫俊良嘴臉的，知道那家子人肯定難纏，只看孫家有何要求，能幫就快點幫著了結就是。

因孫家距此還有一段路途，等衙役緊趕慢趕把孫家三人帶到時，衙門外已是人山人海了。

等見到正主兒出來，大家都興奮了，瞧著這一家三口，尤其是孫氏公婆面相凶惡，就對趙玉蘭多了幾分同情。

因是休妻，就算孫俊良仍躺在床上，也一併將他抬了來。這小子養了幾日，別的沒養好，嘴巴倒是利索了，一見趙玉蘭，就惡狠狠地咒罵：「妳這小賤人，瞧我回去怎麼收拾妳！」

他那門牙還沒鑲齊，說話仍是漏風，聽也聽不真切，但總能估摸著大概的意思，見趙玉蘭仍有些畏懼，章清亭將手輕輕地搭在小姑的肩上。

趙玉蘭抬頭瞧了她一眼，很是感激，強自鎮定心神，沉著應對。

人犯到齊，婁知縣升堂審案。見孫家因為事出倉促，來不及請狀師，心下又安定了三分。通報姓名之後，婁大人都懶得多說，直接驚堂木一拍，開始宣判：「犯婦孫趙氏，妳意圖謀害夫家親子，難堪匹配，現本官判妳與孫家斷絕關係，待腹中骨肉產下後歸還孫家。另要遊街示眾，接受世人唾罵。三年之內，不得另行婚配。妳可心服？」

趙玉蘭當即叩頭，「我服。」

「我不服！」孫夫人厲聲尖叫：「大老爺，我們不願意斷這親事！」

開玩笑，孫家可不是出手大方之人，要不是看在章清亭的胡同正在蓋的分上，她幹麼要送趙族長五畝良田，把人弄回來？她的圖謀還長遠著呢！

孫老爺也叫了起來：「這媳婦我們家娶進門才幾個月，怎肯輕易捨了？況且她肚子裡還有我們孫家的孩子，怎麼能斷這親事？」

婁大人懶得跟他們爭辯，眼神往旁邊一瞟，陳師爺立即上前，疾言厲色道：「公堂之上，豈容爾等鄉民放肆。若是你們自家的事情，當然這個媳婦留不留都由你們自家說了算，可現下犯婦孫趙氏已經投案自首，是去是留便由縣太爺來定奪了，哪裡輪得到你們置喙？」

這裡也有一層是欺孫家人不懂律法，若有狀師在此，堅持律法上沒有明文規定，不肯按鄉俗來辦，那官府也不好強行干涉，但老百姓有幾個能精研律法的？

孫家人被這麼一嚇，也有些不明就裡，氣焰頓時矮了三分，有些心虛。

孫夫人強自分辯：「這個媳婦是我家的，縣太爺，您也不能強迫我們休妻吧？」

「大膽！」婁大人生氣了，這不是公然挑戰他的威信嗎？

「難道妳是在嫌本官多管閒事不成？這公堂之上，除了依律判刑，還有教化世人之責。妳這媳婦，未經妳家許可就私自墮胎，傷害你們家的子嗣血脈，難道不該處罰？」

這個……孫家人說不出話來了，孫老爺斟酌著道，「是該罰，可是……」

「難道本官罰得不妥嗎？」

「您判給我們自個兒帶回家去罰不就得了？」

「胡鬧！」婁大人喝道：「國法昭昭，豈容爾等小民私設刑堂，任意胡為？此案就此了結。姑念你們年大體弱，本官就不施以懲處，若是還敢多言，定懲不饒！」

孫家二老想起上回兒子來挨的那兩個耳光，都不敢多說了，可就這麼放過趙玉蘭，著實又有些不甘心。孫夫人想想，若是媳婦留不住，起碼得把銀子要回來，「大人，您若是一定要判這親事斷了，須得讓趙家把我家三十兩的聘銀還來。」
這也太無恥了！趙王氏正想反駁，卻被章清亭拉住，示意她公堂之上不得隨意開口。
婁大人知章清亭素有智謀，便順水推舟地道：「你們趙家可有話說？」
章清亭盈盈下拜，「回大人，婆婆說她同意，不過也請孫家把我們家的嫁妝還來。多的也不要了，就請把我家小姑那兩套金銀首飾還來便罷。」
進了嘴的肉讓她吐出來？孫夫人可不幹了，叫囂著：「那我們還白養活了她那麼久呢？你們不給飯錢的？」
趙王氏忍無可忍，「那我女兒還幫你們幹了那麼多的家務活，妳也賠嗎？」
婁大人又一拍驚堂木，「住嘴！這既嫁了女兒，婆家本就該養活媳婦！既做人媳婦，也該操持家務！這樣吧，本官現就判定，趙家歸還孫家三十兩聘禮，孫家歸還趙氏出閣時的金銀首飾，至於其他，便就此了斷。」
這可就虧了，孫老爺又想到一條，「那我家孫子還在我媳婦肚裡，我媳婦要是幫他們幹活，不也帶累了我家孫子？那他們還得付錢給我們，要不，就讓媳婦回我家生產。」
他是篤定趙家捨不得要女兒回來，所以想訛一筆錢財。
這可真是天下奇談！人家替你養孫子，你還有臉要錢？婁大人不怒反笑，「既然如此，那麼就由你們孫家每月支付一兩銀子給趙家，以作趙氏和腹中胎兒的膳食費用。不過，趙家可不能安排趙氏幹一丁點兒活，趙家可有意見？」
「沒有。」章清亭心中悶笑，這個姓孫的真是搬起石頭砸自己的腳。
孫夫人狠狠地瞪了孫老爺一眼，沒用的東西，錢沒要著，反倒還每月賠出一兩銀子，這可絕對不行，「大人，我媳婦一個月可吃不了一兩銀子，最多二十文錢，不，給她點殘羹剩飯就行，不要錢的。」

婁大人如今他算是明白為什麼趙玉蘭死也不肯回去，這樣的公婆，說真的，若跟他做了親家，他早掐死不知多少回了。

「妳媳婦是吃不了一兩銀子，可她肚子裡你們孫家的孩子吃得了啊。妳兒子得個風寒都得吃一百兩銀子的補品，何況你們家孫子了？這樣吧，也不要多，就按妳兒子的標準，一月十兩銀子。這十月懷胎，就先付一百兩。剛才那大夫說，這孫趙氏已經懷了快兩個月，那麼多給的，也得給她補回來。秀才娘子，妳記住了嗎？」

「記住了。」章清亭趕緊應下，心裡都快笑翻了。

婁大人乾脆好人做到底，「陳師爺，你記著，明兒跟著兩家上門去交換聘禮和嫁妝時，把這個也收回來。」

這個真好。章清亭正愁手上沒錢還那三十兩聘禮，這下子不僅不用給了，還多出七十兩，足以讓趙玉蘭安安生生地把孩子生下來。

孫夫人氣得無語，反過來又被孫老爺給狠狠丟一把眼刀。死老婆子，成事不足，敗事有餘。

婁知縣驚堂木一拍，「結案！」

陳師爺早寫好了休書，擬好了判詞，上前念了一遍，讓孫俊良和趙玉蘭各自蓋了手印。

「你二人從即日起便不再是夫妻，從此婚嫁自便。」

趙玉蘭激動得眼淚嘩嘩地往下掉。

孫俊良惡毒的目光卻緊盯著她，「她什麼時候去遊街？」他可要扔一筐臭雞蛋上去！

婁大人臉色一沉，這小子也實在太不講道義了。不說別的，光憑你媳婦肚子裡還懷著你的孩子，你也不能這麼幸災樂禍啊？

瞧了陳師爺一眼，他會意地道：「大人，不如就在今日了結吧。」今兒已經過了一半，下午出去晃一圈，應個景也就算了。

婁大人點頭，「退堂。」

趙玉蘭必須留下，孫家人商議著讓孫老爺去找趙族長要回那五畝田的地契，他們母子留下來看趙玉蘭出醜。

趙王氏耳朵可尖，在旁邊聽得一五一十，氣得臉色發青。章清亭也聽到了，拉了拉婆婆，示意她不可聲張，「胳膊擰不過大腿，鬧得太僵，對咱們沒好處。」

趙王氏想想也是，族長在族中威望甚高，暫且忍氣吞聲。

章清亭讓家人送了飯菜過來，「吃飽了，才有力氣應付。」

趙玉蘭點頭，忍著淚硬是把飯全吞了進去。

趙王氏卻是眼淚不住地落，一口飯都沒吃。

章清亭勸她回去，她也不肯。這趙王氏是疼兒子多過女兒，可她也不是不疼女兒，要是能替，她肯定願意替女兒去丟這個臉。

吃過了飯，陳師爺拿著件囚服出來，「這可真是沒法子，少不得生受些委屈了。」院子裡籠車已經準備妥當，趙玉蘭的手冰涼，身子也開始瑟瑟發抖。

章清亭拍拍她手，給她一個鼓勵的微笑，「想想那休書，值得的。要是太難過，就想些開心的事情，想咱們從明兒開始就能不用再擔驚受怕、正大光明地在家裡過活。想想日後妳的餐館，想想姓孫的一家人以後再也不能欺負妳……」

章清亭自己說著不覺也掉下淚來，這世道為什麼對一個女子如此不公？

見她哭了，趙玉蘭反倒伸手擦去她臉上的淚水，「大嫂，我……我會勇敢，我不哭。」

她咬著牙上了囚車，剛出門，迎面就飛來一個臭雞蛋。

是孫俊良母子，拿了一筐從菜場上收羅來的爛菜葉、臭雞蛋，不住往她身上扔。

「死賤人，我看妳以後怎麼做人？」

「大家都來看啊，這就是我家那個不要臉的媳婦！」

趙玉蘭嘴唇哆嗦了一下，蒼白得沒有一絲血色，忽地臉色出奇的從容，完全看不出一點表情，更加的沒有淚水。

車馬粼粼，緩緩駛上大街，孫家人一直都在無比怨毒地咒罵著。

章清亭和趙王氏沉默地跟在囚車後面，不解釋，不吵鬧。

人群中的目光有訝異、有鄙視、有笑話，也有幫手的。眾說紛紜，嚶嚶嗡嗡。

可是，突然之間，有個尖銳的童音劃破了這片嘈雜：「孫家三口不是人，打罵媳婦不當人！元配死得不明白，續弦一樣受折騰！大年初四逼投河，成親一月寒了心！媳婦有孕站車上，母子還在欺負人！拚著遊街受人罵，寧死不做孫家人！」

是張元寶！

孫家母子氣急了，「誰在胡說八道？出來，出來！」

很快，張元寶換成了張銀寶，然後，有更多孩子的聲音加了進來，一面拍手一面跟著前行的囚車一遍又一遍大聲念著。

越來越多的人噤了聲，注視著囚車上已經沾著無數爛菜葉、臭雞蛋的弱女子，沉默了。

看著他們母子還在一個勁兒地往趙玉蘭身上扔東西，人們的目光裡開始充滿了鄙夷和不屑。

然後，有人轉身離開了。

旁邊人想了想，也轉身離開了。

更多的人，似是不約而同般，全都轉身離開了。

到最後，空蕩蕩的大街上，只剩下了囚車、趙氏婆媳和孫家母子。章清亭冷冷瞟著那對窮凶極惡、孤立無援的母子，什麼話也不想說。囚車公正無私地在街上遊行了一圈，回去了。

到衙門時，有個族人來傳達趙族長的命令：「趙玉蘭傷風敗俗，丟人現眼，以後就從族裡除名了，以後不許咱們族人收留她。」

「去你娘的！」趙王氏在地下吐了口唾沫，「我女兒一輩子都是我女兒，關那老小子什麼事？有本事讓他把我們全家都除了名，我們還樂得自在呢！哼，他自己幹了什麼自己心裡有數，老娘給他留著面子不抖露出來，別以為我們好欺負！」

那族人灰溜溜地回去，趙族長一聽，也氣得不輕，可他還真不敢除趙王氏一家的名。秀才的功名說重不重，說輕可也不輕，尤其瞧他家胡同都快建起來了，誰知道日後會不會發達呢？趙族長不敢冒這個險，更怕趙王氏揭他的短。

他這回臉面可真是栽大了，不僅是把收的東西全退了出去，還落個辦事無方、執行不力之名。心裡又悔又恨，把滿腔憤恨都記在了這母女婆媳三人身上。

等回了家，趙玉蘭才終於痛哭失聲，不過不是傷心的淚水，而是終於解脫，得到自由的喜悅淚水。全家人都陪著她哭，等都哭盡興了，章清亭才擦乾了眼淚笑道：「那是誰編的歌謠？罵得痛快。」

「是阿禮哥。」張元寶呵呵笑道：「見孫家人那樣打罵玉蘭姊姊，本來我們都是要衝上去的，可阿禮哥把我們攔了下來，教了我們那幾句話，又給街上孩子們買了糖，讓他們一起幫著念，最後把人全都念跑了。」

章清亭心裡頭很是感動，這個晏博文，確實有幾分本事。

張小蝶把趙玉蘭拉到一旁，附在她耳邊悄聲道：「有個人怕連累妳不敢站出來，不過，他說，讓妳放心，別說三年，就是三十年，他都會等妳的。」

趙玉蘭心裡既是感動，又是羞澀，又撲簌簌往下落淚。

章清亭笑道：「行了，大夥兒都不哭了，以後玉蘭就算是真正回家來了，咱們晚上燒幾個好菜慶祝一下吧！」

「好！」全家人熱烈擁護，連趙王氏都被感染得笑了，可又隨即拉平嘴角，這可不是章清亭的功勞，主要還是看成材的面子。她如此一想，心裡又平衡了，還是她兒子有本事！

陳師爺做事麻利，第二日就要回了趙玉蘭陪嫁的首飾和七十兩銀子。章清亭當即拿了二十兩銀子謝他，陳師爺堅決不肯收。

章清亭硬塞他手裡，「這二十兩也不全是給您的，這回審案，上上下下的兄弟們多有出了力辛苦了的，我家相公又不在家，我一個婦道人家也不好去一一謝過，就由您代為打點了。」

這番話說得合情合理，陳師爺感嘆道：「成材有妳這個媳婦，可當真是賢內助。」

章清亭說笑幾句，送走了陳師爺，又把剩下的銀子和首飾給了趙玉蘭。

趙玉蘭卻不要，「這本來都是大嫂幫著置辦著，還給我幹麼？」

章清亭道：「送你了，就是妳的。這些首飾妳要是看得堵心，改天熔了再打一套新的。這銀子妳放在手上，自己也能有個零花。」

趙玉蘭想想，只接了首飾，「這是妳和娘給我的，我就收了。那銀子是孫家的東西，我不要。大嫂，妳拿去家用吧。」

章清亭覺得不妥，「要不，給妳娘收著？」

趙玉蘭搖頭，「給娘就只有貼成棟的，我寧可給嫂子。妳手上正沒錢，娘那兒我去說。」

章清亭就不爭了，「那就算我跟妳借的，日後還妳。」

趙玉蘭的事算是解決了，章清亭便把精力全投在蓋房子上。

柒之章　瓜田李下生齟齬

婁大人現在無事，只等著這學堂蓋起來，撈了功勞就要上京，對胡同工程盯得越發緊了。

章清亭怕先把學堂弄好了，她那胡同就沒人出力，暗中和衛管事的商量，務必保證整個工程一起完工。衛管事收了好處，自然知道該如何辦事，建議分頭行事，加快進度。

章清亭覺得有理，自此也顧不得男女大防，帶著方明珠和晏博文日夜泡在工地。

這日下午，本該衛管事去收一批工地上的水磨花磚，不巧春汛也至，有幾處積水的地方也要找他去勘察疏通。為了不影響進度，只得由章清亭和晏博文一塊去收貨。方明珠原也想跟去，可她要走了，工地就沒人，只得反覆交代：「時候不早了，你們可得早些回來。」

「那是當然。」章清亭和晏博文匆匆走了。

可就是這麼不巧，沒一會兒，天色越來越暗，烏雲密布，又過一時，淅淅瀝瀝下起雨來。

春日裡的雨，說大不大，說小不小，行在雨中，如被春蠶吐絲般細細密密包裹著，把人黏得嚴嚴實實，一點一點沁透衣襟。這可真是越忙越添亂，章清亭心裡是真著急。怕下了雨路上不好走，也怕回去晚了，年輕男女，有瓜田李下之嫌，卻偏偏越怕什麼越來什麼。

好不容易收了貨，押車回去，雨勢越發大了。天色昏暗，趕車的師傅一個不察，陷進泥坑，生生繃斷了一根車軸。幸而車上的磚石用層層稻草綁紮得很是結實，只隨著車身漸歪，緩緩傾倒到濕軟的泥地裡，沒有一塊碎的，只是要走，就著實費勁了。

這前不著村，後不著店，又沒個修車的地方，可怎麼辦呢？

章清亭正著急，晏博文出了個主意：「過了這個坡，前頭再沒這麼難走的路了。要不，把這些磚和馬分到別的車上？師傅，你把這輛壞車簡單修修，先趕回去吧。」

這主意不錯，萬一下著雨，等天黑了，大家都走不成了。

只是車上加了貨，吃重不少，連夥計車夫和章清亭都不能再坐，只好下來步行。

那些夥計車夫都是走慣的，五大三粗的漢子，即使光腳在泥地裡，也是健步如飛，可章大小姐就受不住了，身上打濕了倒還沒什麼，只是腳上糊了泥，極是難行，好幾回都差點摔倒，但那個速度，就越發慢了。

夥計們著急送完了貨好交差，忍不住商量道：「秀才娘子，要不，你跟你家夥計在後頭慢慢走，咱們趕緊送完了還得回去交差呢。反正你們那邊還有人收，我們也作不了弊的。」

章清亭只得點頭，夥計們趕著車快步走了，晏博文沉默地陪著她落在後頭。勉強又往前走了一段，看章清亭實在是有些堅持不住了，晏博文折了根樹枝遞她面前，「我拖著妳吧。」

章清亭真是走不動了，她腳上兩大坨泥，怎麼刮也刮不乾淨，還越來越沉，濕透了的棉鞋怎麼也走不熱了，兩隻腳像兩塊冰似的，熱量流失嚴重，走得她越來越吃力。

她思前想後，就拉個樹枝，連片衣角也沒碰到，這不算違禮吧？便伸手握住了樹枝的另一頭，「那就麻煩你了。」

晏博文回頭瞧她一眼，微微露出一抹笑意，卻又迅速轉過頭。只地上明亮如鏡的小水窪們照見了，當他的眼裡亮起光華時，是那麼的光彩照人。

雨仍在下，路上早就沒有行人，天地間一片寂靜。無星無月，連燈光都只遠遠的一星半點。

氣氛沉悶得有些尷尬，章清亭只好沒話找話：「嗯……阿禮，你在方老爺子家過得慣嗎？」

「很好。」

「老爺子平時沒挑剔你吧？」

「沒有，他老人家其實很好說話的。」

「呵呵，我看就你才說他好說話。」章清亭找不到話，只好東拉西扯著，「明珠總說，跟著你可學了不少東西，我這徒弟快要被你搶走了。」

章清亭明顯地感覺到手中的樹枝輕輕抖了一下。

晏博文回頭有幾分焦急地解釋著：「我沒教她什麼的！」

見他如此緊張，章清亭心情倒放鬆了下來，溫和地一笑，「你急什麼？又沒人說什麼。你呀，就是自己太小心了，總不跟人說話，弄得大家都不敢跟你親近。上回金寶還說，想跟你學兩手功夫呢，卻不敢提。」

「我不是故意的。」晏博文的眼神黯淡了下去，「我怕……對你們不好。」

「有什麼不好的？」章清亭笑道：「你是讀書人，讀的書還應該是我們當中最多的，應當知道『棄我去者，昨日之日不可留』這句話的意思吧？阿禮，忘了過去吧。憑你的本事，做什麼不好，何必非得屈居人下呢？」

「老闆娘，妳是要趕我走嗎？」晏博文頓住腳步，愣在那裡。

「瞧你，又多心了。」章清亭也跟著停下喘氣，「不是讓你走，是想讓你做些更好的，更適合你的事情。」

晏博文安下心來，微微一笑，「我覺得在這裡就很好了。」

章清亭笑著搖頭，「果然相公說的對，你現在是無欲無求，跳出三界外，不在五行中了。」

「趙大哥……他也說起過我？」

「是啊，他還說什麼時候要跟你好好談一談呢。你可別多心，他也是為了你好，捨不得你在我們這兒大材小用了。」

「是嗎？」晏博文淡淡應了一聲，「我不覺得。」

章清亭忽地笑問：「阿禮，你想過成家嗎？」

晏博文怔了。

章清亭笑道：「前兒隔壁的王大媽還向我打聽你是不是賣身給咱家為奴的？聽說沒有，就說她娘家有個侄女，想招個上門女婿，問你願不願意？」

晏博文臉色微微一變，「老闆娘，您別拿我開心了，我是什麼人，怎好連累人家？」

章清亭反問：「你是什麼人？是壞人嗎？」

晏博文抬起眼，「可我……」

「你不過是犯了一次錯而已，難道要一生耿耿於懷？」章清亭正色勸他，「既然你已決心改過，那為什麼不能找個人，成家立業，安安穩穩地過日子呢？難道真要孤零零的一輩子？」

「那樣也未嘗不可。」晏博文低低說著，眼裡全是沉痛。

「那你還真是……」章清亭只顧說話，沒瞧清路面，一腳踩空，整個人往山坡下滾去。

晏博文拉扯不及，只好快步隨著她一起往斜坡下衝，「老闆娘，妳別害怕，護著頭，滾到下面平地就安全了！」

幸好是個小斜坡，只長著青草和低矮小灌木，章清亭滾下來沒傷著，只是弄得滿身泥濘。

章大小姐心裡頭氣極，今兒她是招誰惹誰了？難道是出門沒看黃曆？

再回頭往上看，幸而只是個不高的斜坡，可這一滾下來，就到了另一條道上，再要爬上去，那是不大可能的。章清亭擺了擺手，不想多談，「咱們快些回家吧。」

這條路看起來好像和上面那條是一樣，可走著走著，發現不對勁了，黑燈瞎火之中，兩人又走一時，連個人家都找不著，徹底迷路了。

章清亭鬱悶得想破口大罵，倒是晏博文比較鎮定，「見咱們老不回去，家裡肯定會來找的，要不，再走回去等著吧？」

「不走了！」章清亭又氣又累，發起了小姐脾氣。

晏博文無法，折騰了一炷香的時間，想法子在這大雨天裡升起火來。

這下可把章清亭給樂壞了，「阿禮，你可真行！」

小小的火苗映得她的笑容純真又無邪，這完全不加一點掩飾的讚賞，讓晏博文的唇邊也綻開了難得的微笑。小心呵護著這一縷寶貝火苗，慢慢把它燃成一堆篝火，章清亭也終於可以烤烤她那雙已經凍僵了的腳了。

這熱氣一烤，倒把寒氣逼進體內，害得章清亭連接打了幾個大噴嚏。

晏博文忙把自己的外衣脫下來，「老闆娘，妳用這個披上，把鞋子脫了烤烤吧。」

女人的腳可是非常私密的，除了丈夫，那是不能被人瞧見的。

章清亭猶豫地搖了搖頭，晏博文好心道：「可妳這都濕一路了，咱們還不知道什麼時候能遇著人，萬一要等一夜，寒氣逼入臟腑，那可就不好了。妳放心，我到一旁去。」

他撿了塊大石頭過來讓她墊著腳，又遠遠地走開了。

章清亭想了想，反正只是脫鞋子，又不用脫襪子，他也看不到什麼，何況還有外衣包著，便依言而行。

她在火邊自烤著鞋襪，晏博文卻還淋著雨，這讓章清亭有些不好意思，「我已經弄好了，你也過來坐吧。」

晏博文卻不肯過來，忽地轉頭問了一句：「老闆娘，妳知道除了弓箭，還有什麼能把東西送上天嗎？」

章清亭明白過來了，「你是想發信號？可你就算是把東西扔到空中，這三更半夜的，也沒人瞧得見啊？」

晏博文笑了，「眼前這火也不能讓人瞧見？」

章清亭懂了，「可是沒工具啊！」

晏博文從火堆裡抽出一根燃著的樹枝，「說不得，只好用這笨法子試試了。」

他盡力將火把往半空中拋去，拋了足有七八丈高，照亮了一瞬，又落到濕泥地裡熄滅了。

可就這一瞬，卻讓章清亭想到了個主意，「阿禮，快別費那個勁了。不如拿火把掛樹上去，那個不又高又亮了？只是注意別把樹給燒了。」

晏博文聽她這麼一說，卻另生出個主意來。拿了兩根火把，選一棵高大樹木，如猿猴般輕輕巧巧地爬了上去。在樹枝間放下一根火把，另一根他用了點內力往天上拋，等落下來時，還穩穩地落回自己手邊接住。這人在樹上，再往上拋，可就高得多了。

如此反覆了幾下，遠遠的，就聽見了銅鑼之聲。

這深更半夜的，哪有人無故敲鑼？莫不是來尋他們的？

晏博文一喜，將那火把拋得越發勤了。不多時，就見有火光往他們這兒移動。

「老闆娘，有人來了！」

「真的？」章清亭趕緊套上半濕的鞋襪，「你瞧清楚了沒？」

「是真的，還敲著鑼，妳仔細聽。」晏博文又把外袍收了回去。

章清亭臉上微微一熱，道了聲謝，側耳傾聽，還真是有人來了。不管是不是來找他們的人，起碼能問個方向，指個路也好啊。

等人漸漸近了，老遠就聽見張發財扯著嗓子在喊：「閨女，是你們嗎？」

「是！」章清亭這下子可真的高興了，簡直都想不顧形象地歡呼起來。

來的人不少，除了張發財、張金寶，還有方明珠、張小蝶和趙王氏。

一見著他倆，方明珠先撲上來拉著晏博文，「阿禮哥，你沒事吧？」

晏博文不動聲色地跟她保持著一定的距離，有些淡淡的尷尬，「沒事。」

張家人圍著章清亭七嘴八舌，「可把我們嚇壞了。那夥計早送了磚石來，可左等你們不回來，右等也不回來，這就出來找了，都找到那磚廠去了，也沒見著你們，可擔心死了。妳要出了事，咱們可怎麼跟秀才交代？」

章清亭被家人圍著，不過也沒忘記跟後面的趙王氏打個招呼：「婆婆來了。」

趙王氏冷哼了一聲，斜睨了晏博文一眼，才道：「都多大的人了，做事一點也不知道分寸。這麼晚了不回家，不是讓全家人都不得安生嗎？」

這個章清亭可得解釋一下：「我不小心從那邊坡上滾了下來，黑燈瞎火的就走岔了道。幸虧阿禮有辦法，升了火起來，要不，今晚還真沒法子回家了。」

「我就知道阿禮哥最聰明了。」方明珠喜孜孜地挽著他的胳膊，一點也不知避嫌，「方才一瞧見有火光在這裡拋來拋去的，我就說是你們，可他們還不信，怕是鬧鬼不敢來。」

「行了行了！」趙王氏沒好氣地打斷她，「既然沒事，就早些回家吧！」

章清亭瞧出趙王氏的不高興來了，可她為什麼不高興呢？章清亭隱隱猜到了一些，有些赧顏，卻也有些氣惱。

等回了市集，趙王氏倒是沒有聒噪，自己回家去了，方明珠則拉著晏博文回家，章清亭也自回家梳洗更衣不提。

到了翌日，一大早趙王氏就登門了，「媳婦兒，我有話跟妳說。」

關了門，趙王氏坐定，那臉頓時就陰轉多雲，嘴角往下撇著，「妳昨晚到底是怎麼回事，我也不多問了，可是妳得記住，妳是有相公的人了，隨隨便便跟個男人出去，弄得深更半夜才回來，這像話嗎？」

章清亭聽得刺耳，也沉下了臉，「婆婆，我做了什麼？什麼叫隨隨便便跟個男人出去？阿禮也算是我們家的夥計，我帶他出去也是談生意，誰知道臨時有那樣的意外？」

趙王氏聽著就是無名火起，「別整天生意長，生意短的，顯得妳多有本事嗎？一個女人，做再大的生意，也不能不顧自己的名節。」

這話性質可嚴重了，章清亭也火了，「我怎麼不顧自己的名節了？我跟阿禮做什麼見不得人的事情了嗎？婆婆，妳不能不分青紅皂白就隨便冤枉人！」

「哼，等真做了什麼，那還了得？那小子什麼人啊？幹麼為了咱們家的事情跑前跑後的，操這麼多心？」趙王氏不知為何，就是看晏博文不順眼，「妳又沒給他發個錢，幹麼這麼賣力的為咱們家幹活？」

這分明是不講道理！章清亭氣得快無語了，「咱們好心收留了人家，人家在咱們有難時知恩圖報不行嗎？再說了，阿禮也不住咱們這兒，跟人家方老父子住一塊兒，他還為方老爺子幹活呢，妳怎麼不說？」

趙王氏忿忿道：「所以我就說那小子有問題，哄了方家那小丫頭又來哄妳，本事不小啊！」

這越說越難聽了，章清亭不跟她理論了，「收留阿禮是相公定的，您要有什麼意見，等相公回來跟他談去！我這會兒沒空，工地上還忙著呢！」

章清亭拉開門就要出去，迎面卻見方明珠哭哭啼啼闖進來，一臉委屈，「大姊，妳跟阿禮哥說什麼了，他都不理我了！」

啊？趙王氏嘴巴張得都能吞進鴨蛋去，難道這裡頭還真有什麼不可告人的祕密？

一個趙王氏都沒鬧清，怎麼又來個方明珠？

章清亭焦頭爛額，把她往旁邊一扯，「明珠，妳慢慢說，到底是怎麼回事？」

方明珠抽抽噎噎道：「昨兒回去……阿禮哥就不太高興，說什麼男女有別，要我以後注意分寸……我也沒做什麼呀，就是照常幫他打洗臉水，他就生氣了，說我……我一點也不像妳，既不端莊穩重，也不大方有禮……還說會有流言蜚語，嗚嗚，總之就是不理我了。」

章清亭靜下心來想一想，「明珠，阿禮說的沒錯。」

方明珠哭得越發響亮了。

章清亭和聲細語地勸她：「明珠，妳這過了年也有十四了，等及了笄可就是大姑娘了，應該知道男女大防，成天跟阿禮拉拉扯扯的像什麼樣子？他又不是小孩子，若他是個有壞心的，就由著妳這麼纏著他，人家該怎麼非議妳？阿禮可是一片好心，為了妳的名聲著想，卻不是故意不理妳。」

「人家為什麼要非議我？」方明珠噘著小嘴更生氣了，「就非議了我也不怕！大姊，妳不是還教我們身正不怕影子斜嗎？」

「我是教過你們這個，可也得區分情況。若是事關女子名節，可不能落人口實。」

「媳婦，」趙王氏在一旁插言：「妳既這麼明事理，怎麼自己就做不到呢？」

「就是呀！」方明珠這會兒倒跟她站到一邊去了，「妳不也是常常跟阿禮哥出雙入對的，妳怎麼就不怕招人言語？」

「我怎麼跟他出雙入對了？」章清亭真是覺得自己越描越黑，「我們那是正正經經地做事情，況且，也只有昨天跟他單獨出去了一回，哪有常常？」

「你還想下回啊？就這一回就夠讓影子歪的！」有人幫腔，趙王氏說得更來勁了，「我說媳婦，這可不是我一人說妳，妳瞧，人家都瞧出來了，難道我們全都錯怪了妳？」

方明珠還在那兒火上澆油，「阿禮哥從前都不這樣的，就是昨兒跟妳出去，回來就變了。」

章清亭氣得怔怔無語，也有些火了，「他以前跟妳怎麼樣，我又不知道！他要變成什麼樣，我有什麼法子？」

方明珠見她一生氣，又哭開了，「那你們昨天到底說什麼了嘛？」

「就是，妳快說清楚！」趙王氏趁機逼供，「你們昨晚出去幹了什麼，一五一十都說了！」

章清亭冷笑，「你們以為你們是誰？我又憑什麼跟你們交代？婆婆，妳年紀大了，我不跟妳一般見識。明珠，妳年紀小……」她語音未落，卻聽方明珠忽然尖聲哭叫起來，「我不是小孩子了！你們為什麼總把我當小孩子？」

章清亭氣得怔怔的說不出話來，這小丫頭哪來這麼大脾氣？

「方明珠！」方德海讓晏博文攙著，陰沉著老臉進來了，「快向妳張姊姊道歉！有妳這麼不懂事的嗎？一大早跑到人家家裡來哭哭啼啼，成何體統？別說阿禮罵妳，爺爺也要罵妳。妳以為妳跟著妳張姊姊學幾個字，讀兩本書就長大了？就有學問了？妳離他們差得遠呢！什麼都不懂就跑出來胡鬧，沒得讓人笑話！」

「你……你們都怪我，我不跟你們說了！」方明珠哭得更加傷心，轉頭從後門跑了。

章清亭一看這可不行，「阿禮，你快去把她追回來。」

晏博文躊躇了一下，方德海怒道：「都不許理她，讓她自個兒好好反省反省！」

章清亭往旁邊一看，張小蝶匆匆忙忙追出去了。

方德海再瞟一眼趙王氏，「趙大嬸，妳自己的媳婦難道妳還信不過？非得往她身上潑髒水妳才覺得舒坦？是不是要把街坊鄰居都驚動出來瞧妳是多麼威風，多麼有本事訓斥媳婦，妳才高興？」

趙王氏被說得有些訕訕的，她當然知道名節的重要性，否則她也不會今兒一早悄悄來章清亭房中訓她，這種事情一旦傳揚開來，不管真的假的，首先丟臉的可是她自己的兒子。

方德海見她不吭聲，這才拿拐杖一指章清亭，「這丫頭什麼人品，我想大夥兒沒有不知道的。

就是阿禮，我也絕對信得過。也不說多，他的教養可比咱們綁一塊兒學得還多。若是再有人胡說八道他倆有什麼，老頭子我頭一個撕了他的嘴！」

章清亭心中感激，晏博文眼中卻閃過一絲難以察覺的愧色，埋下了頭。

方德海左右一瞧，「行了，都趕緊吃飯吧。昨兒下那麼大雨，要是不抓緊著點，這房子可就真蓋不成了，那大夥兒才要喝西北風呢。再有閒心嚼舌頭根子的，全給我上工地幹活去！」

這下無人再敢言語。

因方明珠不在，章清亭再與晏博文去工地，彼此都有幾分尷尬。本說帶張金寶或是兩個小弟弟在旁邊，轉念一想，若是如此，反倒顯得心虛了。這光天化日之下，難道還怕人說三道四？

她想通此節，落落大方道：「阿禮，我們走吧。一會兒明珠回來了，讓她來工地找我們。」

晏博文明白了她的意思，也拿出該有的氣度來，從容不迫地跟上去。兩人的身影，竟是說不出的和諧與般配。

趙王氏越想越覺得不放心，兒子不在家，她這個做婆婆的可得替他看好媳婦，一面在這兒幫著忙，一面抽空到工地上去瞄幾眼。

章清亭自然瞧見了，也不理她，由她瞧去。

張小蝶直追了一盞茶的工夫才追上了方明珠，小丫頭仍在鬧脾氣，坐在河邊，就是不肯回去。

張小蝶只好坐下來陪她聊天，她們二人年紀相仿，說起話來也更加隨意。

「明珠，妳平常不這樣的？幹麼今天對大姊發那麼大的脾氣，真生氣啦？」

「不是。」方明珠扯了根剛剛抽了芽的楊樹枝，有一下沒一下拍打著樹幹，生著悶氣。

張小蝶抿嘴笑了，「就妳不說，我也知道，妳是不是喜歡阿禮？」

「才不是呢！」方明珠耳根子微紅，又羞又惱，不肯承認。

「臉都紅了，還不承認？」張小蝶得意洋洋，「我們早就看出來了。」

「誰……你們亂說。」方明珠臉更紅了。

「喜歡就喜歡唄，有什麼不好意思的？」張小蝶嗤笑，很是瞧不起她的忸怩作態，「要是我喜歡一個人，我就敢說。」

方明珠抬眼斜睨著她，眼裡存了幾分好奇，「妳……妳也有喜歡的人？」

張小蝶兩手一攤，大方地承認，「現在沒有，不過以後肯定會有的。」

方明珠微微一笑，「那妳先說說，妳喜歡什麼樣的？」

張小蝶不加思索地道：「就我姊夫那樣的。」

方明珠啐了她一口，「妳也真不害臊，姊夫可是妳姊的相公，妳怎麼能喜歡？」

張小蝶大大咧咧道：「我又不是跟我姊爭什麼，只是我將來要是嫁人，就想嫁一個像我姊夫那樣的人。」

「秀才姊夫雖好，可也比不上阿禮哥。」

這話張小蝶不愛聽，「有什麼比不上的？我姊夫又識字，又懂道理，還有耐心，肯教我們念書，為人和氣，還很聰明。」

「就是比不上。」方明珠很是不服氣，「阿禮哥讀的書更多，懂的道理更多，他還會功夫，那麼粗的棍子他輕輕一折就斷了，還會拿小石子打鳥打兔子，妳姊夫會嗎？」

「姊夫說，君子動口不動手，光會打架有什麼用？我姊夫可是有功名的，阿禮哥有嗎？」

「要是阿禮哥去考，肯定能考個狀元回來，他琴棋書畫就沒有不會的。」

「妳就吹吧。」

「我才沒有吹。不信，妳讓秀才哥來跟阿禮哥比試，阿禮哥肯定不會輸。」

兩個小丫頭各執一詞，情竇初開的少女就如兩隻小母雞似的，鬥得臉紅脖子粗。

張小蝶為了取勝，不加思索地脫口而出：「阿禮還犯過事呢，可跟我姊夫沒得比！」

這一句話可戳到方明珠的痛處了，當即氣得滿面通紅，胸脯一起一伏，「妳……你們就會欺負我阿禮哥！他當年那事，肯定不是他的錯，說不定……是別人陷害的！」

張小蝶毫不留情點出真相，「可他自己都承認了，難道他自己還能誣賴自己不成？」

方明珠氣得無法，「我不跟妳說了，妳走！」

看她氣成這樣，張小蝶反倒樂了，「妳說咱倆在這兒吵這麼帶勁幹麼？」

方明珠橫了她一眼，「明明是妳先跟我吵的！」

張小蝶道：「我姊夫再好，妳阿禮哥再妙，都不是咱們的。」

方明珠聽得這話蹊蹺，不由問道：「妳姊夫當然是大姊的，可阿禮哥又是誰的？」

張小蝶聳聳肩，「難道妳沒瞧出來啊？阿禮根本跟咱們不是一路人。姊夫說，他在咱們這兒，是那個……就是大半夜的穿得很漂亮的在外頭走，沒人瞧得見，意思就是說浪費了。」

方明珠一驚，猶自嘴硬：「可阿禮哥……他又沒親人了，不在我們這兒，能上哪兒去？」

張小蝶一笑，「都說我不懂事，妳聰明，我瞧妳比我還糊塗。像妳方才說的，阿禮那麼有本事，幹麼非得在咱們這兒當個小夥計？妳真以為這天大地大，沒有他的容身之處？那是他自己不想飛，要是哪天他想飛了，妳還能攔得住他？」

這話聽得方明珠臉上變了顏色，「他要往哪裡飛？」

「肯定是往高處飛唄。」張小蝶指著高枝道：「那兒才是他的地方。」

她又指著地上的小草，「這兒是我們的地方。妳說，妳能讓一隻能飛到天上去的鳥兒，成天在地上走嗎？走幾步是可以的，但他遲早還是會飛走的。」

「妳胡說！」方明珠的心裡恐慌起來，「阿禮哥的家人都不要他了，他才不會飛的。再說，我們也不是草兒，大姊不說過嗎？只要自己努力，女孩子也能長得跟樹一樣高。」

「妳拉倒吧。」張小蝶略帶不屑地瞧了她一眼，「我問妳，阿禮哥會琴棋書畫，妳現在會了哪一樣？」

「我……」方明珠忽地洩了氣，還真像爺爺說的，除了會寫幾個字，念了幾本書，她好像什麼都不會了。

張小蝶得意道：「要說能飛上枝頭的，咱們中間，就只有我大姊了。妳看平時，就她能跟姊夫還有阿禮說到一起去。上回姊夫多喝了兩杯，還問起大姊了，跟阿禮那回談酒是怎麼回事？那些酒都是在哪兒喝到的，非讓她什麼時候給他也整兩杯，把我們眼淚都笑出來了。」

「他們還在一起喝過酒？」

「嗯，是玉蘭姊要嫁人的時候。大姊不同意，跟趙大嬸吵了一架，跑來鋪子裡喝悶酒。聽姊夫那意思，他們倆說了好多東西，都是書上有，咱們這兒沒有的。」

方明珠也忽地想起，在蓋房子時，章清亭和晏博文也有許多共同語言。說到那些雕樑畫棟、亭臺樓閣，兩人的說詞都是一套一套的，自己根本就插不上嘴。

見她神色，張小蝶更加吹噓起來，「我這個大姊，按姊夫的話說，就是那個老天給了塊大餅的奇才。雖然咱家也窮，沒錢供她讀書，可我大姊就沒有不會的。以前會殺豬，現在不殺豬，妳看她不管是打馬吊，還是做生意、蓋房子，就沒有不懂的。妳呢？妳又會些什麼？」

方明珠低下了頭，有些自慚形穢，難道自己真的那麼差？

張小蝶好心地拍拍她的肩，「算了，別想了，妳就是真喜歡阿禮，能天天跟他說什麼呢？難道跟他談做菜嗎？」

方明珠黯然垮下肩膀，確實，晏博文不該是這樣平凡的人。

張小蝶道：「玉蘭姊嫁那姓孫的時候，大姊就曾經說過，這嫁人呀，要竹門對竹門，木門對木門，妳差上那麼一點點可以，差得太遠就不行了。妳瞧瞧妳，小了阿禮多少歲？又比他少學了多少東西？也不是我瞧不起妳，他能看上妳才奇怪呢。」

方明珠聽得不高興了，嘟起了小嘴，「妳又不是他。」

張小蝶一笑，「還不承認喜歡人家？這就承認了吧。」

「承認就承認。」方明珠下巴高高仰起，「難道不行嗎？」

「不是不行，妳愛喜歡誰就喜歡誰，可妳幹麼拉上我姊？跟她吵個什麼勁兒？」

方明珠氣鼓鼓地道：「我不是跟大姊吵架來著，可是、可是阿禮哥老在我面前讚她……」

「妳是比不上我大姊啊，妳還不服氣嗎？妳哪點兒比她強了？」

「我……」方明珠被噎得不能反駁，確實，自己哪點比得上章清亭？想了半天，「可大姊、大姊有姊夫了。」

「那又怎樣？誰說嫁了人就不能被人讚了？這才說明我大姊有本事！」張小蝶很是驕傲。

方明珠徹底洩了氣，想了半天，還是有些不服氣，「小蝶，妳說，我們真的不能飛到那枝頭上去？」

張小蝶皺眉看著高枝，又看看她，「應該也不是絕對不可以，姊夫說過，有志者事竟成。也許妳再努力個十年八年的，也就飛上去了。」

方明珠心裡剛好過了一點，張小蝶捂嘴笑道：「可到時妳都多老了？阿禮才不要妳呢！」

「壞丫頭！」方明珠又氣又惱，追打著張小蝶，兩個小姑娘倒又和好了。

出了一場氣，方明珠也消停下來，回家先去跟爺爺賠了個不是。

方德海瞪她一眼，「快去吃飯，吃完了到工地上幹活去。這麼大的人了，才幹幾天正經事就瞎鬧騰，再彆扭把妳鎖家裡，不讓妳出來了，記得跟妳張姊姊道個歉。」

方明珠老老實實應了，吃了飯自回了工地。

昨兒下了一場雨，著急的不光是章清亭，還有婁知縣，抽了空也來了工地上，大夥兒商量了個主意，乾脆再徵集一批民伕，分成兩班，日夜施工，加快進度，一定要搶在春汛之前把房子蓋起來。

這一下工作量就更大了，章清亭忙得沒時間想那些亂七八糟的事情，見了方明珠，啥話也不多說，把該她幹的事情往她面前一推，這就開工吧。

忙碌的一天，又開始了。

這小小的不快，好似水面泛起的漣漪，很快就消散了開去。

晚上回了家，張小蝶偷偷把方明珠的心事跟章清亭說了，聽得章清亭直咋舌。這小妮子還當真是人小心不小，這麼早就考慮這些問題了。

張小蝶撇撇嘴，「也不算太小。」

章清亭臉一沉，「妳這話什麼意思？妳也著急了？看上誰了？」

張小蝶不敢吐舌頭，只把脖子一縮，連連擺手說沒有。

章清亭狠狠盯著她，「這麼大的女孩兒了，妳給我也放穩重著點。就是真看上誰了，得回來頭一個跟我說，別糊裡糊塗陷進去，萬一找不好，可有得妳苦頭吃。」

知道知道，張小蝶應著趕緊跑了。

章清亭想想，把張金寶叫了進來，「你有什麼中意的姑娘沒？」

張金寶聽得愣了，大姊這是啥意思？頭搖得像波浪鼓。

章清亭道：「你雖說也快十五六的人了，但一事無成，又無一技之長，不許出去給我招惹別的姑娘家，好生學點東西，過兩年大姊再幫你說門好親事，知道嗎？」

張金寶頭點得像小雞啄米似的，不明白大姊為什麼突然抓了他來有此一說。

章清亭把他給轟出去了，心裡開始琢磨。

男大當婚，女大當嫁，也屬天經地義，可明珠跟阿禮……怎麼看怎麼不合適。

這真不是她瞧不起方明珠，實在是晏博文底子在那兒擺著，絕對的世家大族，可他究竟所犯何事，底細如何？

算了，有老頭在。那老爺子精得很，兩人都在他眼皮子底下，有什麼事讓他自個兒操心去。

章清亭翻起牆上的老黃曆，數數日子，秀才這幾日也該回來了，也不知他在外頭這些天過得可好？要是有他回來了，自己也可以鬆一口氣吧？章清亭心裡頭想著，嘴角忍不住噙了一抹淡淡的笑意，竟有點小小的期待。

第二日，依舊是忙得不可開交，到了下午，衙門裡忽然有位官差興沖沖地跑來，「秀才娘子，有妳家相公的信。他倒聰明，託郡裡傳送公文的一起送來了，妻大人瞧見，趕緊讓我送了來。」

章清亭心中一喜，卻又一憂，這都快回來了，還寄信，莫不是臨時有變？

道了謝收了信，當著這許多人的面，也不好意思拆開來瞧，只揣在懷裡，像擱著十五個水桶，七下八下的，一整天都心神不寧。及至忙活完了，晚上回了家，她才閂了門，迫不及待抽出信來瞧。信很薄，就一頁，但信紙卻別出心裁疊成了同心方勝，章清亭臉上微微一紅，小心地展開來瞧，

「娘子見面如晤，我在此一切安好。現下講學已畢，誠如娘子所言，廣結師友，著實獲益良多。承蒙婁大人親筆推薦，方大儒不棄，願意多加提攜，留我盤桓數日，機會難得，須得再過幾

日方能回家，家中諸事有勞娘子。倉促間，個中詳情一言難盡，待我回來自當細述。千萬保重，勿念。」

見他字跡潦草，想是一時之間得知有人送信回來，方才一揮而就的吧？

章清亭雖有些小小的遺憾，卻更是為趙成材高興，只擔心他身上銀錢夠不夠，能不能給人家送份像樣的禮？

趙成材走的時候，章清亭手上實在沒錢，只好把自己那幾件純銀打造的小首飾讓他帶了去。若是早知有這番機緣，就是出去借，也該讓他多帶些錢的。她忽地又有些後悔，早知如此，就應該在那現場拆了信，還可託那官差帶點銀兩回去，可惜現在卻是無法了。

算了，章清亭自我安慰，想那秀才本就沒錢，老師都肯指點他，想來也不是嫌貧愛富之人，實在不行，等日後年節時再行感謝吧。

翌日，趙王氏聽說趙成材還得留下來多學幾日，很是不解，那孩子還真讀書讀上癮了？可問章清亭也不知詳情，一切懸疑，只得等他回來再行分說。

在日夜趕工之下，胡同工程的進度有了大幅度的提高，待得三月中旬趙成材回來時，簡直嚇了一跳，這房子還想著五月前能完工就算不錯的，怎麼現在都快封頂了？

「娘子，妳這速度也太快了吧？做得扎實嗎？」

章清亭正抽空喝口水，驀地聽見熟悉的聲音，嚇了一跳，被茶水嗆得滿面通紅。

趙成材拍著她的背調笑，「妳就這麼歡迎我的啊？」

這死秀才！章清亭半天才喘過氣來，回頭瞪他一眼，「你怎麼不聲不響就回來了？」

「那還敲鑼打鼓嗎？我才把行李擱家裡，就過來瞧妳……這工地了，妳瘦了。」

章清亭耳根一紅，見他也清減了許多，想來求學這一個月甚是辛苦。才想說點什麼，方明珠高高興興過來打招呼：「那今兒大姊先回去吧。」

「不用了。」這夫妻二人倒是異口同聲回絕了。

章清亭臉又紅了，瞧他風塵僕僕的，嗔道：「我這兒也沒什麼要你幫忙的，你倒是先回家洗洗，換了衣裳回你家去瞧瞧吧。有什麼話，晚上再說。」

章清亭見方明珠笑得越發促狹了，不由臉上滾燙，趕著趙成材：「還不快走？」

趙成材嘿嘿笑著走了，晏博文遠遠瞧著，眼神裡除了羨慕，更是黯然。

章清亭到底是忙到天黑才回家的，趙成材已經洗了澡，回了趟家，還上縣衙去拜會了婁大人，忙活了一下午也不覺得累，倒是神采奕奕，精神得不得了。

見她回來，先遞上熱茶，打了熱水讓她洗手，便幫忙張羅著開飯了。

張小蝶攔著不讓，「姊夫不用你忙，你陪大姊說說話吧。」

趙成材赧然一笑，「胡同那兒還忙著呢。吃了飯我先去工地看著，讓妳大姊在家歇歇。」

張金寶接過話來：「工地上有阿禮呢。他們那邊的飯已經先送過去了，你就安心在家吃個飯，晚上我去看著就行了。」

趙成材搖頭，「我聽說成天都是阿禮在那兒守著，他住得又遠，這也太辛苦了。況且方老爺子家裡也沒個得力的人，他這一走開，那邊一老一小就受累了。以前我不在，那是沒辦法，現在我既回來了，你們晚上也別去了，大夥兒白天都累壞了，晚上都好好休息吧。」

張小蝶笑道：「還是姊夫最會心疼人。」

章清亭心裡更是暖融融的。

吃飯的時候，趙成材誇讚了一番趙玉蘭，又道章清亭行止得宜，妹子也勇敢了一回，然後簡明扼要地把他在郡學的事情說了說。

他這番出去，可算是見了世面。

郡裡各地學子齊聚一堂，趙成材起初怕自己水準差，不敢出聲，可慢慢相處下來，才知道比自己好的有，可比自己差的也不少。沽名釣譽之輩多了去了，有真才實學的畢竟是少數。

有李鴻文的銀子和長袖善舞開路，趙成材也開始學會厚著臉皮找老師討教。風花雪月的應酬場合一概不去，除了上課，只專心在客棧裡做了功課請各位老師指點。可巧這回的總教習便是那位方大儒，這位老先生名氣可太大了，門下出了不少舉人進士，來學習的上百個秀才幾乎全圍著他打轉。

趙成材一開始摸不準他的脾性，不敢貿然拿出婁知縣的帖子，只老老實實做好自己的本分。等一月之期過了大半，他正琢磨著是否可以找方大儒開口了，卻不料方大儒竟派人先找到了他，約他到自己家中詳談。

這可讓趙成材喜出望外，又精心準備了一番，方才慎重赴約。

等到了那兒一瞧，原來請的有十來個學子，都是同期學業比較優異，也專心向學之人。

進了客廳便是入了考場，出了題限了時，與正規考試無異，可把趙成材驚出一身冷汗，猜想這是方老師想要擇徒了吧，不敢怠慢，專心做了文章交上。

方大儒接了卷子當時什麼也不說，只讓他們回去。又過了兩日，方才打發人再來相請，這回再見，便只有他一人了。

進了書房，寒喧幾句，了解了他的基本情況之後，方大儒就開始詳細考察他的功課情況，一門一門地檢驗，等兩個時辰過去，趙成材覺得自己腦袋都被掏空了，壓箱底的一點東西全給抖了出去，可方大儒還是什麼也不說，就打發他回去。

趙成材之前得過章清亭的指點，現在做人做事機靈多了，快出門時，偷偷給那書僮塞了一吊錢，那書僮悄悄透露：「老爺說這回只收三個學生，你是第四個來的。」

趙成材一聽心裡涼了半截，還怕自己沒戲了，沒想到等郡學結束的前一日，方府打發人來說，想留他入書院再盤桓數日，連一應食宿都由方府開銷，讓他趕緊帶了行李過去。

聽得趙成材是喜出望外，匆匆忙忙在府衙寫了封信，託人帶回來報個信兒。

「那當真只有三人嗎？」眾弟妹聽得一臉崇拜，「是不是進去就算收作徒弟了？」

趙成材笑著搖頭，「我起初也是這麼認為的，最後到了方府一瞧才知，原來進來的竟有十幾個學生，像李鴻文這樣家資富裕的也在其中。」

「那他既要招這麼多人，還考來考去的做什麼？」

弟妹們不明白，章清亭卻是懂了，「蠢材！這方老師不收些富學生，拿什麼養活窮學生？估計李鴻文他們給的束脩不低吧？」

「還是娘子最聰明。」趙成材不吝誇讚了一句，「方老師自己開了個梧桐書院，有錢的學生多，可貧寒之人也不少。若是全靠他自個兒貼補，那真沒法過日子了，所以方老師擇徒就兩樣，一是要學問大致還過得去，家資富裕的，二是學問比較好，但家境貧寒的，這個擇徒就極嚴了，數量也少。」

「那哥你豈不是學問特別好的？」趙玉蘭很是驚喜。

趙成材卻搖頭，「我還不到那個級別，方老師肯收我，主要是看我態度好，人品端正。其實我一去，他就知道我了。婁知縣早寄了信給他，我卻始終隻字未提，讓他覺得我這人還算本分，這才破例多收了我一個。」

章清亭更加關心的是，「那你可曾學到些真東西？」

說到此處，趙成材才一挑大拇指，「方老師收徒是嚴，不過確實也有些本事。只要你進了他的門，不管有錢沒錢，全都一視同仁，因材施教。每回上完大課後，便是一對一的輔導。用鴻文的話說，每回從他書房出來，就像扒了層皮似的。雖然有些誇張，但大概就是這樣了。本來鴻文還想著多待幾日，能好生玩玩，結果我們從進書院到上完課出來，愣是連大門都沒踏出一步。老師不管著你，只是安排下來功課，逼著你自己用功。不過苦雖苦矣，但確實學到了不少東西，這回去得真值！」

「那你現在算他的入門弟子了吧，這拜師禮咱們得補一份吧？」

「方老師真正的入室弟子極少，不過個頂個都是能拿得出手的。像我們這樣，只能算他的記名弟子，真正想登堂入室，恐怕得等到明年鄉試前才見分曉了。」

章清亭略一思忖，「那你以後多久可以再去一回？等咱們家房子起來，手頭寬裕了，須得送份厚禮，時常求他指點才是。」

「我也是這麼想的。」趙成材很有感觸，「難怪妳總說人往高處走，在郡裡讀書可比咱們這鄉下大不同了。除了課本，還能知道許多朝中動態，特別是官員任命、他們的喜好、誰會當考官、出題時可能會有的範圍，這些都是應舉時所要注意的。不過若是去多了，恐怕方老師也煩，我走時，只跟他提了一句，想一季過去一次，他倒是點頭答應了。」

章清亭安下心來，「那你現在可得好好溫書，除了學堂，家裡亂七八糟事都不要操心了。」

「那不行。」趙成材放下茶碗笑道：「書要讀，家裡的事還是要管。放心，我自有分寸。」

他自去工地了。

張發財笑得嘴都合不攏，「閨女，搞不好妳這相公日後真的能弄個官兒來做做呢！」

可趙成材出了門，眼中才流露出一絲不安，回頭瞧了一眼，趙王氏的話言猶在耳。

「你可別怪娘多心，這不怕賊偷，就怕賊惦記，反正我是覺得那個阿禮對你媳婦不一般。雖說是做正經事，可這年輕男女總在一處，就算他們現在沒什麼，難保日後不生出點什麼來。你呀，別老是傻乎乎地鑽進課本裡，倒是在你媳婦身上也多用些心。」

趙成材嘴上把娘給說了一頓，心裡難免有些怏怏不樂。他當然相信章清亭，問題是他不相信他自己。章清亭的禮儀教養在那兒擺著，分明是大家閨秀才有的氣質，而晏博文呢？連張小蝶都瞧得來他不是個尋常貨色，趙成材更是心知肚明。

真正要說起來，他們倆才是一路人。自己雖然也讀了點書，但比起他們還是差太遠了。這種差距不是一朝一夕能彌補的，他就是再不甘心也沒法子。

如果晏博文不是因為犯了事，那是不是說，他和章清亭才更加般配？趙成材真是不願意承認晏博文比他更適合章清亭。可章清亭是她的娘子，且不論真假，名分就在那兒擺著。若是他不允許，誰也別想從他身邊把她搶了去。

趙成材忿忿地用力踢向路上一顆石子，不料用力猛了些，倒把自己的腳尖給硌得生疼。痛得他齜牙咧嘴，抱著腳跳了好幾下才漸漸緩過勁兒來。

一時見旁邊有人路過，趕緊把腳放了，整整衣冠，忍痛步入工地。

工地四周，幾十根粗大的松脂火把熊熊燃燒，亮若白晝，一片繁忙景象。在旁邊搭的小棚裡，晏博文正端坐其中，圍著辦事的人川流不息。

夜色中，許是沒了旁人，晏博文才展露出一點本來面目。瞧他面如冠玉，俊朗儒雅，這在小小的天地間揮斥方遒，是說不出的寫意與瀟灑，縱然是處理這些俗事，也硬生生帶出一股與眾不同的味道。

趙成材壓下心頭的小小醋意，深吸口氣，調整面部表情，盡量溫和地迎了上去。

晏博文埋頭幹活，一時沒瞧見趙成材過來，等他走到身邊才驚覺，連忙站了起來，「趙大哥，您怎麼來了？」

趙成材一語雙關地道：「我怎麼能不來呢？這家裡的事情肯定得自己照管著才行。前些天我不在，這工地上可有勞你了。現在我回來，自然就該我操心才是。」

晏博文聽出點弦外之音，面上卻是淡淡的，「趙大哥客氣了。食君之祿，忠君之憂，都是我分內之事，談不上什麼辛苦不辛苦的。」

見他如此謙遜，趙成材縱是有氣也不好發了，「能請到阿禮你這麼好的夥計，可算是我們家的福氣。行了，我來看著吧。你離得遠，快回去歇著，有什麼事，交代給我就行。」

晏博文眉頭微微一皺，有幾分自己也說不明白的不想放手，「趙大哥，您才回來，恐怕這工地上的事情還多有不太清楚的。縱是要交給您，恐怕一時也弄不明白，不如等閒下來，再一樁樁跟您細說。再說您今兒才回，還是回家歇著，這兒有我，您就儘管放心吧。」

就是知道這工地上的事情複雜，才非得快點上手不可。難道我不管了，由著你成天和我娘子商量來商量去？

趙成材心裡有疙瘩，說話也就不那麼客氣了：「有什麼不清楚的，你跟我說清楚不就行了？總不能永遠指著你吧？到底是自己家的東西，哪有自己不操心的？」

晏博文喉頭一噎，瞬間黯然。這畢竟是人家的地方、人家的東西，自己憑什麼霸著不放？於是很快收斂了神色，「那好，趙大哥，我說給你聽。」

他仔細地將工地上的事情一點一點地交代著，期間還不斷有工匠上來打岔，快一個時辰才跟趙成材說個大概。趙成材很用心，雖然沒有徹底拎清，但好歹囫圇吞了個棗，大致上明白了。見晏博文毫不藏私，他那個醋罈子也平靜下來。

都是知書達理之人，漸漸的，兩人倒是都心平氣和了。

趙成材又重點問了幾樣今晚要注意的事項，跟他道了謝，讓他先行回去休息了。

不過等人走了，趙成材也想學著他方才那樣舉重若輕，姿態從容地處理好手中之事，奈何天不從人願，畢竟是生疏了，沒一時他就覺得焦頭爛額起來，只恨不得生出三頭六臂，哪裡還顧得上什麼形象氣質？能把事情一樁樁一件件理清楚，別發錯對牌領錯料就阿彌陀佛了。

二更的梆子剛敲響，便收了工。把工地收拾妥當，貴重材料清點入庫，他也快累散了架。

他今兒本就坐了大半天的車，下午又沒歇著，晚上還硬要逞強來監這個工，著實累壞了，走路都有些輕飄飄的，像踩進棉花堆裡。

章清亭也還沒睡，正埋頭翻算著帳本，見他步履沉重地回來，笑道：「工地上的事情搞清楚了？可累得夠嗆吧？」

趙成材一下子癱坐在自己的床上，捶著腿道：「原來你們這些天竟是這麼辛苦，這白天黑夜的，可真夠妳受的吧？」

章清亭微微一笑，「也還好啦。你今兒確實是辛苦了，不叫你去你偏要硬撐，受不了吧？」

「哪有？」趙成材不肯承認，卻打了個大大的哈欠，「都早些歇著吧。婁大人只給了我一日的假，這房子快完工了，學堂也就該開學了，後頭還好多事呢。」

章清亭無心道了一句：「都說不用你了，有阿禮幫著我就行。他是習武之人，體格健壯，你這文弱書生可比不了。」

趙成材本來闔著眼都快睡著了，一聽這話，一個激靈又醒了過來，「妳這話什麼意思？」

章清亭沒注意到他的臉色，「沒什麼意思，知道你是一片好心，就是讓你別逞強。安心辦好你的學堂，讀好你的書就行，以後晚上還是我和阿禮去工地上盯著就行了。」

趙成材本就又累又乏，兼之心裡還有點鬱結未開，被章清亭這話一激，心裡那股無名之火騰地又竄了起來，不覺嘟囔著：「嫌我沒用，就阿禮好！他見多識廣，文武雙全，哼！他既那麼有本事，怎麼連自己都管不住？」

章清亭一聽，小臉就沉了下來，「打人不打臉，揭人莫揭短，積點口德吧。瞧你現在這樣子，哪有點君子之風？」

趙成材不覺微惱，「我是沒有君子之風，我是什麼人啊？我就是一窮秀才，哪像你們，又懂酒又懂杯的，連房子上的雕花刻欄都能想出十七八種來。」

章清亭這些天也忙得不可開交，總有些零零碎碎不順心的事情積在一處，此刻被他這麼一搗鼓，騰地火也起來了。

「你這是哪裡中了邪火回來？一點陳芝麻爛穀子的事情，翻來覆去地說，你累不累啊？不就喝了一回酒嗎？次次拿出來說，真是心胸狹窄，小肚雞腸！」

趙成材也火了，「我要是真的心胸狹窄、小肚雞腸，會收留他到今日？走時還放心地把家裡的事情交代給他，讓妳有什麼難處去跟他商量？我早把他不知趕到哪兒去了！」

「你要是不小氣，能見不得聽人一句好話？」章清亭怒了，「你娘這樣，現在你也這樣，都看阿禮不順眼，人家到底是做錯什麼了？哪裡得罪你們了？開鋪子時，阿禮起早貪黑地做。等到你弟弟把鋪子弄垮了，他也沒有棄咱們而去。等著蓋房子了，他又成天泡在工地上，什麼苦活累活搶著幹。還有玉蘭的事，他也幫了不少忙的。」

「可你們家呢？事情一過就翻臉不認人，且不說念著人家的好處，淨是橫挑鼻子豎挑眼的，難道非把人家趕盡殺絕不成？我告訴你們，不可能！且不說我做不出這沒仁義的事來，再者說，阿禮又不是咱們家的奴才，憑什麼受你們這樣的氣？」

趙成材見章清亭如此維護晏博文，心裡氣憤更深，「我才不過抱怨兩句，妳值得這麼拚死拚活維護？我說阿禮不好了嗎？後來不一個勁兒在誇他好，誇他有本事，妳怎麼就急了眼呢？」

「你那是誇人的話嗎？夾槍帶棒的，比罵人還難聽！」

「那妳說得讓我怎麼誇他才行？」

兩人這一番爭執，早驚動了家人。

張發財趕了過來，「這是怎麼了？好好的，這一回來怎麼吵起來了？」

兩人還沒完全失去理智，一見有人來了，頓時都噤口不言語了。

張發財勸著：「小夫妻拌兩句嘴是常事，可別真傷了和氣。天這麼晚了，都早點歇著吧。」又私下交代趙成材：「你一個大男人，多讓著你媳婦點兒。」又勸女兒：「女婿剛回來，妳跟他置什麼氣？」

當著旁人，兩人暫且和解了，等人一走，門一關，又槓上了。

章清亭率先發難，壓低了聲音：「你說是不是你不對？」

「我不知道我哪裡不對。」什麼錯都能認，這個錯堅決不能認。

「那你還有理了？」

趙成材理直氣壯道：「是妳說不讓我管家裡的事，還說什麼有阿禮就行了，那不是分明把我當成外人了？要是連阿禮都管得家中的事情，我卻管不得，那我成什麼人了？豈不是連個外人都不如了？」

你本來也是外人！章清亭心裡腹誹著，這話卻沒說出來。要是這話說出來，也太傷人了。

不說別的，光憑趙成材這段時間辛辛苦苦為這個家、為她的事情忙裡忙外，章清亭就不忍，也不能傷害他，但她也不願意認錯，頓了頓才道：「我說那話是惡意嗎？不是瞧你辛苦，一片好心讓你早管點事，少受點累嗎？」

趙成材一聽這話，心裡的氣頓時開始悄悄散開了，「可妳也不管這話聽得人心裡舒不舒服，一片好心卻弄個熱臉貼著冷屁股……」

「話別說得這麼難聽。」章清亭臉上微微一紅，忽又一沉，「我且問你，是不是你娘又跟你嚼什麼舌頭了，你才這麼不待見人家？」

聰明！不過這個更加不能承認，以免又引起新的矛盾。

趙成材矢口否認：「當然不是，娘能說什麼？」

「她沒說才怪！」章清亭一瞧他那神色，便猜到根由了，「那日一早就跑來鬧了一齣，要不是有方老爺子壓著，竟把我當犯人審呢！難道你信她，卻不信我？」

趙成材急忙表決心，「我當然相信妳，妳怎麼會是那種人呢？」

章清亭冷不丁地道：「那就是說，你娘還是說了。」

趙成材一不小心說漏了嘴，只好訕訕地道：「娘也沒說什麼，你們那日丟了，娘也是真心著急來著。不是怕有人說閒話嗎，不過就提醒妳注意點。」

章清亭冷哼，「只要她不說閒話，我就求神拜佛了！」

趙成材怪不好意思的，陪起笑臉，「我已經跟娘說過了，她不會在外頭亂說的。」

章清亭白他一眼，「今兒這話到此為止，日後切不可在阿禮面前露出形跡來。人家雖說是在咱們這兒幫工的，可也不是隨隨便便由著人說三道四之人。說起來他已經夠可憐的了，不過在咱們屋簷下混口飯吃，何必難為人家？」

趙成材聽她說晏博文只是在他們這兒幫工的，頓時就心花怒放起來，那證明自己還是「內人」，他卻是「外人」，自己跟他還是有很大差別的。

趙成材高高興興點頭應了，從懷裡取出章清亭的銀飾遞上，「還妳。」

章清亭微微詫異，「你怎麼沒用？」

趙成材正色道：「這是妳戴過的東西，就是再沒錢，我也不能拿妳用過的東西換錢使。」

章清亭臉上總算是露出三分笑意，雨過天晴，天下太平了。

生活又回到了既定的軌道上，按部就班繼續著。

四月初六，婁知縣親自點選的一個黃道吉日，整條胡同終於架上最後一根樑，全面完工。最後的這根樑架在學堂最高，也是整個紮蘭堡最高的新標誌性建築——文魁樓裡，儀式隆重，非常莊嚴。這也就標誌著，紮蘭堡的學堂可以準備開學了。桌椅板凳都訂製得差不多了，在陸陸續續送達中，十里八鄉的百姓都翹首以待著四月十八日的開學典禮。

因為報名的人實在太踴躍了，而師資有限，趙成材和李鴻文商量來商量去，為免起初一窩蜂，過後冷清清的局面，便根據報名的先後順序酌情分了班。

童蒙班一共開了五個，四個男生班、一個女生班，每班五十餘人，共收了兩百多個孩子。考慮到許多貧家孩子還得兼顧家務、砍柴挑水什麼的，有的又路途較遠，來去費時，午飯也難以解決，便只設了半天課，從早上的辰時一刻到巳時畢，午時便放學。下午回家自己做功課，第二日交來便是。每旬末考試一次，放假一日。月底大考一次，成績優異者張榜公布。

成人班第一期開了兩個班，都是從傍晚的酉時三刻開始，只上一個時辰的課，教些簡單的識字和算數等生活實用之技，課後便是隨堂練習，做完功課就可以回家。

每期三個月，如果覺得自己學得不好，可以再來學習。要是學完之後，還想往深裡學，到時就看人數多寡，再另行開班。

為免有些夫子只教授自己感興趣的內容，隨意控制上課進度，趙成材他們幾番商議，乾脆學郡裡的教學，把課堂上要教授的內容全部規定死了，剩下的才由老師自己發揮去。

這每旬每月都有考試，所出的試卷又是一樣的，如果老師教得不好，班上的學生沒有名列前茅的，自己也丟臉，對他們也是鞭策和促進。

婁大人看了他們方案，點頭稱善，卻又問道：「你們這成績是所有的全部張榜公布嗎？」

趙成材笑著搖頭，「那倒不好，若是沒考好，成績拿回家去，家長就已經夠生氣的了，再張貼出來，就太丟面子了。不能弄得本來想求學的，也不敢來了。」

李鴻文接著說：「所以我們想著童蒙班每回就取前五十名張榜公布，月底大考後綜合這一月來的前十名，發朵紅花，送個捷報，就是個意思了。成人班每期結業時，也給前十名貼張喜報，重在激勵。」

婁大人點頭，「如此甚好。這樣吧，若是每月的前十名，再多送套文具或者獎本書，也算是一點小小的鼓勵。那個善款夠不夠？不夠由官府補貼，一月費不了二兩銀子，卻是個好彩頭。」

這一層其實他倆已經想到了，故意沒說。

李鴻文笑著奉承：「到底是大人，想得比我們更加周全。那些錢現還有剩些，再加上學費，這頭一年應該是足夠了，實在不夠，再來找大人吧。對了，成材家本來就打算開個文房四寶店，這個差使不如也一併交給他辦算了。」

這是幫他拉生意呢。婁大人自然也是心知肚明，望著趙成材呵呵笑道：「這肯定又是你家娘子出的主意吧？她倒是會動腦筋賺錢。」

趙成材忙道：「開那個店無非是讓家中父母打發閒暇，再一個，也是方便學生，實在不敢想賺錢的。大人若是覺得不妥，我們不開就是了。」

婁大人笑道：「依我說，妥當得很。之前本官還公開說過，每位學生都要補助一份筆墨紙硯的，你家既有這個心思，就把這個差使一併交給你辦了。統計了人數，速速報來，開學時正好發給眾人。」

趙成材謝過之後，卻道：「大人雖是一片厚愛，但這差使若是交給我家，卻未免有中飽私囊之嫌。不如請鴻文兄在旁作個見證，到時成本進來多少錢，就算多少錢，我們可再不敢賺這個利息的。」

婁大人很滿意，「你辦事一向讓人放心，也不用誰作見證了，你自去辦吧，本官信你。對了，你家那胡同，什麼時候開賣？」

趙成材一笑，「那個卻不急，娘子說，先幫著把學堂的事情辦起來，再弄那個吧。不過這學堂的名字，還得請大人多多費神考量。」

婁大人假意推辭，「那個就由你們擬定了吧。」

他原本想著蓋學堂的錢要動用官庫存銀，故此說把提名權交給下一任知縣，可現在根本就用不著官銀了，這名字當然還是由自己提了才是，這可是絕佳的流芳百世的機會，白送給人多可惜？可他自己又不好出爾反爾，只等有人來提。

趙成材他們當然早就琢磨透了其中的深意，已經在他耳邊提了好幾回，現下房子已經蓋好，更加刻不容緩了。

李鴻文笑道：「這學堂是大人一力促成，若說要提名，實在是沒有比大人更有資格的了。大人公務繁忙，我們這兒倒是粗擬了幾個，大人瞧瞧可有好的。若有，便請賜墨寶，咱們好趕緊讓工匠做去。這沒幾日就要開學了，若是因為這個耽誤了，倒是不好。」

他一面說，一面就從袖子裡抽出摺子來，上面已經列滿了十來個名字，連對聯都擬好了，就等他定奪。

婁大人很是滿意，「那我先留下瞧瞧，只是這撰寫倒是另尋位德高望重之人吧。」

趙成材也上前勸道：「這紮蘭堡就數大人最大了，若是大人還謙虛，那我們還真不知道該找誰去提了。」

陳師爺也在一旁湊趣：「就說這字寫得好的，咱們這地方也就數大人了。剛正不阿，嚴謹守成，學堂這麼清雅的地方，自然要您的字才相襯。」

一夥人正輪番拍著婁知縣的小馬屁，外頭忽然有些吵嚷之聲，小廝匆匆進來稟報：「大人，外頭有幾位老先生找，還有一位說是趙先生的老師。」

趙成材聽得詫異，趕緊迎了出去，來的竟是老楊秀才，還有幾個老窮酸腐儒，都陰沉著臉，很是不悅的樣子。他們來幹麼？趙成材正納悶，忽地心裡如電光石火般一下子亮了。

壞了！這開學堂斷人家私塾老師的財路了！

他主動上前見禮，老楊秀才也不理，「你甭給我行禮，我不認得你。」

把趙成材噎在那兒，僵得臉紅脖子粗的。

直等著進去見了婁知縣，他們才一窩蜂圍上去，施禮叫冤，「大人啊，您最是體恤百姓的，可不能斷我們生計啊！」

「我一家老小可全指著我教書養活呢！」

「這學堂一開，我那兒所有的學生都辭了館了！」

「要不，大人您給我們也安排進學堂教書吧！」

……

這可真是個麻煩事，趙成材和李鴻文面面相覷，緊鎖起了眉。

這些鄉間老師，水準不高，架子十足。之前他們不是沒考慮過請他們來教書，但他們最多帶個兩年，再往高裡去，就不能勝任了。

原想著總有些不願上學堂，願意請私塾的孩子，也不至於讓他們沒飯吃，可沒想到百姓們聽說是官辦的學堂，又有許多優惠，紛紛辭了館，都要把孩子送這邊來。

這一下，這些老秀才們不幹了。斷了生計，讓他們吃什麼去？除了幾個像楊秀才這樣家資中上的，還有不少是一家全指著這份束脩過活，要是沒了學生，他們可真得喝西北風了。

本來若是單為了一個錢字，楊秀才還不至於出來拋頭露面，可過年時，趙成材在他家裡跟楊小桃吵了一架，把楊小桃氣得直哭，老楊秀才不明就裡，總以為是趙成材負了女兒。再加上聽說辦學堂之後，他本來料著這麼風光的事情，趙成材肯定不會忘了自己，卻沒想到趙成材一面也不露，完全像沒事人似的。這下可把楊秀才氣壞了，天天在家背地裡罵這學生忘恩負義，揀高枝飛了就不念師恩了。等這些老秀才們來一挑撥，楊秀才就氣鼓鼓地跟著來鬧事了。

趙成材勸也不好勸，說也不好說，當真感覺就是豆腐掉進灰堆裡，挨不得碰不得。

像他們現在請的那些老師，大多是在縣學上兼差的，水準著實要高出一籌，再加上本來就有份官府的束脩，家境都要好些。再來學堂教教課，補貼些錢，他們又不用太操心，何樂而不為？縱有什麼，也有諸多可以包涵之處。

可這些夫子就大不相同了，都是些閒著沒事幹的。若請他們來，恐怕光每天應付他們的挑三揀四就很是頭痛了。若說把他們全收進來，確實也沒那麼多閒錢養活這些個閒人。但現在人家都找上門來了，要怎麼應付？

收是堅決不能收的，可趕又不好趕，畢竟都是讀書人，要給三分薄面的。

婁大人被他們一番之乎者也吵得頭昏腦脹，原本有的好心情一下子全化為烏有，還平添許多煩惱。好不容易用些官場上的套話把他們給勸走了，婁大人揉著發疼的太陽穴，「成材呀，你怎麼讓你老師也跟著湊熱鬧？趕緊想個法子吧。這沒幾天就開學了，可別讓他們真的生些事出來。」

趙成材真是啞巴吃黃蓮，有苦難言。

他怎麼知道楊秀才會跟著湊這個熱鬧？不過縱是知道，他又有什麼法子？誰肯白出錢，養活這群老朽呢？若是養了他們，還有人來鬧怎麼辦？反正都有理由，這十里八鄉可有不少半農半師的人，不可能所有人都養活吧？

衙門裡是愁倒了一片，李鴻文出了個餿主意：「治個罪名恐嚇他們，讓他們不敢出門。」

趙成材嗤之以鼻，「萬一弄巧成拙怎麼辦？再說，他們可不是大字不識的鄉野村民，你要治他們的罪，小心人家先寫個萬言書來聲討你。」

李鴻文犯愁地拿扇子撓頭，「那該怎麼辦？不如回去問問你家娘子，她一向足智多謀，說不定有主意。」

趙成材心裡是又甜又酸，甜的是別人誇讚自家娘子，酸的是自家娘子實在太有出息，反倒更把自己比下去了，只好皺眉搪塞著：「咱們再好好想想，說不定有主意呢？」

李鴻文把他往外推，「咱們坐在這兒已經想了半天了，正道歪道沒一條能行得通。咱們幫她籌錢建了房子，現在該她投桃報李幫咱們出出主意。不過讓你動動嘴皮子，哪兒那麼多廢話？除非你跟我說，你跟嫂夫人吵架了，那就不要你去，我自己去問了。」

趙成材無法，只得回家去求助章清亭。

章清亭現在忙嗎？確實不忙。

房子蓋好了，她是無事一身輕。

說她現在不忙嗎？卻比蓋房子時還忙。

算盤珠子打得劈里啪啦響，核算開支、對帳、計算成本、籌謀著該如何賣房子，腦子動得比蓋房子時還要多。

趙成材在回家的路上，忽然聞到炒松子香，想起李鴻文說過，要時常弄些小驚喜啥的，便買了一包熱呼呼的帶回家去。回到家中，除了章清亭在算帳，一大家子全都不在。

「娘子，家裡人呢？」

章清亭頭也不抬，「去新房了。」

「是準備搬家了嗎？」

章清亭隨口應了一聲，繼續埋頭算算算。

趙成材把松子遞上討好賣乖，「妳嘗嘗，新出爐的，可香呢！」

章清亭正專心計數，哪有心思吃這個？況且她本來就不大愛吃松子，沒好氣道：「你就別添亂了，好不容易才把他們都打發走了，圖個清靜算個帳，你又來搗什麼亂？走開走開！」

趙成材碰了一鼻子灰，灰頭土臉蹲院子裡去了。

李鴻文支的招也不好使啊！他瞧著那包松子鬱悶了，沒人稀罕，自己吃。可咬了沒兩個，硌得牙倒疼了起來，索性拿了小錘一個一個敲打著，「要你嘴硬，看我捶不開你。」

章清亭又忙活了一陣，總算把帳理得七七八八了，就聽秀才在後院咕咕噥噥的，還一下一下砸著松仁。

章清亭有些好笑起來，想想剛才自己那態度似乎是不太好，心一軟，走了過去，「你這是捶松仁呢，還是捶我呢？」

趙成材冷不丁嚇了一跳，轉頭之際，沒留神捶到自己手上了。

十指連心，疼得他叫都叫不出來，整個人大張著嘴倒吸著冷氣，縮成了一團。

「怎麼了？怎麼了？快讓我瞧瞧！」

趙成材半天才忍疼伸出手，左手拇指已經淤青了，想來肯定是疼得不輕。

章清亭瞧了並無大礙，揶揄著他：「這嘴饞也不是這個饞法，人家跟你有仇啊？非得這麼敲打人家，活該傷了自己！」

趙成材疼得緩過勁來，嘟囔著道：「人家都傷成這樣了，妳還好意思說風涼話？要不是妳嚇我，我至於砸到手嗎？」

「這就是你的問題啊？怎麼就不能泰山崩於前而面不改色呢？」

趙成材橫她一眼，「妳是泰山，妳崩給我看看！」

章清亭被逗得笑了，正待再取笑幾句，卻聽後門腳步聲響，一大家子人都回來了。

見她臉上笑意，張小蝶嘴快：「大姊在這兒笑什麼呢？」

章清亭接著她的話：「笑人嘴饞，把自己的手砸了。」

趙成材反應也不慢，「這不是妳叫我砸的嗎？」

這死秀才，還學會誣賴了？章清亭又好氣又好笑，「我什麼時候叫你砸了？」

趙成材還就賴上她了，「要不是給妳的，我砸這麼多不吃擺著幹麼？」

張小蝶促狹地笑了，「原來姊夫是在這兒討大姊的歡心呢！咱們做飯去，別妨礙人家兩口子親熱！」

「說什麼呢。」章清亭俏臉飛紅，換了話題，「你們去那兒瞧得怎麼樣？」

張發財老乾巴臉笑成朵花，「閨女，咱們揀個好日子，趕緊收拾收拾搬吧。那兒可比這裡強多了，又大又敞亮，咱一人住一間房。」

章清亭嗤笑，「又不是開客棧，還一人一間房。那些我都有安排了，到時我安排你們住。」

「那妳現在就說說嘛。」一家人都著急地催促著。

章清亭這才一笑，拿了圖紙給眾人看。學堂那頭的兩層小樓，下面肯定是店鋪，上頭的就做庫房。若是以後生意做大了，就樓上樓下分開來做。

裡面那進小院子，東邊的廂房樓上給張發財兩口子住，對面的分給張金寶、張銀寶、張元寶三兄弟，剩下的幾間分別作客廳、飯廳、書房和客房。

正面小樓，樓上是章清亭和趙成材的房間，底下是張小蝶和趙玉蘭的。

「那後頭的大宅院呢？」張元寶指著好奇地追問：「那些空了給誰？是姊夫家來住嗎？」

趙成材卻率先搖頭，表明立場，「不必。」

章清亭安下心來，這才笑道：「那頭對面也帶了間鋪子的，我想著咱們自己肯定沒那麼多精力顧得上，不如先租出去賺點利息。反正這兒有門，鎖起來便是兩家了。這兒離得學堂近，讓他也弄個清靜的行當，像賣古董字畫、綢緞珠寶的都可以。方老爺子跟我一樣的想法，他們家人少，空的更多，要是後頭不租出去，光打掃就夠費神的了。」

張發財猶豫一下，「女婿，咱們這住新樓了，若是不請你家爹娘來住，恐怕不大好吧？」

趙成材笑道：「岳父放心，這個事我早跟娘提過了，等賣房有了錢，把家裡的房子翻新一下就行了。」

張發財這才點頭，章清亭又道：「說正經的，搬過去是可以，咱們在這兒擠得也怪難受的。只是一時可沒錢添置好家具，先湊合著吧。」

張金寶道：「那就很好了，只要別讓小白那狗窩天天擱我床底下，就打個地鋪我也情願。」

大夥兒都笑了，章清亭道：「既然如此，那擇日不如撞日，明兒就搬吧。正好咱們要開書店，也得趕緊張羅起來。」

趙成材趁機就把婁知縣關照生意的差使說了。

章清亭一聽，「這倒更好了，咱們雖不賺這筆錢，但東西買的多，咱們自己進價也能便宜了。

那明日搬了家，後日就去永和鎮進貨吧，聽說那兒可熱鬧得不得了，我也好生去開開眼。金寶肯定是要跟我去的，這個店以後的進貨就交給你負責了，你可要用心學著點。相公，你有空一起去嗎？」

趙成材正好提到正事，「我這兒還出了麻煩事，下午回來本就想跟妳說的。」

章清亭挑眉，「怪道特意買了松仁，原來是無事不登三寶殿。說吧，出什麼事了？」

趙成材這才把那些私塾老師來鬧事之事說了，「妳瞧現在可怎麼辦好？這要是弄不好，連學堂都開不了門，婁大人都鬧著心呢！」

章清亭思忖半晌，微微一笑，「我當是什麼不得了的大事，行了，這麼樁小事就交給我了，包管幫你料理得妥妥當當。你倒是先去把書店要的東西趕緊列個單子，我手上就玉蘭那五十兩銀子，若是不夠，你上衙門先支點銀子，把婁大人要的東西先一併買回來。雖說他信你，可那麼多東西，就是拿也得找幾個幫手，請他再派兩個人跟著吧。」

張小蝶連忙舉手，「大姊，帶我去吧，我還沒去過那麼遠的地方！」

她這麼一帶頭，張發財他們都想去了，章清亭有些猶豫，「又不是去玩，是做正事呢！」

趙成材卻笑道：「反正也就半日工夫，妳若是把我的事處理好了，我就領著全家都去逛逛。這陽春時節，正好踏青，反正都累了好一時了，就當鬆散鬆散吧。不光咱們去，要是方老爺子有興致，把他也請去。明珠更是不用說，知道了一定會去的。也不待久，後日一早去，住一晚，再坐大後日晚上的船，一早就回來了，耽誤不了事。」

他這麼一說，全家人興致更加高漲，紛紛鼓動著章清亭，都想去逛逛。

章清亭眼睛一瞪，「那可事先說清楚，一人最多五百錢，再多的我可沒有了。玩回來了，可都得給我好生幹活！」

「是！」全家人高高興興應了，商量著出去之事。

趙玉蘭隱含希望，怯怯地問：「那我……我也能去嗎？」

「去吧。」趙成材拍拍妹子的肩，「沒關係的，大夫不是說妳現在情況挺好的？反正是坐船，又不是坐車，不會顛簸的。」

張小蝶把她的手一拉，「玉蘭姊妳放心，到時咱倆出去逛，用我的錢請妳坐轎子，這樣妳就不用走路了。」

趙玉蘭微紅了臉，「那我也請妳。」

章清亭抿嘴笑了，「怎麼沒人來請我？可是我帶你們出去的。」

趙玉蘭卻回頭一笑，「嫂子有哥請呢。」

全家都笑了，章清亭忿忿橫了趙玉蘭一眼，「連妳都學壞了！」

張小蝶拉著趙玉蘭就進廚房準備晚飯，「這是近朱者赤。」

「大姊肯定會說是近墨者黑。」不用章清亭，張金寶倒是很順溜地接出了下一句。

趙成材把松仁交給小弟弟們，把章清亭一拉，「妳倒是快跟我說說，怎麼處理那些老秀才的事情？」

這個嘛，章清亭故弄玄虛，「山人自有妙計。」

捌之章

春心萌動突攤牌

春日麗陽，暖風拂面。

清亮的河面上似灑了一層淺淺的碎金，忽而合攏，忽而漾開，耀得人心情舒暢。

趙成材坐在船邊欣賞了一會兒美景，驀地問道：「娘子，妳到底是怎麼想出那條計策的？」

章清亭正忙著和那船上夥計商量蝦的價錢，回眸一笑，「你且等等。」

趙成材便也走上前去，瞧那活蹦亂跳的一簍蝦很是討喜，只是大小不一。小的才草棍兒粗細，大的卻有拇指般粗了。

在這季節的行船途中，夥計們也撒幾網撈些鮮活魚蝦，向客人兜售。不論斤兩，只論簍來算價錢。總的來說，還是比市面上便宜得多。

趙成材知她想買，卻假意把人一拉，「這些蝦子要了做什麼？等到碼頭還怕買不到好的？」

那夥計急道：「這樣的好蝦，等到了碼頭，那價錢可得翻了一倍不止了！」

趙成材討價還價：「那人家個頭可比你的大。瞧這些小的，炒出來筷子都挾不起來。若是實在想要，那你得算便宜點。」

夥計嘟囔著：「已經算得很便宜了。」

章清亭積極配合，「我方才就說讓他十文錢賣給我們算了，他非得要十五文。」

趙成材皺眉道：「太貴了，你們不過是順手的買賣，這一船下來，可得撈多少？還賣得這麼貴，不吃不吃！」

他拉著章清亭假意要走，章清亭卻道：「弟妹們都說好多回了，買一點吧。」

趙成材撇嘴，「這蝦子放一會兒就不新鮮了，等咱們到了岸，正事又不能幹，還得找地方收拾它，得添筆開銷，算起來還是一樣的，實在想吃，點一盤就是了。」

聽他這麼一說，那夥計急於推銷，不覺道：「那就十二文吧。」

趙成材很是硬氣，「就十文，多了不要。」

章清亭把早已數好的錢遞上，「夥計，你就賣了吧，咱們白費這半天唇舌，你有這工夫，又可以去撈一簍子上來了。這多兩文少兩文的，計較個什麼勁兒？」

夥計見了現錢，一跺腳，還是把蝦給他們了。收了錢，猶自咕噥著：「真是一床被不蓋兩樣人，從沒遇到過像你們這麼厲害的兩口子。」

說得趙成材和章清亭臉上都是一紅，拎著蝦到一旁坐下。

章清亭清咳一聲，接著剛才那話題：「我幫你們出的主意不好嗎？」

「哪有？分明是好極了！」趙成材神色也從容了些，「都誇妳是女中諸葛，如此一來，那些老先生就是想鬧也鬧不起來了，而且堵住了攸攸之口，永絕後患。只是難為妳，怎麼想出這麼令人拍案叫絕的點子來？」

章清亭掩嘴笑道：「這有什麼呀？你們不背地裡罵我缺德無良就好了。這些老先生們還算是老實的，使些小小伎倆也就罷了。你可沒見過那些沒臉沒皮、死乞白賴的人呢。那水潑不進，油鹽不透的，才真正是難對付。」

「哦？」趙成材聽得好奇，「妳在哪兒見過這種人？」

章清亭笑著把話題岔開：「日後總能見著，不過你真的不去楊秀才那兒賠個禮道個歉嗎？」

趙成材提起來就唉聲嘆氣，「又不是沒去，去了連門都不讓進，就被趕出來了。算了，等到時一塊兒解決了，日後再去走動。」

章清亭點頭，「總之，你心裡有個數，別日後弄得他在外頭說三道四，敗壞你的名聲。」

趙成材應了，此時張小蝶她們嘰嘰喳喳從樓上下來。

方明珠手上也拎了一簍蝦，喜孜孜地顯擺道：「大姊，妳瞧，我剛買的，要價二十文，我給還到十五文，便宜吧？玉蘭姊說一會兒下了船尋個地方，配點韭菜炒給大夥兒吃。」

章清亭笑了，得意地拿出自己買的，「妳猜我這多少錢？才十文，可比妳的又大又好。」

方明珠一瞧不幹了，「我找那夥計去！」

「算啦！」章清亭把她拉過來坐下，「這錢貨兩訖，買時是妳自己心甘情願，怎麼反悔？」

方明珠不服，「那妳怎麼買得這麼便宜？」

章清亭笑著一指趙成材，「秀才一張嘴，勝過十萬兵啊！」

張小蝶拍手笑道：「明珠，妳這回可服氣了吧？我就說我姊夫比阿禮厲害，妳瞧，他講價都比阿禮厲害！」

方明珠小嘴一噘，「那有什麼呀？一個大男人會講價錢算什麼本事？阿禮哥是不願意，他要是願意，一下子就能撈出好多魚蝦，還都不要錢。」

趙成材和晏博文對望一眼，彼此都有些尷尬。

會講價的覺得自己斤斤計較，小家子氣。不會講價的覺得自己不通庶務，不會過日子。

章清亭一笑，勸開兩個妹子：「這有什麼好爭的？尺有所短，寸有所長，一個人會的，為什麼非得要另一個人也會？那要是成天這麼攀比著，天下人豈不都得變成一模一樣？那還有什麼意思？」

這話說得很是，趙成材和晏博文都心平氣和了下來。

兩個小丫頭相互做個鬼臉，也不再爭執了。

章清亭道：「妳們若是閒著，倒不如把這蝦子挑了分分，大的攏在一處，小的歸在一起，玉蘭，妳說這樣是不是好做一點？」

趙玉蘭笑道：「今兒師父在呢，問他老人家怎麼做吧。」

因怕老人家受不了船的搖晃，便要了一間艙房，給方德海、張發財幾人休息。拿了兩簍蝦進來，又說了砍價之事，逗得大夥兒一樂，方德海指點她們收拾了，說笑了一會兒，時近日中，船已到岸了。

下了船，果見這永和鎮繁華至極，南來北往，車船商旅，絡繹不絕。走不上兩步，就有馬車來兜攬生意。包了一輛大車，眾人來到市集。尋了間客棧住下，點了幾個菜，又借了爐灶，把那蝦子一炒，果然鮮美無比。

吃過飯，喝了茶，方德海腿腳不便，要午睡小憩，其餘人各自分散活動。張發財老兩口帶著兩個小兒子出去遛躂了，章清亭帶了張金寶、趙成材一道去做正事。其他三女早就約好一起逛街，方明珠本說要晏博文和她一起去逛逛，但她們無非是去看些胭脂花粉、頭油布匹什麼的，晏博文跟著怪彆扭的，便說留下陪方德海。

章清亭道：「那你要是不想逛，還不如跟咱們去買辦東西，做個參謀。」

趙成材有些不悅，卻也不好反駁，一行四人出了門。

打聽了城中幾家大的文具商行，一路尋了過去。比較了東西和價錢，章清亭選了一家適中的店，打算一次就把東西全部搞定。

他們自以為自己是大客戶了，怎麼也能把價錢談便宜點，結果小夥計一聽，撇撇嘴，「就這麼點東西還想便宜？算了算了，我也不開虛價了，全按行價來吧，可沒得再少了。」

章清亭不信，「請你們掌櫃出來談談。」

小夥計嗤笑，「若我們掌櫃來了，更貴。您要是不信，我現在就請他來。到時價錢談不下來，可別怪我沒把醜話說在前頭。」

晏博文道：「既是如此，那咱們就買吧。」

趙成材不服，「就叫你們掌櫃來。我就不信買這麼多，還能算得更貴。」

這小夥計當真牛氣得很，也不多說，轉頭就把掌櫃請了來。

結果掌櫃一聽，連連抱怨小夥計亂開價，「就這點東西能按行價嗎？這不是壞了規矩？按散客價來。」

這下趙成材不幹了，作勢要走，掌櫃一句不留，「不送。」可把秀才氣壞了，再待也不好意思，章清亭一行人只得跟了出來。再走了幾家，沒有比這家更好更便宜的。

眾人心裡頭都有些後悔，還不如早聽晏博文的，把東西買了算了。白走這麼些冤枉路，什麼都沒置辦下。

章清亭眼見在這兒瞎耽誤工夫，乾脆轉頭去尋第一家了。就算拚著面子受點損，趕快把東西置辦下才是真的。趙成材訕訕的，也只好跟了去。

小夥計一見他們就笑了，「就知道你們還得來，沒騙你們吧？咱們這兒不是做一天兩天的生意了，多少年的買賣，真正的童叟無欺。」

章清亭道：「來歸來了，只是這價錢還是跟我們按之前的行價，算是一回生，二回熟，以後做個回頭客吧。」

小夥計笑著應了：「您要早這麼痛快多好？現在掌櫃知道了，再按原來的價，恐怕有點玄，我去幫您問問。能做就做，不能做您也別為難我。」

小夥計跑進去問價錢了，趙成材很是不忿地嘀咕著：「說不好都是串通的，瞧咱們想買，所以才這麼拿腔作勢。」

「你得了吧！」章清亭嗔他一眼，「就算是這麼回事，咱們也得買，難道你還能再找一家更便宜更好的？」

趙成材拉著臉不作聲了，甚覺丟臉，尤其是在晏博文面前。

不多時，小夥計陪笑著出來，「真對不住，掌櫃在裡頭招呼大客戶呢，實在不好進去打擾，要不，這樣，您要什麼先挑著，回頭結帳時，我再進去問問。」

這個可行，章清亭立即開始挑選貨物了，晏博文在一旁參謀，張金寶認真地學習。

趙成材卻有些好奇，問那小夥計：「你們這兒什麼樣的才算是大客戶？」

小夥計一笑，「人家買上一方硯、一支筆都是上百兩銀子的，那就算是大客戶了。」

乖乖！趙成材聽得直咋舌，他們身上統共不到一百兩銀子，難怪人家不待見。

可那到底是什麼筆墨紙硯？見他猶自狐疑，小夥計索性跟他說個明白，「咱們這外面擺的硯臺都是尋常青石雕成，一方不過十幾文，可裡頭那些硯臺，全是名貴材料名家雕刻。您要是研了墨，哪怕只有這麼淺一層，只要蓋上，十天半個月都不會乾，縱是乾了，呵口熱氣，墨又能潤開了，一樣寫字，毫無滯澀。」

趙成材也是讀書人，聽了未免心嚮往之，「那能進去瞧一眼嗎？」

小夥計見他是個實誠人，也不嘲笑他，「現在不行，裡頭有人，若是一會兒客人走了，倒是可以帶您進去瞧瞧的。」

趙成材還真就上了心，伸長脖子等著瞧好東西。

這邊章清亭先挑了婁知縣吩咐要準備的東西，每位學生都是一支羊毫、一方小硯臺、一塊墨和一疊宣紙。

晏博文跟她想到一塊兒去了，「要是能弄個紙盒一份份裝起來就好了，到時好發又體面。」

小夥計拿了禮盒套裝向他們推薦，可惜這裡頭的東西都比較好，價錢也貴些，婁知縣給的錢可就不夠用了。

章清亭就想讓他把這盒子拆下來給他們，小夥計很是為難，不過他做事機靈，想了想道：「你們要是不嫌棄，我們這兒進筆時，外頭糊了些小盒子，只沒這種漂亮，但也可以裝得下一份東西，到時外頭再拿張紅紙一包，便也齊整了。」

他說著，便搜羅出來一個，章清亭瞧了馬馬虎虎，總是聊勝於無的，便讓小夥計去庫房全尋了出來，分裝了有三百來份。

接著，再瞧自家店裡要的東西，趙成材取了事先擬好的單子，一樣樣的按圖索驥。

章清亭見那小夥計很是伶俐，又識字，便掏了幾個錢暗自塞他手裡，拿了單子低聲問他：「咱們這是要開家小文房店，你瞧這些東西夠嗎？有什麼該增減的？」

見她為人和善，小夥計也不推辭，快速掃了一眼，幫她劃掉了幾項，「這些東西用的人少，拿一兩樣便是了。有幾樣，倒是時常要用的，你們瞧瞧要不要？」

章清亭聽了他的意見，又做了調整，那一頭，趙成材挑書挑得捨不得放手，全是經史典籍。

小夥計收了章清亭的好處，將她拉到一旁小聲道：「妳家相公挑的那些書很沒必要買的，拿個幾套意思意思就是了。妳要信得過，我幫妳挑些野史故事，也不拿多，一樣拿一套，回去租給人看，倒是更賺錢呢。」

章清亭聽了點頭，索性就讓這小夥計上前去挑書了。

趙成材眼見這小夥計挑了許多不入流的書，連忙道：「那些不要。」

章清亭把他一拉，「你小聲點吧，人家挑的，才是能賺錢的書呢！」

趙成材道：「這些書看多了，豈不誤人子弟？」

章清亭白他一眼，「你當來識字的都是要考狀元的啊？像金寶，就算是識了幾個字，能看得懂你挑的那些書嗎？還是更願意看這些故事？」

張金寶正翻著一本夥計挑的傳奇圖書愛不釋手，「姊夫，這個好，有意思！」

晏博文一笑，「這陽春白雪，下里巴人，都是各得其所。回去之後，不如把這些書單獨列個書架，和那些明堂正道的東西分開來擺。咱們也挑挑，擇些俗而不濫的，給人瞧了解悶也好。若是小孩子，便不租給他們就是了。」

「還是阿禮腦子活。」章清亭嗔了趙成材一眼，「你呀，都快讀成傻子了。」

趙成材連番受挫，更加鬱悶。

一會兒小夥計幫他們把書也揀了出來，正在那兒打包算帳，卻見裡頭腳步笑聲，是那位大客戶出來了。

「喬公子，您放心，端午之前，您要的東西，一定送到府上給您。」掌櫃滿面陪笑，先行一步，點頭哈腰地打開了門簾。

「那你們到時可別忘了，我可沒心思記這些個小事，若是誤了日子，想用時又沒有，我可不依。」帶著上好和熏香，一位貴公子似笑非笑，昂首闊步從裡頭出來。

好個人物！章清亭不由暗自喝彩。

但見這位公子身材頎長，肩寬腰細，兩道濃眉斜飛入鬢，雙目炯然，神朗氣爽，一身貴氣逼人，極是英挺。

嘩啦！晏博文手中的書不覺掉落在地，他迅速蹲下身去。

可趙成材分明已經注意到，他的臉上霎時失了血色，連手都在微微發抖，難道是熟人？

那位喬公子聽到動靜，目光也轉了過來，一雙眼睛精光四射，讓人不敢逼視。

章清亭微微斂衽，見了個禮，喬公子也點了點頭，不過眼睛卻更加注意後面蹲在地上的晏博文。趙成材見狀，趕緊轉身遮掩，「阿禮，你怎麼這麼不小心？要是弄壞了書，可就賣不出去了！」

晏博文心中感激，含糊應了一聲，喬公子眉頭微微一皺，再不停留，徑直離開了。

章清亭卻未曾留意，自和那掌櫃結帳去了。糾纏了好半天，答應了以後都在他家進貨，掌櫃才勉強同意還是按之前小夥計報的價算給他們。

等這邊帳結清了，趙成材趁機到那內書房去參觀了一番，章清亭也跟了進去。裡頭有些認得的，也有不認得的。

小夥計很是熱心地為他們講解了一番，弄得趙成材心癢難耐，回家後不停念叨著那方極品的留香硯、紫金墨、極品狼毫和灑金宣紙，弄得章清亭哂笑，「等日後你要是中了舉人，我就送你一套，免得你聒噪不休。」

趙成材先是一喜，繼而搖頭，「那些也太貴了，加一起得三百多兩銀子呢。縱是有錢，我也捨不得。」

一家子聽了全都笑了，他們也各自炫耀著買來的東西，無非是些衣料脂粉等家常之物，但大夥兒都挺滿足的。

張發財居然還想著幫趙王氏家裡三口人也帶了些東西，怕自己買的不中意，把子女的錢都收了些來，交給了趙玉蘭，讓她給爹娘弟弟買了些東西，讓趙成材好生感動。

張發財卻道：「都是一家人，沒個說咱們出來，連樣東西也不帶給親家的，那也太不像話了。只是，女婿，你的東西我們可不知好歹，沒敢買。大閨女，這都開春了，妳辦完了正事也該給妳相公扯身新衣裳了，瞧我們給銀寶和元寶都扯了身新衣預備上學，他這做老師的更得要像個樣子。那李家公子咱們比不上，可也別差太遠了。」

章清亭還真忘了這碴，含笑應了，「今兒事都完了，明兒咱們也去逛逛吧。反正是晚上的船，你們可有打聽這兒有什麼好玩的地方沒有？」

「有！」方明珠搶著道：「聽說這兒有個廟，供奉的是龍王爺，可靈啦，咱們明兒一起去拜拜吧！」

找夥計來打聽詳細了，一家人商議了明日的行程，都早早歇下養足精神。

方明珠鬼鬼祟祟找到了章清亭，臉紅紅地遞錢給她，「大姊，明兒妳要是去幫姊夫扯衣料，幫阿禮哥也挑一身吧。」

章清亭倒是奇了，「扯了衣料誰做？妳要是想送衣裳給他，直接帶他去買成衣不就得了？」

方明珠臉更紅了，忸怩著道：「我自己做不成嗎？小蝶說她教我。」

章清亭不覺莞爾，「就小蝶那水準妳也信得過？還不如找玉蘭。行啦，我知道了。」

「那妳明兒可別忘了。」方明珠特意提醒了一句，轉頭又小聲交代：「就說是幫姊夫買的，可先別跟人說。」

章清亭打發了她，後腳就去找方德海通風報信。

方老頭兩手搭在龍頭拐杖上，半晌嘆了口氣，「真是女大不中留。那丫頭看上誰不好，怎麼就偏偏看上他呢？」

章清亭抿嘴笑道：「這事兒我可幫不了您，您自個兒瞧著辦吧。」她轉身就想走。

「回來。」方德海眉頭一皺，把她叫住，想了半天，才問，「妳覺得這事能成嗎？」

章清亭但笑不答。

方德海很是鬧心，「別嘻嘻哈哈的，說正經的。要不，我改天讓明珠認妳做乾姊，以後她的事，妳也跑不了干係。要說起來，那人還是妳招惹進來的。」

章清亭笑道：「您要實在不中意，我立刻讓阿禮搬我們那後院去住，再也不見您孫女的面。可這樣，好嗎？」

方德海幽幽嘆了口氣，「別看阿禮坐過牢，可咱們明珠還是高攀不上人家啊！」

章清亭斜睨著方德海笑道：「您老要不是有那麼點意思，怎麼會把他一直放在眼皮子底下？可別說您什麼都不知道，這要看您怎麼想了。若說單論阿禮這個人，別說明珠了，就是整個紮蘭堡也沒一個姑娘家配得上的，但人家現在可是落難的鳳凰不如雞，倒是下手的好機會。」

方德海悻悻地白她一眼，「我讓他進門時，可也沒長後頭眼睛。不過，那小子說起來倒真不算是辱沒明珠了，我只是擔心日後……」

他重重嘆了口氣，「妳不知道他那家底，門檻實在太高了，咱家又沒個沾親帶故的人，等我兩眼一閉，剩下明珠一人在這世上可怎麼辦？就說不找他，甭管找個什麼樣的人，萬一受了點委屈，想回娘家找個人說說都沒人理。」

章清亭聽得甚覺心酸，她在這北安國說起來不也是孤零零一個人？勉強笑道：「我知道您那意思了，改明兒我認明珠做妹子行嗎？這輩子我都管著她，她也得管著我。」

方德海語帶哽咽，「丫頭，妳不騙我？」

章清亭紅著眼睛點頭，嘴上卻調笑，「誰讓我害您失了祕方呢？就算我賠您的，好嗎？」

方德海很是感激，「若是如此，我就是九泉之下也該瞑目了。」

「胡說什麼呢？」章清亭拭著眼角，「您老一定會長命百歲的。」

方德海苦笑，「我自己的身子自己知道，妳也不用說好聽的，到底明珠這事，妳覺得怎麼辦才合適？」

章清亭道：「我不誑您，也不哄您，這事兒要是擱小蝶身上，我準得把她大罵一頓，讓她趁早死了這條心，可明珠不一樣，這丫頭太有心眼了，就是咱們說了，她也未必會聽。若是把事情鬧僵了，倒更不好了。別的不說，阿禮絕對在這兒待不下去。他要是走了，往好裡說，明珠記恨咱們一陣子，也就過去了。往不好裡說，萬一那丫頭倔上來，恨咱們一輩子都是有可能的。」

方德海點頭，「我也是想著這一層，遲遲不好開口。那依妳說，現在該怎麼辦？」

章清亭道：「要依我說，咱們先裝著不知情，且由著小丫頭自己瞎折騰去。咱們只要在旁邊盯著，別出格就是了。這種事，一廂情願是沒用的，還得瞧人家阿禮的意思。若是阿禮實在不願意，遲早明珠會明白的。當然，若是他們日後有這個緣分，倒也不錯。橫豎這輩子我答應您，會盯著明珠就是。」

方德海甚是贊同，「那行，咱們都先別言語了，往後我家明珠可就拜託妳了。」

章清亭一笑，「那我可真拿明珠當自個兒妹子了，以後該打該罵，您可別心疼。」

方德海翻個白眼，「隨妳！」

章清亭出了門，卻見晏博文剛從外頭回來，神色謹慎。再想瞧，趙成材卻從房裡出來，一把將她拽了進去。

「別瞧啦，人都走了。」

「你瞧見了？什麼人？」章清亭的八卦之心也在熊熊燃燒。

「就是今兒在那店裡遇到的喬公子，想來是一路派人跟著我們呢。方才打發小二來把阿禮叫了出去，不過沒說幾句話就回來了。」

章清亭很好奇，「你怎麼知道得這麼清楚？」

趙成材往窗戶那兒一指，「這下頭正好是條僻靜胡同，他們就在那兒見面的。」

章清亭恍然，「那他們說了些什麼，是要帶阿禮走嗎？」

「我一個讀書人，怎麼能隨意聽人家牆角？」趙成材一本正經地搖頭，隨即悄悄跟媳婦八卦，

「估計不是帶阿禮走的。咱們今兒能遇上，本是偶然，想來是故人重逢，來打個招呼吧。」

章清亭點頭，卻又有些惋惜，「其實走了也好。」

「何出此言？」趙成材來了興致，心底那是相當的贊同。

章清亭白他一眼，「你一個讀書人，打聽這些幹什麼？」

趙成材討個沒趣，忽地想起白日之事，嘟著嘴道：「娘子，能不能跟妳商量個事？」

「說。」

趙成材瞟了她一眼，「妳以後當著外人的面，能不能別給我下不了台？今兒在外頭都說了我兩回了，還有，就算是我幫妳討價還價，妳知我知就行了，幹麼非在外人跟前說？弄得人家笑話。」

章清亭明白了過來，小鼻子一皺，嗔他一眼，「小氣！」

「這可不是小氣不小氣的事兒。」趙成材鼓著腮據理力爭，「男子漢大丈夫在外頭總要個臉面的，反過來想想，若是我當著外人，哪怕是弟妹的面說妳長短，妳覺得好意思嗎？」

章清亭猛地記起，之前當著眾人誇玉蘭，批小蝶，弄出好大一場風波來。這玩笑歸玩笑，可口舌之間還真得注意分寸。

「行了，我記著啦，以後在人前再不說你就是。」

趙成材心滿意足，「那咱們也早點歇著吧，養足精神，明兒出去玩。」

他自向床上抱了一床被褥下來，就拿桌椅一拼，縮手縮腳地睡下了。

章清亭看得彆扭，「你這樣怎麼睡？小心晚上掉下來，倒不如在這床下踏腳上將就一夜。」

趙成材已經躺下了，懶得再動，「就這樣吧，挺好的。妳瞧，連翻身……」

話還沒落地，人就咕咚落地了，章清亭看得咯咯直笑。

趙成材揉揉腰腿，沒好氣道：「妳不說拉一把，還看笑話兒。妳快歇著，我才好打鋪。」

章清亭一笑，自到屏風後頭洗漱，上床歇下。趙成材尋了塊抹布，把床下長踏腳擦乾淨了，才打了個鋪，拿凳子擋著，重又睡下。

章清亭從帳子裡頭瞧著好笑，故意等他要熄燈了才道：「你幹麼把那凳子豎著擋著？不如把它橫下來，豈不更加便利？晚上還不會硌著你。」

趙成材想想也是，「那妳怎麼不早說？」

章清亭得意地一笑，「我就想看著你瞎折騰。」

趙成材忿忿地甩去幾把眼刀，「果然最毒婦人心！」

章清亭越發得意，「你再不服，我再挑幾樣給你。」

「甭客氣，心領了。」

兩人一面拌著嘴，一面咕噥著睡下了，彼此心情都很愉悅。

翌日起來，用過素齋，趕往龍王廟燒香。

車到山前，來進香的善男信女是絡繹不絕。這小山包不高，但香火頗盛，被廟祝收拾得花木蔥蘢，頗有幾分可觀之處。

在山腳下打點了幾樣果點祭品，買了香燭紙錢，一行人緩步徐行，拾級而上。

方德海走得慢，便道：「你們年輕人不用等我，倒是比比看誰先到得早，能燒上第一炷香才是。龍王爺若是有知，定體諒我老人家腿腳不便，縱是晚到會兒，也不會怪罪的。」

「爺爺，那我可不客氣啦！」方明珠慌慌張張就拿著香往上跑。

張小蝶急忙跟了上去，「等等我！」

「瞧這丫頭倆急得，又不是趕著上花轎！」張金寶帶著兩個小弟弟猛追，「咱們也快點，別讓她們搶了先！」

後頭幾人倒是不疾不徐，依舊慢慢走著。

方德海望著趙成材打趣：「你不著急啊？」

「我有什麼好急的？」趙成材笑道：「功名之事，命中有時終須有，命中無時莫強求，盡力就好。」

方德海呵呵笑道：「那兒孫呢？」

趙成材臉一下子紅了，不期然與章清亭對視一眼，兩人更是尷尬。

章清亭忿忿地白方德海一眼，「就您老最愛捉弄人！」

她快步要走，方德海在後頭哈哈大笑，「瞧她，還是著急的。」

章清亭越發羞惱，卻又不好意思回過頭來，索性快步走了。

晏博文瞧瞧他們二人，扶著方德海，心中卻是說不出什麼滋味。

昨日他雖是極力避開，還是被舊時友人撞見，並一眼就認了出來。從前都是並轡齊鞍的貴公子，如今卻有如雲泥之別，一個天上，一個地下，縱使相逢，卻寧願不識了。

寒喧兩句，也就無話可說了。其實心裡不是沒有惦念，只是不敢問，怕問過了，就忍不住牽掛，牽掛了就忍不住想要回去，若是回去了，那才真正是無地自容吧？

晏博文心裡沉甸甸的壓著傷痛，倒是誠心前來參拜，想祝禱所有牽掛的家人，平安康寧。

可他的家人呢？會牽掛他嗎？

那上頭到底是讓方明珠搶了第一炷香，不是她最快，而是大夥兒故意讓著她的。

小姑娘的心事如林間潺潺的小溪，透明清澈得一眼望得到底。

章清亭很好奇，弟妹們都許了什麼願。

張金寶嘿嘿笑說，讓銀寶和元寶許了願要好好讀書，將來考個秀才，讓老爹再也不能吃肉。自己許的願是讓大姊的房子賣個好價錢，一家人能過上好日子。
章清亭點頭稱善，還算是有點意思，那小蝶呢？
這妹子也不害臊，直接就說：「我希望將來能找一個像姊夫那樣的相公，再多學點大姊的本事，日後也能開個小店。」
做夢吧！章清亭白了妹子一眼，「還沒學會走就想飛了？能順順當當嫁出去就不錯了。」
「大姊，那妳要求什麼？」
章清亭冷哼一聲，「不告訴你們！」
張小蝶笑道：「大姊，妳就求早生貴子吧。」
張金寶道：「大姊肯定是想生意興隆，買賣賺錢。」
方明珠道：「這有什麼好爭的？大姊兩樣都求，不就好了？」
章清亭不置可否，她心裡也是有所求的，卻不可說。
一會兒後頭人也上來了，各自參拜。
趙成材跪在神前時，心裡有一瞬間的迷惘，要求什麼呢？
方德海把章清亭往前推，「你們兩口子一起求，龍王爺肯定更顯靈的。」
章清亭耳根發燙，轉身欲走。
張發財嘻嘻笑著，把女兒攔住，「妳就去跟女婿一起求求吧，確實也該生個一男半女了。」
眾人跟著起鬨，方明珠強拉著章清亭去趙成材身邊跪下，「沒瞧見你們拜天地，瞧你們拜神也好啊。」
章清亭和趙成材面面相覷，臉更紅了，上回拜天地那是往事不堪回首。
章清亭橫他一眼，帶著三分嗔惱低聲道：「咱們各拜各的，意思意思也就算了。」

趙成材瞧她一眼，心裡知道自己求什麼了。

拜完了神，下山回到市集，用過午飯，大夥兒又出來逛逛。見這兒布匹批發行市裡東西著實便宜，章清亭便欲幫趙成材扯兩身春衫，趙成材卻只肯要一身，非要她給自己也買一身。章清亭幫他挑了件沉穩的藍色，也自己挑了件柔和的松香色。

可最後結帳時，趙成材卻瞧見她又讓人多拿了身男式紫色衣料，以為還是幫自己買的，也不點破，只是心中暗喜。

直至晚上進了船艙，趙成材才悄悄問她：「妳今兒許了什麼願？」

章清亭正望著窗外的繁星，怔怔出神，一時回頭幽幽嘆道：「我只求一個人的安好。」

趙成材沒聽懂，赧顏訥訥道：「我求的是，執子之手……」與子偕老。

章清亭聽得大窘，臉紅得都快滴出血來了。

這死秀才，想什麼呢？別過臉去，再也不肯瞧他一眼。

待船到橋頭，也是天光大明了。一行人雇了車馬，回家收拾妥當後，趙成材拿了學堂所用之物，帶著票據，先回衙門覆命了。反正是啟蒙學童，東西不拘太好，是個意思就行。婁知縣沒什麼意見，只是讓他抓緊籌備開學之事。

郡裡的任命已經正式下來了，婁知縣辦完這開學典禮，就得啟程趕赴京師。此事已經上報郡府，知府大人很是滿意，來信多有褒獎，所以這最後一樁事情，一定得幹得漂亮，不能出一點岔子。

趙成材不在家這兩日，李鴻文是忙得四腳朝天，現在他回來了，趕緊抓了他細細商議，一樣一樣盡量想得周全些。

除了開學，還有一事，便是婁知縣走時的歡送典禮，也亟須準備妥當。兩人請了陳師爺來商議，等婁知縣走的那日，還得組織百姓夾道歡送，送個萬民傘什麼的，以壯行色。當然這些就不能明著跟婁知縣說了，得半遮半掩的才行。

章清亭笑了笑，「這婁大人可為咱們辦了不少好事，不知下一任縣官是誰，好不好相處。」

趙成材道：「這個連婁大人都不知道，他也不便打聽，總歸不出五月間就該到了，只希望是個明白事理的。」

章清亭點頭，「不怕是個糊塗官，就怕來個貪官。」

趙成材道：「這話在家裡說說也就好了，沒得讓外人聽見，那就不好了。噯，妳那新房子到底怎麼賣的？」

章清亭正待跟他說，卻見張元寶過來，「大姊，前頭的店已經收拾妥當，讓妳過去看看。」

章清亭應了，和趙成材出來瞧自家的鋪面。

小小一間店收拾得很是雅致，右邊幾格貨架上分門別類擺著筆墨紙硯和一些文房用具，左邊貨架上整整齊齊放著各類書籍，經史典籍和野史小說統統分開了，均是可租可售。

張發財不識字，怕到時弄混了，賣錯了價錢虧了本。他琢磨了幾日，倒是想出了個法子，讓張金寶和張小蝶把所有貨品編個號，標上價錢，然後他自個兒櫃檯面前也準備了一本帳簿，用自己能懂的圈圈點點弄了若干個標記出來，到時就是不認得書名，只要有編號，就不怕人欺他了。

趙成材大加讚賞，「等到弄熟了，便是這些記號也不用了。只是，岳父您最好也學一下算盤，萬一人家買得多了，一時算不過來就麻煩了。」

張發財嘿嘿一笑，「在學著哩。我還要記帳的，倒是咱們這店也該起個名兒吧？不如女婿你就提了，趕緊掛上去。」

趙成材想起之前的絕味齋來，笑問章清亭：「那這個店名是要雅還是要俗呢？」

章清亭笑道：「你自己看著辦吧，別太高深莫測就行了。」

恰巧趙玉蘭剛從隔壁方家幫忙回來聽到，「取店名嗎？方老爺子也在想呢。本說要阿禮起個雅的，可阿禮說咱這又不是什麼大鋪面，還不如就叫方氏糕餅鋪，又簡單又好記。」

張金寶道：「那咱們就叫張氏書店？」

「書店不好。」張發財眉頭一皺，「聽起來就像要輸，賠本的買賣可不能幹。」

張小蝶插言：「那常聽姊夫說什麼文房四寶的，那咱們就叫四寶店？」

趙成材笑道：「那個許多人不懂，還不知你賣什麼。再說文房四寶是筆墨紙硯，咱們還有書呢。若是想簡單，不如就叫張氏文房店吧。」

張發財猶豫了一下，「這樣好嗎？女婿，親家瞧了有沒有什麼意見？依我說，要不，後頭那間鋪子給你家吧。」

趙成材搖頭，「就是給了娘，他們也沒什麼可做的，白浪費地方了。」

張發財道：「就是不做什麼，那塊地方的租金倒是給他們收才是。閨女，妳說呢？」

章清亭聽得心中一動，按理說，這條胡同能建起來，趙成材功不可沒，就是送他兩套房子也是應該的，只她還指望著這些房子賣了之後還那些欠帳，實在沒有餘力給他。

而且這房子的前頭一半已經給自家做門面了，後頭一半若是交給趙王氏打理，章清亭又怕惹來麻煩，思前想後便道：「這房子還是咱們租出去，畢竟離得近好管理，只是到時租金收上來，就歸相公了，你看要貼補家裡還是怎麼弄，自己決定吧。」

四月十八。

紮蘭堡第一所官方學堂正式開學了，這一日，幾乎所有的老百姓都跑來瞧熱鬧。

誰家沒個上學的孩子呢？縱然是自家沒有，總也有些沾親帶故家的孩子，既有熟人，那就不可能不關心。

一大早，天還沒亮，十里八鄉的百姓們就早早幫自家孩子收拾齊整，換上節日的盛裝，如赴一場最隆重的盛會，從四面八方趕了過來。

不用問路，只管抬頭，瞧那整個紮蘭堡最新最高的樓房就是了。時辰未到，整個集市已經是圍得水洩不通。黑壓壓的全是人頭，交頭接耳，熱鬧非凡。

學堂內外張燈結綵，紅氈鋪地，只是大門緊閉，上頭牌匾上都蓋著紅布，等著揭彩。瞧這學堂建得極是漂亮，院牆寬闊，青石鋪路，連著這一條兩層的胡同，雕樑畫棟，十分吸引人的注目。而學堂正面的兩扇大門外搭著一米多高，十來米長的高臺，擺著鮮花，鋪了紅氈，卻是空無一人。

學堂外頭，官府的衙役們整整齊齊列隊在兩旁護衛著場地。今兒這大場面，誰都不敢疏忽，打起了十二分的精神，按照事先規定好的，按部就班地進行儀式。

章清亭一大家子自然不在人群中，他們既已搬了新家，就都在自家二樓上往外觀瞧。

章清亭怕人瞧了不雅，放下了窗簾，坐在簾後觀瞧便是了。

吉時已到，待見到婁知縣的官轎過來，程隊長立即指揮衙役們燃放起擱置在學堂門口的粗大禮花。

「轟隆隆」連串巨響，百姓們自發地熱烈鼓起掌來，這就意味著開學典禮正式開始了。

等硝煙散去，婁大人已然下得轎來，上了高臺，抬手示意。百姓們全部安靜了下來，聽父母官講話。

「眾位父老鄉親，今日咱們紮蘭堡第一所學堂終於開學了。」

「好！」台下有人領著頭，發出雷鳴般的鼓掌和喝彩聲。

婁大人洋洋灑灑說了一通文縐縐的官話過後才落到了實處，「……這學堂是官府建的，卻也是咱們所有紫蘭堡的百姓自己建的。在這裡，我們要感謝他們。下面請念到名字的鄉親們上臺來亮個相，李承業……」

婁大人一面念著人名，一面就有衙役引導著捐助者，一個一個在百姓面前亮相。無論錢數多寡，都有機會顯擺，接受眾人禮敬的目光，很是榮耀。許多百姓一輩子沒這麼光彩過，激動得眼淚都下來了，胸脯挺得老高，無比驕傲和自豪。

而且，書院側面的圍牆上，還密密麻麻鐫刻著資助人的姓名，這可是留芳百世啊，讓那些沒捐錢的可後悔死了。

張發財在樓上看得心癢癢的，「早知道，咱家也去捐助一把，這是多光彩的事情啊！」

章清亭笑道：「這胡同咱們沾的好處已經夠多的了，這些風頭就讓外人出去，免得說咱們得了便宜還賣乖。」

張小蝶好奇了，「大姊，姊夫不是說那些老秀才們還會來鬧事嗎？怎麼今兒也請他們來了？妳到底給他們出什麼主意了？」

章清亭微笑，「妳且等著瞧。」

一時捐助者的名單念完了，婁大人又特別提到：「咱們這所學堂的建立，還得特別感謝一群人，請眾位老先生上臺。」

老楊秀才他們莫名其妙被請了來，又莫名其妙上了台，有人想著，是不是要分他們些好處，美滋滋在那兒等著，卻聽婁大人道：「這些老先生，眾位鄉親多半識得，有許多人或者是自家的孩子都上過他們的課，最早就是從他們的傳授中，識得了人生第一個字。可是，他們為了學堂的建立，放棄了自己的謀生差使，還主動找到本官，要求支援學堂的建設。」

這不是顛倒黑白嗎？知道實情的人聽得大眼瞪小眼。

章清亭含笑不答，倒是晏博文露出一絲笑意，「老闆娘好一招釜底抽薪之計。」

章清亭略一頷首，很有幾分得意，瞧得方明珠有些妒忌了。

婁大人繼續誇讚著這夥要鬧事的老先生們，「大夥兒看看，他們當中大多數已經兩鬢斑白，飽經滄桑，有些人家境艱難，卻沒有一個人到衙門裡來訴苦鬧事的，而是拉著本官，反覆聲明這辦學堂乃是造福千秋，功在代的大好事，他們寧可不吃不喝也要支持，就是來掃地擦桌也願意，實在是讓本官無比動容。」

台下的掌聲簡直震耳欲聾了。

臺上一群老先生們面面相覷，老臉都有些掛不住。有那暗藏著耗子藥、小匕首要鬧事的，也趕緊把東西緊揣在懷裡，生怕露出形跡。

當著這千百人的面，婁大人已經這麼吹捧他們了，再跳出來鬧事，那以後還做不做人了？畢竟都是讀書人，丟不起這個臉。

婁大人吹捧過後，開始煽情了，「可本官怎麼能忍心讓這些老先生們花甲之年，老來失業，貧苦無依？所以，在此，本官懇請眾位鄉鄰，若是誰家要請私塾、文書、抄算的，請首先考慮這些老先生。這些老先生都老經世事，定然能做得精細妥當。」

這話說得好像自個兒沒飯吃似的，老楊秀才臉上首先就掛不住了，「老朽家中尚有幾畝薄田，實在不勞大人費心。」

他這一帶頭，其餘幾人也沒臉站著，紛紛下得台來。

旁邊那些鄉紳們一商議，倒是提議：「我們願意捐助些銀錢，供養這些老先生們終老。」

這話一提，老先生們更不好意思收錢了，婁大人這才提了個章清亭傳授的折衷之計，「那你們若是有子侄，能否請諸位員外在府中安排些差使，適當加些工錢，這樣可好？」

這個倒好，除卻一些家境說得過去的，那些家境貧寒的老先生，若是能教孩子們，謀個差使，有了營生，日子自然也過得去了。那些孤苦無依，孑然一身，家貧無以為繼之人，可從捐資助學的錢裡挪出一些來補助，也就完事了。

樓上眾人瞧了紛紛朝章清亭豎起大拇指，這個法子真好。縱是底下還有些不服，日後想鬧事的，也沒臉再出來說話了。

這邊完事之後，婁大人揭開匾額。

幾經商議，學堂名字最後便叫「紮蘭書院」，以地名代學名，以示讓學生們不要忘本之意。門口一副對聯取自名人詩句：「日月兩輪天地眼，讀書萬卷聖賢心」。

牌匾和對聯都是婁大人手書，談不上多好，但也中規中矩。

爆竹聲中，趙成材和李鴻文在後頭緩緩拉開書院大門，迎接新生。又特意請了幾位夫子點名，一個個孩子走上台來，婁大人親手發了文具給他們。

兩位年輕的院長便負責在裡頭將學生整隊，等兩百多個孩子到齊，才由婁大人帶領著，進去上香叩頭，拜文曲星、武曲星，以及列位聖賢畫像。

一通神聖莊嚴的繁文縟節過後，按照分班，各自歸入教室當中，夫子們開始各就其位，傳道授業。紮蘭書院裡，第一次聽到孩童們朗朗的讀書聲。

張發財喜得抓耳撓腮，「咱們以後住在這裡可有福了，天天聽著這些孩子們念書，聽這聲音，多好聽！」

章清亭一笑，「只是不要日後嫌吵鬧就行。」

「怎麼會？」張發財道：「瞧外面這些人，有一個走的沒？」
這是真的，外頭萬頭攢動，沒有一個離去的，
也許他們當中有許多人聽不懂，但是臉上都露出欣喜的笑容，足以令人動容。
章清亭忽然覺得，趙成材提議辦書院，不僅是解決了她的大難題，還當真是為紮蘭堡的人辦了件大好事。
這眼光，確實長遠。她生平第一次，開始有些欽佩起這個小小的秀才來。

紮蘭書院開學了，章清亭也要開始賣房子了。
因為託學堂的福，得了不少捐助，整條胡同的造價只花了一千多兩銀子，除去學堂和張方兩家的住宅，共建了十六套小宅，每套成本人概二百兩左右。當然，如果加上各處打點的費用，每套還得再加上一百兩。
其實章清亭不太想賣，她想出租。因為要賣的話，頂多賣個五百兩，但如果能租個一月哪怕五兩銀子，也只要三年就能回本。
方德海覺得不靠譜，「那絕味齋一年才不過十兩銀子，妳這一月就五兩，誰租啊？」
章清亭覺得不一定，「絕味齋那才多大的地方？又破又舊。咱們這兒可是上下兩層，全新的屋子，何況還能免三年的賦稅，五兩一月我都覺得便宜了，恨不得收十兩才好呢！」
方德海大搖其頭，「光說得熱鬧沒用，妳能租到三兩一月我都覺得不錯了。還有賒欠的那麼多帳，光靠收租多久才還得起？」

這倒是個問題，章清亭也在苦惱，要怎麼把那些有錢人吸引過來看房子，還願意投資？

方明珠突發奇想，「大姊，要不，妳再去擺個擂臺打馬吊吧？」

噗！

方德海被氣樂了，「妳大姊之前打馬吊那是為父還債，現在為了賣房子出來打馬吊？虧妳想得出來！幸好沒個外人聽見，沒得讓人笑掉大牙！」

方明珠又羞又窘，不言語了。

幾人枯坐半天也想不出好主意，便散去分頭琢磨。

章清亭見天氣晴好，時間尚早，燒了一大桶水，準備好生沐浴一番。

這些天一直忙忙碌碌，後來又擠在絕味齋那巴掌大的小地方，每回總是匆匆忙忙像完成任務似的打發了事。今兒既有閒暇，章清亭索性就拿了乾花香油，要好生泡個澡享受享受。

只是她一時大意，卻忘了如今這屋子還有個人是可以隨時進來的。

趙成材忙完了學堂的事情，在外頭用了頓飯再回。因下午沒課，略喝了幾杯，帶了三分醉意，滿心就尋思著趕緊回房睡一覺。

他們的新房有裡外兩間，裡頭自然是給章清亭的，外頭這間就是趙成材的，而書房的右手邊是隔出來的小盥洗室，為了出入方便，與書房、臥室都有小門相連。

章清亭洗澡時，只記得把臥室外頭的門閂上，卻忘了跟書房相通的小門。只是虛掩著，趙成材不知她在裡頭，本想洗把臉睡覺，卻不意在走到那道門前時，聽到嘩嘩的水聲。

他可以對天發誓，自己真的不是故意的。只是出於本能，推門看了一眼，可就這一眼，便讓趙大秀才當場定格，石化在那裡。

氤氳的霧氣裡，一位美人香肩微露，玉臂輕舒，慵懶嬌嬈地正在上演一幅活色生香的春宮出浴圖。

浴室裡半明不亮，深褐色的木桶越發襯得裡頭的美人膚白如玉，香豔撩人。為了寧神益氣，木桶邊還很是講究情調地燃了一盞香油，卻更為這幅活動的圖畫增添了幾分魅惑。

藉著那一點搖曳的微弱燭光，甚至能瞧見一點撒滿花瓣的水下春光。順著那修長的頸項蜿蜒而下的，是豐滿高聳的玉峰，特別是在美人舉手抬足之際，更是含羞帶怯地顯出前面那兩顆嫣紅的櫻桃。

這樣的場景，彷彿從天而降了一道雷，不偏不倚劈傻了趙成材。

讓他那腦海裡一片空白，什麼禮儀規矩全都忘了個一乾二淨。像中了定身法似的呆若木雞，傻愣愣地站在那裡，連眼皮子都不帶眨的。

軀殼為何物？魂魄又為何物？

這一刻的趙成材全都感覺不到了，可他的身體並沒有全然忘我，仍是忠實地記錄和反應著他此刻最本能的想法。

一滴、兩滴……

終於，當趙成材胸前被兩汪鼻血染紅拳頭那麼大的一片時，他終於感受到輕微的涼意，然後垂眼往下看……

魂兮，終於歸來。

趙成材兩手緊緊捂著鼻子，驚慌失措地左看右看，闖進去是絕對不可能的，他得趕緊逃離案發現場。

萬一被章清亭發現，以她那個暴脾氣，估計會動刀子吧？

趙成材不敢冒險，以比狸貓更加輕巧的動作，從二樓迅速往下逃竄。一路順利溜進一樓的盥洗室，洗淨滿臉血污，而後若無其事地坐在小院當中，仰頭望天。看風吹樹動，雲卷雲舒。

張金寶瞧見，好奇地問：「姊夫，你這是在看什麼呢？」

「中午多喝了幾杯，有些燥熱，流鼻血了。」趙成材大大方方指著衣襟上的血跡撒謊。

張羅氏過來道：「你是哪個鼻孔流血，就把另一隻手舉高。」

「好像都流了……」

……

等章清亭舒舒服服洗完了澡，出來走廊上擦頭髮時，就見趙成材在下頭高舉雙手作投降狀，兩眼望天，不覺莞爾，「你在那下頭幹什麼呢？」

趙成材乍見了她，本來已經止住的鼻血又有些往外湧的趨勢，急忙轉過頭去，「別跟我說話，流鼻血呢！」

章清亭更是好笑，「你這麼大個人流什麼鼻血？現在讓你開學堂，又不讓你拋頭顱灑熱血，這麼拚命幹什麼？」

「這還不都是因為妳？」趙成材一語雙關地抱怨。

章清亭抿嘴笑了，梳順了長髮，鬆鬆綰起，這才下來，「是是是，那就多謝你了。」

趙成材心思一動，瞟她一眼，「嘴上說了有什麼用？」

章清亭誤會了，「你要買好筆好墨我可沒錢，這胡同還沒賣出去，正鬧心呢！」

說了會兒話，趙成材感覺自己心平氣和下來了，鼻血也不怎麼流了，便把舉酸的兩手放了下來，「說來聽聽。」

章清亭心裡煩惱，把自己的打算跟他說了。趙成材聽完，首先就覺得她的思路錯了，「妳又沒錢，光想著弄那些吃喝玩樂的東西怎麼行？要我說，趁早換別的主意。」

章清亭小嘴一嘛，「那你有既不費錢，又有意思的主意嗎？」

趙成材白她一眼，「這主意不得讓人想想啊？哪有這麼快的？行了，我會記著這事的。」他皺眉拉扯著衣襟，轉身進屋換衣裳，「真是可惜，這麼好的新衣裳，剛上身就染了。」

章清亭在後頭笑道：「你若是幫我想出主意來，我再幫你做一件。」

趙成材心想，妳明明就買了兩件給我，還有一件藏在哪兒呢？我都說得這麼明白了，妳也不言語，居然還拿來哄我幫妳出主意，真是小氣！

不過，過日子嘛，總歸要小氣點才算賢慧不是？趙成材又自我安慰著上了樓。

樓上沐浴後的香氛仍在，提醒著方才的那一切並非雁過無痕，趙成材心中又是歡喜，又是忐忑。像是一個旖旎的夢，深藏在心裡，偷偷和自己分享著這小小的快樂。

晚飯後，趙成材正準備去學堂上課，卻見爹娘弟弟全都來了。

趙王氏四下打量著這兒的房子，嘴上卻道：「我們吃了飯，反正也閒著沒事，就送你弟弟來上學，再瞧瞧玉蘭。早上那開學可熱鬧得緊，晚上有嗎？」

趙成材知道老娘是藉故來看新房子的，也不好阻攔，「晚上都是大人了，哪有什麼熱鬧？」

回頭瞧章清亭，淡淡的，不冷不熱，倒是張發財非常客氣地招呼著：「親家請進來坐。這是咱們剛弄的小店，正好提提意見。小蝶，快倒茶來。」

張小蝶覷著大姊的神色，過去倒茶了，又一推張元寶，「去隔壁叫玉蘭姊姊回來。」

章清亭溫顏對趙成材道：「你有事情就去忙吧，別在家裡磨蹭了。」

趙成材安下心來，「成棟，走吧。還有金寶，你收拾好了沒？」

「你們先走，我上趟茅房馬上來！」張金寶慌慌張張跑後頭去了。

張發財罵了一句：「真是懶驢出門屎尿多！」

等出了門，趙成棟才一臉羨慕地道：「哥，總聽人說這胡同建得如何好，今兒看了，還真是漂亮，這住樓上的感覺可好？」

趙成材斜睨他一眼，「漂亮也別妒忌，這是你大嫂辛辛苦苦累掉幾層皮蓋起來的，全指著這個賺錢呢。你回去跟娘說，安安心心住那屋裡，等有了錢，馬上幫你們翻新。」

「這個我們知道的，就是想來看看。」

那邊屋裡，趙玉蘭從方家回來，趙王氏瞧女兒氣色不錯，關心了幾句：「這大晚上的，還在方師傅那兒學手藝啊？妳現在自己也要當心，注意保養。」

趙玉蘭抿嘴笑道：「可不是學手藝，是明珠向我學針線。大嫂叔嬸他們都很顧著我，一點也不辛苦的。」

章清亭瞧出趙王氏那意思，主動提到：「玉蘭，妳就陪著公公婆婆在屋子裡轉轉吧，只是沒添什麼新家具，也就是瞧個空房子。」

趙王氏忙不迭應下來，趙玉蘭陪著爹娘在樓上樓下逛了一圈，確實沒有幾樣家具，顯得很寒酸，不過瞧著這麼漂亮的新房子，已經讓趙王氏兩口子大開眼界了。

趙王氏指著後頭鎖著的那院子道：「這也是準備租出去的？」

趙玉蘭把爹娘讓到自己房中，掩了門才道：「娘，您可別又多心，張大叔倒說想把這兒讓給你們來住的，只是哥說縱是給了你們，又不懂經營，白浪費了一套鋪子，不如租出去生些利錢的好。」

趙王氏拉長著臉，有三分嗔意，「妳那個傻大哥，既知道幫媳婦家弄個小店，怎麼也不給我們想想的心思？」

趙玉蘭笑問：「那家裡的地誰種？」

趙王氏道：「租給人種唄。連張發財都能學著做老闆，妳娘還比不上他啊？」

趙玉蘭搖頭，「娘，您以為做買賣是多容易的事嗎？就算是您再精明厲害，可總得有幾個幫手不是？張大叔那小店可有金寶和小蝶幫忙，他們成天跟著嫂子跑來跑去，如今可都能幹著呢。」

趙王氏不悅道：「張發財有一雙兒女，我沒有嗎？有妳和成棟幫著我，什麼事幹不成？」

趙玉蘭反問：「那您想好做什麼了嗎？再說，我還想好好跟方師傅學上幾年廚藝，開店的事，往後再提。爹、娘，勸你們一句，房子的事，你們少摻和吧。哥嫂都是厚道人，他們心裡有數。」

趙王氏撇了撇嘴，「他們是有數，可全不是我們的數。」

趙玉蘭嗔道：「娘，您這話我可不愛聽。哥嫂哪裡虧待了你們嗎？別瞧著房子眼熱，如今還欠著外頭幾千兩的債呢，您管不管？哥今兒還流鼻血了，可不是操心操的？」

趙王氏頓時關心起來，「那要不要緊的？」

「應該沒什麼大事。」

「那妳記著提醒妳嫂子，給妳哥弄點黃蓮子金銀花泡水，敗敗火。」

趙玉蘭應下。

趙老實道：「孩子他娘，咱們就別在這兒添亂了。成材和他媳婦都是孝順孩子，上回去永和鎮，還給咱們捎那麼些東西回來。」

「就是。」趙玉蘭也附和著，「張大叔他們自己都沒捨得買身新衣裳，倒拿錢給我，讓給你們都扯了身新衣料。」

趙王氏嘟囔著：「他們那店，還是用妳的銀子開的？」

趙玉蘭一聽這話可生氣了，「娘，您怎麼能這麼想呢？我早說了，那孫家的錢是我不要的！嫂子幫我這麼多，就白送我還嫌報答不了她的恩情呢，難不成您還要分啊？」

「行了行了，不提就是了。」趙王氏討了個沒趣，起身要走，「再好的房子咱們也住不進來，走吧。」

趙玉蘭拉著她娘，「您這生氣相出去，讓嫂子瞧見，不是又給人找不痛快？」

趙王氏嘿嘿作個假笑，「這樣行了嗎？我的小姑奶奶！」

趙玉蘭父女都噗哧笑了，正送他二人出門，迎頭卻見晏博文興沖沖地進來，「老闆娘，我又想了個主意！」

章清亭一聽這個可來神了，見外頭人多，把晏博文帶進客廳，怕人嘈雜，順手掩了門。不過她也知道要避嫌，只是半掩而已，可趙王氏卻又多心了，藉口要接趙成棟放學，賴那小書店裡不肯走了。

那話恰好被張小蝶聽到，噗哧笑了，「咱家銀寶和元寶都不用接，他那麼大個人還用接？」

趙王氏很是尷尬，張發財替她解圍：「這黑燈瞎火的，有個照應怎麼了？再說，自家親戚，坐坐又如何？」

趙王氏臉上這才緩了過來，不過，趙老實坐不住，先回去了。

趙玉蘭又到隔壁去教方明珠針線，趙王氏就坐小店這兒，跟張發財東拉西扯，卻恨不得把一雙眼睛兩隻耳朵全貼到客廳裡去。

時候不長，就見章清亭笑容滿面地把晏博文送出來，還連連道謝。

趙王氏看得不爽，連跟張發財聊天都沒了心情，只拚命把那茶水往肚裡灌。

等了好一時，學堂才打起了下課的鐘聲。趙成棟和張金寶先回來了，趙成材還得收拾一下，沒那麼快。

趙王氏不好再賴，只得假意告辭，和趙成棟出來後，走了一段又繞到學堂門外，找個暗處躲藏了起來。

趙成棟很好奇，「娘，您這是要幹什麼？」

趙王氏也不跟他解釋，「你就老實在這兒待著，我跟你哥說幾句話。」

趙成棟還怕娘又想要新房，「娘，您可別自討沒趣了。」

趙王氏不耐煩地打斷了他，「行了行了，多大點事，翻來覆去地說，你娘是這等見不得東西的人嗎？」

趙成棟撇嘴，不敢苟同。

可趙王氏今晚灌得多了，又忘了在張家上個廁所，這等不上一時，便內急起來。又怕暴露形跡，又怕跟成材錯過，無法去找茅房，只得夾著兩腿，死死憋著。

等到她快受不了的時候，趙成材終於出來了。

趙王氏喊又不敢喊，急中生智，扔了塊小石頭過去。

趙成材一轉身，就瞧見娘和弟弟鬼鬼祟祟躲在那頭，眉頭一皺，「你們這又是幹麼？」

趙王氏總算還記得要給大兒子留些顏面，叫趙成棟去前頭等著她，她才附在大兒子耳邊，添油加醋把方才晏博文怎麼過來，又怎麼跟章清亭關了門說話，還笑顏逐開離開之事說了，並極力表明清白。

「這事我可誰也沒說，就告訴你了。你別怪娘總是多嘴惹人討嫌，你自個兒想想，那個阿禮長得又俊，說話也是一套一套的，不得不防。」

趙成材心裡有點小不爽了，嘴上卻道：「您就別疑神疑鬼的了，娘子跟阿禮真要有什麼，幹麼鬧到家裡來？」

趙王氏道：「我又不是說他們有什麼，只是讓你防著些。你呀，也別成天忙什麼學堂、胡同的事了，趕緊跟你媳婦生個孩子吧。這女人有了孩子，心思才能真正安定下來。」

她又悄悄道：「噯，你不是流鼻血了嗎？晚上跟你媳婦多來幾次就好了。」

趙成材羞窘難當，「行了行了，娘，您別說了！」

趙王氏也快憋不下去了，「那我走了，你自己留點心，趕緊讓她懷上吧。這要是有什麼毛病，可得趁早治。說來你們這成親也快大半年了，怎麼一點動靜都沒有？」

趙成材急得無法，直接把她往外推，「娘，您別瞎操心了，我們可都沒毛病，就是太忙了，沒工夫！」

趙王氏倒奇怪了，「再忙也不耽誤那點工夫啊？成材，你是不是有事瞞著我？」

「沒事，我們好著呢！」趙成材信口胡謅，「明年就讓您抱孫子，這總該行了吧？」

趙王氏也不好逼得太急，又被內急逼得難受，終於走了，可沒走兩步又轉過頭來，神神祕祕地說：「要不要娘幫你抓幾副藥補補？」

趙成材重重頓足，「娘，您還讓不讓人活了？」

見兒子真急了，趙王氏只好嘟嘟囔囔地跑去找茅房了，「算了算了，活該你娘就是個操碎了心，也沒有人待見的命。」

趙成材回了家，心中著實鬱悶，這假鳳虛凰的日子，只怕是過不下去了。

他百般糾結地進了門，章清亭卻是半點不知，還一團喜色把晏博文出的主意跟他說了。

「……有錢人多半愛附庸風雅，阿禮說，咱們不如就在胡同裡辦一次書畫展，請鄉里的讀書人作了，包括婁大人也要上一兩幅，掛在胡同的新房子裡，賣得的善款就捐給學堂以作助學之資，這也就順便引人來看房子了。只這事非得你去說不可，你幾時有空？」

趙成材悶悶地應了聲，「明後天我抽個空就去。」

章清亭沒注意到他的臉色，還在讚道：「阿禮這回可真立了大功，這麼雅致又有趣的法子，他是怎麼想出來的？還不費咱們一文錢！」

趙成材看她那一臉的喜形於色，終於忍不住刺了一句：「是啊，他的法子好，不費一文錢，反正我的面子也不值錢。」

他悶著頭去洗漱了，章清亭這回總算意識到不妥了。

她盤算了半天，等趙成材出來時，才陪笑道：「可是我忘了，請人作畫你也得賣不少人情的。等這胡同真賣出去，也讓你抽幾成吧……」

趙成材臉一冷了，「妳打算用多少錢打發我？」

這是什麼意思？章清亭一怔，不知該怎麼接話。

趙成材忽又有些不忍心，「妳這麼個聰明人，難道不知道我要的是什麼？」

章清亭低了頭，默默無語。

趙成材仰面長長吐了口氣，「我不想再裝糊塗了，妳也別裝了。行不行的，妳給句話吧。我是說過不逼妳，可我現在實在是過不去了。」

他努力平息著自己的呼吸，很誠懇地告訴她，「我是個男人，我又很喜歡妳，還一天比一天喜歡。我沒辦法成天跟妳住在一個屋子裡，還裝作若無其事，我、我真做不到……再這樣下去，我遲早會做出對不起妳的事情，妳懂嗎？」

章清亭頭都埋到地下去了，不止耳根，連脖頸都通紅。

趙成材暗吸口氣，緩緩走到她的面前，「看著我。」

章清亭不覺退了半步，身子正好抵到了桌子邊緣，退無可退。

趙成材鼓起勇氣伸出手，把她的下巴抬了起來，看著她因為不敢看他，拚命垂著眼，而不住顫抖的睫毛，心裡莫名的憐惜。

「妳若是想走，我還是放妳走。妳，想走嗎？」

章清亭兩手緊緊抓著桌子的邊緣，指節都發了白，鼻間淨是趙成材的氣息，屬於男人的氣息。帶著本能的侵略性和淡淡的忐忑，擾得她心慌意亂，一顆芳心如小鹿亂撞，腦子裡更是嗡嗡作響。

怎麼辦？她到底該怎麼辦？

看她這麼惶惑無依的樣子，趙成材心疼了。

那兩片眼睫毛像被網束縛的小蝴蝶，楚楚可憐地誘惑著他，他鬼使神差吻了下去。

熾熱的唇剛落到眼上，章清亭就震驚了，不覺抬起頭來，可更加熾熱的吻卻落到她的唇上。

像是沙漠裡的人遇到渴求已久的甘泉，重重地，帶著無法控制的熱望，深深地吸吮下去。

章清亭的腦子一下就炸開了，像是突然拉爆一個驚雷，已經完全無法可想了。只能閉著眼，僵直地被眼前的男人緊緊抱在懷裡，任人予取予求。

等到她被吻得因無法呼吸而幾乎窒息了，才被對面的男人突然推開。

趙成材一樣不好受，喘著粗氣，通紅著臉，看著她的眼睛裡有幾乎燙傷人的欲望，卻也有著痛苦的克制。

「看到沒有？我已經快控制不住自己了！我想要妳，要妳做我的娘子，真的娘子！」

趙成材壓抑著，顫抖著，幾乎是咬牙切齒地說出自己的真情意，「那天，我在龍王廟裡許的願是真的，我喜歡妳也是真的……我是怎麼樣，我家裡人是怎麼樣，妳都已經很清楚了……妳要是不願意，就快點離開。若是妳願意，我會一輩子好好待妳……妳要怎樣，做決定吧！」

章清亭心裡完全亂成一團麻，紛紛揚揚的理不清楚。突然間，她的手不小心碰到桌上的帳本，帳本一下子掉在地上。

似是突然被點醒一般，章清亭回過神來，逃也似的衝回自己的房間，緊緊門上了門，「你、你容我想想……」

看她逃走的倩影，趙成材有點說不清自己的複雜心情。

不過，她沒有斷然拒絕自己。剛剛，自己吻了她，她居然沒有生氣？

趙成材摸著劇烈跳動的心臟，嘴角不知不覺慢慢咧到了耳根，回味著方才的那個吻，直傻笑了半夜。

而章清亭同樣睡不著，撫著被親得紅腫的櫻唇，心亂如麻。

討厭嗎？好像不是。

喜歡嗎？可又有點害怕。

要不要離開呢？不知道不知道不知道，她什麼都不知道！

該死的秀才，把她的心全都擾亂了。

第二日，假裝什麼都沒發生的鴕鳥一開門，就對上望著她只會傻笑的呆頭鵝，臉紅了。她連話都不敢多說半句，迅速洗漱了下樓，那份刻意保持的距離感讓張小蝶都看出來了。

「大姊，妳又跟姊夫吵架了？」

「哪有？」兩隻禽類生物異口同聲地予以否認。

彼此面上又是一熱，趙成材乾咳兩聲，「我們正商量著要做正事，你們也別閒著。」

「那要我們做什麼？」

趙成材撓頭，章清亭把話接了過去：「要你們去打掃。那麼多套院子，記得每天都得去收拾一番，預備著隨時有人來參觀。」

十六套啊，全家人都默了，看著張小蝶。

趙成材心中悶笑，跟作賊似的偷瞟媳婦一眼，收起小人心思，去當夫子了。

上完了課，覷空把章清亭那個義賣的想法私下跟李鴻文說了，請他幫忙聯絡聯絡。

李大院長慣愛出風頭，這樣露臉的風雅之事當然願意出頭，當下答應下午就陪他去跑這一趟，趙成材便邀他回家一起用個便飯。

雖然來不及加什麼好菜，但趙玉蘭仍是很用心就著家中的食材，料理了幾道可口小菜，吃得李鴻文讚不絕口，又讚起她上回做的糕點好吃。

章清亭聽得心中一動，等送走了他們，又去找方德海，「老爺子，我可又幫您想了個賺錢的好主意，要聽嗎？」

方德海樂了，「妳這丫頭怎麼那麼多鬼心思，說來聽聽？」

章清亭笑道：「我瞧你們這做糕餅小店生意也不錯，但畢竟只賺些零錢，人也著實辛苦。您若是覺得可行，何不給些大戶人家的廚子傳授些做菜的經驗？那些絕活當然留著，只教些尋常菜式就好。借那學堂的地兒，上個幾天課，把學費弄得貴些，給您先賺上一筆小錢。我敢擔保，只要您開課，旁的不說，那個福興樓肯定是會派他們大廚來的。」

方德海聽了，撫著下巴頗有幾分心動。

章清亭還建議著：「就像成材他們上課那樣，您也事先把要講的東西擬好，這些東西歸整出來，交給明珠，都可以當作傳家寶了。」

晏博文想了想，「那能不能把這些材料分類，有些東西當然是不能公開的，但像上課所講的材料是否可以刻印成書，拿出去賣？這也是一筆收入。」

章清亭鼓掌，「這主意大好，我們店負責包銷！」

方明珠興奮道：「爺爺，那您說吧，我負責寫。」

方德海還有些猶豫，可章清亭卻興致勃勃地道：「阿禮，你就把這事記下來，寫個公文，我拿給相公，讓他到書院裡去申請，也有個樣子。」

那頭趙成材去找婁知縣，將義賣的事情一說，都覺得這主意可行。雖李鴻文說是他的主意，可婁大人一聽就知道是趙家想的，略一思忖便笑著推辭：「本官即將卸任，這事就由你們以書院的名義去組織了做吧。我倒是可以留下兩副字，也算是為紫蘭學堂盡點心意。」

如此也好，既然得到了婁知縣的首肯，他們再去找其他的夫子先生，大多都願意來湊這個熱鬧，或是一字一畫，或是扇面印章，都有允諾。

李鴻文忽又生出個主意，放出風聲，廣邀城中富戶人家的公子千金，或是老爺夫人有願意的，也來湊副字畫，或是精緻針線。

他們的消費力很強，許多人也願意出這風頭，或者親朋好友之間相互購買，倒是帶旺了不少人氣。

婁知縣定於二十六日啟程，那他們這義賣就放在二十八日舉行。

等到趙成材忙回來了，家裡人也都聽說此事了。

張發財打趣：「女婿，你不寫幾個？」

趙成材故意當著章清亭的面道：「正是要寫呢，還有恩師，我也找他要兩副去。上回鬧了些不愉快，藉這機會去道個歉。」

張發財點頭，「年輕人謙虛些是對的。」

偏章大小姐悄悄咕噥：「可別忘了他家還有個大才女。」

趙成材故意當著家人的面，老實道：「妳要是不樂意，我就不去了，讓成棟代替我去跑一趟就是。」

全家無不掩笑，章清亭羞得臉通紅，「你愛去哪，關我什麼事？」

她轉身回房，張發財指女婿笑道：「還不快追？免得不讓你進房。」

章清亭待要關門，又怕人笑，只得進了裡間門了門。

趙成材追上來敲門，「娘子，妳先出來，我還有事要說呢！」

章清亭也有事要說，只得開了門，不過卻先說了：「我要是開了門，你可不許再那樣了，否則，我就真惱了。」

趙成材忍笑應下，哄開了門，倒也以禮待之，「說吧。」

章清亭一怔，「你不是說有事嗎？」

趙成材一本正經，「我就是等妳告訴我妳答應了啊！」

章清亭驀地會意，羞得粉面通紅，「誰跟你說那個？我有正經事！」

趙成材奇道：「我們的事就不正經嗎？」

章清亭越發羞惱，「你再說我不理你了！」

好好好，趙成材只得服軟。

章清亭這才把晏博文擬好的公文往他面前一擱，「你看此事可不可行？」

趙成材半天沒吭聲，想想才道：「婁大人現在可沒心思管這些了，連義賣都不願意出頭，橫豎這事又不著急，那個義賣弄完，房子賣了，咱們再慢慢籌畫。」

章清亭聽得有理，才又跟他說：「你別忘了去請牛姨媽，她不是說若這房子蓋起來了，也要來瞧瞧的嗎？說起來還是她幫咱們出的主意呢，就是謝謝她也該請她來逛逛的。」

趙成材心裡也記著這事，只是最後覷著她問：「那個事，妳要什麼時候才能想好？」怕章清亭又耍無賴，緊接著補了句：「就三天好不好？」

「哪有這麼快的？最起碼也得一個月！」

章清亭說完就後悔了，可趙成材已經截斷她的話：「那就一言為定了，一個月後，妳可不許耍賴。」

且不提章清亭懊悔，趙成材開開心心在案頭記了一筆，等晚上趙成棟來上課時，交給他兩包糕點和一份宣紙墨條，「這些你明天幫我送到楊秀才家，把學堂義賣的事跟他說說，請他也題個字畫。再請娘抽空去姨媽家跑一趟，請她來看看我們的新胡同。」

趙成棟記下，第二天他去楊秀才家，趙王氏就換了身出門的乾淨衣裳，雇車去王家集了。傍晚回來，帶了個口信，就兩個字：「必到。」

二十六日，婁知縣留下兩副字，帶著家眷離任了。

在趙成材、陳師爺等一眾人的精心組織之下，紮蘭堡的百姓來的不少，送了萬民傘，隊伍拉了幾里長，學堂還特意組織了學生們一起夾道歡送。

把婁知縣感動得熱淚盈眶，再三作揖，灑淚而別。臨行前，還塞給趙成材一個信封，「若是有緣，咱們京師再會。」

至無人處拆開一看，裡頭寫了幾位與他交好的郡縣官員之名，趙成材若是應舉，可以去找他們幫忙，後頭還有婁知縣在京師的地址。這是真拿自己當個知心後輩來提攜了，趙成材很是感動。

章清亭便道：「那婁大人的兩副字，你看要賣多少錢？不如咱們自己籌點錢買下來，再掛回書院裡去，也算是個念想。」

「這個我們也想到了，李鴻文說讓他爹出錢把婁大人的字買下來，再送給書院收藏。」趙成材卻也提到：「倒是那天，妳幫著多準備些點心茶水，既占了便宜，總得有個待客的樣子。」

章清亭一笑，「這個我們也想到了，只苦於人手不夠。還想跟你說，能不能請李鴻文借幾個丫頭小廝使兩日？」

趙成材點頭，「這個我去說，應該問題不大。」想想又道：「若是人手不夠，不如讓娘和成棟也來幫忙吧。就算別的幹不好，燒水泡茶總是會的。姨媽來了，娘也可以幫著招呼。」

他是想製造機會，讓家人慢慢與章清亭和解。

章清亭怎猜不出他的用意？現在正當用人之際，也不拘泥那些小節，「行，讓他們來吧。」

二十七日，各家答應的書畫陸續送到了，十六個小院打掃得乾乾淨淨，擺放得齊齊整整。

二十八日一早，人員準備齊當之後，整條胡同同時開門納客了。

來的人還真不少，很是熱鬧，由縣學裡的幾位老先生坐鎮，引著人一路觀賞字畫。

章清亭卻只在自家後院單獨收拾出來的客廳裡，和方德海等著有意投資的商家。茶點供應由趙王氏、趙玉蘭負責，外頭就交給晏博文和張小蝶、張金寶招呼去。

方明珠很是緊張，「大姊，妳說會不會有人買咱們的房子？」

章清亭也很忐忑，「等著瞧吧。」

方德海幫她倆打氣，「都別慌，咱們這房子這麼好，一定會有人賞識的。縱是銷得不好，降價就是，這也沒什麼可丟人的。」

二女點了點頭，沉下心來，靜待顧客上門。

（未完待續）

快來吧！
錯過就只能等明年囉！

晴空家族
2014 集點活動開麥拉

超值好康獎不完，千萬別錯過！

為慶祝晴空家族成立，麥莉莉要來舉辦好康大放送的活動了！凡購買晴空家族 2014 年 11 月底至 2015 年 3 月底出版之指定新書，集滿任 10 本書腰或折口截角上的「晴空券」，就有機會獲得晴空家族 2015 全新推出的獨家限量好禮，一年只有這一次，機會難得，請快把握！

活動辦法

請於 2015 年 4 月 15 日前〈郵戳為憑〉，剪下晴空家族指定書籍內附的「2014 晴空券」10 點，貼於明信片上，並於明信片上註明真實姓名、電話、年齡、學校〈年級〉或職業別、住址、e-mail，寄送到 104 台北市中山區民生東路二段 141 號 5 樓「晴空家族 2014 集點活動收」，就能參加抽獎。

獎品

【名額】以抽獎方式抽出 20 名幸運讀者

【獎品】送 2015 年書展首發新書全套周邊精品。

【活動時間】於 2015 年 5 月 5 日抽獎，5 月 15 日在「晴空萬里」部落格公布得獎名單，並於 6 月 1 日前寄出獎項。

注意事項

1. 單書的「晴空券」限用一張，如同一本書重複寄了兩張以上晴空券參加抽獎活動，將以單張計，不另行寄還，如晴空券不足 10 張，將視同棄權。
2. 主辦單位保留隨時修正、暫停或終止本活動之權利，如有變動將另行公布於「晴空萬里」部落格。
3. 活動辦法及中獎名單以「晴空萬里」部落格之公告為準。
4. 本活動獎品之規格及外觀以實物為準，網頁／書封／廣告上圖片僅供參考，獎項均不得轉換、轉讓或折現。

主辦單位保留更換活動書單與等值獎品之權利。

〔預定參加書單〕

漾小說	綺思館		狂想館
沖喜 1-5（完）	喂，別亂來（上、下）	娘子說了算（上、下）	縷紅新草（上）
許你盛世安穩（上、中、下）	出槌仙姬 1-2	夫君們，笑一個 1	超感應拍檔（上）

漾小說 135

沖喜 2

國家圖書館出版品預行編目資料

沖喜 / 桂仁著. -- 初版. -- 臺北市 :
麥田, 城邦文化出版 : 家庭傳媒城邦分公司發行,
2014.12
冊 ;　公分. -- (漾小說 ; 135)
ISBN 978-986-91202-3-4 (第2冊 : 平裝)

857.7　　　　103021525

城邦讀書花園
www.cite.com.tw

作　者	桂 仁
封面繪圖	畫 措
責任編輯	施雅棠
國際版權	吳玲緯
行　銷	陳麗雯　蘇莞婷
業　務	李再星　陳玫潾　陳美燕　杻幸君
副總編輯	林秀梅
副總經理	陳瀅如
編輯總監	劉麗真
總經理	陳逸瑛
發行人	涂玉雲
出　版	晴空 城邦文化事業股份有限公司 104台北市中山區民生東路二段141號5樓 電話：（886）2-2500-7696　傳真：（886）2-2500-1966
發　行	英屬蓋曼群島商家庭傳媒股份有限公司城邦分公司 104台北市中山區民生東路二段141號2樓 客服服務專線：（886）2-25007718；25007719 24小時傳真專線：（886）2-25001990；25001991 服務時間：週一至週五上午09:00~12:00；下午13:00~17:00 劃撥帳號：19863813；戶名：書虫股份有限公司 讀者服務信箱：service@readingclub.com.tw
晴空部落格	http://blog.yam.com/readsky
香港發行所	城邦（香港）出版集團有限公司 香港灣仔駱克道193號東超商業中心1樓 電話：852-25086231　傳真：852-25789337 E-mail：hkcite@biznetvigator.com
馬新發行所	城邦（馬新）出版集團【Cite (M) Sdn Bhd】 41, Jalan Radin Anum, Bandar Baru Sri Petaling, 57000 Kuala Lumpur, Malaysia. 電話：(603) 9057-8822 傳真：(603) 9057-6622 Email：cite@cite.com.my
美術設計	洸譜創意設計股份有限公司
印　刷	鴻霖印刷傳媒股份有限公司
初版一刷	2014年12月02日
定　價	250元
ISBN	978-986-91202-3-4